OPERACIÓN HAGEN

El misterio del proyecto nuclear Nazi que pudo cambiar la II Guerra Mundial

FELIPE BOTAYA

Colección: Nowtilus Ficción
www.nowtilus.com

Título: *Operación Hagen*
Subtítulo: *El misterio del proyecto nuclear Nazi que pudo cambiar la II Guerra Mundial*
Autor: Felipe Botaya

Doña Juana I de Castilla, 44, 3.° C, 28027-Madrid
www.nowtilus.com

Editor: Santos Rodríguez
Responsable editorial: Teresa Escarpenter

Diseño y realización de cubiertas: Carlos Peydró
Diseño y realización de interiores: Grupo ROS
Producción: Grupo ROS (www.rosmultimedia.com)

ISBN: 84-9763-225-7
EAN: 978-849763225-6
Fecha: Octubre 2005

Printed in Spain
Imprime: Imprenta Fareso
Depósito Legal: M. 42.703-2005

Agradecimientos

Estoy en deuda con varias personas que han hecho posible que OPERACIÓN HAGEN: el bombardeo atómico alemán, *esté hoy en sus manos. No los pongo en orden de importancia ya que todos tienen la misma para mí, pero es inevitable que siga un orden:*

Alfonso Montero: *buen amigo y que ha sido capaz de leer el manuscrito de forma crítica y teniendo en cuenta que de todo el tema que aquí se expone, su desconocimiento era absoluto. Por ello y dejando aparte su amistad, su crítica ha sido constructiva y ante todo alejada de cualquier conocimiento o idea preconcebida. Ha sabido apartar sus ideas políticas e históricas generales, para analizar lo que se explica en el libro desde una óptica aséptica.*

Juan Manuel Desvalls: *buen amigo también y cargado de paciencia, que tuvo acceso al manuscrito sin saber lo que se le venía encima... Varias de sus excelentes ideas están en el libro. Sin duda lo han mejorado. Ha sido duro en su crítica y sus razonamientos los ha discutido conmigo hasta la saciedad. Estoy en deuda con él. También le agradezco que haya intentado ser objetivo y no dejarse llevar por otros condicionamientos.*

Stefan Grabinger: *su ayuda en la obtención de material inédito en Berlín y Munich ha sido decisiva. Sus traducciones de complejas palabras militares alemanas han sido de gran ayuda para la comprensión general. Por decisión suya no ha leído el libro y espero que lo haga algún día. Ha querido permanecer apartado de su escritura para no influir en ella y se lo agradezco, ya que tenía toda la razón. Este libro está dedicado a su padre y Stefan lo sabe.*

Mi familia: *mi mujer y mis hijos por su paciencia y por las horas que les he robado mientras escribía el libro. Espero devolveros todo este tiempo con creces.*

I

Los visitantes

Esta vez caían más despacio de lo que imaginaba. Aquel era un factor a tener en cuenta. Le gustaba imaginar el lugar exacto y calcular el tiempo que tardaba cada hoja en llegar al suelo. El planeo de las hojas seguía una guía de vuelo según pensaba. Las hojas frescas y verdes caían muy rápido, casi en vertical. Era lógico: pesaban más. Las secas permanecían más tiempo en el aire y podían, en función del viento, desplazarse muy lejos.

No podía evitar su formación en ingeniería y diseño. Esta vez se había equivocado y la hoja describió una graciosa curva en el aire y cayó a su lado. Su cálculo inicial preveía que caería junto al pequeño sendero que conducía hasta la puerta de su casa. Pensó someramente en el cálculo de probabilidades, la teoría del caos y el principio de incertidumbre, pero no se quería complicar tanto la vida. Ya se la había complicado mucho.

Además de leer y escribir sobre ingeniería, éste era uno de sus pasatiempos favoritos durante el otoño. Precisamente este otoño estaba siendo muy benigno y la temperatura de esa mañana permitía estar en el porche de la casa hasta el inicio de la noche. Su gato «Otto» le acompañaba en sus observaciones con un suave ronroneo sobre sus piernas. Ya se conocían muy bien y cada uno soportaba las manías del otro. Los gatos se adaptan rápido a sus dueños y a su entorno doméstico. Son buenos compañeros.

La Selva Negra no era uno de los mejores lugares para un jubilado. El frío podía ser insoportable a pesar del buen acondicionamiento de la vivienda. El frío que Stefan Dörner padecía era interior. Era el frío de haber vivido situaciones extremas, incomprensibles aún hoy y que el tiempo no había logrado curar.

En varias ocasiones había pensado en jubilarse con su mujer Claudia en España, en el Peñón de Ifach concretamente, donde tenía algunos de sus mejores amigos. La colonia alemana de jubilados en el levante y sur de

España es muy importante y viven manteniendo sus costumbres, pero con un clima benigno que les permitía una segunda juventud.

Aún recordaba cuando celebraron su particular Oktoberfest en Denia y sus amigos le regalaron una maqueta del avión con el que consiguió alguno de sus más brillantes éxitos durante la segunda guerra mundial, un Messerschmitt Bf 109 con el nombre, en el fuselaje, de la que era entonces su novia Claudia. ¡Cómo le gustaba a Claudia verle en su uniforme azulado de Generalmajor de la Luftwaffe!

Aún notaba molestias en su pierna derecha por la metralla que le hirió en abril de 1945, después de un aterrizaje forzoso de su avión en un bosque cerca de Schwerin en Pomerania. Y las penurias que tuvo que pasar hasta llegar a las líneas americanas, cruzando todo el frente ruso que envolvía Berlín asediado por tres ejércitos soviéticos imparables, mientras Alemania y su ejército se derrumbaban rápidamente

Ahora había pasado más de medio siglo y cuando Claudia murió hacía ya dos años, tuvo muy claro que ya no se movería de esta casa. Por su esposa había permanecido allí y ahora ya no tenía fuerzas para traslados. Se podía decir que Stefan se encontraba bien junto a los recuerdos de la que fue su mujer y los intensos recuerdos de su azarosa vida. Había viajado mucho durante la recuperación de Alemania, en su vida civil como ingeniero en grandes obras públicas para diferentes gobiernos, visitando proyectos petrolíferos y eléctricos en Argelia, Oriente Medio, Estados Unidos, México, Venezuela y Japón.

¡Vaya! Esta hoja había caído sobre él. Se había despistado un momento con sus sueños que cada vez se hacían más distantes, y no se había dado cuenta de que las hojas seguían cayendo. Sus oídos detectaron el ronroneo de un motor acercándose. Qué curioso, un coche avanzaba hacia su casa por el estrecho camino de tierra. Era un Audi blanco ¿quién podría ser?. Sólo la señora Köllmann venía dos veces por semana, con algunas provisiones y con ganas de fastidiarle cuando se ponía a limpiar. Prácticamente vivía alejado de otras personas.

Llevaba una vida muy tranquila y por ello le había sorprendido recibir hacia una semana, aquella carta de la embajada americana en Berlín y sobre todo del agregado militar de la misma. Llevaba el sello de URGENTE. En la misiva se le rogaba atender a los dos militares que le visitarían a primera hora de la mañana de hoy. Se trataba de un asunto importante y requerían de su colaboración. Aunque la carta no especificaba el asunto en cuestión, ya que le sería indicado por sus visitantes, Stefan no tuvo inconveniente en confirmar por teléfono su disponibilidad a la embajada. Como buen jubilado, tenía tiempo y nada más que hacer. Aquel motor no podía ser otra cosa que la visita anunciada en la carta.

El coche llegó hasta donde él estaba y se detuvo. El motor dejó de ronronear. Podía ver al conductor y a un acompañante. Le pareció que iban uniformados. Le miraron y acto seguido bajaron. Con paso ágil se dirigieron hasta donde se encontraba Stefan. Iban uniformados.

—*¿Herr Dörner, bitte?* —preguntó el acompañante del conductor. Era un joven alto, moreno y de buen aspecto. Tenía mirada aguileña. El otro era algo más mayor y con una tupida perilla. Ambos llevaban el uniforme del ejército americano.

—Sí, soy yo ¿quiénes son ustedes y cómo han llegado hasta aquí? —inquirió Stefan poniéndose de pie. El gato desapareció detrás de la casa. No le gustaban las visitas.

—Bueno, no ha sido fácil dar con usted para nuestra embajada. Pero a través de un buen amigo suyo en España, hemos sabido donde encontrarle.

—Llevo una vida muy discreta, pero no es difícil localizarme. No lo entiendo. Pago mis impuestos y llevo una vida de jubilado normal y corriente….

—A veces las personas con vida normal y discreta son las más difíciles de localizar. Es la mejor cobertura para los delincuentes, aunque no lo digo por usted — el visitante sonrió—. Bueno, Herr Dörner, soy el teniente Michael Williams y le presento al sargento Joseph Hanks. Trabajamos en la embajada americana en Berlín, en la Agregaduría Militar. Concretamente para el departamento de asuntos militares extranjeros. Queríamos hablar con usted.

Williams le mostró las credenciales que indicaban el grado de teniente del ejército norteamericano. También le mostraron una copia de la carta que él había recibido.

—Muy bien teniente, vienen de muy lejos… ¿sobre qué desean hablar? No entiendo en qué puedo ayudarles —Stefan estaba perplejo. Invitó a los recien llegados a entrar en su casa—. Siento que la casa esté algo desordenada. Pueden sentarse —se dirigió al pequeño mueble-bar—. No suelo recibir visitas. ¿Desean beber algo?

—No gracias— contestó Williams con una sonrisa, sentándose en el sofa.

—Yo tampoco, gracias— Hanks, algo más apartado, miraba con curiosidad la maqueta del Messerschmitt Bf 109 de Stefan. Se sentó junto a su compañero.

—Ese era mi avión durante la guerra. Pero esa es una historia ya pasada...

—Sr. Dörner, eso es lo que nos interesa. Esa parte de su vida es el motivo de nuestra visita —Williams se incorporó hacia Stefan. Éste le miraba con curiosidad.

—No sé en qué puede interesarles. Serví como piloto en la Luftwaffe durante toda la guerra en diferentes frentes y eso es todo. No tengo buenos recuerdos de esa época. Perdí a muy buenos amigos. Creo haberlo superado. No soy diferente a otros veteranos que puedan encontrar en Alemania actualmente.

—Sí, Generalmajor Dörner —Williams usaba el antiguo grado militar de Stefan—, usted es un veterano diferente. Además de una hoja de servicio excepcional en el frente, hay una parte de su participación en la guerra que quisieramos aclarar. Se trata del Proyecto Hagen y hasta donde llegó Alemania con ese proyecto.

—¿El Proyecto Hagen? El Proyecto Hagen, señores, es una leyenda —Stefan se sirvió una copa.

Los dos visitantes se miraron.

—Generalmajor Dörner, sabemos que usted participó activamente en ese proyecto y cumplió las ordenes militares que se le encomendaron —Williams puso un maletín de aluminio sobre la mesilla, lo abrió y sacó varios documentos—. ¿Le resulta familiar todo esto?

Las fotos mostraban un bombardero de largo alcance Heinkel He177 V-38 con la identificación KM + TB, diferentes aparatos técnicos, una foto de un edificio en Berlín con una enorme torre, varias fotos de la enorme fábrica Manfred-Weiss en Hungría, la fábrica Skoda en Praga, el aeropuerto militar de Letov, «Berliner Luft», documentos sellados como alto secreto militar y las fotos de diferentes soldados de la Luftwaffe. Stefan reconoció a sus compañeros. Su nombre aparecía destacado en color fosforescente sobre las copias de los documentos.

—No debe temer nada. Usted sólo fue un soldado. Es una parte de la historia de la segunda guerra mundial que mi gobierno quiere conocer en profundidad definitivamente y dar por cerrado el caso. Sólo queda usted como testigo de excepción. Disponemos de datos, pero son inconexos y no sabemos si son fiables y tampoco sabemos detalles. Nos falta el hilo conductor para hilvanar toda la historia. Usted es ese hilo conductor. No hay nadie más.

Stefan miraba a los dos hombres. Se mesaba su pelo canoso. Su cabeza empezaba a girar vertiginosamente. Los recuerdos se le agolpaban, iban, volvían... No podía ser que ahora tuviese que revivir todo aquello. Estaba todo enterrado junto a sus compañeros, su avión, la bomba, su mujer Claudia...

—No entiendo que interés tiene esa historia. Estamos casi en el nuevo milenio y todo eso está superado... Señores, estoy muy cansado ahora...

—No para nosotros. Debe ayudarnos y esa etapa de la historia quedará definitivamente cerrada para siempre —el rostro de Williams se endureció—. ¿Qué fue del General SS Kammler? ¿Realmente la bomba llegó a estallar? ¿Dónde? ¿Cuál fue el objetivo de la misión y por qué? Explíquenos en qué consistió el Proyecto Hagen y no le molestaremos más. Mi país le estará siempre agradecido por ello.

Habían pasado muchos años desde todo aquello y ahora parecía que no tenía sentido guardar los secretos de entonces. Stefan consideró que podría ser una buena terapia para él hablar de todo ello por fin. Cruzó las piernas y sostuvo su copa mientras miraba con detenimiento el líquido en ella. Trató de buscar la forma de iniciar su relato. Necesitaba ir más atrás en el tiempo para poder clarificar que pasó en aquellos turbulentos años.

—Necesitaremos un buen rato. La historia es larga y he de entrar en detalles necesarios para la buena comprensión de lo que pasó. Espero que mi memoria funcione bien.

Mientras tanto el sargento Hanks sacaba del maletín una cámara de vídeo y una grabadora.

—Vamos a filmarle y grabarle. Seguro que no le importa ¿verdad? Debe entender que habrá muchos datos que no recordaríamos si no los grabásemos. Gracias.

Stefan no puso ningún impedimento al sargento para que lo hiciera. Volvió a pensar en la costumbre que tenía de calcular caídas de las hojas, tiempo de planeo y lugar de aterrizaje. Sin duda le venía de niño, como a otros el memorizar matrículas de coches, y seguramente le empujó hacia los cálculos y la ingeniería en su vida profesional. Poco a poco, las palabras sobre aquella época comenzaron a fluir de su boca. Le fue bien durante las batallas aéreas en las que participó como piloto de caza en Polonia, Países Bajos, Francia y, sobre todo, en el Canal de la Mancha, durante la Batalla de Inglaterra en mayo de 1940.

Más tarde participó en la campaña de los Balcanes hasta Grecia en 1941 y como soporte aéreo en el sangriento asalto a Creta por las tropas paracaidistas del general Kurt Student. ¡Buen tipo Kurt! Nunca superó que casi 3.000 de sus hombres del nuevo cuerpo militar que había creado, los cazadores paracaidistas, cayesen en los dos primeros días de la batalla por la isla. Debido a ello, el Führer prohibió asaltos desde el aire y desde entonces y hasta el final de la guerra, los paracaidistas de Student lucharían como soldados de infantería.

Después vino el frente ruso y la guerra comenzó a cambiar tanto en brutalidad como de signo. La cola del Messerschmitt Bf 109 de Stefan ostentaba la marca, con hojas de laurel, de 100 aviones enemigos abatidos desde que se inició la guerra. En el frente ruso llevaba contabilizados 63 derribos a mediados de 1942. Stefan decía que no era difícil abatir a los obsoletos Polikarpov I.16 «Rata», que con una inconsciencia suicida se lanzaban sobre los modernos aviones alemanes. Era como un tiro al blanco. Sólo el Oberstleutnant Werner Mölders le había superado en rapidez de derribos con un total de101 (+14 en la guerra civil española), hasta su muerte en accidente aéreo el 22 de noviembre de 1941.

Stefan pertenecía al FliegerKorps VIII (Cuerpo Aéreo Von Richtofen) que en su última operación había combatido en Crimea enviado desde el frente central, dentro del Grupo de Ejército Sur al que pertenecía el VI Ejercito, que a finales de ese mismo año 1942 se haría tristemente famoso por la encarnizada batalla por Stalingrado y el desastre que representó para el ejercito alemán. Después de la caída de Sebastopol el FlKps VIII fue trasladado rápidamente para apoyar la ofensiva contra Kharkov y la destrucción del 6º, 9º y 57º ejércitos soviéticos en el saliente de Barenkovo. Allí Stefan fue derribado, pero sin más consecuencias pasando enseguida a las líneas alemanas. A mediados de junio de 1942, el FlKps VIII fue trasladado al sector de Kurks para la preparación de la ofensiva hacia el Voronezh y el Don.

El 4 de junio de 1942, Stefan recibió la orden de regresar urgentemente a Berlín y presentarse en el Luftministerium ante el Generalleutnant Werner Kreipe, a la sazón nuevo responsable de la formación de pilotos de caza. Stefan se sorprendió por la noticia y la urgencia en la demanda. Su Messerschmitt Bf 109 ya estaba preparado en la pista y su mecánico Frank Gröger le deseó buen viaje hasta Alemania. La orden de vuelo que preparó marcaba una parada técnica en Varsovia y luego un vuelo hasta el Flughafen Berlin-Tempelhof.

Las horas de viaje le permitieron pensar de qué podía tratarse su visita al Ministerio del Aire. Aunque había volado en otras alas de combate, conocía bastante bien a Kreipe y sabía que era un militar decidido, como había demostrado durante la toma de Francia y la Batalla de Inglaterra. Recordaba que decía que había sido trasladado a un trabajo de «rata de oficina» en el ministerio y se comentó entre los pilotos de caza que no aguantaría mucho tiempo. Él tampoco se sentía un hombre de despacho y pensaba en su rápido regreso con sus compañeros de formación.

Varsovia ya estaba a la vista. Viró su avión suavemente hacia el aeropuerto militar del General Gouvernement Polen, el nombre dado a Polonia tras la rendición. No estuvo más de media hora en los trámites oficiales de aterrizaje y despegue, recarga de combustible, un refrigerio y una llamada telefónica.

Otra vez en el aire. Había hablado por teléfono con Claudia desde el aeródromo. Ella estaba encantada de su próxima llegada a Berlín y él se sentía más tranquilo. Tenía muchas ganas de verla. En ese atardecer de primavera, observaba el paisaje alrededor desde su privilegiada atalaya voladora. Mientras oía el sonido monótono del motor, su cabeza recordaba aquellos campos de batalla polacos donde él se inició como piloto de

Berlín-Tempelhof en el Südring antes de la II Guerra Mundial

General de la Luftwaffe Werner Kreipe

Hermann Göring, Mariscal del Reich y máximo responsable de la Luftwaffe. En la foto luce la medalla *Pour le Merite*

combate y que ahora parecían tan lejanos en el tiempo. Rusia le había hecho cambiar. Sabía que nada volvería a ser igual.

Aunque Alemania ganase la guerra contra el bolchevismo, esa juventud a la que él pertenecía y que había conocido la forma de combatir en las vastas estepas rusas, sería dura e implacable. Era una juventud sin juventud. No habían tenido una vida como se esperaba de cualquier joven. Las circunstancias históricas les habían hecho crecer y madurar muy rápidamente de forma despiadada. Intentó imaginar un futuro para Alemania, para Europa incluso su vida con Claudia, pero no se veía capaz de ver cómo podía ser esa situación. Recordaba como sus padres ya mayores y su hermana pequeña Merlind se habían trasladado a Munich desde Berlín, antes de la guerra, por motivos laborales de su padre, y él había decidido seguir su vida solo en Berlín para ser piloto militar. Sin duda, la buena posición económica de su familia le había permitido esa oportunidad. Sus padres estaban muy orgullosos de él. Su hermana le escribía con frecuencia. Estaban muy unidos.

La torre de Tempelhof le dio permiso de aterrizaje y el Messerschmitt tomó tierra sin problemas. Un obergrefeiter se aproximó en un Kubelwagen azulado de la Luftwaffe para recoger a Stefan. El personal de mantenimiento también apareció de inmediato en un vehículo de arrastre para hacerse cargo del avión y ponerlo en un lugar resguardado y someterlo a las rutinarias comprobaciones técnicas. El Kubel llegó al edificio central del aeropuerto. Salvo pequeñas luces de orientación para peatones, por estrictas medidas de seguridad, todo estaba a oscuras. Pero distinguió sin problemas a Claudia, a la cual habían permitido el acceso a esa zona militar del aeropuerto. Estaba radiante.

—¡Stefan! No puedo creer que hayas venido. Ha sido tanto tiempo...

La abrazó fuertemente.

—Hoy vamos a dedicarlo a nosotros —sonrió—. Mañana tengo que estar en el Luftministerium. No sé que quieren de mí, pero espero que sea bueno para los dos.

Claudia estaba acelerada.

—Tengo que contarte muchas cosas. He avanzado mucho en mi tesis para el doctorado de Física. Quiero que mi Oberst Dörner sea el primero en verla. Bueno, mi padre ya la ha visto en parte, y le gusta, pero eso no cuenta tanto para mí. Quiero tu opinión, aunque esta noche es para nosotros...

Con 23 años, Stefan era un piloto reconocido y de primer orden, que desde mediados de 1942 hasta finales de 1943 iba a ser profesor de pilotos de caza en el aeródromo de Tempelhof en Berlín. La Luftwaffe no podía permitirse la pérdida de pilotos como él, por muy heroico que fuese un final wagneriano para un soldado alemán. Por ello, cuando el Generalleutnant Werner Kreipe se hizo cargo de todo el programa de entrenamiento tras la crisis anterior en la formación de nuevos pilotos, pensó inmediatamente en una nueva estructura de profesores experimentados llegados del frente que podían ser de más validez en las escuelas, que individualmente en primera línea. Stefan Dörner fue uno de ellos. La idea le pareció bien. Quizás necesitaba un descanso y, la verdad, había tenido mucha suerte hasta ese momento, pensó. A Claudia también le gustaría la idea sin lugar a dudas. Y así fue.

—Amigo Stefan, gracias por venir —Kreipe se levantó e invitó a Stefan a tomar asiento. El despacho era espartano pero confortable. Un retrato de Hitler y otro de Göring flanqueaban la mesa. Le adelantó una copa de coñac—. Acaban de traerlo de Francia, acompáñame.

Tomó un sorbo y luego entró en el asunto por el cual le había hecho venir. Stefan bebió un poco y se dispuso a escucharlo.

—Verás Stefan, sabes que no estoy de acuerdo con la política que se ha llevado a cabo hasta ahora en la preparación de los pilotos. Ni en el tiempo, ni en el contenido. Nuestros chicos tenían una formación política intensa, me parece bien, pero que de poco les servía para batirse allí arriba. Excepto de la RAF, hemos tenido suerte de que las demás fuerzas aéreas del enemigo eran anticuadas. Quiero cambiar todo esto y tengo plenos poderes para hacerlo. Göring y Milch están detrás.

—¿Y en qué te puedo ayudar yo? Ya sabes como está el frente en el Este y creo que mi lugar allí, hoy por hoy, es necesario… —inquirió Stefan.

—Eso no es problema Stefan, se puede arreglar, no te preocupes —le interrumpió Kreipe—. Es mejor para todos y sobre todo para Alemania que tú y otros ases estéis aquí. Sólo quiero un profesorado experimentado en el frente. Quiero hombres como tú. Quiero realidad en las aulas y en las prácticas de vuelo. Hoy eres más útil aquí que en el Este —Kreipe levantó la mirada—. Los ingleses y americanos sobrevuelan las zonas ocupadas y buena parte de Alemania sin demasiados problemas y el Führer no quiere que la población crea que la guerra pueda estar perdida o fuera de nuestro control. También es una apuesta personal de Göring que, como sabes, ya ha fallado en varias ocasiones.

Stefan le escuchaba atentamente, asintiendo a estas últimas palabras. El fracaso de la Batalla de Inglaterra, los bombardeos enemigos sobre Alemania, la población civil en contra y las excentricidades del personaje, hacían que el Mariscal del Reich no estuviese en sus mejores momentos de popularidad e influencia política. Y lo más grave, su cada día más baja influencia militar frente a otras armas, hacía que la Luftwaffe perdiese poder y presencia en las decisiones militares del Alto Mando del Ejercito.

—Göring quiere una sólida formación de los futuros pilotos de caza que expulse a los aviones enemigos de los cielos de Alemania y que luego pueda apoyar a nuestras tropas de tierra en sus avances. Le ha prometido al Führer la mejor preparación y resultados. Además ya sabes a que nivel de prestigio se halla la Luftwaffe: bajísimo. Debemos conseguir que el pueblo vuelva a creer en su fuerza aérea. La industria está preparando cada vez mejores aviones y mucho más rápidos a un ritmo de producción altísimo. Nuestros aviones actuales y los del futuro necesitan pilotos y nosotros vamos a formarlos. Pronto estarán a nuestra disposición los aviones a reacción, sin hélices, que vuelan el doble de rápido que cualquier avión enemigo. Están también en marcha otras armas mucho más revolucionarias que no podemos ni imaginar Stefan. Hoy Alemania necesita tiempo para su total desarrollo y ha confiado a la Luftwaffe esa necesidad y ese objetivo. Quiero pedirte que formes a las nuevas promociones en el área teórica, en los trucos y en aquellos puntos que sólo sabe alguien que ha volado, con éxito y le han salvado la vida, como a ti. Después lo complementarán con la práctica con otros instructores que también tienen experiencia real.

»En este proyecto participan más de 50 pilotos que tienen un mínimo de dos años de vuelo en combate y un mínimo de trescientas misiones cada uno. Puedes imaginarte el esfuerzo que eso significa en el frente. He formado grupos de 15 profesores y los he dividido en alguna de las 4 grandes escuelas de pilotaje de Alemania, incluyendo la de Schipol en Holanda. He exigido unos mínimos para poder llevar adelante todo esto. Y se me ha concedido. Göring y Milch han apostado muy fuerte. Tú estarás aquí, en Berlín-Tempelhof. He procurado acercar a los pilotos a sus hogares ya que eso ayuda a la moral y tranquiliza a los civiles. Seguro que te encontrarás con viejos camaradas.

Stefan apuró su copa.

—Estoy pensando en mis compañeros en el frente, pero creo que comprendo lo que explicas y participaré en ese proyecto. Me gusta. Estoy algo oxidado en formación, ya que hace años que no imparto clases. Ayudaba en una pequeña academia de Berlin Moabitt en matemáticas y luego durante mis estudios de ingeniería en la universidad para ganar algo de dinero.

Tras pensarlo un poco, añadió:

—De todas maneras Werner, me gustaría pedirte que cuando hayamos formado un número de pilotos suficiente, me dejes volver al frente o trabajar en el asunto de los bombarderos estratégicos que es algo en lo que puedo colaborar sin problemas y que Alemania también necesita. Creo que puedo aportar buenas ideas para su desarrollo.

—Ahora la prioridad es la formación de la defensa del Reich. En el futuro podemos hablar de otros asuntos, como el de los bombarderos de largo alcance. Por cierto, ya he preparado tus papeles para tu traslado a Berlín. Fírmalos y bienvenido. Werner Kreipe acompañó a Stefan hasta un ayudante fuera de su despacho, el cual le entregó la documentación que le autorizaba a quedarse en Berlín indefinidamente.

Aunque él era hombre de primera línea y de riesgo, su estancia en Berlín le permitió codearse con la élite del ejercito en todas sus ramas y, como es lógico, con la de la Luftwaffe. También se dio cuenta del politiqueo que se da entre las grandes figuras públicas. Eso no le gustaba, pero no tenía más remedio que adaptarse a ese entorno para intentar ayudar al máximo a los pilotos en todos los frentes en sus problemas diarios, que él comprendía perfectamente. Pensó que esa podía ser una buena razón para soportar a los soberbios oficiales de despacho, que se sentían intimidados ante la presencia de Stefan y sus múltiples condecoraciones conseguidas en el frente. Sus clases ya habían empezado y la verdad es que se le dotó de todo aquello que solicitaba, para impartirlas.

La revista de la Luftwaffe «Der Adler», le acababa de hacer una entrevista sobre su experiencia en combate y su aplicación en las aulas. Alemania necesitaba hombres como él. Su rostro aparecía en la portada de la revista. Le resultaba curioso verse en los kioscos. También los periódicos «Völkischer Beobachter» y «Das Reich», le dedicaron sendas entrevistas que, como es lógico, ensalzaban el patriotismo y la calidad humana y militar de Stefan, como ejemplo a seguir por los jóvenes.

A Claudia le encantaba y siempre que podía le acompañaba a Tempelhof. No vivían lejos, en la Noßtitz Strasse, junto a la Avenida de Gneisenau. Si no fuese por los bombardeos que sufría Berlín, casi se podría decir que llevaban una vida normal, con horarios casi normales. Su cargo militar le permitía no sufrir un racionamiento tan severo como el de la población civil. Claudia no quería que volviese al frente. La de ellos era una situación excelente, en un país derrumbándose.

Los alumnos en la escuela eran estudiantes-piloto formados rápidamente para la defensa del Reich, contra la oleada de bombardeos aliados en toda Alemania que se había iniciado el 27 de enero de 1943, con especial énfasis contra las bases de submarinos de Emden, Wilhemshaven, Kiel, Hamburgo, Flensburg, Lubeck y Bremerhaven, además de las bases francesas del Atlántico de La Pallice, St Nazaire, y Brest.

Durante el día los aviones americanos y por la noche la RAF, no dejaban de bombardear tanto centros militares, como fábricas, vías ferréas y también objetivos civiles. La idea de este último objetivo era minar la moral de la población, pero el efecto fue exactamente el contrario. La resistencia, la rabia y la moral se incrementó y según se supo más tarde, es casi seguro que la guerra se prolongó de uno a dos años debido a los bombardeos a los civiles. Goebbels aprovechó la circunstancia para acuñar uno de sus más sonoros slogans de guerra: «luftterror» o terror aéreo, comparando a los pilotos ingleses y americanos con terroristas que mataban mujeres, niños y ancianos indefensos.

El Comando de Bombardeo de la RAF, bajo la dirección del Mariscal del Aire A.T. Harris, más conocido como «Bombardero Harris» y que más tarde se hizo tristemente famoso por sus terribles bombardeos sobre Hamburgo y Dresde, dirigió sus bombas hacia objetivos de la cuenca industrial del Ruhr. Los bombardeos nocturnos sobre Essen, Duisburg, Wuppertal y otras grandes ciudades de la zona, trataron de neutralizar la capacidad productiva alemana. Muchos de los pilotos que se habían formado ya con Stefan lucharon en ese frente, lo cual provocó bajas insostenibles tanto para la RAF como para la USAF.

Ello supuso un cambio de objetivos en la planificación de los bombardeos sobre Alemania. El objetivo principal serían las fábricas que producían los aviones de caza y la industria auxiliar de aviación como rodamientos, motores, caucho y carburante sintético. Esta situación y el éxito inicial de esta estrategia junto a la coincidencia con la crisis alemana en otros campos de batalla como África, Italia y Rusia, condujo a una concentración de la fuerza aérea alemana para defender el Reich.

La Luftwaffenbefehlshaber Mitte, el comando aéreo responsable de la defensa de Alemania centró sus esfuerzos en reforzar los Jagdgruppen o grupos de caza y concentró su presencia en aeródromos de Holanda y Alemania. Stefan fue uno de los impulsores junto al Generaloberst Hans-Jurgen Stumpff de esta concentración de las diferentes alas de combate. El éxito de esta medida llevó al Generaloberst Stumpff a dirigir la Luftflotte Reich en diciembre de 1943.

Berlín, por su categoría de capital del Reich, sufrió el castigo aéreo diario prácticamente desde 1943, para sorna popular contra el Reichmarshall Göring, jefe de la Luftwaffe, que prometió en 1940, que ningún avión enemigo entraría en los cielos del Reich y que si no lo conseguía le podrían llamar Meyer, apellido judío para mayor escarnio. Evidentemente, no lo consiguió. Las sirenas de la alarma aérea eran popularmente conocidas como «la corneta de Meyer». La población consideraba a la Luftwaffe como la culpable de la situación angustiosa que debían sufrir en las ciudades. Göring y sus uniformes coloristas y de fantasía que se diseñaba él mismo, eran también famosos y provocaban comentarios jocosos. Los chistes al respecto circulaban por toda la ciudad y animaban el ambiente desolado. Según el juego de las unidades de medida popular, un «Gör» era la máxima cantidad de hojalata que un hombre podía llevar colgada del pecho sin darse de narices en el suelo.

Pero a pesar del esfuerzo militar, el signo de la guerra comenzaba a decantarse contra los intereses germanos. Alemania había declarado la «Guerra Total» a través de su ministro de Propaganda Joseph Goebbels en el Sport Palast de Berlín en febrero de 1943 tras el desastre de Stalingrado, bajo el lema de «la guerra total es la guerra más corta». Era una huida hacia delante. Alemania, desde ese momento, intensificó y dedicó toda su potencia industrial y tecnológica a la búsqueda de nueva armas que le permitiesen cambiar el signo de la guerra; las WuWa o Wunder Waffen (armas maravillosas). Una búsqueda desesperada en la que Stefan estaría implicado…

Observaba a los jóvenes pilotos de la nueva remesa en formación, sus comentarios y su bravuconería al llegar a Berlin-Tempelhof. Le recordaban a él mismo no hacía mucho. Esa bravuconería le había hecho perder muchos amigos que habían ido demasiado lejos en su temeridad frente al enemigo. Él también había sido excesivamente temerario y sólo la suerte le había mantenido con vida. ¿Se les había educado para ser invulnerables en el combate? La realidad le había hecho ver que no y la consecuencia fue madurar más rápido de lo normal.

Estos jóvenes tenían una formación técnica y de vuelo rápida ya que había que cubrir las constantes bajas de pilotos que sufría la Luftwaffe cada día en los cielos de Alemania. Stefan no quería engañar a los chicos, les explicaba la situación en combate de forma muy realista en sus explicaciones ante su absorta y entusiasta audiencia. Sus trucos de vuelo y maniobras de evasión eran algo que no explicaban los libros. Combinaba las explicaciones con proyecciones de diapositivas, películas y maquetas de aviones, que ilustraban claramente la forma de ataque y los errores que pueden suceder en un combate aéreo.

Stefan dividía los tipos de combate en: objetivo en tierra, mar, cazas, escuadrillas de bombarderos y tipos de vuelo para zafarse de un determinado enemigo y contraataque al mismo. También diferenciaba el día de la noche en vuelo, donde el combate aéreo cambia drásticamente. Las sesiones en simuladores para aprender el uso del radar, eran absolutamente necesarias. El radar se convertía en ojos y oídos del piloto de caza nocturno.

Las prácticas en vuelo se realizaban con los cazas Messerschmitt BF 109 y los Focke-Wulf 190 en versiones antiguas, pero cada vez era más difícil por la escasez de combustible y aviones disponibles. Esta preparación práctica la realizaban con el Staffelkapitän Klaus Grabinger, un buen amigo de Stefan. Habían volado juntos en muchas ocasiones y se debían la vida varias veces el uno al otro. Estaban en buenas manos para complementar la teoría.

Recordaba una mañana en la que un joven estudiante le increpó durante una explicación. Este joven era especialmente soberbio y lideraba la clase. Solía llegar en un automóvil Horch deportivo, descapotable y ruidoso. Era un automóvil de lujo en un país en serias dificultades. Stefan procuraba que su audiencia fuese lo más libre posible en sus preguntas, creía que esa participación formaba también a la persona que hay detrás de cada piloto. Un autómata rígido, en vuelo dura muy poco...

—Herr Oberts Dörner, el enemigo no puede luchar contra nuestras armas y nuestra determinación política. Sabemos por qué luchamos. Los rusos son subhumanos, son como animales incapaces de pensar y mucho menos pilotar un avión. Tienen bajas a niveles insoportables y son conducidos a la batalla por implacables comisarios políticos judíos. Mi padre, comandante de una unidad panzer en Rusia, me ha dicho que nuestras tropas le darán la vuelta a los acontecimientos en el este con nuevas ofensivas este mismo año.

Stefan le miró despacio mientras dejaba que acabase su perorata. Podía ser peligroso contestar exactamente lo que pensaba de la situación militar y del posible futuro de Alemania. No era un derrotista pero sí realista y no podía trasladar el desánimo a sus chicos.

—Comprendo su comentario y todos deseamos que sea como dice su padre herr Werner. También comprenderá que quiero que todos ustedes sobrevivan al combate aéreo sin que menosprecien la capacidad de un enemigo inesperado y determinado, que no valora la vida de sus soldados. Eso puede hacerles vulnerables a ustedes —Stefan miraba las expresiones en sus alumnos. Continuó.

—Además, no piensen sólo en los rusos, recuerden que también volarán contra ingleses y americanos y puedo garantizarles que saben volar. Los ingleses en particular, también son experimentados pilotos de combate. Son duros y rápidos. Sus aviones, como el Spitfire, son excelentes.

Hubo un silencio tenso tras las palabras de Stefan. Eso rompía muchos de los pensamientos de aquellos jóvenes acerca de sus enemigos. No podía culparles, la guerra se veía como algo excitante y aventurero. La muerte era algo glorioso y que les sucedía a los demás, no a ellos en particular. Los uniformes eran atractivos, los convertía en personas reconocidas y las chicas caían rendidas ante los héroes voladores.

La clase terminó con un sonoro timbre que anunciaba la parte práctica. Los jóvenes fueron saliendo en silencio hacia sus taquillas. Comenzaron a ponerse los paracaídas y parecían algo más animados ante la perspectiva del vuelo. Hans-Joachim Werner esperó a que sus compañeros hubiesen salido del aula y se acercó a Stefan.

—Herr Oberst Dörner, no he querido ofenderle con mis palabras, puede creerme. Sólo quiero que sepa que sabremos luchar, pero entendemos sus precauciones y consejos. Ninguno de nosotros sabe lo que es un combate aéreo real, pero sí que sabemos que Alemania necesita de todos nosotros el máximo esfuerzo y en eso no fallaremos.

Stefan sonrió levemente. Como ya sospechaba, aquel chico se había erigido como portavoz de sus compañeros. No tenía duda de que tenía personalidad. Ahora sólo faltaba que demostrase que era un buen piloto de combate.

—Bien herr Werner, espero que lo tengan en cuenta. No quiero asistir a sus entierros…

Klaus Grabinger apareció mientras Werner corría hacia su taquilla de vuelo.

—¿Que tal Stefan?. ¿Cómo te ha ido hoy? Te veo preocupado.

—Cada vez me da más miedo esta situación. Las levas son más jóvenes, inexpertas y no son conscientes de adonde les enviamos.

—Bueno, eso nos pasa a todos. Cada vuelo, cada combate, cada situación es diferente y siempre aprendemos. El problema está cuando la situación te supera y ya sabes que la muerte suele ser el final para un piloto de caza. No te preocupes más por ello. ¡Ah! Saluda a Claudia y dile que sigue en pie la invitación para cenar los cuatro.

Sonrió y se dirigió a los chicos. Estos estaban en formación, con sus equipos de vuelo. La cara de Klaus había cambiado y ya era el instructor duro e inflexible de siempre.

—¡Flieger, marsch!— ordenó. Los cincuenta muchachos se pusieron en marcha hacia los 20 aviones que estaban en la pista. Klaus se giró y guiñó un ojo a Stefan. Éste seguía pensativo y levantó la mano en señal de despedida.

Como de costumbre, se formaron los turnos de vuelo mientras el personal de tierra preparaba los aparatos. Correteaban entre los aviones de forma diligente, con el instrumental mecánico necesario y las mangueras de los camiones cisterna como látigos en el aire. Los camiones se fueron retirando. Los pilotos tomaron asiento en las pequeñas cabinas de los cazas, comprobando por última vez todos los aparatos de a bordo. Stefan siempre les decía que esa era una parte importantísima de su seguridad en vuelo. Los motores comenzaron a rugir. Klaus tomó asiento en su avión, un Focke-Wulf 190. Se ajustó su casco de cuero, los auriculares y el micrófono de cuello. Fue comprobando por radio que sus 19 alumnos instalados en los aviones estaban a la escucha y a punto.

Los demás permanecían en la torre de control con dos sargentos, escuchando las conversaciones por radio que se producirían durante la práctica de vuelo. Ésta duraría unos 30 minutos, luego ellos tomarían lugar en los aviones y así hasta completar el total de la clase. 16 Messerschmitt y 4 Focke-Wulf rodaron lentamente hacia la pista de despegue. Klaus se había situado al final de la comitiva de aviones para observar los despegues de los chicos. Iban despegando en cuña de tres aviones y así hasta que todos estuvieron en el aire.

Hoy volarían hacia el sur sobrevolando Potsdam y dirigiéndose hasta Luckenwalde. Una vez allí regresarían. Durante el vuelo harían diferentes maniobras de despiste, de apoyo y de persecución. Ya aparecía Wannsee bajo sus alas. Era la zona de recreo de Berlín, con sus enormes lagos y sus casas señoriales, que permanecía intacta a pesar de la guerra y su proximidad con la capital del Reich. Pronto sobrevolaron Potsdam. Klaus observó la Garnisonkirche donde en 1933, Hinderburg le había pasado los poderes a Adolf Hitler, recién nombrado canciller. Fue lo que se llamó el «Día de Potsdam». Muy pronto la ciudad quedó a su cola y Klaus volvió al momento actual. La práctica iba bien. Eran aviones rápidos y maniobrables que los alumnos entendían enseguida haciéndose con ellos sin dificultad.

Klaus era consciente de la rapidez con que aprendían los chicos a volar en sus aviones. El problema era la diferencia entre simplemente pilotar el avión o bien saber volar en combate entre un auténtico enjambre de aviones distinguiendo los propios de los enemigos, con el sol de cara, con subidas y caídas vertiginosas, persecuciones y todo tipo de tretas aéreas. Es lo que los pilotos ingleses llamaban «dog fight» o pelea de perros. No era fácil. Una buena parte de los chicos ya caería en su primera experiencia. Era casi inevitable. Por ello, todo el profesorado que estaba involucrado en este proyecto trataba de dejar muy clara la diferencia, aunque en muchas ocasiones el arrojo o la inconsciencia de los jóvenes provocaba situaciones mortales.

Dos meses antes y durante el entrenamiento en vuelo contra bombarderos y utilizando un avión Heinkel 111 como «enemigo», uno de los chicos rozó el alerón de cola del bombardero al intentar zafarse del mismo. Todo ello a una altísima velocidad. El Messerschmitt 109 perdió el ala derecha instantáneamente y el Heinkel 111 una parte del timón de cola. Los dos aviones perdieron el control precipitándose contra el suelo. La tripulación del Heinkel 111 murió en el accidente y el chico sobrevivió aunque con quemaduras el más del setenta por ciento de su cuerpo y pérdida de visión en su ojo izquierdo. Este accidente estaba provocando muchos problemas burocráticos y de control, aparte del terrible sabor de boca que provocaba ver morir a camaradas.

El teléfono sonó. Era Klaus.

—¿Qué tal Claudia? Tengo reservada mesa para cuatro en *Zur Letzten Instantz* a las ocho. Estaré en vuestra casa a las siete y media. No acepto negativas y además estáis invitados —estalló en una carcajada—. Vamos, dile a Stefan que no esté preocupado. Hoy le he visto muy serio y le conviene salir un poco. Waltraub también tiene muchas ganas de veros a los dos.

Claudia confirmó la cita y se lo dijo a Stefan que se mostró contento ante la idea. Waltraub, la mujer de Klaus era su antítesis, seria, disciplinada, ordenada, pero muy buena amiga de Claudia. Ahora hacia tiempo que no se veían ya que Claudia estaba preparando la defensa oral de su tesis ante el tribunal universitario y apenas salía.

Zur Letzten Instantz, en la Waisentraße 14-16, era el restaurante más antiguo de Berlín. Debía su nombre a los abogados y profesionales de la judicatura que lo visitaban antiguamente. Fue fundado en 1621 y por allí habían pasado personajes de la talla de Napoleón, Máximo Gorki y un largo etcétera de famosos de todo tipo. Los precios eran razonables y su especialidad era el codillo de cerdo. Ahora era frecuentado por militares y personal administrativo de los ministerios de Berlín Mitte, el barrio donde estaba situado.

—Llevamos más de 500 alumnos-pilotos formados. No están más de cuatro semanas de preparación. Kreipe me llamó el lunes pasado para que considerase una formación de 3 semanas solamente. ¡Es increíble! Creo que es insuficiente para el combate al que han de enfrentarse. Recuerda el accidente del Heinkel y la impericia que aún tienen en situaciones extremas —se quejaba Stefan.

Klaus le miró fijamente.

—Hoy no podemos solicitar más tiempo. Tú sabes que nuestro nivel de bajas y el tiempo de preparación y reemplazo de las mismas es muy rápido.

Creo que les damos el bagaje suficiente para que puedan defenderse. Otra cosa es que están en vuelo constantemente y muchos se queden dormidos. Me lo comentó el otro día el Doctor Manfred Windel, que se está encontrando con ese problema. Falta descanso. En el caso de los cazas nocturnos, además hay un problema añadido muy grave: los choques en pleno vuelo, que ya alcanzan un siete por ciento, durante los combates con las escuadrillas de bombarderos y cazas de la RAF.

—Es cierto Klaus, pero fíjate en que debido a las bajas que les hemos inflingido, ahora llevan escolta de cazas tanto de día como de noche. Es decir, los chicos han de saber volar contra bombarderos y cazas. Eso es totalmente diferente y les mantiene en el aire continuamente, no pueden resistirlo y pierden reflejos. Tal como están las cosas es muy difícil que podamos mantener esta situación. Se puede decir que se derriban ellos mismos —Stefan apuró su cerveza y miró alrededor con desconfianza por si alguien les escuchaba—. Necesitamos tener potencia en el bombardeo de largo alcance y aplastar sus pistas y aviones en tierra, allá donde estén. Para ello, hemos de revolucionar nuestra estrategia tanto en aviones, tripulaciones y capacidad de bombardeo…, sabes que además quiero contar contigo en mi proyecto.

—Bueno chicos, ya es suficiente —interrumpió Waltraub—. Claudia y yo queremos ir a bailar al Adlon, tal como habéis prometido—. Klaus pagó la cuenta a un diligente camarero que seguidamente trajo los abrigos de las mujeres y les acompañó hasta la puerta del local.

La Alexander Platz y su enorme estación de tren se veían no lejos de allí. Lloviznaba suavemente, pero prefirieron ir paseando hasta el Berliner Spree, el enorme río que cruza Berlín. Se veían edificios afectados por los bombardeos, aunque la gran mayoría todavía estaban bien. Había gente por las calles a pesar de la hora que era, pero sobre todo militares y responsables de baterías antiaéreas. Por alguna razón desconocida, la RAF todavía no había hecho su aparición. Pasó un convoy de camiones en dirección este, seguramente al enorme Zoo Bunker en Tiergarten.

—Estoy algo cansada, ¿por qué no tomamos un taxi? —sugirió Claudia. Pararon en la Molken Markt, justo al final de la Spandauer Straße, un gran cruce sobre el Spree y allí decidieron tomar un taxi.

Mientras esperaban el taxi, vieron acercarse a un grupo de soldados de permiso y por lo que parecía con varias copas de más. Sus uniformes negros delataban su pertenencia a las tropas panzer. Uno de ellos, pelirrojo y alto, increpó a Waltraub.

Luftministerium en Berlín, cuartel general de la Luftwaffe (foto realizada después de la guerra). El edificio existe y es actualmente el Ministerio de Finanzas

El enorme Flakturm I-Zoo Tiergarten en Berlín después de la guerra. Los dos inmensos bunkers del zoo fueron una formidable defensa durante el asedio a Berlín

Hotel Adlon junto a la Puerta de Branderburgo, Pariser Platz, Berlín años 20/30

—Deja esos cobardes voladores y ven con hombres de verdad… —dio un traspiés y a punto estuvo de caer. Uno de sus compañeros lo cogió al vuelo. Vomitó descontroladamente sobre su camarada.

—¡Eres un cerdo Otto! —le dijo chillando y apartándose de él.

Se limpió con la bocamanga de su uniforme. Era un soldado muy condecorado, un obergreiter.

—No soporto a los aviadores. Así tenemos nuestras ciudades y el frente. No aparecen cuando más se les necesita y míralos, ¡cenando con un par de putas!

Todo fue muy rápido. Klaus se abalanzó sobre el tanquista. Éste se zafó de Klaus propinándole un puñetazo. Klaus le dio un cabezazo en la cara. La sangre comenzó a caerle a borbotones. El resto de sus compañeros intentaron separarles. Stefan cogió fuertemente a Klaus.

—Vamos, déjalo ya. Están borrachos.

Las mujeres estaban al borde de un ataque de histeria. La tensión era muy elevada y no se podía olvidar que todos iban armados. No era la primera vez que se producían muertes en una absurda pelea callejera.

—¡Schupo! —gritó uno de los tanquistas—. ¡Vámonos, rápido!

Cómo si hubiese sido un calambrazo que les había hecho pasar la borrachera instantáneamente, los soldados desaparecieron enseguida en la noche. Ser detenidos por la Schutzpolizei de permiso y armando pelea, podía significar regresar al frente inmediatamente. Y según el altercado y sus consecuencias, a un batallón de castigo o la horca. No se permitía que los militares diesen mal ejemplo a los civiles en las ciudades. La Gestapo no estaba para bromas y menos en temas de moral combativa o derrotismo en la retaguardia.

Dos pequeños camiones de color gris matizado, con los faros tapados formando una pequeña franja de luz, llegaron hasta donde estaban las dos parejas y varios policías saltaron rápidamente al suelo. Un sargento se dirigió hacia Stefan. Se cuadró ante él.

—Buenas noches Herr Oberst. ¿Qué ha pasado aquí? Alguien nos informó de un altercado y hemos venido inmediatamente. ¿Puedo ver su documentación, por favor? —tal como estaba establecido Klaus y Stefan entregaron sus documentos militares al policia.

—Efectivamente ha habido alguna pelea algo más arriba, se oía ruido y gritos, pero no hemos visto nada —mintió Stefan manteniendo la compostura y con mirada fija hacia los ojos del schupo. Éste le mantuvo la mirada, pero tuvo claro que un Oberst era mucho rango para él. Seguramente estaba en el Luftministerium y eso era demasiado si había problemas.

El policia miró a las mujeres.

—Parecen nerviosas ¿han visto algo? —negaron con la cabeza—. Ya veo —sonrió el schupo mientras revisaba la documentación. Sus hombres recorrían la zona más próxima en busca de evidencias. Levantó la cabeza hacia Klaus.

—¿Se ha hecho daño en la cara Herr Staffelkäpitan? —la cara de Klaus era todo un poema.

—Sí, he resbalado al salir del restaurante y me he golpeado la cara. Pero ya estoy mejor y mañana ni se notará. Esta lluvia fina es muy resbaladiza...

—Lo comprendo perfectamente y me alegro de que sólo sea un simple rasguño. Hay que tener cuidado al caminar...

La sorna del policía no dejaba lugar a dudas, pero cada uno hizo su papel. Para qué buscarse complicaciones. Klaus asintió con la cabeza las palabras del schupo.

Devolvió la documentación y mandó subir a sus hombres de nuevo a los vehículos.

—Tengan cuidado. Les recomiendo que no estén muy lejos del refugio antiaéreo más cercano —los camiones desaparecieron de la vista con rapidez.

—Creo que no queremos ir al Adlon —indicó Claudia—. Se me han quitado las ganas...

—¡Sois dos idiotas! —estalló Waltraub muy enojada—. Habeis estropeado la noche. No nos preocupa lo que puedan decir un grupo de estúpidos soldados borrachos...!

—¡No vamos a tolerar que digan lo que quieran ante nuestras narices! —respondió Klaus pasándose un pañuelo por las heridas.

—Esa es la imagen que tienen de nosotros —dijo Stefan— y como ellos el pueblo, que piensa exactamente lo mismo. Creen que no luchamos suficiente y nos pegamos la gran vida en Alemania. No entienden por qué los bombarderos enemigos se pasean sin problemas y atacan impunemente las ciudades.

Un taxi paró a una señal de Stefan y pronto estuvieron en sus casas. La mente de Stefan no paraba de pensar. El incidente de esa noche se convirtió en un punto de giro de lo que él creía que debía hacer. Estaba acabando 1943, que no había sido precisamente un buen año para Alemania. Tras el fracaso de Stalingrado en enero, la derrota del Afrika Korps de Rommel, la ofensiva blindada en Kurks y la batalla que ya se desarrollaba en el sur de Italia, las cosas pintaban realmente mal aunque se fuese optimista. Y sobre todo la omnipresente potencia aérea aliada que hipotecaba cualquier plan militar germano. Más del sesenta por ciento de los aviones de la Luftwaffe se hallaban en territorio alemán, para defenderlo, con el debilitamiento de otros frentes.

Los aliados sabían que a pesar del sacrificio en hombres y material sobre Alemania, el mantener a la Luftwaffe fuera de juego en los otros frentes, les daba una ventaja militar indiscutible. Y que Alemania no podía aguantar eternamente el poderío económico y militar de los socios aliados. Era una batalla entre la calidad y la cantidad y Stefan tenía muy claro que era, por lo tanto, una batalla de tiempo. Cuánto podrían resistir así no lo sabía, pero siempre había pensado en un golpe de efecto que hiciese temblar el edificio aliado y le hiciera reconsiderar su posición. Pero la pregunta era ¿cómo?

En octubre de 1943, Stefan fue promocionado a Generalmajor por su excelente trabajo y resultados en la formación de los pilotos de las escuadrillas que operaban en todos los frentes. Klaus Grabinger fue ascendido a Oberst y se le hizo responsable de la escuela de Berlín Tempelhof. El propio Hermann Göring les condecoró en una pequeña ceremonia con otros treinta miembros de la Luftwaffe, en el Luftministerium en la Wilhelm Straße, junto a la nueva cancillería. El Führer les había convocado seguidamente en la cancillería, con otros militares de diferentes armas para felicitarles personalmente y celebrar un pequeño convite.

—¿Cómo está Herr Oberst o debo dirigirme a Vd. ya como Generalmajor? —la voz de Hans-Joachim Werner era inconfundible. Werner estaba destacando como piloto de caza y llevaba ya treinta y cinco derribos, veintiocho de los cuales eran bombarderos. Stefan había seguido a distancia los pasos de varios de sus chicos y estaba contento con las noticias que recibía. Desde luego Werner se estaba convirtiendo en un as.

—Sabía de Vd. y le felicito. Está destacando como piloto y me alegra mucho, ya que tengo algo que ver con ello —contestó Stefan sonriendo. Se dieron un abrazo—. ¿Cómo le va todo y donde está destinado ahora?.

—La verdad es que bien, aunque no tenemos ni un minuto de descanso. Ahora estoy en Holanda, en Schipol, pero en enero me destinan al sur, cerca de Hannover. También sigo con mi afición a la fotografía, como siempre —Werner señaló a varios de los pilotos que iban a ser condecorados y que se hallaban en otro corro hablando—. Le alegrará saber que hay varios pilotos aquí de su escuela de instrucción.

Stefan miró alrededor, confirmando las palabras de su exalumno:

—Creo que fue una buena leva la suya Werner. También hemos perdido a algunos en el camino, es difícil aceptarlo.

Desde luego Werner estaba mucho más maduro que durante sus clases en Berlín. La dura vida militar en combate y la muerte de amigos suyos, le había hecho ver bruscamente, la realidad de las cosas.

—¡Werner parece mentira que seas un buen piloto! ¿ Cómo has conseguido que te otorguen una cruz de caballero? —bromeó Klaus. Se abrazaron y pronto empezaron a incorporarse al corro otros jóvenes pilotos. Stefan y Klaus reconocieron a algunos de sus ex alumnos entre ellos. Había buena camaradería y se sentían admirados por ellos.

Apareció un jefe de protocolo que situó a cada futuro condecorado en su sitio y avisó de la llegada al salón de actos del Mariscal de Reich. Todos estaban en posición de firmes cuando Hermann Göring apareció con una sonrisa y pasó ante cada uno con la mirada fija. Llevaba uno de sus uniformes de fantasia u opereta, según Klaus, de un color azulado brillante, su bastón de mariscal y condecoraciones que adornaban la guerrera. Su *Pour le Merite*, que colgaba de su cuello, se distinguía de las demás. La había ganado durante la I Guerra Mundial, mientras volaba en la escuadrilla del famoso Von Richtofen, el «Barón Rojo», y era una gran condecoración militar. A Stefan le costaba imaginarse a aquel hombre como soldado normal en el frente.

Mientras iba entregando las condecoraciones, el título acreditativo y un pequeño comentario de agradecimiento, se dirigía cada uno por su nombre. No podía entender cómo se sabía y memorizaba esa información, pero era así. Pronto llegó ante Stefan.

—Generalmajor Dörner, quiero que sepa que agradezco profundamente todo lo que está haciendo por Alemania. La formación de los pilotos es la base, el yunque, para que nuestro martillo aéreo golpee fuertemente a nuestros enemigos. La patria está en deuda con hombres como Vd. Y si hoy podemos afirmar que el triunfo será para nosotros, no tenga duda de que Vd. Generalmajor Dörner, ha sido también artífice de todo ello. Gracias —Göring le dispensó un fuerte apretón de manos.

—Gracias Herr Reichmarshall.

Así hasta que condecoró a todos y cada uno de los asistentes. Luego se puso en medio de todos ellos, en una especie de círculo, algo que Göring, un gran relaciones públicas, apreciaba. Estaba rodeado de sus hombres y ellos tenían que resarcir su imagen ante el Führer.

—Nuestro Führer desea conoceros y a pesar de sus abrumadoras tareas como máximo jefe del ejercito y canciller de Alemania. Os ha concedido una audiencia en la cancillería, junto a otros soldados de diferentes armas.

El Führer sabe de nuestro esfuerzo diario en detener a las hordas enemigas y sabe también de nuestro valor personal en ello. No le defraudéis. Alemania lo espera todo de vosotros.

A pesar de la corta distancia que había hasta la cancillería, unos doscientos metros, todo el grupo se dirigió en varios automóviles que esperaban a la salida del Luftministerium. Göring quería mantener las apariencias de su Luftwaffe. Klaus y Stefan consideraban que era un despilfarro absurdo. El enorme Horch de Göring arrancó e inmediatamente todos los demás le siguieron guardando las distancias reglamentarias.

La nueva cancillería era un enorme edificio que hasta ese momento y por algún misterio insondable, se había mantenido alejado de las bombas. Por ello, resaltaba en todo su esplendor el mármol, las enormes estatuas de Arno Breker, uno de los escultores favoritos de Hitler, la guardia SS en las puertas y los enormes pasillos y salas de conferencias.

Un ayudante de las SS les recibió y dirigió hasta la enorme sala donde se encontrarían con el Führer. Habían varias mesas ya servidas con un refrigerio frugal y unas bebidas. Todo espartano, como le gustaba al «jefe», según se le llamaba en la intimidad entre los mandos.

Había soldados de diferentes armas y que también habían sido condecorados por sus mandos. Representantes de las Waffen SS, panzer, marina y submarinos, infantería, etc., daban a la recepción un aspecto muy curioso.

No era normal que estuviesen todos juntos. En la época de los grandes desfiles, antes de la guerra, era habitual, pero ahora era raro. Unos tenía sus propios problemas de mando y los otros le parecían un incordio y de poca ayuda el estar allí. Göring saludó a todos y en particular a Himmler que también estaba allí junto a Doenitz, responsable de la Kriegsmarine y del arma submarina. No había duda de que era un momento importante y allí había una excelente representación de los mejores soldados del ejercito alemán. Según calculó Stefan podía haber más de doscientas personas en la recepción.

En algo estaban de acuerdo: todos estaban expectantes ante la recepción. De hecho, salvo los altos mandos, ninguno de ellos había estado antes en persona frente al Führer. Los reporteros gráficos de las revistas «Signal», «Der Adler», «Das Schwarzes Korps» y de los periódicos «Das Reich» y «Völkischer Beobachter» entre otros, se afanaban por tomar instantáneas

Nueva Cancillería en la Wilhelmstrasse, Berlín

General de Paracaidistas
Kurt Student

SS Obersturmbannführer Max
Wünsche, ayundante personal de
Hitler en el Cuartel General

de la recepción, revoloteando entre los militares y solicitando que posaran de tal o cual manera. Sería un reportaje propagandístico de primer orden.

—¡Der Führer kommt! —anunció una voz de repente.

De repente, una puerta se abrió y tras dos ayudantes de cámara de las SS, apareció Hitler. Stefan reconoció a Max Wunsche que acompañaba al Führer y le hacia varias indicaciones. El Obersturmbannführer Wunsche se distinguió más adelante en la Batalla de Normandía al frente de una compañía de tanques de la SS División *Hitlerjugend*. Era un buen soldado con experiencia. Tenía un rostro esculpido en granito y una mirada fría como el acero a pesar de su juventud. Era un clásico soldado de las SS. El hecho de que estuviese junto al Führer podía ayudar a los soldados de primera línea por su amplio conocimiento del frente, en las decisiones del Cuartel General.

Göring, como militar de más alto rango se adelantó hacia Hitler y éste le saludo.

—Mi Führer, tal como era vuestro deseo, quiero presentaros a los soldados de la Luftwaffe, Waffen SS, Kriegsmarine y Wehrmacht que han sido promocionados y condecorados por su valor y arrojo ante el enemigo en todos los frentes. Ellos saben que es una lucha despiadada y sabrán darlo todo por Alemania —Hitler miró al grupo.

—Soldados —la voz ronca de Hitler comenzó a sonar en la estancia. Su acento austriaco era perfectamente reconocible. Tenía buen aspecto y su chaqueta cruzada, de corte civil, lucía una desnudez estudiada, donde sólo su cruz de hierro de primera clase que obtuvo en la Primera Guerra Mundial y el águila en el brazo izquierdo, rompían la monotonía visual—, cuando el 9 de noviembre de 1923 nuestro movimiento nacionalsocialista intentó ser abatido en la Feldherrhalle de Munich y salimos airosos sólo con nuestro ideal frente a las balas cobardes del judaísmo, los plutócratas y los traidores de noviembre de 1919 que habían vendido nuestra patria, supe inmediatamente que nuestro movimiento y nuestras ideas permanecerían para siempre como guía del pueblo alemán. El titánico esfuerzo de llevar el peso de una guerra que nunca quise, pero a la que me vi abocado, se hace más llevadero sabiendo que dirijo a soldados como vosotros y sabiendo que Alemania puede confiar en vosotros. La batalla es descomunal y el enemigo ha puesto todo su potencial en la extinción de nuestra patria y los valores occidentales y europeos que defiende. Por ello, he querido recibiros aquí para agradeceros vuestro esfuerzo en la victoria final. Sé que no es fácil, pero tampoco lo fue para Federico el Grande y triunfó frente a todas las adversidades, cuando todo parecía perdido. También sé que los sacrificios deben de continuar, es necesario. Estamos en un momento histórico para Alemania, Europa y el mundo. Nuestra civilización occidental está amenazada por las hordas infrahumanas del este y por la decadente sociedad multisanguínea americana. El hecho de que vosotros hayáis destacado en la lucha, frente a enemigos numéricamente superiores, es la señal de que nuestra civilización debe y puede vencer en esta desigual batalla por la libertad de Europa en un nuevo orden. Alemania está sacrificando a sus mejores hombres en esta batalla, pero no será en vano. Yo mismo me he dedicado en cuerpo y alma a esta empresa, de la que sólo podemos salir como vencedores. No desfallezcáis en el esfuerzo fanático por la victoria. Puedo garantizaros que nuevas armas están a punto para vosotros. Armas para el ejercito de tierra, mar y aire. Armas que cambiarán el curso de los acontecimientos y harán ver a nuestros enemigos que Alemania tiene todavía un potencial extraordinario. Estamos en una época de enanos, cobardes y miserables, donde sólo puede brillar la pureza de nuestra pueblo superior y que se está demostrando cada día en los campos de batalla.

Miró despacio a cada uno de ellos.

—Vosotros representáis lo mejor de Alemania. El mundo os observa con admiración y espanto ante vuestra capacidad para la lucha. Ellos no saben hasta qué punto nuestra determinación es inquebrantable. Me llena de orgullo saber que hombres como vosotros estáis defendiendo a nuestra patria en los campos de batalla europeos. Somos la última barrera entre el judaísmo y nuestra civilización occidental. Si fallamos en esta empresa descomunal, Europa habrá terminado y no merecerá otro final —hubo un corto y tenso silencio—. Pero sé que no será así. No tengo dudas de vuestra capacidad militar y personal y eso me da tranquilidad para alcanzar nuestro objetivo. ¡Sieg heil!

Todos estaban firmes y levantaron el brazo al unísono. Un estruendoso *Sieg Heil* cerró el parlamento del Führer.

Hitler acompañó a Göring hasta las mesas. Tras detenerse en varias de ellas y conversar brevemente con los soldados luego, según su costumbre, se retiró. Comenzó una animada charla entre los presentes. La presencia del Führer incomodaba a más de uno y, sobre todo, la prohibición de fumar en su presencia y la ausencia de bebidas alcohólicas no era la mejor forma de celebrar una fiesta.

Stefan se encontró con el general Kurt Student, el responsable del cuerpo paracaidista. No se había percatado de su presencia en la sala hasta ese momento.

—¡Mi general! —bromeó Stefan cuadrándose.

—¡Stefan! Qué tal estás. Hacía mucho tiempo que no te veía —Student no disimulaba su alegría por el encuentro. No era hombre de hipocresía. Más de una vez había pensado en incorporar a Stefan a su alto mando. Pero éste siempre había preferido la aviación. Brindaron por el encuentro.

—Ya sabrás que llevo en Berlín desde mediados del año pasado. Estoy al cargo de la formación de los pilotos de caza en Tempelhof y la verdad, me dedico en profundidad al tema. ¿Cómo estás tú?

—Mira Stefan, entre tú y yo, esto es una mierda. Pido más material, más hombres y me lo dan todo con cuentagotas. Tengo a buena parte de mi tropa en Italia. Se baten como demonios y las bajas son enormes. Han logrado parar a Monty en Sicilia, pero ya veremos como acaba. Somos menos que ellos y con menos medios. Kesselring está montando la defensa de Italia y creo que con buen criterio. Me gusta, ya que tiene tropas de diferentes orígenes, veteranos de Africa y está formando todo un cuerpo de ejercito.

Era cierta la situación en Italia y los hombres de Student, su primer regimiento de paracaidistas concretamente, lucharía en la abadía del Monte Cassino durante casi medio año, contra tropas polacas, indias, neozelandesas y británicas, escribiendo una de las páginas gloriosas del ejercito alemán.

Stefan agradecía la confianza mutua al hablar con el general Student.

—Oye Kurt, estamos muy limitados con los cazas. En la situación actual y con estos medios, no podemos detener la ola de bombardeos aliados. La única forma es cortando sus suministros y bombardeando sus bases y fábricas en origen. Estoy meditando mi incorporación al ala de bombarderos pesados y de largo alcance. Creo que es un arma a desarrollar. Los intentos hasta ahora no se han considerado seriamente y tenemos un campo de enorme potencial que puede reportarnos muy buenos resultados militares. ¿Qué te parece la idea?

—Hoy Alemania necesita y tiene ideas. Pero nuestro problema es el tiempo —como siempre Student no se andaba por las ramas—. Creo que puedes tener un buen futuro en esa especialidad. Me consta que hay desarrollos en marcha, aunque no he entrado mucho en ese tema. Ya tengo bastante trabajo con mis paracaidistas. Por mi parte creo que debes intentarlo. Has hecho un buen trabajo en tu cargo actual y por eso ahora eres Generalmajor, y puedes hacerlo también en bombarderos. Ahora ya conoces lo vericuetos administrativos de Berlín y con quién hablar de todo esto.

Student tenía razón. Berlín era un hervidero administrativo, donde la burocracia ahogaba y retrasaba muchos asuntos por el exceso de control. Alguien que sabía *navegar* en ese mar, podía sacar buenos resultados y Stefan sabía con quién hablar. Pero, ¿por dónde empezar?

La clase de ese día terminó tras un vivo debate acerca de la posibilidad de aproximación y derribo desde debajo contra una superfortaleza americana o un Lancaster inglés. Desde luego en los dos casos había un peligro enorme, pero parecía más «sencillo» en el caso del Lancaster, por su menor capacidad defensiva inferior. Stefan despidió a los chicos que partieron hacía otra aula donde les esperaba Friedrich Moltke para una prueba escrita sobre temas de mecánica. Stefan regresó a su despacho y se dispuso a leer un informe sobre el presupuesto y el material que había solicitado para el año en curso. De repente la puerta se abrió.

—Stefan, viejo sinverguenza, ¿a qué te dedicas ahora? ¿cuál es tu esfuerzo por la victoria final? No me lo digas: formas a los nuevos pilotos… —como un torrente y con su gorra ladeada como era habitual en él, Adolf Galland entró en el despacho de Stefan en Tempelhof. Cerró la puerta y se sentó pesadamente. Estaban solos.

Aunque ya se conocían del frente, las últimas obligaciones docentes de Stefan le habían alejado del General der Jagdflieger Adolf Galland. Era el máximo responsable de todo el cuerpo de cazas del ejército alemán. Galland era un tipo simpático, de aspecto latino y con bigote, un gran sentido del humor y auténtico líder para sus hombres. No tenía el aspecto prusiano típico, aunque era un gran soldado. Últimamente y, por motivos del cargo, estaba más en Berlín y ello propició un reencuentro de los dos ases.

—Adolf te veo estupendo y sales muy bien en los semanarios cinematográficos y en la prensa ¿qué te trae por aquí? —aunque no se hubiesen visto desde hacía meses, hablaban como si se hubiesen visto el día anterior.

—Si seguimos así, esto se acaba Stefan —la abrupta y directa sinceridad de Galland le sorprendió—. ¿Sabes qué datos tengo? El ratio de combate aéreo nuestro es que luchamos con una proporción de uno a siete. El nivel de los americanos es muy bueno y hemos perdido en los últimos cuatro meses más de mil pilotos y entre ellos a los mejores oficiales. Esos huecos no los podemos rellenar. Piensa que en cada raid aéreo que sufrimos perdemos alrededor de cincuenta pilotos. Las cosas han llegado tan lejos que existe el riesgo de un colapso en nuestro cuerpo de vuelo.

Adolf Galland, General der Jagdflieger, máximo responsable de los pilotos de caza

Un Heinkel He177 V38 con un misil teledirigido He 293. Era un avión muy moderno y de aerodinámica muy avanzada

—No me sorprenden esas cifras —Stefan se puso de pie—. Una buena parte de mis alumnos, cerca del cuarenta y cinco por ciento han caído. Recibo los datos semanalmente y ya sé que no formamos suficientes pilotos al ritmo de derribos que sufrimos. Has de tener en cuenta que no todos los jóvenes pueden ser pilotos y aunque hacemos la vista gorda en algunas admisiones, sólo podemos poner en el aire a los que tienen potencial. Y se enfrentan a algo descomunal, que supera cualquier previsión. Por lo tanto, llegará el momento, como tú dices, que no tendremos pilotos en el aire para detener los ataques aéreos.

—¿Sabes la última que pretende implantar el gordo? —Galland se refería a Göring—. Como los bombarderos americanos llevan escolta de cazas, quiere que nos concentremos en derribar a los bombarderos y no nos enfrentemos a los cazas en ningún caso. Es decir hemos de sortear a los cazas sin molestarles y entrar en el «paquete» de bombarderos y comenzar la caza. Ayer me llamó Hartmann del JG 6 y me dijo con toda la razón que el vuelo más seguro que se puede imaginar sobre Alemania, será el de un caza americano... Imagínate cuál puede ser la moral para las formaciones de pilotos si esto sigue así y con estúpidas ideas que no conducen a nada.

—Todo esto que me dices refuerza mi idea de potenciar los bombarderos estratégicos de largo alcance —Stefan se sentó y miró fijamente a Galland—, que es algo de lo que siempre hemos pecado en la Luftwaffe. Piensa lo que sería poder llegar a lugares distantes en territorio enemigo, que apenas están protegidos ya que no imaginan que podemos llegar. No sólo es el efecto del bombardeo en sí, es el aspecto psicológico de la población civil que se ve al alcance de nuestras armas. Es la forma de detener o ralentizar los bombardeos si podemos bombardear sus fábricas en Inglaterra, Rusia y en América. Además no son subterráneas y centralizadas a diferencia de las nuestras. Nuestra red del Abwehr tiene las localizaciones de cada factoría. Yo ya estoy trabajando en ello y tú me puedes ayudar. Tu fama popular hace que los demás no puedan negarte nada. He pensado incluso en el avión bombardero que podemos potenciar entre varias opciones: el Heinkel He 177 V-38.

Curiosamente, la cara de Adolf Galland parecía aprobar lo que decía Stefan. Una cierta sonrisa se dibujaba en sus labios. Sacó una pitillera de plata, extrajo un cigarrillo y lo encendió pausadamente, disponiéndose a seguir escuchando a Stefan.

En aquel momento entró Klaus.

—¡Vaya a quien tenemos aquí! —Klaus se cuadró con una sonrisa ya que también era un buen amigo de Galland—. Alguien me dijo que vendrías, pero no te esperaba hasta la tarde.

—La verdad es que os quería ver a los dos y he venido antes —bajó la mirada y luego la alzó alternativamente hacia los dos— estoy muy cansado de todo y buscaba desconectar del papeleo del Luftministerium y aunque depende de la situación sí que quiero veros con más frecuencia. Eso me ayudará a soportar mejor el día a día. Creedme, no es agradable mandar a la gente al matadero, sin ninguna posibilidad. No sabéis hasta qué punto hay limitaciones de todo tipo. El gordo ya no tiene ningún poder en la cúpula y todos los esfuerzos van hacia la marina y las SS.

—He volado ya con los nuevos Messerschmitt 262 a reacción y puedo aseguraros que es un gran avión, pero llega tarde y en pocas cantidades. Nada hoy conocido puede superarlo, pero sus pilotos requieren un entrenamiento especial y aprender a volar de una nueva manera. Eso quiere decir tiempo y material. Lo tenemos difícil mis amigos —se puso de pie y se dirigió hacia la ventana que daba al aeródromo—. Alemania está trabajando en varios proyectos y he tenido acceso a información secreta. Por ejemplo, nuevos submarinos de largo alcance, más rápidos y que pueden permanecer sumergidos mucho tiempo. Nuevos carros de combate más pesados y mortíferos. Nuevas armas para la infantería que mejorarán su efectividad. Los nuevos cohetes V1 y V2 capaces de atacar cualquier lugar en un radio de acción amplio y otros ingenios aeronáuticos que traspasan nuestra imaginación, pero que hoy por hoy están sólo en las mesas de dibujo de nuestros ingenieros. Aparte de veros, lo que siempre resulta agradable cuando ves que tantos amigos y camaradas ya no están con nosotros, es solicitaros que os incorporéis de nuevo al servicio activo, pero respondiendo a tu deseo e interés Stefan quiero que sea en bombarderos de largo alcance. Werner Kreipe está al corriente y de acuerdo. He de deciros algo, el Führer está detrás de este asunto ya que comparte tu criterio, Stefan, de preparar y ejecutar una acción sostenible de castigo en zonas enemigas remotas y nuevas para nuestro bombardeo, es decir operaciones estratégicas que aporten moral para Alemania y destrucción en la capacidad operativa enemiga.

Klaus y Stefan se miraron y no pudieron contener una sonrisa de satisfacción ya que parecía que sus proyectos iban a tomar forma por fin.

—No es exactamente que trabajéis con otros pilotos de bombardeo estratégico, sino en una misión o misiones concretas, que abrirán la puerta a una futura arma aérea de largo alcance o Comando de Bombardeo Estratégico. Es un asunto de la máxima importancia —Galland se atusó el pelo y apuró el cigarrillo.

—Responderéis ante mí de los pasos que vais dando —Galland guiñó un ojo y sonrió—. En otras palabras, tenéis vía libre para hacer algo gordo, lo más rápido posible. El Führer quiere algo grande y he pensado en que bombardeéis Moscú o Nueva York pero de forma devastadora. Hemos de demostrar que hemos recuperado nuestra capacidad ofensiva, tras los últimos reveses militares.

Las caras de Stefan y Klaus mostraban estupefacción por la misión que se les solicitaba. Galland era uno de los militares de más alto nivel de Alemania, pero esta operación excedía lo que parecían sus funciones habituales. El asunto venía desde lo más alto del escalafón.

—No debe sorprenderos que sea yo quien dirija desde la Luftwaffe este proyecto secreto. Tan secreto que ni Göring lo conoce en su totalidad. Mejor dicho —añadió—, no conoce ni un diez por ciento.

Galland había adivinado la cara de sorpresa de sus interlocutores por la misión que se estaba gestando y que les proponía.

—Ya os he dicho que el Führer no confía en el gordo y prefiere confiar en gente de primera línea que ha demostrado su valía para los asuntos importantes y que no se echa atrás. También quiere gente discreta y capaz de no hablar demasiado.

Stefan ya estaba pensando en la nueva situación que se le planteaba. Era una operación técnicamente viable, sobre todo en el caso de Moscú. Pero no parecía aportar nada extraordinario para el frente el bombardear la capital soviética. En el caso de Nueva York era más complejo técnicamente hablando, pero quedaba más claro no sólo el efecto psicológico e histórico de un bombardeo sobre los americanos, sino que dejaba claro que no podrían estar tranquilos en su continente. De todas maneras, ¿qué querría decir Galland con «bombardeo devastador»? ¿Harían falta varias misiones de ataque o bien una escuadrilla enorme de aviones en un único raid?

Galland continuó.

—Dentro de un mes, el próximo 15 de febrero de 1944, necesito tener sobre mi mesa varias ideas para llevar a cabo esas misiones, pros y contras y vuestra sugerencia definitiva y por qué. Me parece muy bien tu selección del Heinkel He 177 V-38. Es una buena opción en la actualidad.

—Si el plan que redactáis es viable, lo presentaremos al Führer. Una vez aprobado, el gordo lo sabrá después. Por cierto y para acabar, me interesa Stefan que habléis con el General de las SS Hans Kammler y del proyecto que llevan entre manos con nosotros la Luftwaffe, entre Berlín y Budapest. Prefiero que sea él quien os ponga al corriente y tendréis acceso sin restricciones al proyecto de bombardeo que se está preparando. Lo que estamos trabajando en este momento será necesario para tu proyecto de bombardeo estratégico. No puedo deciros más en este momento. Háblale claro, ya verás que es rápido y resolutivo.

Incluso Klaus siempre tan dicharachero, se había quedado mudo ante la envergadura del proyecto que les solicitaban. Stefan inquirió:

—Bueno, parece claro que este asunto está por encima de otros proyectos y consideraciones y es una forma de recuperar la imagen de la Luftwaffe. El aspecto ofensivo de la misión también aparece diáfano. No voy a entrar en más detalles por ahora, ya que soy un soldado y debo obedecer órdenes —sonrió—. Prepararemos lo que solicitas y estaremos en el Luftministerium el próximo 15 de febrero. De todas formas Adolf, intuyo que es una operación de un solo avión, ¿podremos hacer daño de verdad?

Galland se giró hacia ellos:

—Ya veréis lo que está en marcha. Os sorprenderá. Cuando hayáis hablado con Kammler os ponéis en contacto de nuevo conmigo para entrar en más detalles. Tenéis línea directa conmigo en cualquier momento y también teneis despacho en el Luftministerium. De todas maneras, os pido dedicación absoluta a este asunto. Tenéis visado y presupuesto para viajar por todo el Reich sin problemas. Y con respecto a la escuela de pilotos, como es lógico, tendréis que dejarla. Ya tengo a vuestros sustitutos seleccionados. No os preocupéis por ahora por los chicos. Lo que podréis hacer en vuestra misión les va a ayudar muchísimo más en el futuro. Gracias a los dos.

Se puso la gorra ladeada a su estilo, se ajustó la chaqueta forrada con piel de cordero y salió al pasillo. Klaus y Stefan le acompañaron hasta el vehículo en el que había venido. El conductor aguardaba de pie junto a la puerta trasera del coche. La abrió al ver aparecer a Galland.

—¿Adolf, qué posibilidades tenemos de conseguirlo y por qué nosotros? —le preguntó Klaus todavía con cara de dudas.

—El fracaso no es una opción amigos. Dispondréis de los materiales y equipo suficientes para lograrlo. ¡Ah! y sois los mejores. Sé que lo conseguireis —sonrió Galland sentándose en el automóvil. El chófer cerró la puerta del Kubel y este se alejó traqueteando.

—Esto supera cualquier idea —sonrió Stefan, mirando como el coche se alejaba— y ten por seguro Klaus, que quieren que escribamos una página en la historia de Alemania.

—Stefan, sabes que creo en el tema de los bombarderos de largo alcance. Los americanos los usan y les funciona muy bien, los ves cada día por toda Alemania. Lo que rompe mi esquema es el proyecto que acabamos de aceptar que no sé de qué se trata y tampoco sé como puede acabar. Esa es mi duda y creo que es razonable.

—Sí, yo también estoy sorprendido y sabes que nunca había pensado en algo así. De todas maneras y por ser prácticos, el primer paso es ver al General Kammler y empezar a indagar qué se cuece y en qué nos afecta a nuestra misión.

Volvieron al despacho de Stefan y sonó el teléfono. Era Werner Kreipe el superior de Stefan.

—Estoy al corriente de la nueva situación. Quiero desearles a los dos los mayores éxitos en su nueva misión y agradecerles lo que han hecho por los pilotos que han pasado por la escuela de Berlín-Tempelhof —la voz de Kreipe era sentida. Demostraba agradecimiento y parecía lamentar la marcha de dos de sus mejores instructores.

Stefan colgó tras despedirse cordialmente en nombre de los dos. Miró a Klaus.

—Por cierto, qué querías antes cuando has venido a mi despacho.

—Lo siento Stefan, pero no me acuerdo. Esto ha sido demasiado gordo para mí.

Las risas estallaron entre los dos amigos, aunque la preocupación por lo que se les solicitaba iba por dentro.

Claudia ya se había doctorado y era feliz a pesar de las carencias que se vivían en aquellos históricos días. Había obtenido una plaza de ayudante en la cátedra de Física de la Universidad Humboldt de Berlín. El Dr. Werner Ziesser era su jefe y aunque muy exigente con su personal y los alumnos, era una persona tratable en asuntos personales y profesionales. La verdad es que Claudia no podía quejarse.

Stefan llegó a casa ese día de buen humor. Claudia lo adivinó enseguida.

—Tengo que decirte algo Claudia —sonrió Stefan—. Voy a permanecer en Berlín y dentro de un nuevo proyecto que trata de bombarderos considerado alto secreto. Klaus estará conmigo también y respondemos ante Galland en el Luftministerium —la miró fijamente a los ojos—, ¿qué te parece?

—Sinceramente, prefiero que estés alejado de la guerra directa y parece que este proyecto te retendrá en la ciudad y lejos del frente. Me parece muy bien. Sé que no estás autorizado a revelar de qué se trata, pero mientras te vea en casa y bien, tengo suficiente —le abrazó fuertemente. Permanecieron así un rato—. ¿Y los chicos de la escuela de pilotos? —preguntó Claudia.

—Bueno, Galland se ocupó en buscarnos sustitutos y Kreipe está de acuerdo. He hablado con él. Mañana por la tarde, cuando acaben la clase del día, tenemos una pequeña despedida con los chicos y presentación de los nuevos profesores-piloto. La verdad es que me parece que los dejo desasistidos; no sé, me siento responsable de ellos. Es horrible saber que una gran parte no volverá…

—Tú ya has hecho hasta donde podías y has cumplido con tu deber. No pienses más en ello —Claudia era práctica—. He podido conseguir algo de verduras y carne de cerdo. He preparado una cena que creo que te gustará y así lo celebramos al mismo tiempo.

II

Uranorium

Stefan se recostó en su butaca. El sargento Hanks cambiaba la cinta de grabación y Williams se giró hacia Stefan.

—Qué puede decirnos del proyecto atómico alemán señor Dörner. ¿Alemania había llegado muy lejos realmente…?

—Bastante más de lo que suele pensarse y de lo que dice la historia oficial, aunque la vía para conseguirlo fue bastante intrincada y con el peligro del espionaje enemigo. El general SS Kammler fue la persona idónea para la dirección de ese complejo asunto…

Las palabras de Stefan volvían a fluir fácilmente.

—Todos sabemos que en 1942 Alemania se hallaba en un año crucial en su contienda por dominar la guerra y los países ocupados. Las conquistas realizadas debían incrementarse hacia el este, pero ese objetivo requería un esfuerzo enorme en la búsqueda de armas que ayudasen a lograr esa meta rápidamente y con el menor coste material y humano. Fue un año muy importante ya que Albert Speer fue nombrado ministro de armamento del Reich, sustituyendo al enérgico Dr. Todt, que había muerto hacía poco en un accidente de aviación.

—Albert Speer, un hombre joven, arquitecto y muy apreciado por el Führer, reorganizó el ministerio con el objetivo de lograr la mayor eficacia y rentabilidad en la obtención de resultados, con unos costes económicos asumibles. La Segunda Guerra Mundial fue una guerra económica, como casi todas, y Albert Speer lo sabía. Sabía también que esa era una guerra muy difícil para Alemania. La capacidad económica y productiva de los aliados y sobre todo de Norteamérica, era muy superior a la germana. Incluso los rusos habían desplazado y montado sus fábricas de armamento y fundiciones de acero en zonas remotas del país, inalcanzables en aquel momento al armamento alemán. La producción del enemigo y la ayuda material entre ellos, ponía en serios apuros el esfuerzo alemán en el futuro. Alemania contaba con científicos de alto nivel que ya desde 1938 trabajaban en varios programas técnico/científicos de desarrollo, pero sobre todo volcados en un programa atómico propio que pudiese tener aplicaciones civiles y militares. Destacaban, entre ellos, el profesor Werner Heisenberg, descubridor del principio de incertidumbre y premio Nobel de Física y Otto Hahn, descubridor en 1938 de la fisión nuclear y premio Nobel de Física 1944. Este último descubrimiento era clave y necesario por tanto, para la aplicación militar de la energía nuclear y en particular en el desarrollo de una bomba atómica. Fueron ayudados por los profesores Kurt Diebner y Walter Gerlach, responsables técnicos y políticos del *URANORIUM*, que era el nombre del programa oficial alemán de energía nuclear.

»Todo este equipo y el material para su desarrollo se hallaban en una sede en Berlín llamada popularmente *Virus Haus*, ya que había sido un hospital de enfermos infecciosos. Este nombre, alejado de la verdadera finalidad del trabajo que se desarrollaba en su interior, tenía la ventaja del supuesto despiste sobre sus verdaderas intenciones y alejaba a los curiosos ante una eventual contaminación por virus. En realidad se trataba del Instituto de Física Kaiser Guillermo, situado en Berlin-Dahlem al suroeste de la capital y su investigación se basaba en la fisión nuclear. Era un bunker forrado de plomo ante las radiaciones. Una imponente torre remataba el conjunto de edificios y era conocida como la Blitzturm o «torre del rayo», conteniendo un separador atómico «Van de Graaf», totalmente operativo. Este ciclotrón era capaz de generar un millón y medio de voltios.

»Cuando se inició la guerra en 1939, Werner Heisenberg estaba destinado en una unidad de cazadores de montaña. Inmediatamente y junto a otros científicos, recibió ordenes del Heereswaffenamt (Oficina de Armamento del Ejercito, dirigida por el general Becker y a su muerte por el general Leeb) en Berlín, para que estudiasen la posibilidad de la utilización práctica de un nuevo descubrimiento: la fisión nuclear. La fisión nuclear implicaba la separación del núcleo con la salida de una enorme cantidad de energía. Evidentemente, bajo una correcta supervisión y circunstancias, el proceso de fisión del uranio podía ser controlado, obteniendo un reactor de producción de calor que podía ser aplicado en la producción de energía eléctrica, por ejemplo. En otras circunstancias, si la reacción es descontrolada, la energía escapa muy rápidamente, produciendo una enorme explosión: una bomba atómica.

—Ante tal perspectiva técnica, Heisenberg tomó el mando de este proyecto, enviando en tres meses un informe secreto, dividido en dos partes, sobre sus investigaciones acerca de la fisión nuclear. El informe, denominado «Sobre las posibilidades de la producción técnica de energía a partir de la separación del uranio» y fechado el 20 de febrero de 1940, abre la puerta a las posibilidades reales germanas para desarrollos atómicos, cuya aplicación podía ser variada, pero sobre todo militar.

»Hasta 1942, Heisenberg dirigía un pequeño equipo de investigación cuyo trabajo se centraba en un reactor nuclear en la Universidad de Leipzig que analizaba los efectos de la reacción en cadena y supervisaba, al mismo tiempo, un segundo equipo más numeroso en Berlín. El 1 de julio de ese mismo año, trasladó a todo el equipo a la *Virus Haus*, para continuar sus investigaciones. El pequeño equipo de la Universidad de Leipzig, trabajaba sobre el diseño y la construcción de un reactor de agua pesada y uranio llamada «La máquina de uranio». El trabajo de Heisenberg se centró en que ambos componentes se ubicaban en diferentes capas alternativas, en una esfera metálica, dividida en dos hemisferios y atornillada en su perímetro, de 740 mm. de diámetro, 750 kg. de peso y 2,2 litros de agua pesada. Este punto era clave: si contenía agua pesada, era sin lugar a duda un reactor. Si contenía parafina (keroseno), sería, sin lugar a dudas, una bomba. Heisenberg trabajaba en la dirección de la energía atómica como combustible alternativo, de múltiples aplicaciones. Eso le costó el rechazo de las autoridades militares, que buscaban aplicaciones no civiles en cualquier nuevo desarrollo. El agua pesada de la esfera de Leipzig servía como ralentizador de los neutrones, permitiendo que los mismos pudiesen provocar la fisión del Uranio 235 o la transformación del Uranio 238 en plutonio 239/240, por su absorción. En el interior de la esfera se encontraba otra esfera central, llena de agua pesada y rodeada de uranio en polvo. Un error de Heisenberg fue el rechazo a utilizar grafito como ralentizador de los neutrones. El grafito utilizado en las pruebas previas no era puro y las impurezas que contenía absorbieron los neutrones, con lo que el equipo de investigación rechazó el grafito como componente útil. En realidad es un excelente moderador, de bajo coste y de fácil obtención. Heisenberg y su equipo consideraron que el agua pesada era otra sustancia prometedora para sus proyectos. El agua pesada es una rara forma de agua común, donde el deuterio, una forma del átomo de hidrógeno cuyo peso atómico es mayor, sustituye el hidrógeno común del agua. Por supuesto, es más laboriosa y compleja de obtener que el grafito.

»El 4 de Octubre de 1942, Heisenberg presentó su informe bajo el epígrafe *GEHEIME* (secreto), titulado «Nutzbarmachung Von Atomkernenergien» (Aplicaciones de la energía del núcleo atómico). El dossier analizaba y explicaba al ministro de armamentos, Speer, la imposibilidad técnica de lograr una bomba atómica en un plazo inferior a tres o cuatro años. Es decir, 1945 o 1946. Según añadía Heisenberg, él y su equipo se veían capaces en un tiempo algo inferior a desarrollar un reactor capaz de propulsar un submarino. Este desarrollo podía ser más eficaz, según Heisenberg, ya que sería una propulsión eterna y de bajo mantenimiento. Ante los problemas de carburante y de energía eléctrica que podían avecinarse, era una buena y sólida argumentación para el ministro. Las cantidades de combustible sintético que fabricaba Alemania no daban abasto para el esfuerzo militar en todos los frentes. A la vista de la propuesta, Albert Speer estuvo de acuerdo en la búsqueda de un reactor capaz de propulsar a los submarinos, de bajo mantenimiento y fácil fabricación. Pero de nuevo la escasez de recursos económicos llevó a Speer a conceder un presupuesto con la exigua cantidad de dos millones de Reichmarks. De todas maneras, esa cifra era veinte veces superior a la solicitada inicialmente por Heisenberg, que se vió complacido por el incremento. Pero ello le hizo ver a Heisenberg la enorme dificultad burocrática y de obtención de materiales que tendría que pasar para llevar adelante su proyecto.

»El gobierno alemán, con Hitler a la cabeza, era una estructura compleja y autónoma, donde cada ministro tenía su parcela y difícilmente la compartía con otros. El Führer era conocedor de todos los proyectos y aglutinaba el máximo poder, que era la información. Además, no había un paladín o sucesor claramente indicado, con lo que cualquier decisión, necesariamente acababa en Hitler. Esto provocaba muchos problemas, controles, desconfianza, etc., que no facilitaban la labor ni los avances. Muchos proyectos, con el objetivo común de ganar la guerra, se desarrollaron en paralelo y sin colaboración mutua. Los esfuerzos se redoblaban sin ninguna necesidad.

»No tengo dudas de que la inmensa variedad de tipos de armas, aviones, tanques e incluso ejercitos y uniformes (Waffen SS, Werhmacht, Kriegsmarine, Luftwaffe), sin duda llevó a una fértil competencia entre las diferentes partes y equipos de investigación de la máquina de guerra alemana. Los avances tecnológicos fueron abrumadores en muchos campos y no sólo militares, sobre todo si los comparamos con las modestas y conservadoras innovaciones realizadas por los aliados, donde la copia sistemática utilizando equipos de espionaje era la clave del desarrollo. Era la cantidad frente a la calidad. Toda esta variedad técnica alemana sería uno de los factores de más peso en la derrota, ya que se provocaba un derroche prohibitivamente caro con respecto a los recursos disponibles. Piensen que Albert Speer no se libró de la mecánica de funcionamiento del gobierno y su trabajo como ministro de armamentos y sus atribuciones se encontraban fuertemente limitadas a garantizar a la industria de guerra alemana las materias primas, la energía y la mano de obra necesaria para que las empresas de armamento y sus productos complementarios siguieran en marcha. Su concentración en su tarea y trabajo como departamento estanco a una posible permeabilidad de otros departamentos hizo que permaneciese ajeno a la verdadera naturaleza del programa de cohetes, por ejemplo. Desde 1943, este programa dependía de la estructura industrial de las SS de Himmler, con quien Speer mantenía una profunda y mutua enemistad personal. Jamás hubo intercambio alguno de información entre ambas partes, a excepción de los requerimientos o solicitudes imprescindibles para la entrega de materias primas. Speer llegó al punto de considerar que el programa de cohetes V2 era una estupidez, un capricho y una fantasía más de la visión geopolítica de Hitler. Curiosamente y al principio, Speer apoyó este programa mientras estuvo en manos de la Werhmacht. Hitler, y a la vista del escepticismo de su ministro de armamento, ya desde 1943 no le comentaba nada sobre el programa de investigación de cohetes, ya que el Führer conocía por anticipado la respuesta de Speer y en el fondo no quería enemistarse con él. Este alejamiento de Speer también se dio con el programa secreto de aviones a reacción, que dependía por entero de la Luftwaffe y concretamente de Göring, con quien Speer también mantenía una tensa relación. Speer llegó a presenciar el despegue de una V2 a principios de 1945, pero ignoraba todo sobre los desarrollos de bombarderos intercontinentales a reacción como los Horten XVIII o el Arado E555, así como desconocía la mera existencia de los cazas de despegue vertical como el Focke Wulf Triebfugel o el Natter.

»Incluso las V1, desarrolladas y construidas por la Luftwaffe y las V2 dependientes de la Werhmacht y luego de las SS, crecieron y se desarrollaron de forma separada y en competencia. No había una estructura de mando estratificada y unitaria en la dirección de armamentos, como ocurría en los Estados Unidos, Inglaterra o Rusia, una estructura que estuviera bajo el control total de Albert Speer: sólo Hitler estaba en conocimiento de la totalidad de proyectos y acciones que se realizaban en su Reich. Información valiosísima que el Führer no dudaba en usar y administrar para fomentar una dura competencia entre los diferentes grupos de trabajo y así reforzar su poder personal. En el fondo, y como ya se ha comentado, este sistema competitivo dilapidaba tiempo, personal, dinero y material que era lo que más necesitaba el Reich.

»En el caso del proyecto atómico, aunque Heisenberg ya había empezado pronto sus trabajos, también pasaba lo mismo y por ello tres grupos de trabajo lo desarrollaban en paralelo y sin cruzar información:

1) El proyecto oficial de Speer y Heisenberg, que estaba financiado por el propio ministro. Este trabajo y su desarrollo se encaminaba a la física teórica pura, sin conexión directa con el esfuerzo militar alemán, salvo la creación a medio y largo plazo de un reactor para submarinos y su posible aplicabilidad posterior en áreas civiles e industriales. Siempre hubo dudas acerca de que si Heisenberg realmente utilizó todo su esfuerzo científico o fue un saboteador que retrasó deliberadamente el desarrollo militar del la energía atómica.

2) El segundo grupo lo constituía el Ministro de Telecomunicaciones (Reichpost) Dr. Wilhelm Ohnesorge, en colaboración con la Werhmacht y posteriormente con las SS, controlando el trabajo del famoso físico Barón Manfred Von Ardenne, quien desarrollaría la separación del uranio enriquecido 235, mediante una técnica de centrifugación del hexafloruro de uranio en sus laboratorios subterráneos de Berlín. Este grupo firmaría un contrato con la compañía Auer, en donde otro ingeniero llamado Nikolaus Riel inventaría un sistema de refinado rápido de óxido de uranio. La producción masiva de uranio enriquecido y plutonio se llevarían a cabo en las gigantescas instalaciones petroquímicas de la empresa IG Farben.

3) El tercer grupo, comandado por el eficaz y resolutivo general SS Dr. Hans Kammler y controlado totalmente por las SS, colaboraba con la Luftwaffe en la creación de un programa nuclear independiente, en el que se obtendrían resultados operativos a mediados de 1943. Dicho grupo trabajaba con un grado extremo de secretismo y a partir de 1943 se fusionaría con el proyecto nuclear del Reichpost de Ohnesorge, controlándolo todo a partir de entonces. Ese mismo año, las SS se harían con el emporio industrial húngaro «Manfred-Weiss», donde se montarían todas las bombas atómicas alemanas. El nombre judío de la «Manfred-Weiss» podía servir de

tapadera para el proyecto de las SS. Dos tipos de bombas atómicas serían terminadas por este grupo y capturadas por los aliados: una de uranio, desarrollada en la ciudad de Ohrduf por el Dr. Seuffert, y otra de plutonio, desarrollada en la ciudad de Innsbruck, Viena, por el equipo del Dr. Stetter.

»Me parece necesario, en este punto, hacer una referencia obligada al General de las SS y Doctor en Ingeniería Hans Kammler y su aparición en el proyecto atómico alemán y armamento secreto. Nació el 26 de Agosto

Barón Manfred Von Ardenne

Dr. Ing. Wilhelm Ohnensorge, Reichspostminister

de 1901 en Stettin y su nombre completo era Hans Friedrich Karl Franz Kammler. Estudió en la Technischen Hochschule de Munich y Danzig, diplomándose como ingeniero. Amplió sus estudios hasta la licenciatura y obtuvo su doctorado el 29 de noviembre de 1932 en la Technischen Hochschule de Hannover. En toda su formación destacó sobre otros alumnos por su disciplina y alto nivel de trabajo. Ya en la guerra y con su capacidad de organización y rapidez en la toma de decisiones, su grupo de trabajo ya había conseguido en 1943 resultados operativos. Su fama era tal que, a partir del atentado contra Hitler del 20 de julio de 1944, todos los proyectos considerados como alto secreto son absorbidos por las SS, bajo el mando unificado del general Kammler.

»El general Dr. Kammler también destacó rápidamente en las SS por su experiencia y eficacia en la construcción de enormes fábricas subterráneas. Su inteligencia y su actitud de «se puede hacer» fueron enseguida reconocidas en la organización SS, por lo que su carrera tuvo un impulso meteórico en escalafón e influencia en el III Reich. El «Grupo Kammler» de investigación reunía lo mejor de lo mejor en investigación y al final de la guerra, el general Dr. Kammler era uno de los cinco personajes más influyentes de Alemania.

»El general Kammler no sólo arrebató a la Werhmacht la totalidad del proyecto atómico, sino también el control del programa de cohetes V-2 y los futuros A-9 y A-10 que eran misiles intercontinentales estratosféricos. Es decir que debido al atentado al Führer se unificó por fin el trabajo bajo una misma dirección, al igual que los aliados, con lo que se podía conseguir más rapidez, menos dispersión presupuestaria y objetivos finales más claros. El llamado «Grupo Kammler» trabajaba bajo las siglas FEP o *Forschungen, Entwicklungen und Patente* (Investigación, Desarrollo y Patentes). Esta organización de desarrollo técnico trabajó de forma independiente y sin reportar al Reichsforschungsrat (Consejo de Investigación del Reich), acerca de sus desarrollos en varios campos.

»A finales de Mayo las SS, bajo la dirección del general Kammler, construyeron cerca de Pilsen (Bohemia y Moravia), lo que hoy llamaríamos un centro de investigación de alta tecnología y que trabajaba en estrecha colaboración con la fábrica Skoda en Praga. Bajo la protección directa de Hitler y Himmler, este centro de investigación trabajó con entera autonomía desarrollos para las Waffen SS o tropas de combate de las SS. El propósito principal era desarrollar una segunda generación de armamento secreto.

Los investigadores de las SS presionaron rápidamente, con todos los medios a su alcance, para desarrollar nuevos motores a reacción, proyectos de láser y óptica avanzada y también motores para aviones y cohetes basados en energía nuclear. En este último campo los desarrollos eran increíblemente avanzados, llegando a probar turbinas atómicas en el Messerschmitt Me 264 V-1. Tras destrozar los aliados el prototipo en tierra el 18 de julio de 1944, las SS aplicaron las turbinas atómicas a un Heinkel He 177, pero llegó el final de la guerra... El general Kammler fue el espiritu y el dirigente de este y otros muchos proyectos increíbles aún hoy en día.

»El general Kammler, vivía en el mismo edificio en Berlín que el Barón Manfred Von Ardenne. Esta proximidad, fomentó la amistad entre los dos hombres y permitía que Kammler visitase frecuentemente los laboratorios subterráneos de Von Ardenne situados en los sótanos antiaéreos de ese mismo edificio. No hay duda que el trasvase de información y sobre todo cuando se unificó el mando, se produjo sin problemas y Kammler estaba al día de los progresos técnicos y dificultades con que se encontraba Von Ardenne en su trabajo.

»El General Kammler también sustituyó al ministro Speer en muchas de sus áreas de trabajo y sobre todo en la monumental organización Todt, famosa por sus trabajos de construcción de bunkers en toda la costa atlántica y formidables edificaciones defensivas en muchos puntos de Europa y Alemania. Kammler desarrolló un sistema administrativo paralelo al estado,

El general SS Dr. Ing. Hans Kammler

con el objetivo de trabajar más eficazmente, totalmente computerizado con tarjetas perforadas. También llevó a cabo y a espaldas de la Werhmacht y del Ministerio de Armamento, las enormes instalaciones subterráneas de Turingia, donde se hallaban la mayor parte de las minas de uranio de Alemania y del Reichsprotektorat de Bohemia y Moravia en Checoslovaquia.

»Tras la guerra, el General Dr. Hans Kammler desapareció sin dejar rastro. Aunque según informes de CIA recientemente desclasificados, existen indicios que afirman que sobrevivió a la contienda y que participó, con una nueva identidad, en el programa nuclear soviético a partir de 1945. Aparte de historias rocambolescas sobre su suerte tras la guerra, es cierto que aparentemente no ha habido interés por parte de los vencedores en conocer el paradero real del general. Es igualmente chocante que Kammler haya sido un personaje ignorado por los cazadores de nazis. Ni siquiera el Centro Simón Wiesenthal en Los Angeles demostró interés por él, ni aparentemente lo había tenido nunca. Todo ello a pesar de que estaban de acuerdo en que las historias sobre su paradero eran casi de película. No podemos olvidar que el General Dr. Kammler fue el responsable de varios campos de trabajo-esclavo , incluyendo Dora y S-3, donde muchos internos murieron trabajando para las SS. Una última posibilidad acerca de su paradero podría ser la práctica llevada a cabo por los americanos de que al general Kammler se le aplicase el «programa de protección de testigos» como a otros técnicos alemanes trasladados para trabajar para el ejercito americano. ¿Se le dió a Kammler una nueva identidad a cambio de la altísima tecnología SS que él dirigía y que conocía perfectamente? Ningún país del mundo hubiese dudado ni un segundo en ofrecer al general Kammler esa posibilidad. Era demasiado valioso para enredarle en juicios criminales de posguerra de incierto desenlace. Una nueva identidad y una absoluta seguridad era el mejor camino.

»Otro personaje de la máxima importancia en todo este asunto que nos implicaba, era el brillante Barón Von Ardenne. Es prácticamente imposible hallar información sobre este inventor-científico en documentación occidental. Sin embargo en la antigua Republica Democrática Alemana o Alemania del Este, se le consideraba una especie de Thomas Edison pero a la alemana. Cientos de calles, colegios y edificios públicos llevan aún hoy su nombre. Su fama se cimentó antes de la II Guerra Mundial, gracias a sus descubrimientos y desarrollos en el terreno de la emisión televisiva. Llevó a cabo todo el sistema de transmisiones de las olimpíadas de Berlín en 1936. Ya en plena guerra, inventó y desarrolló el microscopio electrónico, los visores nocturnos infrarrojos, así como los fusibles infrarrojos para explosivos que fueron utilizados, finalmente, para hacer explotar bombas de plutonio. También fue invención de Von Ardenne el escáner para diapositivas y películas y las células fotoeléctricas por infrarrojos. Junto a Hans Erich Hollman (inventor del radar), Theo Schultes (inventor del microondas) y el Dr. Erwin Meyer (inventor del sonar), propuso la creación de las pantallas de RADAR Panorama o PPI, finalmente fabricadas por la empresa alemana GEMA desde 1940. La gran aportación de Manfred Von Ardenne fue hallar el complejo sistema de separación de los isótopos U238 y U235 mediante el uso de super centrifugadoras de su invención. Tras la guerra, fue capturado por los rusos desarrollando el programa nuclear soviético dentro de la empresa ruso-germano-oriental WISMUT, en Turingia y más tarde trabajó en el Instituto para la Separación Industrial de Isótopos SUCHUMI, ya en la Unión Soviética. Murió el 26 de mayo de 1997 y, como dato curioso, su compañía aún existe.

—Siguiendo con el asunto fundamental de los isótopos, el uranio que puede hallarse en la naturaleza está compuesto en un noventa y nueve por ciento de uranio 238, no fisionable y por ello no apto para su uso en bombas atómicas, y en un uno por ciento de uranio 235, fácilmente fisionable. La única excepción conocida son las minas de Oklo, en Gabón, en donde en 1972 se encontró uranio natural con un setenta por ciento de isótopo U235 y vetas de mineral que generaban reacciones sostenidas espontáneas, así como cantidades significativas de plutonio 239 en estado natural.

»El proceso de separación de los isótopos de uranio es muy complejo y costoso, ya que no puede hacerse por la vía química, sólo mecánicamente. El equipo americano del proyecto Manhattan usó un sistema de confinamiento electromagnético de separación de isótopos, llamado *calutrón*, que tras dos años de arduos trabajos y un gasto cercano al billón de dólares, sólo había producido dos gramos de U235 a finales de 1944. Posteriormente, en enero de 1945, los americanos iniciaron otro procedimiento de separación basado en un costoso sistema de filtrado mediante membranas de polvo de níquel comprimido del gas hexafloruro de uranio, que, aún siendo más eficaz que el sistema anterior, apenas permitió tener disponibles dos kilos de U235 en julio de 1945.

»El tercer sistema, o sistema de Von Ardenne, estaba basado en una súper centrifugadora para la producción masiva del U235 y fue un éxito sin precedentes. Dicho sistema sólo fue conocido por los americanos a partir de 1958, pero usado por los rusos desde 1946, después de la guerra. El sistema de Von Ardenne consistía en una cadena de tubos en cascada de unos diez a quince centrimetros de diámetro cada uno, que se hacían girar a unas treinta mil revoluciones por segundo. El hexafloruro de uranio con U235, más ligero que el que contiene U238, permanecía en el centro del cilindro de donde era absorbido e inyectado en un nuevo cilindro centrífugo, y así sucesivamente hasta conseguir una pureza de U235 del noventa y cinco por ciento.

»Otro ingeniero austriaco llamado Gernot Zippe, que colaboró con Von Ardenne y que fue capturado también por los rusos, consiguió emigrar a los Estados Unidos en 1958, atribuyéndose la invención del sistema centrífugo y patentándolo en occidente en 1960, en donde se le conoce como Método Zippe de enriquecimiento de uranio. Desde 1960 hasta 1985 fue usado también en los Estados Unidos. Es diez veces más eficaz y de mucho menor consumo eléctrico que el sistema de filtrado americano. Aún hoy los rusos siguen usando el sistema centrífugo y de hecho son los mayores productores del mundo de U235. El sistema de enriquecimiento mediante cascada de súper centrifugadoras es usado además en Holanda, Corea del Norte, China e Israel. También se supone que se usa en los programas atómicos de varios paises de Oriente Medio. En alguno de mis viajes de trabajo por esas zonas he visto sistemas de centrifugado basados en ese principio.

»El resultado de todo esto, y ante la imposibilidad del proyecto americano de realizar una bomba de uranio 235, fue enfocar todos sus esfuerzos en la fabricación de una bomba de plutonio 239, elemento artificial también fisionable, apto para la fabricación de bombas. En 1942, el físico italiano del proyecto Manhatttan, Enrico Fermi, consiguió poner en funcionamiento sostenido un reactor nuclear que permitía la fabricación de plutonio Pu239, mediante la radiación intensiva sobre el uranio 238. A pesar de todo este esfuerzo americano en la obtención de una bomba atómica, los Estados Unidos sólo disponían de seis kilos de plutonio a mediados de julio 1945 y esa era una cantidad insuficiente para plantearse un objetivo serio militar.

Stefan se ajustó las gafas y continuó:

—Creo que es importante reseñar, volviendo a los rusos en plena guerra, que la toma de Berlín en abril/mayo de 1945 ocultaba una razón más poderosa que simplemente el aspecto simbólico de la toma del Reichshaupstadt o capital del Reich y del coste en vidas que tendría. A Stalin no le preocupaba el coste humano en realidad. Su único objetivo era el proyecto atómico alemán y todo el material y técnicos que pudiese capturar. Llegar antes que los angloamericanos, ya que la zona de Berlín-Dahlem estaría bajo jurisdicción aliada. Stalin y Beria, su Ministro de Seguridad, estaban muy bien informados del desarrollo del proyecto Manhattan en Los Álamos a través del espia Klaus Fuchs. Los soviéticos iban muy por detrás de los anglo/americanos. Por ello, si conseguían todo el material y la tecnología alemanas podían lograr que la Unión Soviética tuviese una bomba similar a la de los americanos muy rapidamente.

»A mediados de 1942, se celebró una reunión entre Stalin, Beria y los principales científicos nucleares soviéticos. Stalin estaba desesperado y fuera de sí por las noticias que recibía de sus espias en occidente diciéndole que los aliados estaban a pocos pasos de conseguir la bomba atómica. Stalin culpó a los científicos de ese retraso técnico y el grave desequilibrio de poder Este-Oeste que provocaba. A partir de ese momento y durante los tres años siguientes, el equipo soviético aceleró de forma drástica el programa atómico. El nombre en clave fue Operación Borodino. Beria, asumió el control y supervisión de los experimentos nucleares y terminó por someter al equipo científico del profesor Igor Kurchatov al estricto control del NKVD (policía secreta). Pero el equipo, a pesar del impulso de los máximos dirigentes comunistas, presentaba un grave problema y era la falta de uranio. Las principales reservas conocidas entonces estaban en Alemania y Bohemia-Moravia en Checoeslovaquia, es decir, fuera de su alcance en aquel momento. Los yacimientos en Kazajastán, sólo ofrecían cantidades muy pequeñas e insuficientes para el grandioso proyecto ruso. Por todo ello, el mandatario soviético tenía claro que la única forma de avanzar en la investigación a la velocidad necesaria era apoderarse de las reservas alemanas de uranio antes que los aliados occidentales. El problema se agravaba al tener conocimiento de que Berlín Dahlem, tras la batalla, iba a quedar en zona occidental y por lo tanto fuera de la esfera de influencia soviéticas. Las tropas del Ejercito Rojo entraron en Berlin-Dahlem el 24 de Abril y al día siguiente ya habían tomado el Instituto de Física Kaiser Guillermo. La NKVD y grupos especializados aislaron la Boltzmannstrasse rápidamente. El NKVD no respondía nunca ante un mando militar. Tenía libre capacidad de maniobra y sólo Beria era informado El general del NKVD Jrulev llevó a cabo la operación de control de la zona.

»El general del NKVD Avraami Zavenyagin, había establecido una base en las afueras de Berlín, y una serie de científicos de los principales equipos de investigación supervisaba el transporte de materiales y el desmantelamiento de los laboratorios y su envío a la Unión Soviética. En el informe del NKVD sobre el desmantelamiento decía: «Además de todo el instrumental técnico, se han localizado 250 kilos de metal de uranio, 3 toneladas de óxido de uranio y 20 litros de agua pesada». Todo el material capturado fue reinstalado en el laboratorio nº 2 de la Academia de Ciencias y en el Departamento Especial de Metalurgia del NKVD. El NKVD pudo capturar al profesor Peter Thiesen y al Doctor Ludwig Bewilogua y los trasladaron en avión a Moscú. Sin embargo, las figuras más relevantes del instituto Werner Heisenberg, Max von Laue, Gerlag von Weizsäcker y Otto Hahn, se encontraban en manos de los británicos, que los interrogaron de forma sutil en Farm Hill, Inglaterra. Sin embargo, los rusos pudieron capturar en otros laboratorios al profesor barón Von Ardenne.

»Cómo pueden ver, el proyecto atómico alemán no se tomaba a broma por parte ruso-aliada —finalizó Stefan—. Estaban muy bien informados de que estábamos en la línea correcta de investigación y fue una excelente idea utilizar al equipo del ministro Speer, que buscaba aplicaciones civiles para despistar a los espias. Eso hizo ganar tiempo a nuestros científicos que de verdad estaban volcados en la bomba atómica.

III

Reunión con el «Grupo Kammler»

Este año de 1944 iba a ser muy duro para el ejército alemán. «A pesar de las recolocaciones defensivas» como llamaba Goebbels a las retiradas en su diario «Volkskicher Beobachter», se podía ver claramente el avance arrollador del enemigo en todos los frentes. Sólo se esperaba el ataque a la muralla del Atlántico, pero ¿por dónde?

Stefan y Klaus ya trabajaban el proyecto de Galland. Estaban de acuerdo en el tipo de avión que deberían perfeccionar y utilizar en los futuros objetivos, el Heinkel He 177 V-38. Ésta era la denominación del modelo más moderno en fabricación. Hasta ese momento en la Luftwaffe los mayores aviones de bombardeo eran el Heinkel He111 y el Focke Wulf Fw 200.

El primero se había distinguido en los bombardeos sobre Inglaterra y había demostrado sus limitaciones tanto en carga operativa como en radio de acción, siendo derribados en gran número, con un coste insostenible en tripulaciones. El segundo era originalmente un avión civil de pasajeros convertido en caza-barcos en la batalla del Atlántico. A pesar de ser un avión cuatrimotor bien desarrollado técnicamente, sus prestaciones limitadas en carga de bombas, lo hacían inservible en bombardeos estratégicos de largo alcance.

Aunque ya se habían entrevistado con el general SS Dr. Kammler en una ocasión, hoy 18 de enero por la tarde tenían una reunión de alto nivel en la *Virus Haus* en Berlín Dahlem con el General Kammler, el Barón Von Ardenne y el Dr. Wilhelm Ohnesorge, Ministro de Correos y Telecomunicaciones (Reichpost). Aunque el «Grupo Kammler» era más numeroso y ubicado en diversas instalaciones repartidas por todo el Reich, éste era todo el grupo de mando operativo del proyecto atómico alemán de las SS, bajo la dirección de Kammler. Era el grupo más secreto de Alemania. También estaría presente Adolf Galland.

Por lo que intuían Klaus y Stefan parece que el equipo del general Dr. Kammler había desarrollado con éxito un nuevo tipo de bomba, diferente a todo lo visto hasta ese momento y de un gran poder de destrucción, por lo que tendría que ser un avión capaz de transportarla, lanzarla y regresar. Eso podía explicar el uso de un solo avión en la operación.

La enorme torre «blitzturm» que albergaba el potentísimo ciclotrón aparecía oscura y amenazante bajo un cielo capotado y gris, que presagiaba tormenta. «Al menos no facilitará los vuelos de bombardeo» pensó Stefan. Franquearon la puerta tras presentar su documentación a dos guardias SS que la custodiaban. Unas pesadas puertas de acero y un ascensor subterráneo les hizo llegar hasta una sala de reuniones, no sin antes pasar por dos controles más. Klaus había calculado que estaban cinco pisos por debajo de tierra.

—Evidentemente, esto parece serio —cuchicheó Klaus a Stefan.

Las paredes de las zonas por donde habían pasado estaban recubiertas de plomo, lo que llamó la atención de los dos.

—Es un aislamiento para radiaciones —comentó Stefan—. Lo leí en revistas técnicas cuando estudiaba. Ese fue el problema del matrimonio Curie y sus hallazgos del mineral de radio. Murieron contaminados.

Galland ya estaba allí y hablaba animadamente con el Dr. Ohnesorge. Un poco más al fondo Von Ardenne, en bata blanca, y Kammler miraban el plano de una ciudad puesto en la pared, marcando algunos puntos.

Instituto Wilhelm Kaiser en Berlin-Dahlem. A la izquierda se puede ver la enorme Blitzturm. La zona fue tomada por los rusos que desmantelaron toda la instalación y la llevaron a la Unión Soviética

Diversos círculos concéntricos partían desde un centro, como las anillas del tronco de un árbol. La diferencia con un árbol es que aquel plano era de la ciudad de Nueva York. No era un secreto para un piloto. Galland se acercó sonriendo y los presentó a los demás. Tras las salutaciones de rigor y en un clima sorprendentemente distendido dió comienzo la reunión puntualmente a las 15:00. De hecho Klaus y Stefan iban a escuchar qué les

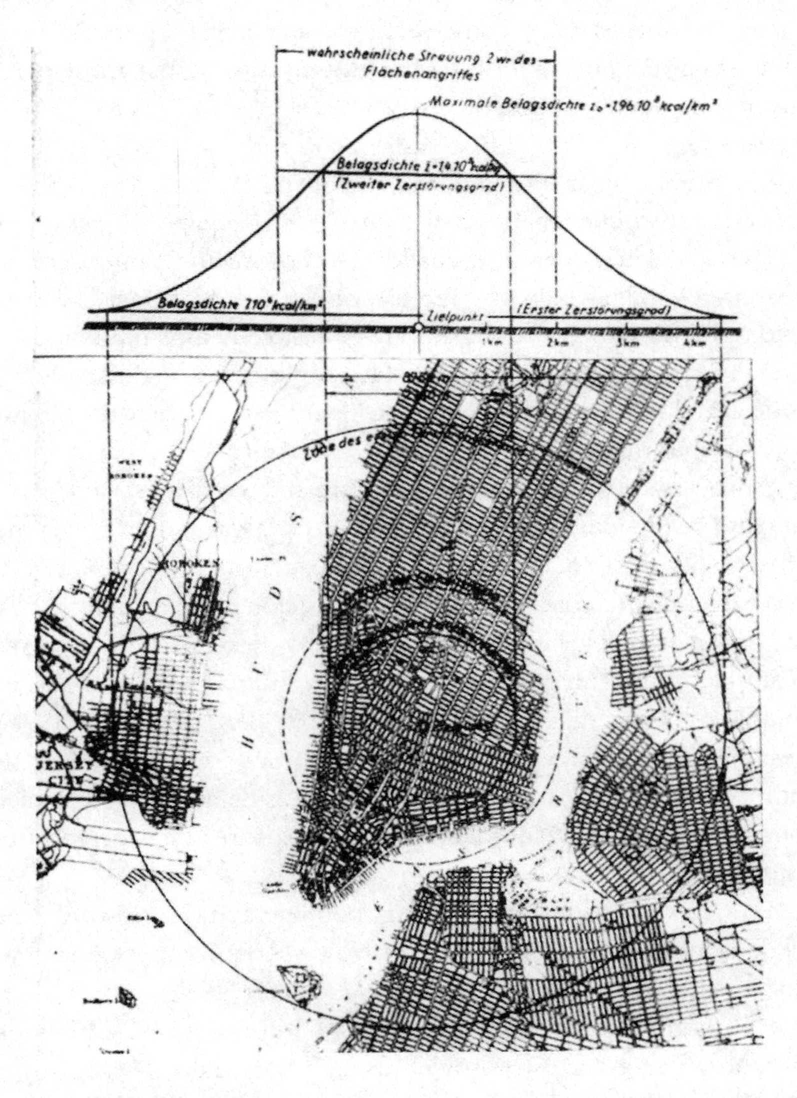

Plano de Manhattan realizado por las SS científicas, con las consecuencias calóricas de una explosión nuclear sobre Nueva York. Original de 1942

ofrecían para poder desarrollar el plan de Galland, aportando sus conocimientos aéreos.

El general Dr. Kammler abrió la sesión explicando la situación.

—Apreciados amigos, no quiero rangos en este momento. Una vez fuera seguiremos el escalafón de mando, pero no aquí. Creo que será más cómodo para todos. Podemos hablar con absoluta claridad. No habrá represalias —sonrió tras esta última afirmación—. No tengo ni que decirles que lo que aquí se hable es del máximo secreto y afecta a la seguridad del Reich. Cualquier comentario externo sobre este asunto se pagará con la vida, incluyendo la de la familia del delator.

Desde luego Kammler no se andaba con rodeos.

—En primer lugar, y debido a la importancia de nuestro desarrollo, quiero que sepan que tenemos oficialmente a un equipo de científicos que trabajan como señuelo para los aliados, en el proyecto de un reactor atómico sin interés militar bajo la dirección de Werner Karl Heisenberger. Sin embargo, las SS y yo como máximo responsable hemos unido a dos equipos totalmente desvinculados del de Heisenberg para un desarrollo militar. Ni siquiera el ministro de armamento Speer está al corriente de nuestro trabajo. Trabajamos así ya que tenemos fundadas sospechas de actividad clandestina contra cualquier proyecto militar y contra éste en particular. Solamente pueden intervenir en él técnicos y personal militar de la máxima confianza. Nuestro equipo ha desarrollado una nueva bomba que utiliza uranio e isótopos radioactivos en su composición y que cuando estalla produce la liberación del átomo, con unos efectos destructores inimaginables.

Kammler utilizó un proyector y apareció en una pantalla lo que parecía ser una bomba aérea de aspecto convencional, pero más chata. Los alerones estabilizadores parecían ser también un poco más grandes que los de las bombas convencionales. Al margen de estos detalles y para alguien que no conociese nada del asunto, era una bomba aérea de aspecto normal y corriente.

—Lo que ven en esta imagen es la bomba vacía, un prototipo para el túnel de viento y aerodinámica, pero cuyo diseño interno y externo ya está prácticamente acabado.

—Esta bomba, pero en una versión algo inferior, ya ha sido usada con éxito contra fuerzas terrestres soviéticas en la Batalla del saliente de Kurks/Orel en junio-julio del año pasado. Todo el regimiento 19 del Ejército Rojo, hombres y material, desapareció de la faz de la tierra en unos segundos. La bomba fue lanzada desde un Dornier Do 217 a 150 kilómetros al sudeste de Kurks.

Stefan recordaba perfectamente esa imponente batalla, la más grande de carros de combate de toda la guerra. Casi seis mil tanques entre los dos bandos se batieron furiosamente, saldándose con la victoria soviética y un desgaste irrecuperable para el ejercito alemán. Allí se probaron los nuevos tanques alemanes Tigre, Pantera y el fracasado Elefant, diseñado por Ferdinand Porsche.

—En aquella ocasión se trataba de una bomba mixta que contenía explosivo convencional y una pequeña cantidad de material fisionable que hizo las veces de fulminante de alto poder sobre la carga de explosivo convencional y multiplicó sus efectos tanto explosivos como calóricos —hizo un silencio y proyectó una nueva diapositiva donde se veían lo que parecían ser los restos fundidos de dos tanques rusos T34 y en el suelo una especie de trozos de carbón de lo que habían sido seres humanos—. La temperatura que alcanzó la deflagración fundió los metales y abrasó animales, plantas y rusos. El área devastada fue de un radio de casi un kilómetro. Sé que el signo de la batalla no fue acorde a nuestros intereses y tampoco disponíamos de más bombas, pero nos ayudó a ver que acabábamos de abrir un nuevo escenario militar, donde la ventaja que nos puede dar un arma como ésta, no dejará indiferente a nuestros enemigos. Creemos que nos puede ayudar, bien utilizada, a obligarles a sentarse en una mesa de paz, donde nosotros llevaremos el peso de la negociación para obtener lo mejor para nuestros intereses.

Mostró una copia de un teletipo informativo que se envió por valija diplomática a todas las embajadas alemanas en Europa durante la batalla de Kurks/Orel:

—En orden a mantener el espíritu de lucha se envió este documento a nuestro cuerpo diplomático como un adelanto de las Wunder Waffen (armas maravillosas) que están en camino.

En la pantalla apareció el mismo mapa que estaba en la pared:

—Es Nueva York y seguro que ustedes como pilotos lo habrán reconocido enseguida. La diferencia estriba en estos círculos concéntricos que parten de Manhattan. La Luftwaffe que, como saben, colabora en este proyecto —miró a Galland sonriendo, éste le devolvió la sonrisa—, hizo unos cálculos detallados el año pasado, sobre un posible ataque nuclear a dicha ciudad. Estos cálculos demostraban exactamente los valores en kilocalorías por kilómetro cuadrado de una explosión nuclear en Manhattan. Los cálculos se basan en una bomba de uranio de 18 kilotones, como la que han visto en la imagen anterior. Creo importante indicarles que de puertas afuera y sobre todo por posibles filtraciones, le llamamos bomba disgregadora, pero internamente el equipo científico SS y todos los aquí presentes le denominamos bomba atómica.

»En esencia, caballeros —explicó Kammler— esta bomba atómica consiste en una espoleta de ignición que dispara una masa de uranio 235 contra otra masa de uranio 235, creando con ello una masa supercrítica. Un requisito crucial es que ambas masas deben colisionar antes de la fisión espontánea de cada una de ellas. Técnicamente ya está solucionado, no se preocupen —Kammler sonrió mirando al Dr. Von Ardenne y siguió con su exposición—. Una vez que ambas masas han colisionado, un quemador de neutrones entra en acción y la reacción en cadena empieza, continuando hasta que la energía liberada es tan grande que la bomba explota. Piensen que hablamos de tiempos inimaginables en nuestra dimensión. Por ejemplo, los neutrones liberados viajan a una velocidad de 10 millones de metros por segundo o si lo prefieren, a un tres por ciento de la velocidad de la luz. La masa crítica del uranio es del tamaño aproximado de una pelota de tenis, alrededor de 0,1 metros.

Kammler se dirigió a una pizarra y comenzó a escribir en ella:

—El tiempo, T, que el neutrón necesitará para cruzar la esfera de uranio es T = 0,1 metros, por ello 1 x 10 elevado a la séptima potencia en metros por segundo es igual a 1 x 10-8 segundos. El proceso completo para que la bomba explote es 80 veces ese número, o alrededor de un microsegundo...

Eran datos realmente extraordinarios y fuera de toda visión normal y corriente de la vida, aún en guerra.

—Debemos este sensacional sistema de ignición de fusibles de infrarojos al Dr. Von Ardenne aquí presente —éste sonrió al grupo.

Kammler continuó señalando, esta vez, los diferentes círculos concéntrico sobre Manhattan empezando por el del impacto directo:

—Ésta es la zona de máxima destrucción de un radio de 1,5 kilómetros del centro de la explosión. Piensen que hemos calculado que la densidad de cobertura calórica media en esta zona es de 1,4 x 10E8 kcal/KmE2. Lo que consideramos zona de efecto secundario la ciframos en 4,5 kilómetros del impacto, es decir 7 x 10E6 kcal/kmE2. En otras palabras, en el círculo de 1,5 kilómetros se depositarán 140.000.000 kcal por cada kilómetro cuadrado, o si lo prefieren 140.000.000.000 calorías por kilómetro cuadrado. Es imposible resistirse a algo así.

—A partir de la explosión en Kurks —Kammler miró a cada uno de los presentes— sabemos que en una explosión nuclear entre el 6 y el 8% de la energía desprendida se irradia sobre las zonas adyacentes. Este dato nos indica de forma clara que la equivalencia en calorías de un kilotón es igual a la fuerza explosiva de 1.000 toneladas de TNT y su valor en calorías es de 1,12 x 10E12. Esto a permitido poder saber cual sería en cifras el valor de una explosión de estas características sobre Manhattan.

»¿Qué queremos de ustedes? —se dirigió hacia Klaus y Stefan— queremos que lleven esa bomba a Nueva York, la lancen y regresen. Entenderán que es una misión de la máxima importancia y sólo podemos ponerla en manos de soldados experimentados y de valor demostrado, que no duden en servir a Alemania y a su Führer. Ustedes son esos soldados —hubo un silencio y continuó—. Para su información y dentro del más estricto secreto, puedo anunciarles que la semana pasada un Junkers 390, aprovisionado para permanecer 32 horas en vuelo, realizó la primera prueba práctica de aproximación a Nueva York. Partió de Mont-de-Marsan en la costa francesa y consiguió llegar hasta 14 millas náuticas de la ciudad sin ser detectado y volvió sano y salvo.

La cara de sorpresa continuaba en los rostros de Klaus y Stefan. El General Kammler continuó.

—Es cierto que hemos considerado Moscú, pero eso puede ser en una segunda fase. Creemos que es Norteamérica quien realmente tiene potencia industrial y está ayudando a sostenerse al Ejercito Rojo. Sin el plan de ayuda americana, Rusia no hubiese podido contener nuestro empuje. Han recibido mucho material militar en los dos últimos años, y eso hemos de detenerlo.

De repente Von Ardenne se dirigió con voz suave a los dos pilotos.

—Piensen que la patria no tendrá más oportunidades. La bomba que llevarán se está construyendo apurando al máximo los recursos existentes. Además de bombas de pequeño tamaño para cazas de unos 250 kilos cada una, disponemos de tres ingenios más en fabricación, uno de los cuales lo haremos estallar en la primera quincena de octubre de este año en la isla de Rügen, en el mar Báltico, donde ya se han hecho varias pruebas nucleares a pequeña escala. Ustedes estarán en Rügen para ver la prueba y en el último trimestre de este año dispondremos de todas las bombas. No podemos antes y necesitamos ultimar que funcionen los sistemas de ignición a la perfección. Y, sobre todo, que no caigan en manos enemigas porque no han estallado.

Klaus y Stefan asintieron. No había duda de que el proyecto en que estaban embarcados era histórico. Un cierto remordimiento apareció en la mente de Stefan. Nueva York era un objetivo inmenso, en el que morirían miles de mujeres, ancianos y niños, que jamás hubiesen imaginado que la guerra llamaría a su puerta directamente y de forma letal.

Kammler continuó.

—Ahora que saben de qué se trata y cuál es el arma que utilizarán, quiero que analicen una base de partida, ruta de vuelo, el avión a emplear, la tripulación y todos aquellos detalles necesarios para el buen fin de la misión. ¿Tienen alguna pregunta, señores? —se sentó, encendió un cigarrillo y se dispuso en posición de escucha

Stefan miró a Klaus y luego a Galland:

—Ante todo y creo que hablo en nombre de Klaus también —miró a Klaus y éste asintió—, estamos muy honrados como soldados en que hayan pensado en nosotros para una misión que puede cambiar el signo de la guerra y puede, también, influenciar en la historia futura de la humanidad —Stefan se puso en pie—. De todas maneras y haciendo uso de la posibilidad de exponer claramente nuestras opiniones ante esta operación hemos de decir que el objetivo se nos antoja disparatado en las actuales circunstancias —Galland puso cara de asombro y el resto se quedaron helados—. Creemos que un bombardeo como ese, en el que Nueva York será casi destruido en su totalidad y donde el número de muertos será inmenso, provocará una reacción en los americanos que no es la que podemos esperar —miró a Von Ardenne—, eso sin hablar del peligro radiológico que tendrá esa explosión —Von Ardenne asintió—. Este mismo bunker está protegido contra la radiación con placas de plomo, con lo que en el caso de Nueva York, la ciudad se convertirá en inhabitable por un periodo largo de tiempo.

Stefan continuó:

—¿Qué efecto tienen en este momento los bombardeos de castigo sobre Alemania en que la población civil es la más afectada? Rabia, ganas de lucha y venganza. Muchos pilotos americanos e ingleses abatidos por nuestros cazas y que se lanzan en paracaídas sobre Alemania son asesinados por la población civil. Eso lo sabemos todos. Esa bomba lanzada sobre un pueblo ya muy castigado civil y militarmente, podría provocar la rendición; pero no sobre un pueblo indemne y con todo el potencial industrial intacto como es el americano. ¿Qué hará el resto de los Estados Unidos cuando pierdan Nueva York de esa manera? ¿Se rendirán? Yo no lo creo. Nos aplastarán sin piedad. He conocido pilotos americanos y les garantizo que saben luchar y tienen medios materiales casi inagotables. Esa bomba sólo les justificará para luchar con más encono y venganza. ¿De qué han servido nuestros bombardeos sobre Inglaterra? Sólo para subir su moral y ganas de lucha. Churchill supo aprovechar muy bien esa circunstancia y sacó a nuestra Luftwaffe de los cielos de Inglaterra. Todos conocemos al Führer y sabemos que tiene una concepción geopolítica del mundo y el lugar que le puede corresponder a Alemania si ésta es fuerte. Dudo que apruebe un plan de bombardeo sobre Nueva York. Su pensamiento no es el hoy o el mañana. Él está pensando más lejos y las consecuencias geopolíticas de un acto que se efectúe hoy. Honestamente, pienso que hemos de revisar el objetivo de la operación. Creo que toda la mecánica de este proyecto es válida, pero hacia otro objetivo que geopolíticamente nos dé mejores resultados.

El silencio era sepulcral. Klaus no sabía a donde mirar, aunque había aprobado de antemano lo que iba a decir Stefan. Se pasó nerviosamente la mano por la cara. Von Ardenne parecía estar ausente en aquel momento.

—Stefan —la voz de Galland era de sorpresa—, le has dado la vuelta a todo el proyecto y recuerda que se trata de ganar tiempo. Esa bomba puede ayudarnos tal como lo hemos previsto.

—No lo creo sobre Nueva York. Sólo puede acelerar nuestra difícil situación —la voz de Stefan era firme—. Sé que lo que digo puede ser tratado como derrotismo, pero no es así, es realismo y pretende ofrecer mejores resultados. Otro objetivo menos popular pero muy claro para el enemigo, sí que puede hacernos ganar tiempo ya que les demostrará a los aliados que somos capaces de hacer mucho daño, todavía.

—Creo que no va desencaminado Stefan —inquirió Kammler—, su escenario es posible y no quiero desestimarlo en principio. Les propongo que me indiquen un objetivo alternativo para nuestra bomba y que geopolíticamente nos de tiempo, demostrando a nuestros enemigos nuestra capacidad ofensiva.

—Yo estoy de acuerdo —intervino el Dr. Ohnesorge—. Creo que lo que expone Stefan tiene sentido y no habíamos pensado previamente en ello. Le agradezco su sinceridad Generalmajor Dörner —miró a Stefan y este agradeció con la mirada el comentario.

El Dr. Wilhelm Ohnesorge y su Ministerio Reichpost no debe llevar a engaño por el nombre «Correos y Telecomunicaciones del Reich» ya que estaba totalmente involucrado en la bomba atómica de uranio con sus equipos de investigación en Berlin-Lichterfelde y Klein-Machnow.

Kammler zanjó la cuestión:

—El próximo 15 de febrero ampliaremos la reunión con el General der Jagdflieger Galland y les ruego que acaben su trabajo y nos ofrezcan otro objetivo alternativo a Nueva York. La reunión ha terminado. Gracias por su asistencia y hasta la próxima reunión.

—¡Estas loco Stefan! —clamó desesperado Klaus en un aparte—. ¿Sabes lo que has dicho ante esta gente?

—Hubiese estado loco si lo hubiese aceptado, Klaus —respondió firmemente Stefan—. Ese plan sólo hubiese traído más desgracia sobre Alemania. ¿No lo ves?¿No te das cuenta?

Galland entró en la conversación.

—Stefan, te conozco y sé que eres una persona sensata y centrada, seguramente más que yo, pero acabas de hacer añicos un plan de la OKL (Oberkommando Luftwaffe), en el que llevamos trabajando más de un año todo un equipo profesional.

—Ya sabes Adolf —sonrió Stefan— que los pequeños detalles en los que no caemos arruinan cualquier idea por buena que sea. Yo lo he tenido muy claro enseguida y además al igual que tú y Klaus, conozco a los americanos en combate y sé que eso les enfurecería de verdad. Ahora luchan con ganas y decisión, pero no enfurecidos contra nosotros. Hay una cierta caballerosidad. No prendamos la mecha de nuestro fin como país y pueblo.

—Bueno, no pretendo estar en posesión de la verdad —finalizó Galland— y además ya he visto que a los demás no les parecía mal. Tenéis también mi voto de confianza para sugerir ese objetivo alternativo en la reunión de febrero. Ahora me interesa que visitéis primero Jonastal III C en Turingia y luego las intalaciones Manfred Weiss de las SS en Hungría. Quiero que vayáis lo antes posible para que os familiaricéis con los nuevos desarrollos.

Von Ardenne se acercó al grupo:

—Aunque no se lo parezca Stefan, le he escuchado con atención —el Dr. Von Ardenne sonreía pícaramente—. Necesitamos hombres como usted, con la cabeza sobre los hombros y que sepan ver más allá de los tecnicismos, como es mi caso y el de otros. Gracias y esperamos su plan. Pondremos toda nuestra capacidad técnica para conseguirlo.

—Gracias doctor Von Ardenne por su apoyo —Stefan le dio la mano.

IV

Jonastal III C

Stefan trajo una bebida tipo digestivo de alto nivel alcohólico para sus visitantes.

—Es delicioso a media mañana. Lo hacen aquí cerca con pequeños frutos del bosque. Ayuda a tener los intestinos en orden —Stefan sonrió de forma pícara.

—No le acompañaremos herr Dörner. No se ofenda, pero estamos de servicio —dijo con poca convicción Williams.

—Me parece que todavía estaremos un buen rato con nuestro anfitrión, teniente. Creo que deberíamos probarlo por cortesía —Hanks echaba un capote a su compañero.

—Bueno, sólo un vaso pequeño, para acompañarle —accedió Williams.

—Eso está mejor y también me ayuda a recordar más facilmente —comentó Stefan, sonriendo pícaramente y sirviendo a sus visitantes.

—Generalmajor Dörner —comenzó Williams—, se ha hablado mucho sobre las instalaciones subterráneas y fábricas que tenía Alemania durante la guerra, pero parece que Jonastal III C se lleva la palma en desarrollos y secretismo.

—Es cierto ya que era una de las más importantes. Piensen que después de la guerra quedó en zona de ocupación soviética y hasta donde sé actualmente se halla todo cerrado y no se puede entrar. Klaus y yo visitamos Jonastal IIIC y lo que vimos allí nos dejó muy impresionados.

Dentro del plan de desarrollo del proyecto y antes de la reunión del 15 de febrero, el general Dr. Kammler permitió a Stefan y Klaus una visita guiada al complejo Jonastal III C en Turingia, entre Alemania y Austria.

Este enorme complejo subterráneo era uno de los secretos mejor guardados de Alemania. A través de un espía aliado capturado por la GESTAPO en Bremmen, cuando se disponía a salir de Alemania con planos y fotos detallados de las instalaciones y su correcta posición geográfica, se sabía que los aliados sospechaban con acierto, que los alemanes estaban consiguiendo resultados alentadores en la investigación nuclear.

Estas sospechas provocaron un crecimiento exponencial de los ataques de la aviación aliada, con el objetivo de desbaratar la maquinaria bélica alemana y, lo que era más importante, retrasar al máximo el desarrollo de una futura bomba atómica. Pero los aliados desconocían dónde estaban las famosas factorías secretas, cuántas eran, su nivel individual de importancia y su ubicación geográfica. Por ello el comando aéreo aliado procedió a un bombardeo sistemático de todo el territorio alemán, lo que denominaban *carpet bombing*, incluyendo cualquier objetivo militar y también civil.

Pero Jonastal III C, con mucho la más importante y única fábrica centralizada de producción de aviones, misiles y parte del proyecto atómico, estaba fuera del alcance de las bombas aliadas ya que se encontraba a muchos metros de profundidad en la montañosa región de Turingia. Interminables túneles alimentaban de materia prima y componentes a miles de obreros-esclavos, encargados de dar forma a los sueños armamentísticos de Hitler.

Sólo en la gigantesca instalación Jonastal S III, parte central del complejo, trabajaban más de treinta mil obreros en lo que era una auténtica ciudad subterránea de más de veinticinco kilómetros de túneles. Una parte de los desarrollos más modernos en todos los campos estaban en esta enorme fábrica bajo tierra.

Stefan y Klaus llegaron en un coche oficial de las SS al complejo central tras pasar un sinnúmero de controles, casetas y bunkers perfectamente camuflados en el entorno alpino. De repente una inmensa puerta blindada, por donde podían entrar trenes, ya que la vía desaparecía engullida tras la puerta, apareció ante ellos. Era una puerta colosal que sólo se podía ver si te encontrabas frente a ella. Tenía un ingenioso dispositivo de camuflaje que impedía que desde el aire pudiera ser divisada y la vía de tren era cuidadosamente ocultada tras la entrada de un tren.

La puerta se fue abriendo al mismo tiempo que una especie de sirena sonaba. El coche entró y la puerta de nuevo se cerró. Un guía de las SS, se subió al coche para acompañarles en su visita. A partir de ese momento, la capacidad de asombro de los dos pilotos no hizo sino aumentar. Las luces adosadas a la pared y que iluminaban la vía central en la que estaban parecían perderse en el infinito, de tan profundo que era.

Una legión de trabajadores sobre unas vagonetas, pasó silenciosamente frente a ellos y se perdió por un túnel hacía la izquierda. Llevaban monos de trabajo de diferentes colores, que les identificaba, supuso Stefan, como especialistas en diversas ramas. Era curioso, pero no sentían sensación de claustrofobia en el interior. Las dimensiones eran colosales y la luz abundante.

El guía, un Hauptmann de las SS, les fue indicando las diferentes áreas por las que iban pasando. El coche llegó hasta una inmensa sala donde aparecían los fuselajes centrales del Messerschmitt 262 a reacción, pero con dos plazas; se trataba del nuevo modelo Me262 B-1a/U1. En la proa llevaban los radares FuG218 Neptuno y que los pilotos llamaban «cuelga ropa», por su similitud a un perchero. Las alas y los reactores estaban algo más adelante en manos de cientos de trabajadores que los iban ensamblando, para su envío por separado a las diferentes bases aéreas que, por fin, los montarían totalmente. Se veía a una altura de dos pisos, unas oficinas con técnicos trabajando sobre mesas de dibujo. Los cristales de las ventanas estaban inclinados hacia delante para poder observar desde arriba la enorme sala de montaje.

Varios oficiales de las SS y personal técnico con batas blancas pasaron caminado junto a ellos. Los técnicos portaban planos y todo el grupo parecía tener prisa. Unos breves saludos fueron intercambiados con el Hauptmann.

—Desde luego no parecen aburrirse —comentó Klaus.

El guía se giró.

—El esfuerzo por la victoria nace en este complejo Herr Oberst y evidentemente la victoria final no permite el descanso. Nuestros enemigos, sobretodo los angloamericanos, son fuertes. Son muchos los proyectos en marcha y todos requieren la máxima atención. Por ejemplo, ahora entramos en la sección de radar para aviones. Aquí están los últimos desarrollos que se incorporarán a nuestros aviones en las próximas semanas.

El coche se detuvo junto a varios ingenieros que estaban sentados frente a lo que parecían consolas de avión. Uno de ellos que estaba de pie, se acercó a ellos. Todos parecían conocer su visita.

—Buenos días señores. Soy Philip Herrenberg, oficial-técnico de la sección de rádares e instrumentos de localización. Les voy a presentar sobre lo que estamos trabajando en este momento. Por ejemplo, aquí a la izquierda esta el radar de cola Flensburg FU G-227 que indica al piloto si su avión está recibiendo las ondas de radar de un avión enemigo. Aquí al lado tienen la versión terrestre que denominamos Naxos Z FuG-350, que avisa a nuestro avión del tipo de radar que usa el enemigo —se dirigió hacia el tercer técnico, que parecía manipular una especie de mando o *joystick*—. Éste es el de que nos sentimos más orgullosos. Lo denominamos Wurzburg FuMG-39/

62 que conecta con el radar de tierra desde el avión, usando una frecuencia de 560 Mhz. Lo que lo hace único es que dispone de un rango de 100 metros y 0,2 grados de ángulo con un reflector que apodamos torbellino, que devuelve las ondas saturando e inutilizando el radar enemigo» Herrenberg sonrió al ver la cara de los visitantes.

—No imaginábamos que estuviera todo tan desarrollado. ¿La fiabilidad de estos rádares y del sistema torbellino es elevada? —inquirió Stefan.

—Casi del cien por cien. Pero no olvide que esta es una guerra donde la tecnología va ganado terreno frente a la fuerza bruta —entornó los ojos—, cualquier adelanto es anulado por el enemigo con otro dispositivo técnico que anula el nuestro. Y así sucesivamente hasta que conseguimos anular el anterior. En la actualidad podemos afirmar que un aparato así tiene una vida útil hasta que descubran su antídoto de entre 3 y 6 meses.

—Eso quiere decir que los pilotos y copilotos de caza han de estar continuamente al día de los desarrollos y de su funcionamiento —intervino Klaus—. Es una carrera continua.

—Efectivamente. Pero esa es la situación —el técnico se encogió de hombros—. Por nuestra parte no cejaremos en desarrollos y complejidades contra nuestros enemigos. Y ahora, si me lo permiten, debo continuar con mi equipo. Gracias por su visita.

El coche continuó su marcha y comenzó a bajar por una especie de rampa enorme por donde subía un camión con remolque. Unas lonas cubrían la carga que parecía ocultar unos misiles.

—Todo aquí es secreto, pero ahora entramos en una de las zonas más secretas —indicó el guía—. Cohetes y misiles —efectivamente, una enorme V2 se hallaba puesta en vertical, con dos escaleras en sus costados. Varios técnicos subían y bajaban acomodando unos tubos y cables, mientras otros observaban la tobera de propulsión del coloso aéreo.

Stefan y Klaus habían visto el cohete en imágenes y en proyecciones secretas. El color a cuadros blancos y negros, como un tablero de ajedrez, parecía darle un aire infantil alejado de la verdadera misión de esta terrible arma. Otras V2 en diversas etapas de ensamblaje aparecían al fondo. Estaban puestas en posición horizontal. Un hervidero de trabajadores y grúas movían las pesadas piezas ajustándolas con cuidado. Los técnicos tomaban notas en blocs junto a cada unidad.

—Ahora verán algo que les gustará en la sección misiles —el conductor giró hacia la izquierda y una nueva sala se abrió ante ellos. De nuevo un enjambre de trabajadores manipulaban piezas, herramientas y todo tipo de útiles sobre pequeños cohetes de casi tres metros de envergadura y de color grisáceo. Parecían pequeños «avioncitos». Esta vez apareció un oficial de las SS con su uniforme, acompañado por el Dr Gustav Metz, según se indicaba en la placa identificativa sobre su bata blanca.

—Bienvenidos, soy el Haupsturmführer Markus Kroll responsable militar de toda esta sección y éste es el Dr. Metz responsable técnico de desarrollo —el SS hablaba y se movía con energía—. Quiero presentarles los últimos misiles en la fase final de investigación. Son misiles diseñados para ser lanzados desde aviones hasta su objetivo, aunque verán que existen otras plataformas posibles de lanzamiento.

Sobre una especie de enormes soportes individuales de madera y tapados con mantas, Kroll fue descubriendo lo que ocultaban.

—La base de nuestro trabajo es sobre el misil ya conocido Hs-293. Como ya saben, fue probado con éxito en aguas del Golfo de Vizcaya en agosto del año pasado y en aguas del Mediterráneo en noviembre. Hemos avanzado mucho desde entonces. Hemos dividido el modelo base Hs-293 en 4 tipos diferentes de misiles, para misiones y objetivos diferentes. Todos llevan una carga explosiva que ronda la media tonelada. El primero es el modelo A, que es un misil tierra-tierra y guiado por radio desde una base fija o móvil. Un camión, por ejemplo.

El misil tenía un color verdoso en su parte superior que se difuminaba a medida que se llegaba a su parte inferior en un color azulado-cielo. Klaus y Stefan lo observaban con curiosidad ya que conocían el modelo, pero éste presentaba dos pequeñas antenas sobre su lomo. Kroll destapó el segundo.

—Éste es el modelo B y se conduce hasta su objetivo mediante alambres —destapó el siguiente—, el C puede volar a ras de agua, con estos estabilizadores que van abriéndose en función de la velocidad, con lo que es prácticamente indetectable a los rádares enemigos. Es un modelo pensado y adaptable también para la Kriegsmarine, aunque su uso desde aviones está garantizado —el Dr. Metz asentía a las explicaciones de Kroll.

—Y éste es el modelo D, que consideramos la joya de la corona, si me permiten esta expresión —el grupo sonrió—. Como podrán observar en esta protuberancia en la proa, se trata de un visor óptico ya que este misil dispone de una cámara de televisión, con lo que es guiado hasta su objetivo a través de una pantalla de televisión, que puede estar a varios kilómetros de la zona de combate. Se acciona mediante una palanca desde el avión

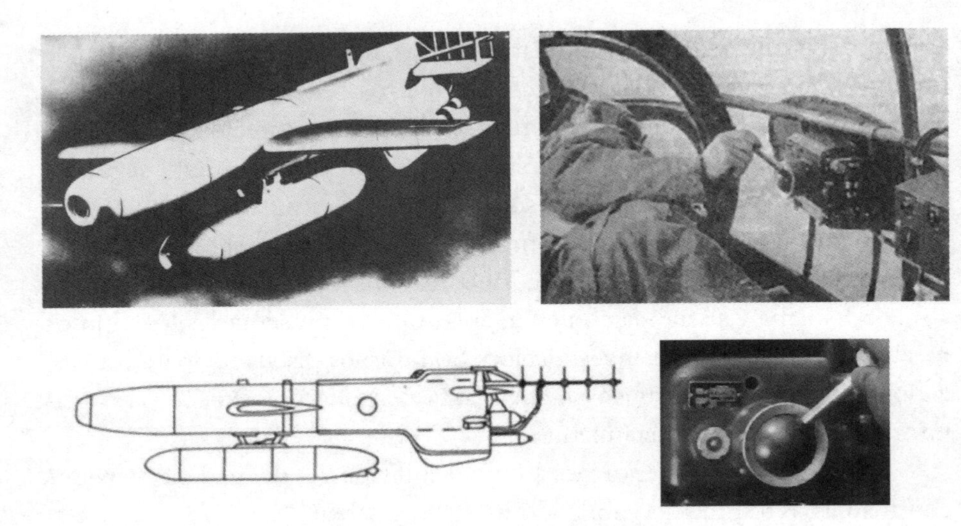

Misil Hs-293D, con cámara de televisión y guiado hacia su objetivo con un *joystick*. Detalles del *joystick*

lanzadera y el observador va guiando el misil hasta su objetivo. Dispone de un sistema de calentamiento que previene la condensación, por lo que la imagen es nítida en cualquier circunstancia.

Kroll se dirigió a la parte trasera del misil.

—Esta antena transmite las imágenes a la pantalla del avión en tiempo real. La imagen es de 224 líneas verticales con una velocidad de transmisión de 50 fotogramas por segundo. Ha sido desarrollado por la Fernseh GMBH en colaboración con el Ministerio de Correos y Telecomunicaciones del Reich —Kroll sonrió añadiendo—, no crean que ese ministerio se dedica a las cartas y los sellos únicamente...

Todos los misiles tenían el mismo tipo de color mimetizado azulado/verdoso y realmente imponían con su presencia.

—¿Qué velocidad pueden alcanzar en vuelo hacia el objetivo? —preguntó Stefan observando detenidamente el visor de la cámara de televisión del modelo D.

—Las pruebas efectuadas hasta ahora con los nuevos modelos que aquí ven, nos permiten asegurar casi mil kilómetros por hora —respondió el Dr. Metz—; no hay medio material actual en manos del enemigo que pueda detenerlo.

—¿Y qué tiempo de vuelo o autonomía pueden mantener? —Klaus observaba el modelo B por su parte inferior.

—Recomendamos no usarlos por encima de los veinte kilómetros de distancia del objetivo —Kroll fue claro—. El Dr. Metz y su equipo ya están trabajando en superar los 50 kilómetros de autonomía, pero no es todavía operativo. Éstos no son cohetes propiamente dichos, con autonomías casi continentales. Para nosotros son como «obuses» aéreos de gran eficacia en combates de cierta proximidad y en zonas muy definidas. Por ejemplo —continuó Kroll—, también hemos desarrollado armas antitanque para la infantería basadas en el principio del misil. Aquí puedo mostrarles algunos tipos que empezarán a ser entregados a la Werhmacht entre febrero y marzo: el Peipenkopf y el Pincel que funcionan con guía óptica.

Kroll descorrió una cortina y aparecieron cuatro especie de lanza-cohetes, pero con diferencias notables. Por su tamaño estaba claro que los podía usar un infante.

—Éste de aquí abajo es el Rotkapchen que se dirige con alambre y este último es el polivalente Rheinbote, que consta de 4 fases y combustible sólido. Su polivalencia radica en que se puede usar contra carros de combate y contra la infantería. Todas las pruebas han sido superadas con éxito y ya están en fase de fabricación.

Evidentemente parecía que estas armas podían dar un giro muy importante al actual sentido de la guerra.

El Dr. Metz extendió un plano sobre una mesa de trabajo:

—Hoy se lo presento en dibujo, pero tenemos en marcha un cohete de dos fases que denominamos A-10, que es intercontinental y que nos permitirá alcanzar casi cualquier lugar del planeta sin problemas. Tiene el tamaño de dos V2. Hemos previsto la disposición del A-10 para enero de 1945. Tenemos a nuestro equipo de diseño del A-10 en la factoría Manfred Weiss en Hungría. A pesar de las dificultades, no hemos escatimado en medios técnicos ni humanos para conseguir nuestro propósito.

Un panel con luces parpadeantes y dos teclados parecidos a los de una máquina de escribir les fue mostrado. Dos personas se hallaban trabajando frente a esta máquina futurista, escribiendo ordenes sobre los teclados que parecían hacer que las luces fuesen cobrando vida.

—Para cálculos balísticos estamos utilizando una computadora numérica S-1, que es una variante de la Z-3 del profesor Konrad Zuse. No sólo nos facilita el trabajo de cálculos de vuelo sino que, por ejemplo, introducimos las dimensiones de las alas y los timones en la S-1 y calcula las desviaciones de las dimensiones finales durante el ensamblaje de los diferentes componentes. También la hemos usado con los misiles HS-293 que acaban de ver. El haber solucionado esas imprecisiones ha hecho más barata y rápida la fabricación de estas armas.

—No hubiese imaginado nunca que Alemania disponía de todo esto y con este nivel técnico. Creo que nos podemos sentir orgullosos —Stefan estaba asombrado de lo que veía. A pesar de ser un piloto reconocido y admirado, su acceso a este tipo de información no se hubiese dado, sino fuese por el proyecto en el que estaban embarcados Klaus y él. Era perfectamente consciente de ese punto.

—Con este armamento podemos garantizar el éxito de la misión —Klaus estaba exultante.

—Por eso mismo se ha considerado que ustedes tenían que conocer todo esto, para que fuesen conscientes de la viabilidad de lo que se les pide —Kroll continuó—. No soy partidario del acceso a nuestro nivel de desarrollo a cualquiera, y así se lo hice saber al general Kammler, no les voy a engañar, pero sí que considero que su implicación y entusiasmo requieren que conozcan todo este material y que por nuestra parte no fallaremos. Sin embargo aún no han visto lo mejor. Acómpañenme.

Con paso decidido y seguido a corta distancia por el Dr. Metz, hizo subir a todo el grupo a una vagoneta de transporte interno, cuyo conductor puso en marcha con diligencia y avanzó con seguridad sobre raíles hacia la derecha.

—Estamos en la parte más secreta y de menor acceso a la gente de todo el complejo Jonastal III, trabajadores incluidos. Aquí sólo trabajan científicos y personal alemán, que conocen su responsabilidad perfectamente —indicó Kroll.

—Esta zona y parte de lo que han visto había pertenecido a la Techniches Amt dirigida por el general Udet y por lo tanto bajo supervisión directa de la Luftwaffe unicamente —Kroll seguía con su explicación y la vagoneta continuaba su recorrido introduciéndose por pasillos interminables, donde el material se iba acumulando para su ensamblaje y envío a las diferentes armas del ejercito—. Contamos con unidades especializadas en motores, armas, bombas y torpedos, comunicaciones y rádares, equipo de tierra, etc. Aquí también encontrarán personal técnico que había pertenecido al Instituto Göring de Armas Aéreas y que se encontraba camuflado en el subsuelo de un bosque, no lejos de Berlín. No puedo indicarles donde, lo siento —sonrió Kroll.

Tras pasar una puerta blindada con dos soldados SS de guardia, la vagoneta se detuvo en una sala similar a la de los Messerschmitt 262 que habían visto al principio. Incluso los técnicos estaban en una sala superior desde donde se podía observar la enorme zona de trabajo.

—Ha sido un gran trabajo logístico, pero por fin lo hemos centralizado todo y con unos resultados excelentes —Kroll se sentía orgulloso mientras hablaba.

El suelo de la sala estaba pintado de color verde oscuro, con líneas amarillas que indicaban claramente las zonas de paso. Este color verde llegaba hasta dos metros en vertical de la pared, para luego cambiar al gris habitual de toda la instalación. Parecía que lo que allí de preparaba era diferente a otras áreas. La limpieza aparente era absoluta.

Lo primero que llamó la atención de Klaus y Stefan fue una especie de sala de cristal cilíndrica de unos 100 metros cuadrados, que dominaba la parte central. En el interior, media docena de personas manipulaban recipientes y máquinas, cuyo uso no podían imaginar. Algo que resaltaba era los trajes de protección que portaban estos personajes. Aparte de que les cubrían el cuerpo y la cabeza por completo y su color era metalizado, unos tubos flexibles salían de la espalda y se dirigían hacia una especie de compresores que parecían suministrarles oxígeno. Un zumbido de fondo se oía de forma clara. Junto a la puerta de acceso, había tres trajes colgados y el cartel en la entrada a esta sala cilíndrica les despejó de cualquier duda: «*ACHTUNG. ATOMKRAFT!* (Atención. ¡Energía Atómica!)» .

Dieron la vuelta a la sala y observaron que la salida se hacía a través de un tubo traslúcido, que conducía a unas duchas y posteriormente unos vestuarios.

—Cada vez que un técnico trabaja aquí dentro, debe obligatoriamente ducharse para evitar cualquier tipo de contaminación. Mientras se lleva a cabo el proceso de descontaminación, esta luz de aviso nos indica que alguien esta en esta área —aclaró el Dr. Metz—. Luego, disponen de ropa de trabajo limpia para seguir su labor en el exterior.

Efectivamente, en aquel momento salían dos operarios del vestuario con unos llamativos monos de color amarillo. Saludaron a los presentes y se dirigieron a la sala superior.

—Sé que a través del general Kammler han visto fotos de la nueva bomba que estamos desarrollando. Han conocido sus efectos en la batalla de Kurks, aunque aquella bomba era un sistema mixto. La actual es una nueva etapa y tenemos la seguridad de que cambiará el curso de la guerra de forma rápida.

Kroll se paró ante una puerta vigilada por dos soldados SS.

—Quiero que me acompañen y conozcan a Hagen, nuestra bomba atómica y que ustedes utilizarán contra nuestros enemigos —Klaus y Stefan se miraron incrédulos.

Uno de los guardias apretó un conmutador rojo en la pared y la puerta se fue deslizando hacia la izquierda descubriendo el interior de una nueva sala. De nuevo una luz parpadeaba de forma ostensible, indicando que la puerta se estaba abriendo.

La sala era notablemente más pequeña que las demás, pero muy espaciosa. Sobre cuatro soportes recios de madera descansaban 4 bombas atómicas en diferentes fases de acabado. Un equipo de técnicos estaba volcado trabajando en la primera. Su ropa de trabajo era de color rojo.

—Sí, les he hablado de una sola bomba atómica, Hagen, que es ésta que está aquí —Kroll señalo la segunda bomba, de esta increíble hilera de ingenios bélicos—. La primera, donde trabajan estos ingenieros, la llamamos Walkiria y está prevista su prueba en la isla de Rügen en el próximo mes de octubre. Aún falta terminar el complejo sistema de ignición. Ya les dijo el Dr. Von Ardenne que ustedes estarán presentes en ese test. La tercera es Wotan y la cuarta Sigfrido. Todo este proyecto, como pueden suponer, se llama Operación Wagner. Pero ustedes están involucrados en el Proyecto Hagen, dentro de esta amplia Operación Wagner.

—De Walkiria hasta Sigfrido, el tamaño va aumentando —observó Stefan, que junto con Klaus se habían aproximado a las temibles bombas, pintadas de un color verdoso/gris. Las aletas del timón sobresalían de forma clara y con forma de «caja» y se apreciaban claramente las uniones soldadas mediante la técnica de soldadura por arco, típicamente alemán. Este acabado, le daba el clásico aspecto de bomba aérea alemana. A pesar de ser una bomba diferente, su forma delataba a sus fabricantes.

—Efectivamente, Generalmajor Dörner —intervino el Dr. Metz—, cada una es de mayor potencia que la anterior. Walkiria tiene alrededor de 15 kilotones, Hagen 18, Wotan 20 y esperamos que Sigfrido llegue a los 22 kilotones. Wotan es igual a las anteriores ya que su base es el uranio, pero Sigfrido es diferente ya que su base es el plutonio. No voy a aburrirles con datos y especificaciones técnicas, pero eso en términos calóricos y de potencia es una gran diferencia.

—De hecho, estas dos últimas las tendremos como reserva, observando cuál es la reacción del enemigo cuando ustedes hayan utilizado a Hagen

—indicó Kroll— Sigfrido, la última, está pensada y diseñada para ir en la proa de un cohete intercontinental A-10. Creo que puede ser un excelente y convincente embajador plenipotenciario del Reich, allá donde vaya —estallaron algunas risas en el grupo ante este comentario de Kroll. No había duda de que su aspecto era imponente.

—De todas maneras —observó el Dr. Metz—, Wotan realmente será acabada por el equipo del Dr. Seuffert en Ohrduf y Sigfrido en Innsbruck por el equipo del Dr. Stetter. Nosotros las dejaremos a punto para que ellos añadan sus desarrollos en el campo del uranio y del plutonio respectivamente y el incremento de los kilotones. Disponen de procesos muy adelantados y el Führer ha permitido que continúen en esas ciudades. Hubiese sido muy costoso trasladar todo el equipo hasta aquí. Es la excepción que confirma la regla a nuestro esfuerzo de concentración —el Dr. Metz se encogió de hombros.

Intervino Kroll de nuevo.

—El Führer cree que para no correr riesgos y debido al buen resultado hasta ahora, los equipos de trabajo de este proyecto tienen que ser más de uno y en diferentes lugares, aunque trabajamos cruzando la información obtenida y los desarrollos técnicos necesarios. Tenemos redes de conexión seguras, con las que la información fluye entre los diferentes equipos rápidamente. Se puede decir que trabajamos a tiempo real.

Para los dos pilotos resultaba una situación increíble. Jamás hubiesen podido imaginar el nivel de desarrollo que tenían ante sí. Y ellos iban a ser una parte importantísima de la aplicación práctica de esos desarrollos. ¿Podrían llegar a cambiar el curso de la guerra? ¿Llevarían a cabo su misión? ¿El enemigo podía tener algo similar?. Los pensamientos se acumulaban rápidamente en la cabeza de Stefan.

—¿Qué les parece todo esto? —inquirió el Dr. Metz—. ¿Creen que podrán realizar la misión? —Kroll los miraba fijamente.

—Bueno —respondió Stefan— nuestro trabajo ahora es determinar cuál es el objetivo sobre el que hemos de lanzar a Hagen. Klaus y yo estamos trabajando sobre varias posibilidades. Por otro lado, y en función de ese objetivo, hemos de preparar un avión capaz de realizar el vuelo de ida y vuelta sin problemas. Un avión con los últimos adelantos de vuelo y de defensa. Hemos de hacer las pruebas pertinentes y todo ello de forma rápida. Y además hemos de buscar un aeropuerto desde donde partir y regresar sin problemas.

—Y sobre todo una tripulación de la máxima confianza —remachó Klaus.

—Efectivamente, eso es fundamental —siguió Stefan— pero soy optimista en cuanto a la tripulación. Todavía tenemos un buen plantel en donde escoger.

Una sirena sonó fuertemente, indicando el cambio de turno. Entraban los trabajadores nocturnos. Jonastal III C no descansaba jamás.

V

Planificación del objetivo

Me parece increíble lo que nos ha explicado sobre Jonastal III C General major Dörner. Parece mentira que nuestro ejercito no descubriese su ubicación en aquella época y lo bombardease —Williams vivía las explicaciones de Stefan.

—Hubo intentos e incluso algún que otro traidor, teniente, pero todo intento de sabotaje fue abortado a tiempo por la GESTAPO y las SS. Alemania y su futuro se jugaban, sin duda, en aquellos túneles.

Stefan añadió:

—De todas maneras, los bombardeos no hubiesen podido hacer gran cosa ya que Jonastal III C y la gran mayoría de instalaciones secretas, se hallaba por debajo de un macizo montañoso de granito a muchos metros de profundidad. La única forma era un atentado interno o bien lo que en realidad pasó y es que a medida que se acercaba el fin de la guerra, menos material llegaba y cada vez había menos trabajo por falta de materia prima, hasta que un buen día el enemigo estaba a las puertas de la instalación y sólo hubo que rendirse.

—Y ¿qué pasó a continuación, Generalmajor? —inquirió Williams, mientras el sargento Hanks seguía con su grabación y filmación.

—Regresamos a Berlín Klaus y yo con la idea de fijar el objetivo definitivamente… —Stefan volvía a esos momentos con una extraordinaria facilidad.

Se levantó pesadamente. Claudia le miró:

—¿Cómo te encuentras?

Stefan se giró tocándose el cuello y girando la cabeza hacia ambos lados varias veces.

—Sigo con ese dolor de cabeza y las noches en Berlin no permiten mucho descanso —miró por la ventana. La calle se veía casi desierta. El barrio de Kreutzberg situado al sureste de Berlin era de los menos bombardeados. Y ello resultaba chocante ya que el aeropuerto civil, ahora militar, de

Tempelhof se hallaba en la misma zona—. El servicio médico del ministerio ya me ha recetado varias cosas, pero no hallo la solución —Stefan tragó un comprimido con un poco de agua.

—Creo que estás muy volcado en el nuevo proyecto. No duermes más de cuatro horas seguidas y eso se paga —Claudia se incorporó sin salir de la cama.

—No tengo opción. Sé que no es ningún consuelo, pero Klaus está igual —miró fijamente a Claudia—. ¿Te preparo algo? Tengo que marcharme pronto. He quedado en mi despacho a las 8:00 con Klaus y Georg Pritts un especialista en topografía rusa.

—Sé que no me lo dirás, pero tu trabajo ¿va encaminado hacia Rusia o me estás confundiendo? —Claudia se puso en pie—. Oh bueno, olvídalo tomaré un café contigo, yo también quiero salir pronto; la universidad me espera.

Stefan sonrió.

—No puedo decirte por ahora de qué se trata, pero estamos trabajando en algo y Rusia es una opción. Pero Rusia es muy grande…, ya veremos —sacó unas galletas de un cajón—. Ayer las repartieron en la oficina.

Calentaron el café y mientras Stefan lo servía preguntó:

—¿Sabías que Rommel en varias ocasiones y ante la falta de panzers para llevar a cabo sus acciones en África, recurrió a maquetas a tamaño real para confundir a los observadores aéreos ingleses? Me lo comentó Hans Joachim Marseille antes de su accidente en su última visita a Berlín.

—No, no lo sabía. ¿Y qué tiene de particular esa estratagema? —inquirió Claudia mientras sorbía su café y mordía una de las galletas.

—Pues que gracias a eso no sólo no mostró debilidad, sino que retrasó ataques de los ingleses ante la potencia aparente y le permitió mantenerlos más tiempo ocupados en África —Stefan se sentó con su taza en la mano—. Todo falló por nuestra parte ya que no le pudimos llevar refuerzos a tiempo y esa estratagema se hundió —bebió un poco—. Si no hubiese sido por nuestra incapacidad logística, hoy Alemania seguiría en África y habríamos expulsado a los ingleses de Oriente Medio. Hubiésemos logrado conectar las fuerzas del norte desde Rusia y del sur desde África del norte entre el mar Negro y el mar Caspio, como una gran pinza. Las reservas de petróleo en nuestro poder serían inacabables. Hoy sólo tenemos los pozos de Ploesti en Rumania y la gasolina sintética que producimos a partir de los minerales. Y ¿hasta cuándo?

—¿La guerra está perdida Stefan? —la pregunta de Claudia era de una claridad meridiana

—Está todo muy difícil Claudia, no te lo puedo negar —Stefan apuró su café—; sí que te puedo decir que el proyecto en el que estoy involucrado puede dar un vuelco definitivo a nuestra situación militar y de presencia en el mundo.

—Y si falla, ¿qué será de Alemania y del mundo que conocemos? —Claudia le miraba fijamente

—No lo sé Claudia. Pero prefiero no pensar en esa posibilidad. Alemania tiene mucho que perder y ya no levantará cabeza en el futuro. Nuestra patria tiene enemigos muy fuertes y despiadados. Será una Alemania desconocida —Stefan la abrazó y besó con fuerza—. Haré todo lo posible para que eso no suceda. Puedes estar segura.

—Pero no quiero perderte. Tu vida es lo más importante para mí —le miraba intensamente.

—Sabré cuidarme, pero no dejo de ser un soldado y esa eventualidad forma parte del juego. Sé que volveré —Stefan se fue vistiendo. Claudia sabía que Stefan era un soldado por convicción y era muy difícil entenderle cuando decía cosas como esas. Su razonamiento era diferente.

—¿Y qué tiene que ver Rommel con todo esto? —sonrió Claudia cambiando de tema.

—Creo que su estratagema para ganar tiempo funcionó y por ello podríamos volver a aplicarla en la actualidad. Ya lo he comentado por encima con Klaus.

—No sé cual es el proyecto, pero recuerda que Rommel no falló, fueron los que tenían que darle soporte los que no pudieron hacer. ¿Te fallarán a ti Stefan? —la voz de Claudia golpeó como un martillo la estancia y pareció despertar inquietud en Stefan.

—Todo saldrá bien. Estamos trabajando con lo mejor de Alemania —Stefan cogió su maletín, se ajustó su gorra de oficial y salió al rellano de la escalera—. Hasta la noche, Claudia. Te llamaré luego a la universidad.

Claudia se despidió de él y le siguió con la mirada mientras bajaba por las escaleras.

Georg Pritts encendió un cigarrillo.

—Hola Stefan —dijo mientras entraba en el despacho. Georg era de Sajonia y se había especializado en cartografía y topografía. Por razones familiares había pasado parte de su juventud en Rusia, concretamente en

Kiev. Hablaba ruso perfectamente y había pertenecido al alto mando operativo de la Luftwaffe desde el inicio de la operación Barbarroja. Sus análisis cartográficos habían sido de la máxima utilidad tanto para la Werhmacht como para la Luftwaffe. Hacía ya tiempo que había sido transferido a Berlín desde Hamburgo, aunque se movía por toda Alemania y países ocupados, apoyando técnicamente la construcción de bunkers o aprovechamiento de accidentes naturales del terreno como posiciones de defensa.

Klaus fue quien sugirió la participación de Georg en todo el proyecto. Se conocían desde antes de la guerra. Aunque éste no sabía cuál era el medio a utilizar en la misión, sí que podía ayudar en la orografía de cualquier zona de Rusia para trazar una ruta de vuelo y éxito en la misión.

También entró Klaus con varios rollos en la mano de lo que parecían ser mapas.

—Stefan, he estado pensando en lo que comentamos ayer y creo que tengo algunas ideas sobre posibles objetivos —desenrolló los mapas sobre una gran mesa—. He tenido en cuenta varios aspectos como número de víctimas posibles, efecto psicológico y geopolítica.

—Georg —inició Stefan dirigiéndose al cartógrafo que estaba inclinado sobre uno de los mapas—, creo que no sería justo contigo, con tu trabajo y con lo que esperamos de ti si no te explico cuál es el proyecto en el que también estás involucrado —Georg se incorporó—. La idea es lanzar un nuevo tipo de bomba de alto poder destructivo, que deje claro a todos nuestros enemigos que tenemos todavía capacidad de iniciativa y que, ante dicha arma, ellos no puedan responder con algo similar en la actualidad. Ello les obligará a buscar una negociación con nosotros, en la que tendremos toda la fuerza.

—Agradezco tu confianza —replicó Georg—. Desde que comenzamos a hablar Klaus y yo, pensé que tenía relación con alguna de las WunderWaffen de Goebbels, pero nada más. Me siento muy bien con vosotros y con ganas de aportar toda la ayuda técnica que esté en mi mano. También saber algo más sobre lo que se pretende y los medios a usar, me ayudará a trabajar mejor. Es lógico.

—Efectivamente —medió Klaus—. Era muy difícil que trabajases en algo sin saber exactamente de qué se trataba. No eres tonto y lo hubieses acabado sabiendo. Stefan y yo tenemos claro que podías saberlo sin que peligrase la misión. Por descontado que este plan es totalmente confidencial. Es más, vendrás con nosotros en el vuelo de ataque —Georg asintió con la cabeza.

—Puedo decirte que el resto de la tripulación no sabrá cuál es nuestro destino, hasta que estemos en vuelo, ni el tipo de bomba que lanzaremos hasta su estallido. Por cierto Klaus, sigo pensando que el He–177 V-38 es el avión ideal para esta misión. Por ello, necesitamos 3 tripulantes más: un radiotelegrafista y a la vez segundo co-piloto y dos artilleros —Stefan sacó una agenda—. Tengamos todos presente que tenemos una reunión del máximo nivel el próximo 15 de febrero aquí en el ministerio y ante la plana mayor. Tenemos dos semanas para preparar todo —Stefan cerró la agenda—. ¡Señores, a trabajar! Klaus, ¿cuáles son tus propuestas?

—He pensado en cuatro objetivos. Cada uno tiene sus pros y contras como es normal. Por ello, lo expondré y decidiremos cuál es el más efectivo, desde un punto de vista geopolítico, que al final es la visión del Führer.

Klaus se sentó en la mesa. Puso un mapa de Rusia frente a ellos donde parecían multitud de anotaciones, rutas y flechas. No había duda de que había trabajado mucho.

—El primer objetivo que propongo es bombardear Stalingrado —Klaus señaló la ciudad en el mapa—. El motivo es por nuestro orgullo y soldados allí perdidos. También le dolerá al camarada Stalin ver su ciudad reducida a escombros. No es un vuelo complicado, ni largo en distancia.

Georg aprobó este último punto.

—Debe de ser una bomba imponente, para reducir a escombros lo que queda de Stalingrado. ¿Es realmente una sola bomba? —Georg mostraba asombro.

—Sí y realmente muy potente, ya que parte de la fisión nuclear. No hay nada parecido en la actualidad —le contestó Stefan—, la hemos visto y es diferente a todas las demás. Ahora dime lo negativo de Stalingrado, Klaus.

—El problema de Stalingrado no sólo es la alta tasa de víctimas ya que está siendo reconstruida y repoblada, sino la segura contaminación radiológica de la bomba en los ríos Don y Volga, el Mar Caspio y su influencia en países o zonas como Irán, Kazahastan, Georgia, Uzbekistán y Turkmenistán siempre proclives a nosotros. También he pensado en su influencia en Turquía, que siempre ha sido aliada nuestra —Klaus fue señalando cada uno de estos nombre en el mapa—. Creo que presenta demasiados riesgos geopolíticos impredecibles a nuestros intereses futuros.

—Sí es verdad. El Führer dirá que no a pesar de lo terrible que ha sido Stalingrado para nosotros. Siguiente opción Klaus —Stefan era práctico y se fiaba del buen criterio de Klaus.

—El siguiente objetivo sobre el que he trabajado ha sido Moscú —Klaus señaló en el mapa la ciudad—. Es una ciudad fuertemente protegida militarmente, pero sería un golpe psicológico de primer orden, ya que es la capital. Es posible que Stalin muriese en el ataque. Sin embargo, la reacción de los rusos ante la destrucción de la ciudad, sus obras de arte y del camarada Stalin, puede ser horrible para nosotros. Los rusos son muy fanáticos y se crecen ante la muerte de sus conciudadanos. La tasa de victimas sería muy alta, ya que es una ciudad que está a más del cien por cien de su población habitual por las tropas de paso y refugiados que vuelven a sus hogares. Como complemento a todo esto, recordemos la contaminación que habrá en el río Moscva, que pasa por la ciudad. Opino que debemos olvidarnos de Moscú.

—Sí, me parece razonable, aunque si Stalin muriese en el ataque, quizás la población se sublevaría contra el gobierno bolchevique —intervino de nuevo Stefan—. ¿Cómo lo ves tú, Georg?

—Creo también, ya que los conozco, que esto puede enfurecer sin límite a los rusos y aunque Stalin muera en el ataque, lo tendrán como un mártir y la lucha aún será más encarnizada y despiadada —Georg se acariciaba la barbilla—. ¿Qué más queda Klaus? —preguntó.

—También he considerado Leningrado…

—Vaya —indicó Stefan—, veo que has seguido el criterio de la Operación Barbarroja y consideras norte, centro y sur como posibles objetivos.

Efectivamente, en 1941 la Werhmacht había seguido este criterio cuando lanzó a más de tres millones de soldados contra Rusia, dividiéndolos en tres ejércitos con esos tres grandes objetivos.

—Sí, así es, ya que considero que golpeamos elementos de orgullo para nosotros y para ellos. El problema de Leningrado es similar al de Moscú. De hecho es la segunda gran ciudad de Rusia y el patrimonio cultural es enorme. Ni los soviets han destruido los grandes símbolos zaristas, como el palacio de invierno o el museo Hermitage. En términos de contaminación, los canales, el mar y la proximidad con Finlandia, también aliada nuestra, me hacen desistir de esta posibilidad.

—Un momento Klaus —interrumpió Stefan—, estoy de acuerdo contigo hasta ahora, pero tú hablabas de cuatro objetivos y hemos visto tres. No veo el cuarto en el mapa.

Klaus desplegó totalmente el mapa y apareció a la vista de sus compañeros un nuevo punto en el norte del mismo.

—¡Siberia! —exclamaron al unísono Stefan y Georg.

Georg se llevó las manos a la cabeza.

—Sí es Siberia, pero concretamente la región de Tunguska —Klaus señaló claramente la zona—. ¿Por qué Tunsguska precisamente os preguntaréis?

Stefan se sentó cómodamente en su butaca esperando la respuesta y Georg se puso de pie inclinándose sobre el mapa y observando ese punto concreto en la inmensa estepa rusa.

—Tienes que tener buenos motivos Klaus para elegir Tunguska. Por ahora no entiendo el por qué. Convénceme —sonrió Stefan

—¿Recuerdas todo el tema de Rommel que tú comentaste? Creo que ese es el punto sobre el cual nuestra misión debe pivotar —Klaus miró a cada uno de sus camaradas y continuó su exposición—. Todos sabemos que no hay forma de dañar seriamente a la industria militar soviética con una sola bomba a pesar de que pueda ser atómica. Su industria y su ejercito se halla diseminado por toda la inmensidad soviética.

Stefan y Georg asintieron en silencio. Sólo una cantidad inmensa de bombas atómicas bien empleadas en el frente del este podían haber desintegrado a buena parte del ejercito ruso, cambiando los acontecimientos. Y ésta no era una situación realista para Alemania.

—Hemos de jugar a farol con los rusos, como Rommel con los ingleses. Sólo tenemos una oportunidad y hemos de aprovecharla para que la sepan leer rusos y americanos. Que les sirva de aviso. Es decir, un doble objetivo —Klaus se sentó en el borde de la amplia mesa—. Hoy el objetivo de Alemania es ganar tiempo y demostrar nuestra potencia militar.

—A ver si lo entiendo Klaus —preguntó Stefan—, ¿de qué manera los americanos se verán implicados con esta explosión?

—Muy sencillo, Stefan —Klaus volvió al mapa—, ¿cuál es nuestra base en Europa más próxima geográficamente a los Estados Unidos?

Stefan miró el mapa.

—Kristiansand, en Noruega.

—¿Y cuál es la distancia a Nueva York desde Kristiansand? —volvió a preguntar Klaus.

Con una regleta de precisión, Georg hizo los cálculos de la distancia sobre el mapa

—Unos cinco mil quinientos kilómetros aproximadamente.

—Bien, evidentemente aunque tenemos tropas en Noruega el acceso a dicho país actualmente no es sencillo ya que los rusos dominan una buena parte del Mar del Norte y sobre todo la zona de costas de Finlandia. Es decir, trasladar todo el material y el avión hasta allí en este momento entraña mucho riesgo y más adelante puede ser más difícil. Pero eso lo sabemos nosotros, no ellos.

—Tú y yo lo hemos hablado varias veces Stefan, y creemos que Noruega no ofrece un interés militar inmediato para que los aliados o los rusos intervengan militarmente. Parece que permaneceremos durante mucho tiempo allí. ¿En qué zonas nos podemos mover sin dificultades en la actualidad?

—Centroeuropa —contestó Stefan sin dudarlo.

—Exacto —Klaus hizo un círculo en el mapa de lo que podía abarcar centroeuropa—. Por ejemplo Turingia, donde estuvimos tú y yo hace unos días es una zona tranquila para nuestro proyecto. Por favor, Georg, ¿cuál es la distancia entre Bohemia y Moravia y Tunguska? —Klaus sonreía

Georg volvió a utilizar su regleta de cálculo.

—¡5.500 km! —exclamó mirando a Stefan

Stefan se incorporó para verlo personalmente sobre el mapa. Lo cogió de la mesa y entre los tres lo pusieron en la pared. Se alejaron y con la perspectiva quedaba clara la distancia entre Nueva York, Tunguska y el punto medio.

—No me lo puedo creer —dijo Stefan señalando con la mano los dos puntos y su distancia entre Kristiansand y Tunguska—. Ya veo lo que quieres decir Klaus.

Stefan continuó.

—Bombardear una remota y deshabitada región de Siberia ofrece varias ventajas de tipo práctico y geopolítico. Así es como piensa el Führer y así hemos de pensar nosotros también. Si bombardeamos intencionadamente una zona desértica como Tunguska, evitamos incrementar el odio y las represalias de los rusos en el supuesto de que hayan avanzado sobre territorio alemán. Represalias que hoy ya conocemos y que aplican sobre los prisioneros de nuestro ejercito que caen en sus manos.

Además, con esta explosión advertimos a Stalin directamente y a sus aliados anglosajones de rebote de la existencia de nuestra bomba atómica y con ello contra qué se enfrentan. Esto tiene que provocar que deseen entablar conversaciones para hallar un acuerdo o de lo contrario podemos bombardear, Nueva York, Washington o una zona muy poblada de la costa este, equidistantes con Tungunska y evidentemente Moscú que nos queda mucho más cerca y fácil. Los rusos les dirán inmediatamente a los anglosajones lo de la explosión que habremos provocado en Tunguska y el peligro que todos ellos corren ante un arma devastadora, que puede golpearles sin problemas. Es una gran jugada geopolítica, Klaus.

—Y hay una última ventaja muy importante con respecto a la bomba —añadió Klaus—. El riesgo que corremos es mínimo, ya que en caso de que la lancemos y no explote en Tunguska, la bomba quedará perdida en ese denso y enorme desierto helado de bosques siberianos, sin posibilidad de ser recuperada y reutilizada de forma inmediata por los rusos contra nosotros. Esa posibilidad no existe sobre una ciudad ya que la recuperarían y la podrían lanzar sobre Alemania.

—Bueno, creo que estamos todos de acuerdo en que es el mejor escenario posible —Stefan estaba exultante. La idea de bajas civiles no le hacía la menor gracia y este objetivo podía dar el rendimiento deseado sin víctimas de ningún tipo—. Vamos a trabajarlo en más profundidad, aeropuerto de salida, ruta a seguir, lugar exacto del ataque en Tunguska, tiempo de vuelo ida y vuelta y todos los detalles necesarios para obtener éxito en la operación. Cuando tengamos todo hablamos con Galland, para preparar la presentación del informe en nuestro ministerio. Necesito que trabajemos todo esto de forma inmediata, ya que según cómo lo planteemos nos permitirá preparar el avión adecuadamente con los ingenieros de Heinkel. Y como siempre, no tenemos tiempo.

—Y, ¿existe algún punto negativo en la propuesta de Tunguska? —preguntó Georg con buen criterio.

—El único punto que me preocupa es la distancia que ha de recorrer el avión en ida y vuelta. Sobre los 11.000 km —Klaus sacó de su maletín un libro de Heinkel perteneciente a la Luftwaffe, sobre el modelo 177 en particular—. Hasta ahora este avión, en su versión normal, tiene una autonomía de casi 6.000 km, pero se puede preparar una versión con más capacidad en sus tanques y por lo tanto más autonomía de vuelo, pero menor velocidad de crucero.

—Yo también he visto ese problema, Klaus —terció Stefan—, cuando se habló la primera vez de este proyecto y el objetivo era Nueva York, era evidente que la distancia era el problema. De todas maneras, es un contratiempo de carácter técnico que tiene solución. Recuerda que a finales del año pasado y tal como nos dijo el general Kammler, un Junkers 390 llegó hasta la costa americana y regresó a su base en Francia sin problemas tras más de 30 horas en vuelo. Esa distancia era mayor en ida y vuelta de la que nosotros estamos considerando.

—Sí, es cierto —contestó Klaus—, creo que habrá que hacer que Junker y Heinkel se traspasen información técnica sobre cómo lograr el vuelo de ida y vuelta sin escalas, ni repostaje.

En aquel momento entró Konrad Kneisel, el oficial ayudante de Stefan en el Luftministerium.

—Señor, tengo al General der Jagdflieger Adolf Galland al teléfono.

—Pásemelo aquí, no hay problema Kneisel —Stefan se dirigió a su mesa de despacho—. Hola Adolf, ¿qué tal?

—Hola Stefan —la voz de Galland denotaba impaciencia—. No sé cómo tenéis el proyecto y si habéis fijado ya el objetivo, pero el Führer está muy interesado en saber cómo va todo y quiere una reunión con todo el equipo en la Cancillería mañana por la tarde a las 17:00 horas. Estará en Berlín poco tiempo y éste es uno de los asuntos que le interesan. Después regresará a la «Guarida del Lobo» en Rastenburg.

Stefan quedó por unos instantes en silencio. Luego dijo:

—Es muy precipitado, Adolf. Aunque tenemos las ideas bastante claras y un objetivo más o menos fijado, me parece muy pronto para hablar con el Führer mañana por la tarde. Me hubiese gustado hablar contigo antes y valorar nuestra idea.

—Ya sabes como es «el jefe». Necesita algo grande y rápido. Los últimos reveses que hemos sufrido le impulsan a buscar buenas noticias —Galland sonrió al otro lado del auricular—. A mí también me hubiese gustado hablar antes contigo y tu equipo, pero puedes estar seguro de que si estás al frente de todo esto es porque mi confianza es absoluta en todos vosotros y particularmente en ti.

—Lo agradezco, Adolf —tanto Georg como Klaus afirmaban con sus cabezas la posibilidad de verse con Hitler al día siguiente—, ya veo que tendremos que trabajar mucho en las próximas horas. Mi equipo está de acuerdo y se ve capaz de presentar mañana una primera valoración del Proyecto Hagen —guiñó un ojo a sus dos compañeros.

—Ahora estoy en Hamburgo, pero volaré esta noche a Berlín. Comeré con vosotros mañana y comentamos el Proyecto Hagen. Tengo que apoyaros. Saludos a los demás y a tu mujer. ¡Hasta mañana! —Galland colgó.

—Ya habeis oído la nueva situación —Stefan se puso de pie—, la verdad es que no me preocupa demasiado que nos veamos mañana con el Führer. Además si está tan directamente interesado por el tema, creo que nos ayudará para agilizar a todos los que deban ayudarnos.

—¿Y si no le gusta la propuesta? —preguntó Klaus.

—Tenemos que hacer que le guste. A Georg y a mí nos ha gustado y hemos entendido rápidamente cuáles eran sus ventajas sobre las otras opciones. Hemos de ser muy resolutivos al presentar el objetivo. Sinceramente, nos hemos de olvidar de Nueva York, si es que estás pensado en eso Klaus. Comprendo el aspecto psicológico, pero esa ciudad sólo puede traernos problemas.

—La verdad es que Nueva York suena espectacular, pero también es cierto que nos provocará muchos disgustos a medio y largo plazo.

—Si os parece —intervino Georg—, empezaré a trabajar una ruta de vuelo con el mínimo consumo posible y entendiendo que el avión puede ser técnicamente capaz para realizar ese vuelo.

—Muy bien, Georg —Stefan se dirigió a la mesa de mapas y con ayuda de Klaus, fueron colocando varios de ellos en la pared para trabajar en vertical, lo cual resultaba más cómodo.

Tras realizar la colocación de los mapas, Stefan llamó a Claudia para avisarla de que la noche sería larga en el ministerio. También solicitaron para aquel momento un tentempié y para más tarde la cena en el despacho de Stefan.

A las cinco de la mañana el trabajo ya estaba totalmente encarado, y salvo matices de última hora y que revisarían por la mañana, ya habían decidido la tripulación, las modificaciones necesarias en el avión, aeropuerto de salida y regreso y ruta hasta Tunguska

Cualquiera que les hubiese visto hubiese pensado cualquier cosa excepto que eran militares en activo. Las guerreras, corbatas oficiales y cualquier otro elemento de estética militar habían desaparecido. Trabajaban arremangados y codo con codo. Cualquier idea o propuesta era sometida inmediatamente a los demás. Los tres se sentían a gusto y podían ver como el trabajo avanzaba bien.

Por otro lado, los ingleses habían bombardeado la zona norte de Berlín en Siemenstadt y el aeropuerto de Tegel, con lo que, salvo la primera alarma, el resto de la noche fue bastante tranquila para trabajar.

Stefan llegó a su casa, como sus compañeros, realmente agotado pero tranquilo y con ganas de verse con «el jefe» unas horas más tarde. Claudia se despertó, pero apenas dijo nada. Comprendía la situación perfectamente.

—Mañana tenemos una reunión con el Führer —se giró hacia ella mientras se sacaba las botas, sentado en el borde de la cama—. Este asunto viene de arriba del todo y hemos tenido suerte de que tenemos claro lo que queremos hacer y dónde. Georg y sobretodo Klaus, han hecho un gran trabajo.

—Me alegro, pero ahora duerme Stefan. Llevas un tiempo con unos horarios tremendos y me da miedo que pueda pasar algo con tu salud.

—Muy bien Claudia. Tú mandas —Stefan se lavó la cara y regresó metiéndose en la cama, quedándose dormido en pocos instantes.

VI

Un avión para una misión

—¿Por qué un Heinkel He-177 V-38, Generalmajor Dörner? Había otras opciones seguramente mejores en aquel momento —Williams expresaba sus dudas sobre el polémico avión escogido para la misión.

Stefan se levantó, limpió sus gafas estiró los brazos desperezándose y volvió a sentarse.

—Pronto prepararé algo para comer, ¡son casi las doce! —Hanks sonrió ante el aparente despiste de Stefan.

—Generalmajor Dörner, le estaba pregun…

—Sí, ya lo sé, teniente, pero lo primero es lo primero. La señora Köllmann me dejó unas verduras muy buenas que prepararé en un momento —se dirigió a la cocina—. Si quieren podemos seguir hablando mientras cocino.

Los dos militares encogieron los hombros y prepararon todo el material de grabación en la cocina. Stefan puso agua a hervir y con gran profesionalidad fue cortando la verdura. La verdad es que se sentía bien por poder hablar de la Operación Hagen y sacarse una especie de peso de encima.

—Hubo una gran diferencia entre nuestra Luftwaffe y las fuerzas aéreas aliadas… —se lamentó de repente Stefan, mientras el sargento Hanks ponía en marcha todo el arsenal de aparatos—. La gran diferencia entre las fuerzas aéreas alemanas y las aliadas era sobre todo su concepción del arma de bombarderos. Mientras los alemanes se decantaron por desarrollar aviones capaces de dar soporte al avance de las tropas de tierra y sobre todo de sus formaciones blindadas, es decir aviones de corto alcance y limitación en carga de bombas, pero muy tácticos en su función, los aliados centraron su esfuerzo en una capacidad estratégica de bombardeo. La decisión alemana tenía sentido ya que era la consecuencia de la idea de Hitler de tomar territorio en la Unión Soviética, el llamado *Lebensraum* o «Espacio Vital», lo que hoy llamaríamos «guerra quirúrgica» muy concreta. Tal como exponía en «Mein Kampf» y los numerosos intentos de paz con Inglaterra, su idea de guerra o posesión de territorios enemigos se limitaba al retorno de zonas alemanas desmembradas por el Tratado de Versalles, los Sudetes o Danzig, por ejemplo y la desaparición de Polonia, que era un país ficticio y el avance hacia Ucrania. De hecho, el ejército alemán no era un ejército para una guerra mundial. La toma de Francia a la que permitió mantener sus colonias en Africa y su flota en Toulon y permitir que los ingleses huyeran de Dunkerke prácticamente incólumes, fueron pruebas de su no interés de un conflicto con el oeste.

»La idea aliada de bombardeo era que había que destrozar la capacidad logística y de producción del enemigo allí donde fuese posible y siempre tratando de entrar lo más profundamente posible en territorio alemán. Ello implicaba también el bombardeo de zonas civiles como complemento a la destrucción de la moral combativa del pueblo alemán. Ya en 1936, Hermann Göring, solicitó el desarrollo de un avión de bombardeo llamado en aquel entonces «Bombardero de los Urales», con lo que ya en ese momento se consideraba un futuro enfrentamiento con la Unión Soviética. Este proyecto fue solicitado a las fabricas Dornier y Junkers, que presentaron cada una el Do19 y el Ju89 respectivamente. En 1937, ambos prototipos habían quedado obsoletos mucho antes del inicio de la conflagración mundial, por lo que estos programas de desarrollo fueron cancelados.

»Ese mismo año, 1937, la Luftwaffe pidió a la industria aeronáutica alemana el diseño de un bombardero de largo alcance con una capacidad de carga de 4.000 kg de bombas, una velocidad promedio de 500 km, y un radio de acción de alrededor de 1.600 km. Este proyecto fue denominado Bombardero A. Debía de ser un bombardero con la capacidad de ataque en picado, lo que dificultaba enormemente su concepción.

Casualmente Ernst Heinkel, ingeniero en jefe de la firma que llevaba su nombre, venía desarrollando internamente un proyecto de avión muy próximo a las especificaciones que ahora solicitaban las fuerzas aéreas. Heinkel denominaba a este avión Proyecto 104, que más tarde y tras la solicitud de la Luftwaffe empezó a llamarse He-177. Una parte del proyecto ya estaba en marcha, con lo que esta circunstancia ayudó a la rapidez en el desarrollo. El fuselaje estaba diseñado como un tubo, muy limpio aerodinámicamente y con la incorporación de tecnología muy avanzada para esa época. Todo el frontal era transparente como en el Heinkel He-111, pero en plexiglás, un nuevo material de base plástica sustitutivo del cristal y por descontado mucho más resistente. Las alas se hallaban instaladas en la zona central del fuselaje con un gran radio, con ello se conseguía la máxima eficacia y una gran carga de bombas. Todo el sistema artillero de defensa a base de ametralladoras pesadas estaba al cargo de torretas controladas, ubicadas debajo, al frente, parte trasera y dorsal del fuselaje.

»El motor que debía tener este avión se había calculado con una potencia de 2.000 caballos, pero Alemania no contaba con uno así en ese momento. La solución transitoria fue acoplar al avión dos motores DB 601. El primer prototipo V1 voló el 19 de septiembre de 1939, pero no cumplía con los requisitos que solicitaba la Luftwaffe. Tras este contratiempo, siguieron por parte de Heinkel siete prototipos más, y cada uno más pesado que el anterior. También el área de cola se fue incrementando, se le instalaron tres bahías o zonas de bombas y el armamento defensivo fue cambiado a torretas convencionales. Sin embargo y a pesar de las mejoras técnicas que se fueron introduciendo, el prototipo V4 se estrelló en el mar, el V2 se desintegró en pleno vuelo y el V5 se destruyó al caer a tierra con los motores incendiados. Todas las tripulaciones murieron en estos vuelos de pruebas.

Estos problemas técnicos fueron solucionándose sobre la marcha y en 1939 se ordenaron 30 He-177A-0 de preproducción, además de 5 unidades construidas por la empresa Arado. Todos estos aviones habían sufrido varias modificaciones, como un rediseño de toda la parte frontal con una cabina capaz de albergar a 5 tripulantes, una ametralladora MG81 de 7,9 mm en el morro, un cañón de 20 mm MG FF en la góndola, dos MG81Z en la parte trasera de la góndola, una MG131 en la torreta superior y otra MG 131 manual en la cola. Sin embargo y a pesar del tiempo transcurrido se seguía con el problema de encontrar los motores adecuados. En el curso de la producción se eliminaron los frenos de picado, en parte porque el He-177 no estaba estructuralmente concebido para este tipo de ataque. Además, se había demostrado que el bombardeo en picado, con aviones tan grandes, era muy peligroso.

»Prácticamente 25 de los 35 A-0 ordenados, se destruyeron por diferentes causas y el resto fue utilizado para entrenamiento de tripulaciones en Ludwiglust. A pesar de que Heinkel se había comprometido a tener en 1940 este avión en servicio, a finales del mismo su producción aún no había empezado. Arado fue la primera en suministrar el avión y concretamente 130 con la denominación Heinkel He-177A-1, a partir de marzo de 1942 hasta junio de 1943. Varios componentes de estos aviones fabricados por Arado como las colas y partes del fuselaje fueron suministrados por la fábrica MIELEC de Polonia.

»El A-1 tenía los motores DB 606 de 2.700 caballos de potencia e incorporaba algunas de las modificaciones previstas como los 6.000 kg de bombas, pero no todavía las bombas/misiles guiadas FX 1400 y Hs 293. Los primeros He-177A-1 de serie se entregaron en julio de 1942, entrando ya en servicio a finales de ese mismo año el modelo He177A-3.

»Finalmente la fábrica Heinkel construyó y entregó 170 unidades en la versión A-3 entre febrero y diciembre de 1943. En conjunto, Heinkel y Arado llegaron a entregar 261 unidades de la versión 177A-5 que ya introducía los motores más potentes BD 610. Se sacrificó algo la carga de bombas, pero se ganó en techo de vuelo llegando a los 8.000 metros, con cabina presurizada, pudiendo transportar tres misiles Hs-293 o dos Hs 294 o bien dos bombas del tipo FX 1400. Esta versión disponía también del sistema de ataque dirigido LT50 con el cual el misil podía ser lanzado desde una altura de 250 metros a varios kilómetros del objetivo.

»A pesar de que la construcción de cualquier tipo de aviones diferentes a los cazas fue cancelada a partir de octubre de 1944, Heinkel y Arado llegaron a entregar un total de 565 He-177A-5. Los He-177 estacionados en bases aéreas de Francia y Alemania, participaron en los ataques contra Inglaterra durante la Operación Steinbock y sobre todo tuvieron una presencia notable en el frente del Este como aviones destructores de tanques. Entre las unidades que contaron con este avión, estuvieron la KG40 y KG100, y fueron utilizados en las operaciones contra los convoyes aliados en el Atlántico. Los He-177 estaban equipados con el misil Hs293.

Dentro de las versiones conocidas podemos encontrar el He-177A-3/R5 equipado con un cañón de 75 mm por debajo del morro y utilizado como caza-tanques. De este modelo sólo se fabricaron cinco unidades. Otra versión conocida fue el He-177 Zerstörer (destructor), destinada a portar una batería de cohetes de 33 tubos lanzadores, para ser utilizados contra las abigarradas formaciones de bombarderos aliados. Se entregó en junio de 1944 y voló inicialmente en manos del Erprobungskommando 25 en Tarnewitz, pero nunca fue puesto en uso operacional.

La versión A-5 antes citada, fue la más común y fue construida primordialmente para desempeñar un papel anti-buque ya que su armamento de ataque estaba formado por misiles. Portaba tres misiles, dos en las alas y uno en la bahía central de bombas; además de los misiles podía transportar torpedos. En una primera fase y en orden a aprovechar el abundante stock de armamento italiano, se usó el torpedo L5 de ese origen. Dos iban situados en la parte central y uno bajo cada ala.

»En las misiones anti-buque y equipado con los misiles Hs293 y FX1400, el He177 utilizaba un transmisor FuG203 Kehl. Utilizando un mando tipo *joystick*, el bombardero guiaba el misil visualmente hasta su objetivo. El misil tenía un receptor FuG230 Strassburg, que recibía las señales del Kehl. Como las operaciones diurnas se tornaron cada vez más peligrosas para la Luftwaffe, las unidades equipadas con el He177, desarrollaron tácticas de ataque nocturno. Para ello, mientras un grupo se acercaba por un lado y señalizaba los convoyes, otro atacaba desde el lado opuesto. De esta manera, los aviones atacantes lanzaban los misiles desde 10 ó 15 km de distancia y el He177 volaba cerca de ellos para efectuar la guía correcta hasta su objetivo.

»Aunque la solicitud inicial de la Luftwaffe era descabellada, un bombardero capaz de atacar en picado, el He177 fue un avión técnicamente bien pensado y el único avión estratégico alemán que entró en servicio real durante la Segunda Guerra Mundial. Las tripulaciones apreciaban sus avances tecnológicos, pero no les inspiraba toda la confianza. Se le llegó a denominar el «ataúd de fuego» por la frecuencia de incendio inesperado de sus motores (sobre todo en sus primeras pruebas y versiones).

Stefan había tenido ocasión de volar en varios de ellos por diversas circunstancias incluso, en una ocasión, en misión de combate como observador, y siempre le había gustado su elegancia en vuelo, su facilidad de pilotaje pero siempre alejado de cualquier «picado». Con las reformas necesarias, era el avión idóneo para esa misión.

VII
Reunión con el Führer

—¿Cómo era el Führer de cerca? —inquirió Williams—. La imagen que podemos tener de él actualmente no es buena. Usted ha estado reunido con él, le ha conocido…

—Siempre he creído que hemos sido contemporáneos de alguien que de verdad ha hecho historia y ha cambiado el curso de la misma —respondió Stefan—. Todos hemos oído hablar de César, Alejandro Magno, Gengis Khan, Napoleón, etc., y suponemos cómo eran, lo que hicieron y un aura de mitificación les rodea, pero con Hitler hemos convivido, tenemos fotos, filmaciones, grabaciones y hay todavía testigos de quien fue, para bien o para mal.

—Puedo decirles que en el trato normal, era cortés y amable. No era alguien excepcional, ni destacaba por algo concreto. Lo que sí puedo decirles es que tenía una memoria espectacular, sobre todo en detalles técnicos y desde luego su persona emanaba autoridad y mando. Eso lo diferenciaba de los demás. Con nosotros siempre fue amable y con quien se podía hablar de todo.

—Pero, ¿en qué residía su liderazgo? ¿Qué es lo que atraía a la gente de él? —Williams parecía querer llegar a la esencia del liderazgo.

—Esa es una buena pregunta, teniente —contestó Stefan—, y muchas veces he pensado en qué consistía su atractivo político y como persona. Creo que es muy simple: era un líder real.

—¿Qué quiere decir con eso, herr Dörner? —inquirió con curiosidad el sargento Hanks—. También son y han sido líderes Roosevelt, Eisenhower, Kennedy, Carter, Bush, Reagan, Adenauer, Willy Brandt, Mitterrand, y un largo etcétera.

—La diferencia entre esos ejemplos y Hitler, que además es lo que diferencia al líder de unos políticos profesionales como los que cita usted, es la creencia en la misión y sobre todo en que «DICE y HACE» —Stefan hablaba con claridad—. Hitler DECÍA y HACÍA, con todas sus consecuencias y eso demostraba al pueblo seguridad en momentos muy difíciles. Unos políticos sólo hablan y no hacen, otros sólo hacen y no hablan. No se la juegan. Él sí. Hitler era un hombre con una misión y además sabía trasmitirlo. De esos ejemplos políticos que me ha citado, pocos pasarán a la posteridad y desde luego ninguno de ellos al nivel de Hitler. Son profesionales de la política que viven a golpe de encuestas y que tienen miedo a su propio pueblo. ¿Se han fijado en qué poco se relacionan con su pueblo? Alemania creía en Hitler.

Los dos militares callaron ante la explicación. Nadie les había planteado una lectura de la figura de Hitler bajo aquel prisma. No sonaba descabellado, pero ellos no podían admitir algo así. El mundo actual no podía contemplar así a la figura de Hitler. El magnetófono y la cámara de vídeo sonaban suavemente indicando que seguían siendo testigos de lo que allí se decía. El sargento Hanks comprobó que había cinta suficiente en ambos aparatos para seguir la entrevista.

—Les explicaré como fue la reunión con Hitler en Berlín… —Stefan continuaba sus recuerdos de forma metódica y segura.

Galland ya les estaba esperando en el comedor de oficiales del Luftministerium. Parecía más nervioso que el día anterior al teléfono según adivinó rápidamente Stefan.

—¿Qué te pasa, Adolf? —preguntó directamente.

—Acabo de recibir la noticia del inicio de lo que parece ser una nueva ofensiva soviética. Todo el frente sur está sufriendo un ataque descomunal. La información que tengo es que luchamos 10 a 2 en soldados y en carros 10 a 1. ¡Insostenible! Ya no quiero deciros como estamos en aviones. Los tenemos casi todos defendiendo Alemania!. En el frente centro y norte ya se observan movimientos de tropas rusas y esperamos un ataque muy pronto —Galland se sentó en una mesa. El resto siguió su ejemplo—. Esto puede ser un problema para nuestro proyecto.

Pasaron varios oficiales de alto rango que intercambiaron saludos cordiales con el grupo. Desde luego no pasaban desapercibidos.

—Bueno, ya veremos hasta donde llega su avance… —trató de calmar Klaus—. No es la primera vez que sostenemos las posiciones.

—Klaus tiene razón. Evidentemente no es la mejor noticia posible, pero quiere decir que hemos de trabajar más deprisa. Puede ser muy bueno que nos veamos esta tarde con el Führer —Stefan estaba animado—. Seguro que adelantaremos pasos.

El menú fue servido rápidamente, ya que era común para toda la oficialidad.

Tras una conversación algo más distendida, Stefan entró en detalles. Fue explicando cada objetivo analizado, sus ventajas e inconvenientes y finalmente expuso el de Tunguska. Sus compañeros compartían la explicación y añadían detalles de interés o respondían a dudas.

—Pero…, entiendo el porqué, pero veo difícil el cómo —Galland se reclinó sobre su silla—. Es un objetivo de larga distancia y requerirá un avión muy diferente a las versiones actuales del He-177. Tendréis que pasar sobre una gran área de territorio enemigo, sin posibilidad alguna de rescate si algo va mal.

—Asumimos esa situación. Forma parte de nuestro trabajo como soldados —Stefan se giró hacia Georg—. Georg ha preparado rutas de escape si la cosa se pone fea, hacia norte y sur, ¿verdad?

—Así es, pero piense Herr General der Jagdflieger que pretendemos volar hasta un techo de 10.000 mts —Georg se dirigió a Galland—. No hay avión que nos pueda alcanzar a esa altura.

—Georg —interrumpió Galland— es cierto que esa es mi graduación, pero estamos aquí para trabajar y pienso ayudaros. Olvídate de los formulismos ahora.

Georg estaba realmente azorado. Galland era un auténtico héroe de la Luftwaffe, con alta proyección pública y Stefan y Klaus no le andaban a la zaga. Se sentía muy alejado en distinciones militares de aquellos hombres. Él había sido siempre alguien más de trabajo técnico de oficina y su experiencia militar directa era muy escasa.

—Ya te lo he dicho en muchas ocasiones, Georg —Stefan sonreía—, trata de olvidar nuestro rango cuando estemos trabajando. De cara a los demás y sobre todo esta tarde, guarda las formas.

—He de deciros que me gusta la propuesta. Ahora sólo falta convencer al «jefe».

La Cancillería asomaba imponente en la Wilhelm Straße. El coche de Galland llevó a todo el grupo hasta el aparcamiento interno del edificio. En condiciones normales, Galland hubiese ido andando, ya que la distancia era muy corta, pero la importancia del proyecto y la información que portaban, le hizo cambiar de opinión.

Varios oficiales de las SS del servicio directo del Führer intercambiaron los saludos militares de rigor e hicieron pasar a todo el grupo a una sala subterránea. Sorprendentemente, a pesar de que la nueva Cancillería era inmensa, esta sala era más bien pequeña, lo que hacía la reunión más «íntima».

Era muy espartana y únicamente había lo imprescindible. Una gran mesa presidía el centro de la sala, con varias sillas a su alrededor. Se podía percibir el sonido del sistema de ventilación.

Sólo había dos puertas. A través de una de ellas habían accedido a la sala. La otra parecía ser la de acceso directo del Führer. De repente se abrió y un taquígrafo apareció, saludó, se sentó y preparó su máquina para transcribir la reunión. Eran las cinco en punto.

La puerta volvió a abrirse y Max Wunsche entró:

—¡Der Führer kommt!

El silencio era sepulcral. De repente Hitler entró en la estancia. Todo el grupo se puso firme con un duro sonido de botas entrechocando y los brazos en alto. El Führer levantó su brazo y seguidamente se dirigió hacia Galland y le saludó con cordialidad, luego se dirigió hacia Stefan al que también saludó calurosamente y éste introdujo a Klaus y a Georg.

Hitler repetía el vestuario de la última vez que le habían visto. Con chaqueta cruzada, sin emblemas excepto su cruz de hierro de la Primera Guerra Mundial y el águila en la manga izquierda. Stefan observó que esta vez llevaba su insignia de oro del partido en el ojal de la chaqueta.

Pidió con un ademán que se sentasen. Se mantuvo de pie y comenzó a hablar.

—En los últimos tiempos habrán observado que nuestra suerte parece cambiar. Pero no es cierto, mantenemos intacta la fortaleza europea y estamos devolviendo al mar el ataque aliado contra Italia —Hitler miró a cada uno de los miembros sentados en la mesa—. Mantenemos a los rusos lejos de las fronteras del Reich. Las bajas sufridas por los rusos subhumanos son pavorosas y aunque siguen recibiendo ayuda aliada, no podrán resistir mucho más.

—La entrada de los americanos en la guerra, sólo acelerará el proceso de destrucción entre el comunismo y el capitalismo, de dos pueblos absolutamente degenerados y que sólo merecen perecer. Estamos en un gran momento para demostrar de lo que somos capaces y de quedar como única potencia.

Las palabras de Hitler resonaban en la estancia. Todos escuchaban esperando el momento de poder presentar la idea.

—Ustedes han podido ver la tecnología de que disponemos y que vamos a utilizar. Hemos de dar una gran lección a nuestros enemigos y al mundo. Sólo queda Alemania contra la confabulación judeo-masónica que pretende dominar al mundo. Yo no quise la guerra, sólo quería que Alemania creciese hacia el Este en el que es su territorio natural, pero Inglaterra, Francia y el judaísmo americano provocaron a nuestra patria y entramos en la contienda. Lo que ustedes están haciendo no lo sabe nadie más fuera de éste círculo concreto. Ni siquiera el Oberkommando des Heeres está informado y tampoco el Almirante Canaris, jefe del Abwehr. Creo que hay una conjura de generales e incluso de algunos elementos bajo las ordenes de Canaris, para sabotear la victoria de nuestra patria. Ya tengo a un equipo detrás de todo este asunto y seré implacable.

De nuevo fue pasando su mirada a cada uno de ellos y se sentó presidiendo la mesa. Con un ademán indicó el inicio de la presentación del proyecto.

Adolf Galland se puso en pie.

—Mi Führer, ante todo debemos agradecerle su confianza en estos momentos difíciles, pero que sin duda se resolverán a favor de nuestra patria. El equipo que me acompaña, y que ha trabajado sin descanso, es de la máxima confianza y conocen perfectamente ante qué nos enfrentamos. Están dispuestos a morir por Alemania. El Generalmajor Dörner procederá a presentar el proyecto y el objetivo seleccionado —Galland tomó asiento de nuevo.

Stefan se incorporó.

—Mi Führer, el proyecto que voy a presentarle parte de los siguientes tres puntos que considero necesario que Vd. sepa antes de seguir adelante. Éstos son:

1. Realizable, ya que será muy difícil una nueva oportunidad de forma rápida.
2. De efectos claros y rotundos. No debe dejar lugar a dudas sobre su capacidad.
3. Que sea válido para todos nuestros principales enemigos y que geopolíticamente pueda cambiar el orden de juego en el tablero mundial.

Hitler aprobó con un movimiento afirmativo de cabeza los tres puntos expuestos.

Stefan inspiró profundamente:

—Como Vd. seguramente sabrá, nuestro equipo está involucrado en el Proyecto Hagen, es decir, una bomba atómica de 18 kilotones de potencia devastadora allá donde se lance —el Führer asentía en silencio y por ahora no mostraba impaciencia—. Por ello y teniendo en cuenta los tres puntos que le he citado hemos decidido presentarle el siguiente objetivo.

Con la ayuda de Georg y Klaus, extendió un mapa de Rusia en la pared que quedo fijado en la misma. Stefan se giró hacia Hitler.

—Hemos considerado que un objetivo como Nueva York es técnicamente realizable pero de escaso valor operativo y con enormes riesgos para Alemania. La muerte segura de, posiblemente, millones de habitantes pondría a los Estados Unidos a la máxima potencia y resolución para la aniquilación absoluta y enfurecida de nuestra patria. Podemos pensar que podrían usar armas químicas o incluso algún tipo de arma atómica en la que con seguridad, ya están trabajando.

De repente el Führer se incorporó y se acercó a Stefan.

—Generalmajor Dörner, permitame un inciso —Stefan asintió levemente—. ¿Sabe Vd que la energía que se liberará al partirse el núcleo del átomo y la subsiguiente radioactividad de esa bomba puede destrozar nuestro planeta?

Los conocimientos aparentes de Hitler, parecían ir más allá de lo que hubiesen estimado los presentes a la reunión.

—Incluso si alguien es capaz de controlar la radioactividad y puede usar la partición del átomo como arma, los efectos serían devastadores. Cuando el Dr. Todt, en 1940, me presentó el informe sobre la energía atómica liberada por un arma de esas características, tuve claro que podría destruir la mitad de Alemania o formar un cráter de un tamaño inconcebible —Hitler observaba el mapa—. Eso quiere decir que toda la vida dentro de esa área desaparecería, no sólo humana sino en flora y fauna. No se podría vivir en un radio de más de cuarenta kilómetros durante cientos de años debido a la radiación. En pocas palabras: el Apocalipsis —Hitler volvió a su asiento—. No hay país o grupo de gente civilizada que pueda cargar con la responsabilidad de semejante matanza. Entiendo la guerra como una lucha limpia frente a un oponente con las mismas posibilidades. El ser humano se destrozaría absolutamente usando un arma de esas características. Sólo en áreas remotas como la Amazonia o las junglas de Sumatra la gente tendría posibilidades de sobrevivir a esa bomba. Estoy de acuerdo con Vd. en que Nueva York no es el objetivo adecuado. Además, no sabemos si esa bomba podría formar un maremoto gigantesco de resultados desconocidos.

Hubo unos segundos de silencio en el grupo. Stefan continuó:

—Bien mi Führer, entonces lo que queremos proponerle seguramente estará en la línea de sus pensamientos: proponemos lanzar la bomba sobre Rusia en una zona desértica de Siberia, Tunguska concretamente, que sea equidistante con Nueva York desde nuestra base noruega de Kristiansand. Es decir, por un lado avisamos a los rusos de nuestra capacidad ofensiva con un nuevo tipo de bomba, éstos se lo indican a sus aliados americanos que, de forma clara, ven la posibilidad de que el siguiente objetivo sea algún lugar de la costa este de Estados Unidos. Es fácil imaginar Nueva York.

Todos observaban la cara de Hitler y cualquier indicador facial de su aprobación. Por el momento se limitaba a escuchar, eso sí, con interés.

Stefan continuó.

—A partir del momento en que todo esto ocurra, los aliados no tendrán más remedio que sentarse a negociar con nosotros un nuevo mapa de Europa, donde Alemania represente un peso específico considerable. La ventaja evidente es clara, seguimos manteniendo nuestra capacidad operativa, no causamos víctimas civiles ni militares, pero dejamos la puerta abierta a volver a usar la bomba si no se doblegan a nuestros planes. Un último punto importante que no deberá suceder, es que en el caso de que no estalle, no caerá fácilmente en manos del enemigo que podría conocerla técnicamente y usarla contra nosotros.

—Nuestro oficial de vuelo Georg Pritts, cartógrafo y especialista topográfico en el frente ruso, ha preparado la línea de vuelo que seguiría nuestro avión hasta su objetivo en Tunguska y su regreso —Stefan esperaba algún comentario del Führer, pero éste le indicó que continuase. Era una buena señal—. Hemos calculado un total de 11.000 kilómetros entre ida y vuelta, por lo que el avión seleccionado deberá ser preparado y adaptado correctamente para una misión así.

—¿En qué avión han pensado, Generalmajor Dörner? —inquirió Hitler—. Sólo Junkers ha demostrado tener un avión de esas características, el Junkers 390 —como siempre el Führer no sólo estaba bien informado, sino que estos asuntos le gustaban.

—Así es, mi Führer —replicó Stefan— pero como Vd. sabrá el avión iba sin carga y voló prácticamente a ras de agua para no ser detectado por los rádares enemigos. Sin duda fue una hazaña. En nuestro caso ha de ser un avión con carga y capaz de volar a una cota de 10.000 metros y por ello inmune a las baterías antiaéreas y rádares de control. Debe ser un avión presurizado y con los más modernos adelantos técnicos de vuelo. Hemos pensado que el avión ideal es el Heinkel He177 V-38.

Hitler mostró cierto asombró.

—Me imagino, que como piloto que es Vd., sabrá que es un avión que no goza de buena fama entre los aviadores ¿por qué lo han elegido?

—Es cierto que es un avión con mala fama —Stefan extrajo documentación de su portafolios—, pero las unidades que se han fabricado a partir de la versión anterior He177A-5R1, vuelan muy bien. Es un avión actualmente muy manejable, con buena artillería defensiva y de ataque y que es el único modelo estratégico de que dispone la Luftwaffe. Creemos, a partir de los datos técnicos de que disponemos y mi experiencia en vuelo en varios de ellos, que es el avión idóneo para esta misión.

—Muy bien, ahora indíqueme cuál va a ser la ruta de vuelo hasta ese punto en Siberia y la ruta de escape.

El Führer, de nuevo junto al mapa, utilizaba una lupa. Galland guiñó un ojo a Stefan. Veía a Hitler convencido con el plan y le gustaba estar con soldados del frente.

—La ruta es la siguiente, mi Führer —con un puntero Stefan iba señalando cada una de las ciudades que serían ejes del trayecto—, el vuelo se iniciará en Praga que es el punto de centro Europa más próximo al objetivo, volaremos sobre Kiev, Jarkov, Samara, pasaremos entre las ciudades de Perm y Ufa y luego entre Jekaterinburg y Cheliabinsk, luego a la izquierda de Omsk y Novosibirsk. Todo ello prácticamente en línea recta y de allí viraremos hacia el norte marcando una curva a la izquierda de la ciudad de Tomsk y el río Yenissei. A partir de ese momento estaremos a 300 kilómetros del objetivo.

Stefan rodeó con el puntero una zona de Siberia, más al norte, donde ponía claramente TUNGUSKA.

—El regreso ha sido estimado siguiendo la misma ruta, si es que no ha aparecido ningún problema en este momento imprevisible —Stefan volvió a señalar con el puntero las ciudades en sentido inverso hasta llegar de nuevo a Praga—. Podemos estimar que entre que lancemos la bomba y su explosión y que la noticia llegue hasta el Kremlin, pueden pasar varias horas. Con ello tenemos tiempo suficiente de escape por la misma ruta. Es un vuelo estimado total de 21 horas ida y vuelta.

—Un momento Generalmajor Dörner —una leve sonrisa apareció en el rostro de Hitler—, no puedo correr el riesgo de perderles y más en una misión de este nivel. Creo que todo saldrá bien y por ello les necesito como la tripulación que realizó esta misión fundamental para nuestra patria. Piense que las cosas cambiarán mucho en el momento en que Vds. lancen esa bomba y

Alemania necesita héroes en esos tiempos que vendrán. Vds. harán que la guerra se detenga y Alemania vuelva a tener el papel mundial que le corresponde. Quizás en la ida cuenten con el factor sorpresa y la altura de vuelo, pero después de la explosión, no podemos creer que no les perseguirán. Por ello, Vd. y su tripulación deberán seguir otra ruta de regreso —Hitler se volvió hacia el mapa y tomando el puntero de Stefan trazó un nuevo recorrido—. Volverán a pasar entre Omsk y Novosibirsk, pero tomarán dirección sur-oeste hacia Turquía que es aliado nuestro. Si lo consideran necesario pueden repostar en Ankara y de allí seguir su ruta de regreso por encima de Bucarest, Budapest, Viena y Praga. Es más lógico y más seguro para todos.

Stefan miró a Georg, que asintió ante la propuesta.

—Muy bien, mi Führer, no hay problema con esa ruta de regreso —añadió Stefan entregando el dossier de la misión a Hitler. Éste lo entregó a Max Wunsche.

—La operación y su objetivo me parecen bien. Pueden ponerse a trabajar en ello inmediatamente —Hitler acababa de aprobar todo el proyecto.

En ese momento Galland intervino:

—Mi Führer, necesitamos su ayuda para dar la máxima prioridad a esta misión y sobre todo para la preparación del avión. Podemos trabajar en Letov, en la fábrica Skoda junto a Praga, donde no hay problema en la preparación y adaptación de prototipos.

—Muy bien Galland, no les faltarán recursos humanos y materiales para su misión. De todas maneras, reportarán ante mí directamente y bajo el máximo secreto. Quiero un informe mensual del avance del proyecto y la fecha en que se puede llevar a cabo. El informe envíelo por teletipo de seguridad a la «Guarida del Lobo» en Rastenburg. También quiero que tengan contacto y trabajen con el general de las SS Kammler de forma constante. Él les tiene que suministrar la bomba y los aspectos técnicos para su debida manipulación. Señores, seguiremos en contacto. Muchas gracias.

Todos se pusieron de pie en posición de firmes y despidieron a Hitler. Éste levantó ligeramente su brazo. El Führer desapareció por la misma puerta por la que había entrado.

—No puedo creerlo —sonrió Galland—, ha sido la primera vez en que he visto al «jefe» despachar un asunto tan rápidamente y sin poner trabas, excepto en el tema del regreso a casa. ¡Magnífico!

—No está mal pensado —indicó Georg—, fue algo que yo también pensé en un principio pero que desestimé ya que nada impedía volver por el mismo camino conocido. Habrá que preparar bien nuestra presencia en Ankara y el repostaje del avión.

—Bueno, yo creo que si tenemos éxito seremos importantes —sonrió Stefan— y de ahí el interés del Führer en que nos mantengamos con vida. También el repostaje en Ankara puede hacer que carguemos menos gasolina al principio y podamos volar más rápido.

VIII

Manfred-Weiss, Hungría

—¿Es posible que Hitler tuviese remilgos por lanzar la bomba atómica en una ciudad como Nueva York? Me cuesta creerlo Generalmajor… —Williams no daba crédito a sus oídos.

—Pues así era —contestó Stefan—. Luego supe de otros intentos de uso de bombas atómicas sobre territorio alemán para detener al enemigo y que fueron abortados ya que no se garantizaba la inmunidad de nuestra población próxima al frente donde se iba a utilizar la bomba. Les puede sonar increíble actualmente, pero a diferencia de los regímenes o dictadores comunistas que matan a su propio pueblo con su mismo ejercito o con hambrunas endémicas, Hitler lo usaba de puertas afuera, hacia otros países o pueblos. Piensen que durante los últimos días de marzo de 1945, nuestros aviones lanzaron sobre la zona del Bajo Rin octavillas indicando a la población que abandonasen la zona ya que era objetivo de un próximo ataque con un arma devastadora. Eso representaba evacuar urgentemente una zona de unos 50 kilómetros cuadrados. Desde un punto de vista militar, era la única forma de estabilizar el frente occidental. Cerca de Münster, nuestros cazas Messerschmitt Bf 109 fueron preparados con bombas atómicas de pequeño tamaño, 250 kilos. Pero pueden imaginarse lo que podía ser en aquel momento, con las carreteras atestadas de refugiados y tropas en desbandada lanzar esas bombas. Hitler detuvo el plan al no poder garantizar los resultados ni, sobre todo, las secuelas sobre nuestra gente. Hitler siempre temió la posibilidad de un ataque de represalia con agentes químicos o bacteriológicos contra Alemania por parte de los aliados. Estábamos preparados para una respuesta contundente, pero era una forma de guerra en la que el Führer no quería entrar bajo ningún concepto. En este aspecto siempre defendió al pueblo llano, aunque no pudo evitar los terribles bombardeos sobre nuestras ciudades. Intentó ofrecer la mejor forma de vida en aquellas circunstancias. Por ejemplo, recuerden que cuando el ejercito rojo entraba en Alemania, por Prusia y luego por la frontera con Polonia, las tropas rusas de primera línea se quedaban asombradas de la forma en que vivía el pueblo alemán, con sus casas, muebles y enseres de todo tipo que eran absolutamente inexistentes en la Rusia comunista. Los comisarios políticos tuvieron muchos problemas y que emplearse a fondo para detener y controlar la rabia de muchos de sus soldados ante la mentira sobre Alemania que había propagado el comunismo. Muchos soldados rusos fueron fusilados por incitar al derrotismo. Alemania era un país mejor montado y con una infraestructura social a años luz del intento comunista.

—Es increíble lo que dice Generalmajor Dörner. ¿Qué le parece sargento Hanks? —preguntó Williams.

—Evidentemente Hitler no usó armas bacteriológicas, ni químicas, ni la bomba atómica, pero eso no puede hacernos olvidar el desastre que representó para Europa e incluso para el sistema de vida occidental las acciones de un personaje como Hitler.

—No estoy ensalzando a Hitler, sargento Hanks, —respondió Stefan— pero hay elementos y detalles que también hemos de saber sobre el personaje y su decisiva influencia sobre Europa. Yo los he conocido de primera mano, puede estar seguro de ello. Creo que esto enriquece su trabajo conmigo.

—Volviendo a las factorías secretas, ¿qué nos puede decir de Manfred-Weiss en Hungría? ¿Usted visitó esa enorme instalación por aquel entonces? —Williams retomaba el hilo conductor de la explicación de Stefan.

—Sí y además con el general SS Kammler, que hizo de cicerón por dicha fábrica.

Los recuerdos volvían fácilmente al presente y Stefan los describía como si fuesen acontecimientos recientes.

El general Dr. Kammler, acompañado de dos oficiales de las SS, les recibió en el inmenso vestíbulo del gigantesco complejo Manfred-Weiss, cerca de Budapest. Tras haber visitado Jonastal III C, les quedaba la visita a esta factoría que pertenecía al grupo industrial de las SS. Una gran parte del material atómico era preparado aquí.

Kammler estaba de un humor excelente.

—Me alegro de volver a verles. Ya sé que han estado con el Führer y el proyecto ha sido aprobado. Estoy al corriente de los detalles y les felicito. Ahora lo que necesitamos es tiempo y marcar claramente las etapas que debemos seguir para el desarrollo óptimo de toda la operación.

—Muy bien general Dr. Kammler, estamos a su entera disposición en todo lo que afecta a la bomba y su debida manipulación —Stefan y Klaus seguían el vivo paso de Kammler y sus oficiales. Georg se había quedado en Berlín trabajando la nueva ruta de regreso.

—Bueno, no deben de preocuparse de la manipulación directa de «Hagen», ya que excepto en el momento del lanzamiento en que tendrán que activar el sistema de ignición, el resto del tiempo no tendrán que preocuparse en mover la bomba de un lado para otro. Dispondrán de un equipo de atención de todo ese material.

El complejo Manfred-Weiss estaba formado por cinco grandes edificios. Antes de la guerra pertenecía a capital judío y había sido requisado tras la entrada de Hungría en la guerra como país colaborador con Alemania. Era un enorme complejo industrial pesado, donde se trabajaba el metal, desde la fundición del mismo hasta la construcción de armamento. Las SS lo habían convertido en uno de sus puntales industriales y prácticamente toda su producción se dividía en armamento convencional para las Waffen SS e investigación y desarrollo de alta tecnología en el campo militar. Dentro de este último apartado es donde entraba todo al trabajo atómico desde al principio, acoplándose como última etapa en Jonastal III, tal como habían podido ver en su anterior visita.

Montaron en un Kubel del servicio interno de desplazamiento y conducido por el mismo general Kammler, se dirigieron al extremo opuesto de la instalación. Lloviznaba suavemente y grandes camiones de transporte y trenes aguardaban la carga de material para su transporte al frente, a través de los almacenes de distribución de las SS. Grupos de soldados y trabajadores supervisaban los cargamentos.

—Hasta ahora Manfred-Weiss ha permanecido ajeno a la guerra, no hemos sufrido ni bombardeos ni ataques terroristas, por lo que nuestro trabajo ha sido realizado de forma constante y sin interrupciones. Creo que fue una buena idea del Reichsführer Himmler no cambiar el nombre judío de la empresa —sonrió Kammler.

El Kubel viró y entró por una pendiente hacia una instalación subterránea. Unas grandes puertas blindadas se abrieron lentamente dejando paso al vehículo. Una luz intermitente indicaba el movimiento de apertura. Por encima de las puertas se podían ver una baterías antiaéreas de protección.

—Evidentemente, a pesar de nuestra relativa tranquilidad aquí en Hungría, no podemos olvidar que estamos en guerra y por ello los desarrollos más comprometidos como el atómico, lo hacemos a bastantes metros bajo tierra. Es algo similar a Jonastal III pero más pequeño —Kammler entró en la primera estancia de la instalación subterránea. Efectivamente y tal como había comentado el general, no se apreciaba tan grande como la instalación de Turingia.

Kammler detuvo el vehículo e hizo bajar a sus ocupantes.

—Síganme —indicó.

De nuevo, las puertas que se podían ver estaban guardadas por soldados de las SS y también el personal vestía monos de trabajo de diferentes colores, como señal identificativa de su pertenencia a los distintos servicios.

—Me parece excelente el aspecto geopolítico del objetivo en Tunguska, Dörner —indicó Kammler «he de reconocer que yo era partidario de un golpe más duro y mortal, pero veo la ventaja que supone su plan.

Stefan se detuvo y todo el grupo hizo lo mismo:

—General Kammler, tanto mi equipo, Klaus Grabinger y Georg Pritts como yo, hemos tenido muy claro desde el principio que debía ser una acción «docente» para el enemigo. Si esta acción no da el resultado que esperamos, quizás tendremos que hacer algo más sonado. No me malinterprete general, pero yo no soy partidario por ahora de algo que provoque una situación desconocida y el Führer tampoco.

—Sí, lo sé Dörner. Y puede creerme que de las SS recibirá toda la ayuda posible para que el plan funcione perfectamente —el grupo continuó su marcha hasta una puerta que quedaba a mano izquierda. El soldado de guardia, tras cuadrarse, apretó un pulsador rojo y ésta se abrió. El grupo entró con paso decidido.

Ante ellos aparecía lo que parecía ser un cilindro de unos ocho metros de altura y unos cuatro de diámetro, que emitía un leve zumbido. El cilindro estaba conectado a través de tubos rígidos de acero inoxidable a varios aparatos e incluso algunos tubos salían a través de la pared hacia otras estancias. Todo esto lo veían tras un cristal. Varios operarios trabajaban con trajes protectores ante mandos y botones de control. Varias escaleras llegaban hasta la parte superior. Algunos de los operarios estaban arriba de todo del cilindro, controlando cosas que no se veían desde la posición inferior del grupo.

Por detrás del cilindro se podía ver una piscina de varios metros de longitud y anchura. El agua parecía hervir.

—¿Qué es este aparato, general? —preguntó Klaus.

—Es un ciclotrón. No voy a aburrirles con datos técnicos, pero imaginen que es como una central atómica pero en pequeño. Produce suficiente energía para dar electricidad a una ciudad de casi 100.000 habitantes.

—Parece increíble que pueda tener tanta potencia. Y ¿cuál es el objeto del ciclotrón? —preguntó Stefan mientras observaba a las personas que operaban el enorme cilindro—. ¿Y esa piscina?

—Desde luego no es para bañarse —rió Kammler—. Ahí se enfrían las placas que van produciendo la energía atómica en conexión directa con el ciclotrón. Este ciclotrón y el de Berlin-Dahlem que ya conocen, están produciendo el material radioactivo que provocará la explosión y que irá en las bombas que pudieron ver en su visita a Jonastal III. Hay otros ciclotrones, pero estos son los más importantes.

Klaus y Stefan observaban en silencio el aparato. Kammler les indicó con la mano que debían continuar.

—Estamos prácticamente acabando el material necesario para Walkiria, que como saben tendrá 15 kilotones y que probaremos a principios de octubre en el Mar del Norte. Cuando hayamos acabado el material necesario para Walkiria, iniciaremos la producción para Hagen que tendrá 18 kilotones. Esperamos tenerlo todo para antes de finales de 1944.

—Eso quiere decir, general —intervino Klaus— que nuestro vuelo será para principios de 1945.

—Es razonable pensar en esas fechas. Los ciclotrones trabajan al máximo de su rendimiento y necesitan su tiempo para la obtención del material. Es inevitable. Puedo asegurarle que todo lo que podamos adelantar en la preparación de Hagen, se hará.

—Saber la fecha de disponibilidad, general —indicó Stefan— nos permite un calendario más ajustado. Si le parece tomaremos como válida esta suposición de fechas para enero de 1945.

—Me parece bien. De todas maneras le mantendré informado de cualquier adelanto o cambio.

Uno de los oficiales que acompañaban a Kammler iba tomando nota de lo que iban comentando. El grupo se detuvo ante una zona que parecía ser de carga. Una especie de contenedor metálico se hallaba suspendido a varios metros de altura, cogido por una grúa con unas pinzas enormes. Parecía una araña atrapando un insecto entre sus patas. El contenedor tenía la forma de un sarcófago, pero de mayor tamaño y llevaba refuerzos metálicos alrededor de toda su estructura. Varios operarios, está vez sin ningún tipo de ropa de aislamiento, trabajaban en el lugar. Kammler hablo con uno de ellos en un aparte. Regresó enseguida.

—Quería enseñarles el muelle de carga especial para el material radioactivo que partirá hacia Jonastal III —Kammler iba señalando hacia arriba mientras hablaba—; ese contenedor está preparado para el material que contendrá. Es de plomo internamente y acero en su parte exterior.

Unas vías de tren llegaban prácticamente hasta ese lugar.

—Será un tren especial blindado de sólo dos vagones y la máquina —intervino uno de los oficiales ayudantes de Kammler—. El contenedor irá en el centro y detrás un vagón de defensa una pieza antiaérea de cuatro cañones. Hemos considerado también el uso de otro tren blindado que iría un kilómetro por delante del principal, abriendo camino y asegurando la situación. Lo estamos estudiando.

—¿Quieren ver el tren? —preguntó Kammler.

—¡Claro! —contestó Klaus mirando a Stefan, que asintió sonriendo.

—Por aquí, caballeros —uno de los oficiales SS abría paso indicando el camino.

Siguieron a pie sobre la vía unos doscientos metros, hasta un cambio de agujas de otra vía que venía desde su derecha. Allí, bajo un techo reforzado de hormigón, aparecía imponente el frontal de una máquina de tren. Uno de los oficiales apretó un conmutador y toda la estancia se iluminó. Klaus y Stefan se encontraban ante un tren muy diferente a los que habían visto hasta ese momento. Era completamente redondeado e integraba el depósito de gasoil de abastecimiento. Tenía un aspecto futurista. Tres grandes focos coronaban la parte frontal la máquina. Las ruedas de tracción y dirección quedaban totalmente ocultas.

La cabina de los maquinistas no tenía ventanas y según pudieron comprobar disponía de un ingenioso sistema de grandes espejos para observar el exterior. Era totalmente blindado y de color negro matizado. Se accedía a través de una puerta-escotilla.

—Es espectacular —indicó asombrado Stefan.

—Es una de las joyas de la ingeniería ferroviaria alemana —contestó Kammler—, y, además, es muy rápido. Al ser un motor diesel es autónomo y por eso lo usamos.

Kammler y todo el grupo iban rodeando el tren, observándolo con detenimiento. No llevaba ningún tipo de distintivo exterior. En la parte trasera iba conectada una plataforma vacía que seguía la misma estética de la máquina.

—Me imagino que sobre esta plataforma ira el sarcófago atómico —preguntó Stefan.

—Así es —contesto uno de los oficiales SS—; una vez sobre la misma, se camuflará bajo un blindaje de protección.

Más atrás aparecía un tercer vagón con una batería gemela antiaérea de cuatro cañones de 20 mm. Era un arma certera contra cualquier avión y devastadora cuando se usaba contra objetivos terrestres.

—Supongo que tendrán hambre, ¿verdad señores?

Era una buena sugerencia de Kammler, que fue muy bien recibida por los dos pilotos.

Volvieron a pasar por delante del muelle de carga y el ciclotrón hasta llegar a una especie de plaza desde la cual se podía tomar cualquier dirección. Un cartel de «Cantina» aparecía frente a ellos.

—Tomaremos el rancho del personal —indicó Kammler.

Desde luego, había una profunda diferencia entre los trabajadores de esta planta, prácticamente todos alemanes y con vinculación directa con las SS, y los trabajadores de Jonastal III que eran en su mayoría mano de obra esclava de diferentes países ocupados.

—No hay problema —contestó Stefan—. En ese momento los dos oficiales SS que acompañaban al grupo se despidieron.

—Les debo una explicación. Son mis ayudantes en Manfred-Weiss cuando yo no estoy aquí —aclaró Kammler—. Son mis ojos y oídos. Controlan que todo vaya cumpliéndose según lo previsto y de forma efectiva. Después de la comida quiero mostrarles en lo último en lo que estamos trabajando. Creo que les gustará.

Tras la comida entre los trabajadores de las diferentes secciones, salieron de la cantina para ir directamente a una sala donde ingenieros y técnicos se afanaban delante de mesas de dibujo en la preparación de planos de piezas y componentes de algún tipo de desarrollo.

Pudieron observar tres computadoras numéricas S-1 al igual que en Jonastal III, donde los operadores introducían, a través de un teclado alfanumérico, los datos que debían de calcular las máquinas.

—Conocen estas máquinas ¿verdad? —preguntó Kammler. El sonido de unas tarjetas perforadas se oía por toda la estancia. Pasaban a alta velocidad ante los ojos de Klaus y Stefan.

—Sí y la verdad es que impresionan —contestó Stefan—, recuerdo que servían para cálculos complejos de vuelo y dimensiones de los alerones.

—Sí, y nos ahorran mucho trabajo. No hay errores de cálculo, salvo que se introduzcan los datos de forma equivocada —Kammler saludó a los técnicos que manejaban estas computadoras, indicándoles que no se cuadraran y continuasen con su trabajo.

—Vengan conmigo a mi despacho —les indicó el general.

Tras pasar por varias salas donde los técnicos trabajaban sin descanso, pudieron adivinar que trabajaban sobre algún tipo de cohete.

El despacho de Kammler en la Manfred-Weiss era espartano y de color hormigón, tipo bunker. Junto a su teléfono aparecía la frase *Vorsicht bei Gesprächen! feind hört mit!* (¡Cuidado al hablar! ¡El enemigo escucha!). De repente, en el lado oculto por la puerta al abrirse, estaba la maqueta de casi dos metros de altura de un cohete, totalmente diferente a las V2. Era de color blanco y con rayas de camuflaje. La cruz alemana aparecía con nitidez. En la realidad sería descomunal.

—Quería mostrarles este cohete intercontinental de dos fases al que llamamos A-10 —Kammler se situó junto al mismo—; tiene un alcance de más de 12.000 kilómetros y podrá ser en versión tripulada o bien como misil balístico sin tripulación—. Desmontó la parte superior y se la mostró a sus invitados—. Esta sección, la cápsula, puede ser acondicionada para una tripulación de dos hombres o bien adaptada para una carga de explosivo convencional o bien nuclear.

—Habíamos visto planos de este cohete en nuestra visita a Jonastal III general. Es evidente que este cohete supera con mucho a la actual V2 en alcance y carga —indicó Stefan— pero, la versión tripulada ¿qué sentido tiene?

—Bueno, hay varias posibilidades —contestó Kammler—, una es que sea una nave suicida dirigida con precisión por un piloto, otra es que la tripulación abandone la nave al aproximarse al objetivo y se pueda recuperar la cápsula. Y una última que estamos considerando es un posible viaje al espacio exterior…

La cara de asombro ante esta última posibilidad era evidente en los dos pilotos.

—No se asusten, de momento es sólo una idea, que podrá ser factible en función de la solución de algunas limitaciones técnicas que tenemos en la actualidad.

Kammler les enseñó algunos dibujos a color muy realistas, en los que se veía el cohete A-10 en vuelo. Realmente era una gran pieza de ingeniería militar. Los dibujos lo mostraban a gran altitud, sobre la Tierra.

—El A-10 es un cohete estratosférico y como Vds. comprenderán sin rival. El enemigo no tiene forma de detenerlo una vez inicia su misión —Kammler se mostraba muy orgulloso.

—¿Cuándo cree que estará disponible para su uso? —preguntó Klaus con la cápsula en la mano.

—Esa es la gran pregunta —Kammler movía la cabeza—, yo tengo programada su disponibilidad para finales de este año. Concretamente en diciembre, pero no todo depende de mí. Pueden imaginarse la presión que ejerzo para disponer de personal y material aquí en Hungría. Cuento con la ayuda inapreciable del Reichführer SS Himmler.

Stefan pudo imaginar la presión sin ningún problema.

—Volviendo al espacio, general Kammler —inquirió Stefan—, ¿cuál es el objetivo de un vuelo de esas características?

—Reconozco que suena futurista e increíble, pero nuestra intención es montar una base lunar. Quien posea la Luna posee la Tierra. Ello abriría el camino a ir más allá incluso. Quizás a otros planetas.

Aquella respuesta superaba sus más alejados sueños. Parecía que la confianza en la victoria final era clara. No se podía programar algo así sin una creencia ciega en un final proclive a Alemania.

—Piensen que tenemos varios proyectos en marcha que revolucionarán la aviación. De hecho, no son aviones como los actuales ni tienen sistemas de propulsión a base de hélices o reactor —las palabras de Kammler aún añadían más misterio a todo lo que estaban viendo y oyendo—. Bueno, no creo que sea necesario ir más allá en información. Este cohete es un buen aperitivo —concluyó sonriendo.

Stefan estaba muy interesado en los sistemas de propulsión que había indicado Kammler.

—No puedo imaginarme ahora mismo otro sistema que no sea el de hélice o bien el más actual a reacción. ¿No puede adelantarnos algo?

Klaus asentía con la cabeza las palabras de Stefan.

—Puedo decirles que es un sistema que no utiliza gasolina o keroseno de aviación y que está basado en un sistema electromagnético. Es el principio del imán. No hay prácticamente rozamientos, no hay desgaste y el sonido en vuelo es mínimo. Es un motor eterno —Kammler se dirigió a un mueble porta-planos y extrajo un plano donde se veía la parte superior, la inferior y la sección de un disco volador o algo similar. Un dibujo realista permitía ver el disco volando sobre unas montañas.

—Será una nave muy manejable y rápida. Hemos calculado una velocidad que puede llegar a los 3.000 kilómetros por hora. Tendrá la capacidad de despegar y aterrizar en vertical, con lo que no harán falta aeropuertos convencionales. Llevará una tripulación compuesta por cuatro hombres y armamento muy sofisticado. Y les adelanto que cerca de Praga, en la fábrica Skoda, tenemos un primer prototipo de esta máquina, que sin alcanzar estos valores, indica que no tendrá dificultad para llegar a ellos —Kammler sacó unas fotografías en color de un sobre gris con el sello *GEKADOS* (*Geheime Kommandosache*: secreto) y se las mostró.

En las fotos se veía una nave similar a la del plano aunque algunos detalles la diferenciaban. Era de un color gris oscuro, llevaba una cúpula con mirillas de observación. Estaba posada en tierra y una escalerilla bajaba hasta el suelo desde el vientre central de la nave. Varios operarios parecían comprobar detalles y junto a ellos estaba el que podría ser el piloto ya que su indumentaria, aunque ceñida, era como metalizada. En otra foto se veía la nave rodando fuera del hangar y una última la mostraba en vuelo sobre el edificio. Se podían ver debajo del fuselaje, tres esferas que sobresalían notablemente.

—Observarán que este prototipo es individual, ya que a partir de él haremos una nave para los cuatro tripulantes que les he indicado. Las computadoras alfanuméricas S-1, están siendo de gran ayuda para los cálculos.

—¿Y esas esferas, general? —preguntó Klaus, señalándolas en la foto.

—Esas son las esferas magnéticas que producen el efecto antigravitatorio que permiten el vuelo y desplazamiento de toda la nave. Es la segunda generación y ya estamos trabajando sobre una tercera, que resuelve algunas limitaciones técnicas actuales.

—¿De qué material está hecho? Puedo imaginar que a la velocidad de 3.000 kilómetros por hora, la fricción y el calor sobre el metal será enorme —preguntó Stefan.

—Es un material totalmente nuevo. Una aleación especial, muy compleja, pero que está dando muy buenos resultados. Pero lo importante no es solamente eso, piensen que esta nave lleva un tratamiento sobre su estructura externa, que le permite no ser detectada por los rádares. Eso la convierte en invisible y mucho más mortífera.

Kammler siguió.

—Piensen señores, que este tratamiento anti-radar bajo el nombre en código de Schornsteinfeger será de obligada aplicación en nuestros aviones convencionales antes de final de año. Consiste en una pintura bituminosa con una alta concentración de carbón. El espesor, según el equipo científico de las SS, se aplica en función de la frecuencia del radar enemigo. De esa manera, la señal del radar es absorbida en el material dieléctrico del tratamiento provocando que la energía del eco del radar enemigo se reduzca enormemente y el avión no sea detectado.

Kammler extrajo de uno de los cajones del mueble donde se encontraban las fotos, una plancha metálica con el tratamiento anti-radar.

—*Schornsteinfeger* y su aplicación no se limita únicamente a los aviones. Estamos haciendo pruebas en barcos, submarinos y los *snorkels* de los mismos. También sobre carros, vehículos y artillería. Puedo decirles que la IG Farben en Ohrdruf/Crawinkel produce este revestimiento.

—He de reconocer general Kammler —dijo Stefan— que lo que hoy hemos visto y oído hoy en Manfred Weiss, va más allá de cualquier especulación que pudiéramos imaginar.

—Y demuestra la capacidad técnica alemana —concluyó Klaus.

—Piensen que los aliados dicen que Alemania perdió el tren de la tecnología por la huida de algunos científicos judíos e incluso que sufrimos sequía cultural. Puedo indicarles con toda seguridad de que se trata sólo de propaganda enemiga para desalentar a la población —Kammler fue guardando cuidadosamente el plano y el sobre con las fotos—. Hoy no podemos mostrar todo esto por motivos obvios de seguridad militar y espionaje. Algún día cercano, el mundo temblará ante estos ingenios.

—La verdad es que si existe la posibilidad, estaría muy interesado en ver realmente esta nave circular —Stefan no ocultaba su interés.

—No te olvides de mí —bromeó Klaus.

—Bueno —concluyó Kammler—, sé que estarán en Praga trabajando durante un tiempo en la preparación del avión. Es posible que puedan ver el disco durante su estancia en la zona. Ya les avisaré. Ahora, si no tienen inconveniente permítanme que les acompañe.

Con gesto amable pero claro, Kammler les invitó a abandonar el despacho y seguir visitando las instalaciones.

IX

La computadora de Konrad Zuse

—No puedo creer que Alemania trabajase con computadoras, Generalmajor Dörner. Suena a ciencia ficción —indicó Williams.

—Todos sabemos que fue la computadora aliada ENIAC (*Electronic Numerical Integrator and Computer*), la primera máquina-ordenador del mundo y se desarrolló para cálculos de trayectoria balística —añadió Hanks mirando fijamente a Stefan.

—Bueno, esa es la historia oficial —contestó tranquilamente Stefan, mirando a sus interlocutores—, no me sorprende ya que en otros campos han hecho lo mismo. Piensen que Alemania perdió la guerra y por ello no se le puede conceder ningún desarrollo técnico en la historia oficial. Estoy seguro que la V1, V2 y los aviones a reacción que aparecieron durante el final de la guerra, los hubiesen ocultado los aliados si no hubiesen salido al campo de batalla. Ya no pudieron hacerlo y lo admitieron públicamente, pero hubo muchos otros desarrollos muy avanzados que no vieron la luz salvo en pruebas secretas en las bases alemanas. Esos desarrollos fueron capturados por los vencedores y desarrollados en sus países. Imagínense cuantas patentes se ahorraron por pagar y los años que adelantaron en investigación de todo tipo... Conozco bien la historia de la computadora alemana y de Konrad Zuse en particular, ya que le conocí después de la guerra, y en mi formación como ingeniero era una herramienta que empezábamos a usar con normalidad.

De nuevo las palabras de Stefan brotaban con facilidad, mientras el sargento Hanks filmaba y grababa sus palabras...

—Konrad Zusse nació el 22 de junio de 1910 en Berlín-Wilmersdorf, hijo de un administrador postal. Zuse comenzó el desarrollo de computadoras en el salón de la casa de sus padres, después de graduarse como ingeniero civil en el Technische Hochschule de Berlín-Charlottenburg en 1935. Hasta que comenzó la Segunda Guerra Mundial, Zuse se pagaba su propia investigación en casa, trabajando como analista de tensión para la compañía fabricante de aviones Henschel. Ya en 1938 Zuse había desarrollado una notación simbólica para la aritmética binaria que luego traduciría a los disyuntores electromagnéticos, con los cuales estaban construidas una serie de computadoras inicialmente llamadas *Versuchsmodell* (modelos experimentales).

»El primer modelo experimental, el V-1, que fue construido ese año, era totalmente mecánico y nunca salió de la casa de los padres de Zuse. Zuse vio los modelos experimentales como una serie de herramientas para ingenieros y científicos. Desde luego no pensaba en una posible aplicación militar en aquel momento. Como analista de tensión de materiales que era y preocupado con las ecuaciones aerodinámicas que se usaban para diseñar aviones, Zuse creyó que las computadoras digitales eran necesarias para los investigadores porque la matemática aplicada requerida para el avance tecnológico crecía en forma muy engorrosa. Fue enviado al ejército después del comienzo de la guerra en 1939, y muchos ingenieros como él fueron rápidamente llamados al servicio militar y asignados a proyectos de ingeniería que apoyaban el esfuerzo de guerra alemán. Zuse fue asignado al Instituto Alemán de Investigación Aeronáutica en Berlín.

»Cuando regresó a su ciudad natal continuó desarrollando la serie del *Versuchmodell* en la casa de sus padres y además trabajaba en el instituto donde diseñaba aviones para la Luftwaffe. Helmut Schreyer, quien estudió ingeniería de telecomunicaciones en el Technische Hochschule cuando Zuse estaba allí, le ayudó en el uso de disyuntores electromagnéticos para el segundo modelo experimental, el V-2. Schreyer le mostró a Zuse cómo estos disyuntores podían servir a su plan general para las computadoras digitales. Schreyer, quien luego vivió en Brasil, también aconsejó a Zuse sobre la aplicación de los tubos de vacío, los cuales servían como interruptores digitales. Con el tiempo produjeron una versión del circuito «flip flop» tan útiles para la utilización de la lógica en las computadoras.

»El modelo V-2 nunca fue fiable, pero una de las pocas veces que trabajó correctamente fue cuando Alfred Teichmann, un científico alemán del Instituto Alemán de Investigación Aeronaútica visitó a Zuse en su casa. Teichman era una autoridad en uno de los problemas del diseño en las naves aéreas: el aleteo de las alas. Inmediatamente se convenció de que máquinas como la V-2 podían ayudar a los ingenieros a eliminar el aleteo resolviendo complejas ecuaciones matemáticas. Los problemas de cálculo del aleteo eran por fin solucionados y Teichmann ayudó a Zuse a conseguir dinero para el desarrollo de sus computadoras. Pero Zuse continuó trabajando en la casa de sus padres y nunca tuvo un personal estable de asistentes. Con la ayuda de Schreyer, completó la primera computadora digital programable que funcionó completamente hacia finales de 1941. Este tercer modelo experimental fue inicialmente llamado V-3. Tenía 1.400 disyuntores electromagnéticos para la memoria, 600 disyuntores para el control aritmético y 600 disyuntores para otros propósitos. Presentaba un esquema de número binario flotante y un ancho máximo de palabras de 22 bits. La capacidad de la RAM de la V-3 era de 64 palabras. Manejaba operaciones de multiplicación en tres a cinco segundos. El problema más frecuentemente manejado estaba dado por la evaluación de la determinante de una matriz (el cual es un método de resolver ecuaciones con varias variables desconocidas).

»La V-3 aparentemente fue la primera máquina en emplear un método polaco que hacía al revés la notación y donde los números preceden a los operandos matemáticos. Un polaco especialista en lógica, Jan Lukasiewicz, tiene el mérito de haber inventado esta notación en 1920, pero Zuse no sabía de la contribución de Lukasiewicz. Zuse sencillamente reinventó la rueda, así como otros científicos de EE.UU. y británicos estaban en el mismo terreno sin haber oído hablar de Konrad Zuse. Durante la Segunda Guerra Mundial, Zuse renombró sus primeras tres computadoras como la Z-1, Z-2 y Z-3, respectivamente, para evitar la confusión con las bombas cohete V 1 y V 2 desarrolladas por Werner Von Braun, para bombardear Inglaterra. Zuse siempre intentó que sus computadoras de la serie Z tuvieran un propósito general, pero él también desarrolló por lo menos una computadora con propósito especial, una variante de la Z-3, que parece que directamente ayudó al esfuerzo de guerra alemán. Esta computadora de propósito especial, la S-1 ayudó a la Henschel Aircraft Company a fabricar una bomba voladora conocida como la HS-293. Zuse siempre negó esta conexión con la HS-293. La computadora S-1 trabajó fiablemente en la planta Henschel en Berlín entre 1942 y 1944. Medía imprecisiones en las alas y en los timones y hacía que fuera más barata la fabricación del HS-293. Los técnicos tomaban las verdaderas dimensiones de las alas y los timones y estas medidas eran introducidas en el S-1, el cual calculaba, como en el misil HS-293, las desviaciones lográndose la colocación de estas piezas de forma perfecta.

»Zuse desarrolló un método de programación para sus computadoras que no requería del programador la comprensión de los detalles de la estructura

Konrad Zuse,
padre de las
computadoras y
olvidado por la
historia oficial

Modelo Z1
(1936-1938)

Modelo Z3 (1943) Museo de Munich

interna de la computadora. De una lista de programadores ciegos Zuse empleó a August Fast, quien llegó a ser uno de los programadores más eficientes con los que Zuse trató. Quiso sin éxito lograr fondos para la traducción al Braille de su *Ansatze einer Theorie des all-gemeinen Rechnens*, el mejor tratado teórico de Zuse. Él pensaba que con estas copias en Braille del Ansatze podría llegar a tener una buena base de programadores ciegos para llevar adelante la tecnología en computación sin los riesgos de la conscripción militar. Zuse estaba trabajando en la computadora Z-4 cuando se enteró que Howard Aiken de la Universidad de Harvard había producido la que pareció ser la primera computadora digital programable de EE. UU., la Mark I.

»En 1941 John V. Atanasoff tuvo funcionando la primera computadora en la Universidad del Estado de Iowa, alrededor de la misma época en que Zuse estaba completando la Z-3. La máquina de Atanasoff intentaba ayudar a resolver los problemas matemáticos a los alumnos pero no era totalmente funcional como la Z-3; solamente manejaba ciertas clases de cálculos. La Mark I anunciada en 1944 fue la primera computadora programable que Zuse conoció como no originada en la sala de estar de la casa de sus padres.

»El amigo de Zuse, Schreyer, había tratado producir computadoras por su propia cuenta. Schreyer le preguntó al Alto Mando Alemán a comienzos de 1942 si podía subvencionar un proyecto de desarrollo de una computadora que llevaría de dos a tres años. No fue tomado en cuenta dado que pensaban que Alemania ganaría la guerra en ese tiempo no teniendo necesidad de tener tal herramienta.

»Los británicos trataban de descifrar los códigos secretos alemanes con una máquina decodificadora electrónica llamada Colossus que comenzó a funcionar exitosamente en diciembre de 1943 (algunos años después que Zuse completara la Z-3). Una segunda versión mejorada llamada Colossus Mark II, entró en funcionamiento pocos días antes de la invasión a Normandía. Ésta carecía de almacenamiento interno para programas, pero Zuse dijo que fácilmente podía ser adaptada para servir como una computadora digital programable, aunque era una máquina menos eficiente que la suya. Zuse dijo que su reacción inicial al tomar conocimiento de la existencia de la Mark I de Aike fue de asombro, ya que le parecía increíble que ¡tantos tubos de vacío pudieran ser montados y funcionasen! Zuse completaba la Z-4 hacia el fin de la guerra en 1945, a pesar de los ataques aéreos aliados que dañaron su taller varias veces y lo forzaron a mover la Z-4 alrededor de Berlín en tres oportunidades y siendo completamente destruida la Z-3 el 6 de abril de 1945. Zuse salió de Berlín en marzo de 1945 desmantelando y reconstruyendo la Z-4 varias veces en los años siguientes. La cuarta generación de computadoras de Zuse fueron usadas hasta 1959. La memoria mecánica de la Z-4 tenía 16 palabras en 1947, 64 palabras en 1949 y 1024 palabras en 1950. Su largo de palabras era de 32 bits. La computadora podía multiplicar en un segundo y podía hallar una raíz de cuadrada en cinco segundos; el acceso a la memoria era de medio segundo.

»Zuse desarrolló un prototipo de idioma de programación Plankalkül en 1945, el cual en el contexto de su investigación teórica en software, sugirió que él se había anticipado y resuelto un número importante de resultados que hoy se conocen con los nombres de programación estructurada, teoría de algoritmos, metodología de programas y estructura de lenguajes de programación.

»Durante los últimos días de la guerra el modelo Z-4 fue transportado en condiciones inimaginables en camión y carro tirado por caballos desde Berlín a Göttingen y luego hasta Allgäu. Fue escondido en un establo y permaneció oculto hasta que en 1949 fue transportado hasta la Eidgenössische Technische Hochschule en Zürich. Pueden imaginarse el lío que representó en ese momento la ocultación y el transporte final de la máquina….

»Durante su escapada de Berlín, Zuse se encontró con Von Braun, quien había estado desarrollando los cohetes bombas en un pueblo del litoral Báltico, Peenemunde, y unos pocos meses más tarde comenzó el desarrollo de misiles para los EE.UU. Zuse dijo que el Teniente General Walter Robert Dornberger, jefe de Von Braun en Peenemunde había arreglado la evacuación del equipo y los papeles de ambos entre otros más que habían trabajado en importantes proyectos técnicos. Dornberger aparentemente no conoció a Zuse durante el caos que había sido esa primavera y no hay evidencias de que el desarrollo de Zuse y sus computadoras fueran bien conocidos por los más altos mandos del Tercer Reich, como por ejemplo el ministro de la producción de armamentos, Albert Speer, quien menciona en sus memorias a Dornberger y Von Braun pero no a Zuse.

»Von Braun armó un pequeño grupo de desarrollo de computadoras en EE.UU. para apoyar la producción de proyectiles y astronaves. El consultor Forest Woody Horton, quien trabajó con Von Braun en un grupo de computación más de 50 años atrás, dijo que no recordaba a Zuse durante ese período. La computadora de Zuse fue utilizada también por el Dr. Eugen Sänger en su proyecto de una nave de bombardeo espacial llamada Raumgleiter. Esta nave, con dos tripulantes, era un planeador espacial de 28 metros de largo, un fuselaje de un diámetro de 3,6 metros y una altura de 1,8 metros. La superficie de cada ala era de 44 metros cuadrados. El fuselaje contenía la cabina presurizada, los cuatro tanques de combustible, el tren de aterrizaje, los dos motores y una espaciosa área para las bombas.

—Es increíble —intervino Hanks muy sorprendido, ante esta explicación al margen de la computadora—. Siento haberle interrumpido... —se disculpó seguidamente.

Williams le miró de forma que quedó muy claro que debía callar.

Stefan siguió su explicación.

—No debe sorprenderles que los viajes más allá de la atmósfera terrestre podían ser viables en aquella época, utilizando cámaras de combustión con un sistema especial de enfriado. Piensen que el sistema de evaporación para el motor de esa nave-cohete fue ordenado en 1944. Las noventa toneladas de carburante ofrecían 100.000 kg de empuje a la nave durante ocho minutos. Los experimentos llevados a cabo con una versión más pequeña de 1.000 kg en Fassberg, ya proveían de una combustión para cinco minutos.

»El Dr. Sänger fue el autor en 1933 del tratado *Técnica de vuelo del cohete* donde ya adelantaba muchos de los sistemas que él quiso aplicar durante la guerra. Tenía claro que un planeador ofrecía más ventajas en vuelos estratosféricos, aunque el único problema entonces residía en poder ponerlo en órbita. El cohete, como sistema portador del planeador, fue la solución.

»El sistema de despegue fue diseñado para ir sobre una rampa de hormigón de 3.000 mts. de largo y orientada hacia el oeste. La nave, según los cálculos del Dr. Sänger, habría acelerado hasta los 12.500 mts. de altura, donde el piloto, tras haber estado sujeto a una aceleración de 12 G durante un minuto, conectaría el motor del cohete para seguir la ascensión. La aceleración del cohete al inicio sería de 3.000 mts por segundo y la velocidad máxima calculada era de 10.000 mts. por segundo (¡36.000 km. x hora!), con una altitud «baja» de 120 kms. En ese momento y ya como planeador, la nave aprovecharía la deflección de la atmósfera terrestre para sacar el máximo provecho en su vuelo de aproximación al objetivo.

»Esta nave era un paso hacia una nueva dimensión en la guerra. No había defensas en aquella época para un ataque de esas características desde el espacio. Todo Estados Unidos, por ejemplo, entraba en el campo de acción del Raumgleiter. Creo que incluso en poca cantidad, esta nave hubiese hecho posible una estrategia de guerra global. Por ejemplo, a una velocidad de 4.000 mts por segundo o 14.400 kms por hora y a una altura de 50 kms., no hubiese tenido problemas en llevar hasta 11 toneladas de bombas en su interior. También el Dr. Sänger con la ayuda del Dr. Bredt, había planeado que su nave pudiese lanzar una bomba atómica de 4 toneladas. Este proyecto se conoció como la directiva Nº4268/LXXX5 y contemplaba el bombardeo atómico de Nueva York y las devastadoras consecuencias sobre Manhattan.

»La máquina de Zuse permitió cálculos muy precisos del tiempo de planeo que podía ir de 8 minutos a 29 horas y en caso de un ataque a Nueva York, desde una altura de 800 kms. Una bomba convencional de 10 toneladas impactando en Manhattan a una velocidad de caída de entre 500 y 800 mts. por segundo hubiese creado tal devastación que pocos edificios hubiesen permanecido en pie. El único problema que se planteaba era la precisión en el lanzamiento de la bomba ya que casi era visual por parte de los pilotos. Por ello, se estimó la posibilidad de añadir a la bomba un sistema de visión por televisión como en el misil Hs-293D y dirección por *joystick*.

»También se planteó un lanzamiento «en racimo». Desde una altura entre 50 y 150 kms muy lejos del alcance enemigo y a una velocidad de 28.800 kms por hora, las bombas hubiesen sido lanzadas sin posibilidad de alcanzar un objetivo particular, excepto por pura suerte. Se pensó en cálculos de navegación astronómica para que los pilotos calculasen en qué momento podían lanzar las bombas con mucha más precisión. Los cálculos de Sänger demostraban que las bombas hubiesen llegado a tierra entre 2 y 5 minutos, con un área de impacto que cubría desde 175 kms hasta 1.500.

»Como último punto a añadir sobre el Raumgleiter les diré que se había planeado que la nave completaría su vuelo de regreso aterrizando en las Islas Marianas en el Pacífico, ocupadas por el ejercito japonés, donde sería revisada y reabastecida para su vuelo de regreso a Europa o bien directamente hasta Alemania si uno de los dos motores aún disponía de suficiente combustible. Los problemas de motor y trayectoria habían sido resueltos satisfactoriamente y se estaba trabajando en la protección térmica. El final de la guerra impidió el uso de esta nave. Puedo decirles que en 1946, los rusos demostraron un fuerte interés en este proyecto pero el Dr. Eugen Sänger no quiso irse de Francia, donde residía con su mujer y los rusos parecieron perder el interés por este desarrollo.

»Por lo tanto y volviendo a la computadora de Konrad Zuse, la tecnología de las computadoras americanas, a diferencia de la tecnología de los proyectiles americanos, no parecía estar basada en las investigaciones del Tercer Reich. Zuse fue llamado un «ardiente nazi» por el inglés Rex Malik quien escribió que la primera computadora en tener un uso práctico... era un producto de un nazi ardiente, ardiente hasta el punto que fue un creyente de la solución final, quien se escondió en 1945 y no salió a la superficie hasta ser interrogado en 1948. Pueden imaginarse que su nombre era Konrad Zuse, quien fue interrogado para que respondiera a ese cargo que se le hacía. Sin declarar si él creía en los principios del nazismo, replicó que después de la Batalla de Stalingrado, él y muchos de sus colegas creían que la guerra estaba perdida. En febrero de 1943 fue el final de esta batalla amarga para los alemanes donde perdieron un ejército entero. Zuse dijo que como él creyó que la guerra estaba perdida, consideró que su trabajo en computadoras podía ser valorado por la sociedad después de la guerra, pero no en Alemania.

»Zuse se refugió en la villa alpina de Hinterstein, cerca de la frontera austríaca, hasta 1949. Poco tiempo después de finalizada la guerra hizo el lanzamiento de su propia fábrica de computadoras: Zuse KG. En 1948, el profesor E. Stiefel del Eidgenössiche Technische Hochshule de Zürich fue su primer cliente ordenando una Z-4 para su laboratorio. Otro de los primeros clientes fue Leitz Optical Works, quien le compró a Zuse la siguiente computadora: la Z-5. La última de las computadoras con disyuntores electromagnéticos, la Z-11, fue construida en 1950 y todavía era usada hasta hace no muchos años en algunos lugares.

«Konrad Zuse probó sin éxito interesar a las empresas IBM y Remington para respaldar sus planes de fabricación de computadoras. Un alemán amigo de Zuse le habló a Tom Watson de IBM de sus computadoras, pero después de algunas negociaciones el interés de IBM casi desapareció. Zuse estaba buscando una compañía o un instituto que le patrocinara el desarrollo de la tecnología de sus computadoras. Pero IBM sólo le quería comprar a Zuse las patentes sobre la tecnología existente y de ese modo adquirir royalties sobre muchos de los componentes fundamentales que fueron la base de futuras máquinas.

»En cuanto a la empresa Remington Rand, Zuse indicó que esa compañía inicialmente le dijo que era muy arriesgado decidirse por las computadoras digitales, y expresaron su interés por una máquina totalmente mecánica. Zuse desarrolló la serie de computadoras Z que la Remington le ayudó a comercializar en Suiza. La compañía de Konrad Zuse con el tiempo fue adquirida por Siemens AG, la cual lo retuvo como un consultor. El alto y viejo pionero de la computación a los 71 años vivía en la villa Hessian de Hunfeld. Fácilmente podía caminar de su casa hasta una escuela a la cual le habían puesto su nombre: Escuela Konrad Zuse. Al comentar como la tecnología de las computadoras se había desarrollado desde los años 50, Zuse observó que los lenguajes de programación se habían hecho muy complicados y seguros pero más hechos a la idiosincrasia de las máquinas que a la de la gente.

»La verdad es que fueron muy interesantes sus advertencias sobre la predominancia de los teóricos sobre la gente práctica en el desarrollo de las computadoras y dijo que las computadoras podrían llegar a ser socialmente peligrosas cuando los programas se vieran afectados por los resultados de su propia ejecución. Murió en 1995 —Stefan detuvo su relato en este punto—. Eso es todo lo que recuerdo —dijo sirviéndose una copa y mirando a sus interlocutores—. Ah sí, como anécdota les diré que Konrad Zuse, en sus ratos libres, era muy aficionado a la pintura. Sus cuadros fueron expuestos en numerosas salas y son cuadros muy buscados por los coleccionistas. Uso el pseudonimo de «Kuno See» en sus cuadros.

—Estamos sorprendidos por su explicación y le agradecemos su confianza Generalmajor Dörner —Williams no podía ocultar su agradecimiento por el cúmulo de información que estaban recibiendo—. Rompe nuestros esquemas una vez más, pero creemos en sus palabras.

—Me imagino que alguna de las máquinas de Zuse se puede encontrar en algún museo o quizás algún particular posee una. No lo sé —Stefan encogió los hombros.

El sargento Hanks cambiaba parsimoniosamente las cintas de sus máquinas. No parecía estar atento a la conversación.

X

De nuevo en Berlín

—Nos ha sorprendido mucho el comentario anterior del general SS Dr. Kammler, sobre la existencia de discos voladores en Praga. Incluso nos ha llamado la atención el sistema de propulsión de los mismos. ¿Qué puede decirnos sobre esas naves? ¿Realmente existieron? Vuelve a sonar increíble Generalmajor Dörner —Williams revisaba los apuntes que iba tomando al margen de grabaciones y filmaciones.

—Sé que lo que les explico suena futurista o increíble, pero así fue —Stefan miraba a su interlocutor—. El motivo de ello es que no ha habido una explicación después de la guerra a todos estos adelantos. Parece haber habido una cortina oficial de silencio. No sólo existieron, sino que pude ver uno de ellos y realizar un corto vuelo que más tarde les explicaré.

—Eso es una fantasía herr Dörner —Hanks estalló— puedo comprender que usted defienda a su país, pero una nave como esa es algo absurdo.

—Bueno recuerde que su país, los Estados Unidos, en los años 50 ya habían desarrollado naves circulares como el Avrocar. Técnicamente los desarrollos americanos no fueron gran cosa y oficialmente se paralizó la investigación. Creo que ahora lo mejor es continuar con el relato de nuestro regreso a Berlín antes de trasladarnos a Praga —de nuevo Stefan retomó el hilo explicativo de su experiencia.

Claudia estaba muy contenta de volver a ver a Stefan. Hacía un día soleado y la luz entraba a raudales por las ventanas de su piso. Se adivinaba ya la primavera. Se veía una cierta actividad de tiendas y gente comprando algunos de los pocos productos disponibles.

Aquel año de 1944 iba a ser crucial para Alemania. Se oían rumores de un ataque aliado a la fortaleza europea o «Festung Europa», como decía el «Wochenschau Berichte» los famosos noticiarios semanales de cine. Todo parecía indicar que el Paso de Calais era la zona idónea para entrar en el Reich. La mayoría de los generales del estado mayor opinaban así, pero Hitler ya creía entonces que sería por la costa normanda. La pregunta era: ¿cuándo? Los servicios secretos alemanes trabajaban a destajo para descubrir cualquier dato que les permitiese adelantarse a los acontecimientos.

Mientras todo esto sucedía, Rommel iba construyendo más y más defensas costeras para detener a cualquier fuerza de invasión en la misma playa. Su estrategia era que había que pararles allí mismo e impedir que pudieran mantener una cabeza de playa. El resto del estado mayor opinaba al revés y consideraba que se les podía destruir en el interior con fuerzas panzer.

Stefan colgó su guerrera y su gorra en el perchero de la entrada. Abrazó fuertemente a Claudia y fue separándose de su rostro lentamente. Su voz sonaba muy suave a los oídos de su mujer.

—Voy a estar pocos días en Berlín, Claudia. Nos han destinado a Praga para continuar con el proyecto en el que estamos involucrados todo el equipo.

—Stefan —le miró con ojos condescendientes—, quizás no lo sabes, pero yo también estoy involucrada en ese proyecto.

Stefan estiró los brazos tomando a su mujer por los hombros.

—No lo puedo creer. Explícame, ¿cómo es posible? ¡Qué casualidad!

Claudia sonreía.

—Ya te había dicho que estaba en la cátedra de Física de la Universidad Humboldt en Berlín, con el equipo del Dr. Werner Ziesser...

—Ya, pero ¿cómo ha sido? —la voz de Stefan era de incredulidad aunque su rostro mostraba una sonrisa de aceptación de esa circunstancia del azar.

Claudia continuó:

—Con la entrada en la guerra total el año pasado, el gobierno ha puesto a los mejores equipos de científicos a trabajar rápida y coordinadamente en los proyectos de la máxima prioridad para la victoria final. El Dr. Werner Ziesser y todos nosotros estamos también en el proyecto atómico. Mientras estabas fuera, todo se ha sucedido de forma muy rápida. Sé que tu proyecto se llama Hagen y es sobre una bomba atómica que deberás lanzar en algún punto de territorio enemigo. No tengo más noticias de tu misión.

Claudia miraba fijamente a Stefan. Se adivinaba también una sonrisa en su rostro. Stefan seguía en silencio, esperando más explicaciones de su mujer.

—Nos han trasladado a Berlín-Dahlem al Instituto de Física Kaiser Guillermo donde está el ciclotrón, y ahora dependemos de las SS. Nos permiten trabajar con el máximo de medios y hemos adelantado el proyecto en muchas áreas —Claudia estiró por detrás los tirantes de Stefan y los soltó inopinadamente. Se oyó como un chasquido.

Stefan comenzó a reir. Se había sacado un peso de encima. No era fácil mantener un secreto así con alguien a quien quieres y con quien compartes la vida. Claudia entendía a la perfección el oficio de Stefan y para ella era de lo más normal que él no entrase en detalles de su trabajo.

—Bueno, ya ves en qué estoy metido —Stefan encogió los hombros

—Esa bomba puede cambiar el destino de todos nosotros. Sé que no fallarás.

A Stefan le sorprendió la actitud de Claudia. Ésta continuó:

—Por mi parte, el aspecto técnico, puedo garantizarte que estamos trabajando contrarreloj y poniendo el máximo empeño para que todo funcione a la perfección.

—¿Ante quién responde de su trabajo el Dr. Ziessen?

—Ante el general SS Kammler —respondió inmediatamente Claudia—. Y también sabe de nuestra relación —añadió.

—No me extraña —indicó Stefan— en este tipo de posiciones lo quieren saber todo y ver cuál puede ser un punto débil. No es grave —sonrió—. Le conozco y es un tipo expeditivo. No te puedes imaginar Claudia, qué armas y qué tecnología está en camino.

Stefan se tumbó en el sofá y Claudia se puso a su lado, apoyando su cabeza contra su pecho.

—Bienvenida a bordo... —dijo Stefan. Claudia se abrazó muy fuerte.

Galland le esperaba en su despacho del Luftministerium.

—Gracias por los datos que me enviaste, Stefan. Ya tengo hecho el informe para Hitler y me gustaría que lo repasaras.

Stefan entró con Klaus y Georg Pritts.

—¿Qué tal es ese Hans-Joachim Werner? Veo que lo has incluido en la tripulación —Galland parecía un torrente de preguntas—. El Heinkel He 177 V-38 lleva seis tripulantes y sólo veo cuatro...

—Son 160 kilos menos de carga, que en esta misión son muy importantes. Recuerda que Hagen pesa alrededor de 4.400 kilos y por eso hemos cambiado algunas ideas que teníamos —Stefan se sentó en su mesa y Galland se sentó en un borde de la misma. Klaus y Georg cogieron unas sillas respectivamente y se formó una pequeña reunión.

Stefan sacó una botella de coñac y unos puros.

—Ya me dirás donde consigues esto, viejo ladrón… —preguntó Galland abriendo los ojos exageradamente.

—Tengo buenos amigos en intendencia…

Todos rieron. Aunque teóricamente el estraperlo y el mercado negro estaba prohibido, también es cierto que estaba bien abastecido. Tenía que comprar estos productos vestido de civil para no asustar al vendedor.

—He visto en el informe que habéis corregido la ruta de regreso tal como comentó el Führer en la reunión. Veo que montáis cabina presurizada para volar alto —Galland pasó varias páginas y se paró en una de ellas—. Me llama la atención como pretendéis armar el avión. Sólo montaréis el nuevo cañón Rheinmetall-Borsig MK 108 de 30mm. Es una arma prácticamente nueva, pero muy potente.

Era cierto lo que decía Galland. Con un peso de 58 kilos y una longitud de 1.057 milimetros, el cañón de 30 mm MK 108 de la Rheinmetall-Borsig se puede considerar una obra maestra de la ingeniería militar aeréa, debido a su tamaño compacto, facilidad de fabricación y potencia de tiro. Curiosamente, fue diseñado por la Rheinmetall-Borsig en 1940 y acabado en 1942 como proyecto privado y no en respuesta a una solicitud militar. Sin embargo, cumplía a la perfección la solicitud de la Luftwaffe de un nuevo cañón para aviones, que pudiera derribar bombarderos enemigos con el mínimo uso de munición desde fuera del alcance del fuego enemigo.

El cañón iba abastecido por cinta y se disparaba por ignición eléctrica a través de un gatillo accionado por aire comprimido. Algo que distinguía visiblemente este modelo era su corto cañón, que le daba una distancia de disparo de 500 a 550 metros por segundo. La cadencia de tiro podía llegar a los 650 disparos por minuto. Un dato interesante es que no tenía retroceso en el momento en que disparaba. La fuerza de tiro era absorbida por unos muelles traseros. Podía utilizar dos tipos de munición, en ambos casos de 30mm. Por un lado, explosiva-rompedora o bien incendiaria.

El primer tipo buscaba causar el máximo efecto explosivo y combinaba una vaina de pared muy fina con una alta carga de explosivo. Las pruebas efectuadas por la Luftwaffe en el campo de pruebas de Rechlin, mostraban claramente que el tipo explosivo podía derribar un B-17 o B-24 con 5 disparos. Un solo disparo podía derribar un caza… La munición incendiaria estaba pensada para alcanzar los depósitos de combustible del bombardero y convertirlo en una bola de fuego rápidamente. Este cañón MK 108 se

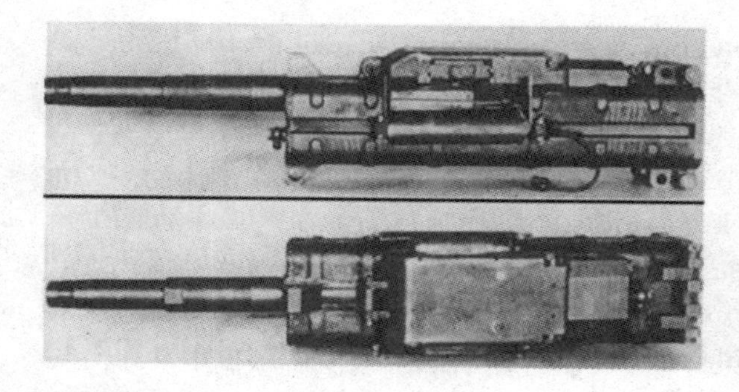

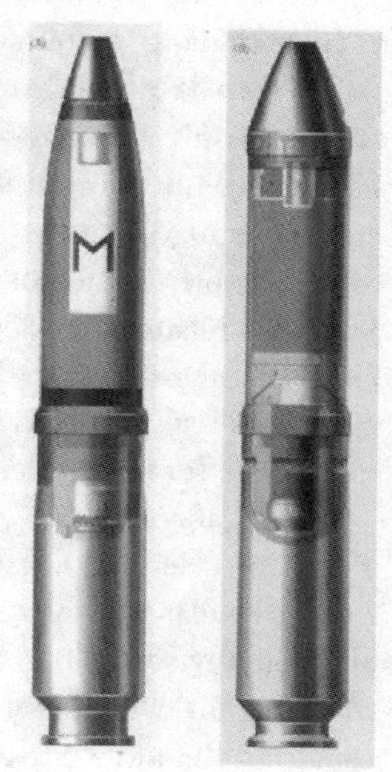

El cañón Rheinmetall-Borsig MK-108 de 30mm.
Abajo plano del cañón y munición empleada:
explosiva (izquierda) e incendiaria (derecha)

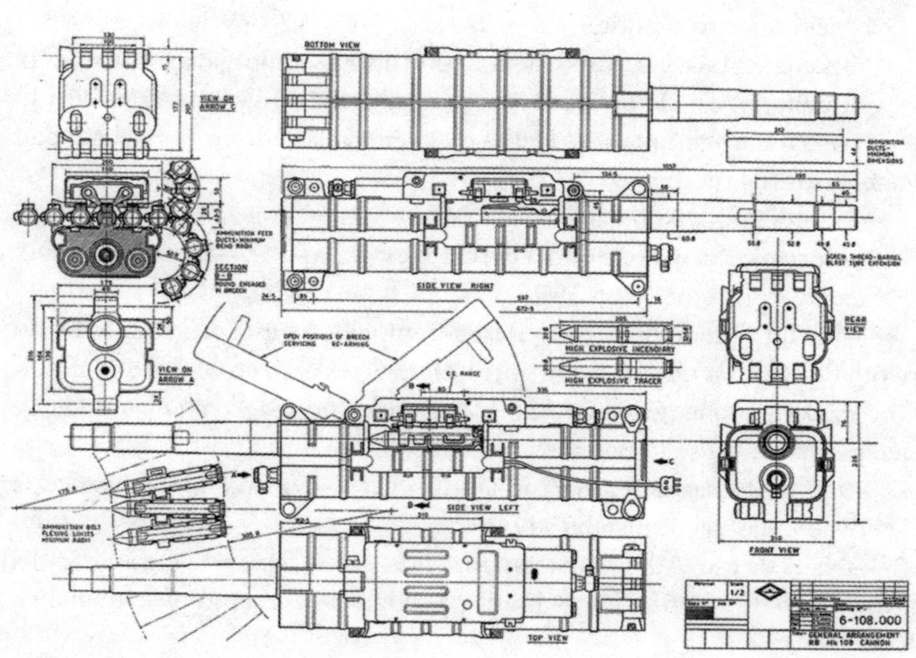

ganó una buena reputación entre las tripulaciones de los bombarderos aliados, que lo denominaban «martillo-neumático», por su característico sonido al disparar.

—Hemos pensado que necesitamos la máxima potencia de fuego, con el coste mínimo de munición —indicó Stefan—. Verás que la idea es montar uno en la proa, dos automáticos en las torretas móviles de la parte superior, otro automático en la torreta inferior y por último el de popa. Éste no es un avión ni una misión que busque el enfrentamiento directo con el enemigo, pero hemos de estar preparados si esa eventualidad sucede.

—También le hemos dado mucha importancia a la defensa pasiva —intervino Klaus—, es decir, que aparte del radar normal de vuelo y ubicación, montaremos un Flensburg FU G-227, que nos indicará si nuestro avión está recibiendo las ondas de radar de un avión enemigo y por lo tanto que puede ser atacado en muy poco tiempo.

Stefan añadió:

—Otro elemento defensivo o de ataque, según se mire, es que cargaremos en las alas, dos misiles Hs-293 D, con pantalla de televisión para guiarlos al objetivo visualmente. Son guiados usando una palanca que rota manualmente a 360º y el tirador lo va guiando con una pequeña pantalla. Pritts ha estado probando y entrenando en un simulador y, aparte de sus mapas de vuelo, será nuestro tirador.

Pritts enarcó las cejas, como dando a entender la complejidad de la misión.

—Bueno, he estado probando en simulador los misiles con el sistema D y no parece muy complicado. Habrá que ver que sucede en la realidad, con los nervios del momento…

—Sucederá que lo harás bien y ya está —terció con una sonrisa Klaus.

—Me parece bien. Por cierto, y del chico ese Werner… —recordó Galland.

Setefan contestó:

—Fue un alumno nuestro en Berlín-Tempelhof y está destacando como piloto de caza. Es uno de los mejores. Hemos seguido en contacto periódico con él y aunque no sabe nada de todo esto, no tengo ninguna duda de que participará si se lo pedimos. Será el copiloto.

—¿Ya no te fías de Klaus?, amigo Dörner —Galland apuraba su copa de coñac mientras degustaba su puro.

—Nada de eso, Adolf —Stefan miró a Klaus—, él será el encargado del armamento de a bordo y de la bomba y su ignición. Confío plenamente en Klaus.

—Era una de mis bromas, Stefan —Galland se incorporó—. Señores, creo que ya está todo preparado para continuar la misión. Yo mismo haré la presentación al Führer del informe en Rastenburg y así vosotros podéis continuar los trabajos de preparación en Praga sin pérdida de tiempo. Por cierto, ¿cuándo pensáis instalaros allí?

—Primero hemos de hablar con Hans-Joachim Werner aquí en Berlín —Stefan apuraba su puro—. Calculo que dentro de tres días estaremos en Praga. El He-177 V-38 ha de llegar a la base con algunas reformas en la cabina. De hecho el avión se preparará en Letov, cerca de Praga. También queremos ir a la fábrica Skoda en Mladá Boleslau, para ver los nuevos desarrollos de naves circulares. ¿Sabías algo de esto, Adolf?

—Sí, aunque por ahora las pruebas efectuadas no nos permiten usar esas naves en combate, puedo deciros que incorporan novedades extraordinarias. De nuevo necesitamos tiempo para todos estos desarrollos.

Pritts intervino alejado de los formulismos de salón.

—Galland, está usted diciendo que tenemos naves con forma de disco muy avanzadas.

—No sólo eso Georg —la voz de Galland era clara y diáfana—, igual que he volado en los Me-262, también he volado en uno de esos discos. Puede volar a velocidades inimaginables y maniobra de forma increíble, pero no está todavía en condiciones de ser un arma temible. El departamento científico de las SS está trabajando en ello. Supongo que Kammler os comentó algo sobre los discos… —Galland miró a Stefan y a Klaus.

—Sí y además nos permite que visitemos la fábrica Skoda en Mladá Boleslau, donde se halla la nave. Le dije a Kammler que sentíamos mucha curiosidad por verla.

—De acuerdo —Galland se ajustó el cinturón y la cartuchera con el arma reglamentaria, se colocó su gorra ladeada, como era su estilo y se atusó el bigote—, estaremos en contacto y ya os diré cómo ha ido con el jefe. No creo que hayan problemas.

Una de las secretarias del ministerio entró en ese momento con varios documentos que debía firmar Stefan. Galland fue hacia la puerta, se giró, guiñó un ojo la chica y se marchó.

Stefan miró y firmó todos y cada uno de los documentos. La secretaria, visiblemente azorada, recogió el montón de documentos firmados y se retiró.

—Este Adolf, ¡no cambiará nunca! —Klaus reía.

—Póngame con Hans-Joachim Werner en Hannover —solicitó Stefan a través del teléfono a la secretaria.

Al poco rato la voz de Werner sonó al otro lado del teléfono.

—Generalmajor Dörner, ¿a qué debo el honor?

—He tenido suerte en encontrarle Werner. Me interesa verle lo antes posible en Berlín. Mañana por la mañana, por ejemplo.

—Ante todo Generalmajor, no es que haya tenido suerte usted. Es que yo he tenido mala suerte, ya que tengo la pierna izquierda rota por un aterrizaje forzoso. Aún tengo para tres semanas.

—No lo sabía, pero no es problema —Stefan continuó— recoja todo lo que tenga en la base y mañana presentese ante mí en el Luftministerium. Tengo trabajo para usted. Mandaré ahora mismo por teletipo la orden para que pueda venir hasta aquí y continuar con nosotros por una buena temporada.

—Bueno, no me deja opción —la voz de Werner denotaba una curiosidad optimista ante la solicitud de Stefan—. Ya veo que no me explicará nada por telefóno. Allí estaré mañana por la mañana.

XI

Aeródromo de Letov - Protectorado de Bohemia y Moravia

Anochecía y la ciudad aparecía gris. Una fina lluvia caía continuadamente y hacía que todo adquiriese el mismo color. El JU52 realizó un viraje que permitió ver la ciudad perfectamente. Apenas se veía actividad. El avión aterrizó sin más complicaciones en el aeropuerto militar de Praga y desde allí el grupo subió a dos coches que les esperaban y se dirigió al Ministerio del Aire, que cubría la zona del Protectorado de Bohemia y Moravia.

En las calles sólo se veían patrullas militares.

—¿Qué sucede aquí? ¿Dónde se divierte la gente? —preguntó Werner al conductor, un curtido sargento de la Luftwaffe. Georg le miró sorprendido por su frescura.

—Desde el asesinato de Heydrich hace dos años, ésta es la situación cuando cae la noche. Esto no es lo que era —contestó el conductor—. Ahora sólo verán estas patrullas y la gente nos odia, por las represalias del asesinato.

Georg y Werner se quedaron callados. Estaba claro que no era un lugar de ajetreo nocturno. El cercano pueblo de Lidice había sido arrasado con sus habitantes como represalia por el asesinato de Heydrich. Ya no existía, era historia.

No se veían huellas de la guerra en Praga. Parecía una ciudad alejada de cualquier conflicto y sin embargo en las fábricas de ese país se fabricaron más de un tercio de las armas alemanas durante toda la Segunda Guerra Mundial. Muchos laboratorios y desarrolllos técnicos también se hicieron allí.

En el otro coche, Klaus y Stefan veían en silencio las calles por las que pasaban. Cada uno tenía sus propios pensamientos acerca de lo que allí harían y sobre todo el tiempo que seguramente pasarían. El ruido de los adoquines mojados era notable y los coches traqueteaban entre ellos.

Reinhard Heydrich en Praga 1941, capital del Protectorado de Bohemia y Moravia

El edificio de representación de la Luftwaffe en Praga era un antiguo palacete señorial, que seguramente había conocido tiempos mejores. Los coches pararon frente a la entrada principal y unos solícitos guardias de servicio, se aprestaron a abrir las puertas rápidamente.

Werner bajó con cuidado y ayudándose con unas muletas entró con todos los demás en el edificio. Era más grande de lo que parecía externamente. Göring lo había elegido personalmente cuando Alemania se anexionó los Sudetes en 1938.

—Buenas noches, soy el General Gustav von Fromm, jefe del sector aéreo de Bohemia y Moravia. Bienvenidos a Praga —el general, de suaves maneras y muy elegante, les invitó a pasar a las dependencias del edificio.

—Mis noticias son que pasarán ustedes la noche aquí y mañana partirán hacia la base de Letov.

—Así es, general Von Fromm —respondió Stefan en nombre de todos.

—Bien, ya tienen la cena preparada y las habitaciones a punto. El servicio les llevará sus maletas y si desean ver los aposentos pueden hacerlo —el general Von Fromm parecía un recepcionista de hotel—. Por cierto, Generalmajor Dörner, tengo un telegrama del Luftministerium en Berlín para usted. Ha llegado esta tarde.

El general Von Fromm le entregó el telegrama a Stefan que lo abrió inmediatamente. Era de Konrad Kneisel, el oficial ayudante de Stefan en Berlín. Indicaba que el avión He-177 para la misión ya estaba en el aeropuerto militar de Letov, listo para su adaptación.

—Señores, el avión ya está en Letov —Stefan pasó el telegrama a sus hombres.

—Oye Stefan —preguntó Klaus en un aparte—, ¿el general Von Fromm sabe que estamos en guerra o esto es un oasis? —también Georg y Werner eran conscientes de lo extraño de la situación, en una Europa en llamas.

—Veo que aquí tienen bastante tranquilidad, general —indicó Stefan.

—No lo crea Generalmajor Dörner —Von Fromm ponía cara de circunstancias—. Bohemia y Moravia colabora con nosotros, pero no podemos dormirnos. Tras el asesinato de Heydrich, hemos de tomar medidas extraordinarias contra la resistencia local, apoyada por los ingleses. Ésta es una de las zonas del Reich donde la Gestapo tiene más trabajo… Lo que sí que es cierto es que procuramos que en nuestro día a día no se note la situación. Procuren pasar una buena noche.

Tras dejar su equipaje en las habitaciones, tomaron la cena en un salón privado con todo tipo de lujos para la época que vivían.

—Hacía mucho tiempo que no tomaba un pato tan delicioso —comentó Klaus.

—Y qué me dices del vino, Klaus —sonrió Georg mientras se servía otra copa, en la extraordinaria cristalería de Bohemia.

Von Fromm era un gran anfitrión. Se notaba que era un buen relaciones públicas. Hacía de introductor de cada plato y bebida que iban trayendo los camareros. Le encantaba explicar anécdotas del lugar de origen de cada alimento.

—Desde luego aquí saben vivir. No les falta de nada —dijo Stefan, observando detenidamente la etiqueta del champagne Bollinger que acababan de servir como colofón a la cena. Unos dulces complementaban perfectamente el extraordinario champagne francés.

—Ya que estamos lejos de casa en servicio por la patria, procuramos que no nos falte de nada —comentó cínicamente el general Von Fromm— el Reich sigue siendo muy grande y con productos para todos los gustos. En esta mesa tenemos productos de Francia, Holanda, Polonia, Italia, etc.

—El café es un auténtico lujo, general —observó un sonriente Hans-Joachim Werner, sirviéndose otra taza.

—Sí, y además puedo asegurarles que el periplo que pasa hasta llegar aquí es complejo, ya que viene de nuestras antiguas colonias en Africa.

Tras apurar el café se retiraron a las habitaciones.

—Mañana tenemos trabajo. Letov no está lejos de Praga pero hemos de ver nuestro avión y con qué contamos en la base para nuestra tarea —Stefan se despidió de sus hombres.

—Los coches estarán preparados a las siete de la mañana, ¿les va bien señores? —preguntó el general Von Fromm—. Tienen una media hora de viaje.

—Perfecto —contestó Stefan.

Un miembro del cuerpo de guardia se retiró tras recibir la orden correspondiente de preparación y salida de los vehículos para la mañana siguiente.

El sol ya despuntaba sobre los tejados de Praga y los reflejos tornasolados de las cerámicas de colores de los balcones brillaban de una forma extraordinaria. ¡Quién hubiese dicho que estaban en guerra!

Por un momento Stefan pensó en Claudia y una futura visita a Praga, cuando la guerra hubiese terminado, pero ¿cuándo? Y lo más importante, ¿cómo acabaría? ¿Vivirían ellos para disfrutar de una posguerra y de una paz duradera? Stefan alejó estos pensamientos que le atormentaban. La misión que tenía que cumplir podía cambiar el curso de la historia y no quería perder esa oportunidad. Incluso Claudia ya participaba en el proyecto. Era una mujer extraordinaria.

Se ajustó la guerrera y salió al pasillo de la primera planta. Mientras bajaba, Klaus se le unió en la escalera.

—Buenos días, jefe.

Stefan sonrió, llevándose dos dedos a su gorra. En la recepción del palacete ya se hallaban el resto de miembros del equipo de Stefan.

—¡Un día magnífico para viajar, Stefan! —exclamó Werner.

—Sí, la pena es que el viaje no será muy largo —contestó Stefan, introduciendo su maleta en el primer coche. Un ayudante iba dejando el equipaje junto a los dos automóviles.

—Observo un magnífico ambiente entre sus hombres, Generalmajor. Incluso se tutean… —la observación del general Von Fromm destilaba cierta sorna por la aparente falta de disciplina.

—General Von Fromm —Stefan se puso frente al general y le miró a los ojos fijamente mientras hablaba—, mis hombres son lo más importante para mí. Dependo de ellos y ellos también de mí. No quiero perder a ninguno e incluso yo les he debido la vida en más de una ocasión. Comprenderá que en la decisiva misión que nos ha encomendado el führer —recalcó la palabra führer—, una buena parte del éxito o fracaso de la misma corresponde a nuestra relación personal y ahí las distancias y la disciplina cuartelaria no funcionan. No son soldados normales. Son los mejores. ¿Me comprende ahora, general?

El general Von Fromm respiró profundamente.

—Lo comprendo perfectamente —de repente, pensó en la posibilidad en que fuese enviado al frente del este por su comentario sarcástico. Ahí acabaría su buena vida en Bohemia y Moravia. Ese Generalmajor de la Luftwaffe parecía tener línea directa con Hitler.

—Gracias por todo —Stefan se introdujo en el coche, donde ya le esperaba Klaus. Los dos coches comenzaron su marcha.

Iban en silencio ya que los conductores podían hablar más tarde con el general. De todas formas, observaban el paisaje y hacían comentarios intrascendentes. De repente, cuando ya iban a abandonar los límites de la ciudad les detuvo un control de la Feldgendarmerie. Las medias lunas metálicas sobre el pecho de los guardias no daban lugar a bromas.

Tras presentar la documentación solicitada, los guardias levantaron la barrera de unas vistosas franjas de color rojo y blanco.

—Pueden continuar —ladró uno de los guardas. El cartel de *¡Halt!* se hallaba en el centro de la barrera. Stefan observó que estaba muy bien pintado. Era curioso como le llamaban la atención detalles como este en aquellos momentos.

—Así cada día Generalmajor Dörner. Lo siento —indicó de repente el conductor.

—No se preocupe. Comprendo la situación. Ellos sólo hacen su trabajo. ¿Falta mucho para Letov?

—Unos veinte minutos, Generalmajor.

La carretera mostraba un paisaje rural, casi folclórico. Las casas de campo estaban alineadas perfectamente y los campos mostraban la próxima cosecha. Se veían agricultores trabajando que observaban el paso de los vehículos.

—¡Quién sabe si informarán a los ingleses! —el conductor sabía que cualquier movimiento era observado al detalle y podía servir para preparar un próximo atentado.

—Llevamos coches militares, pero anónimos. No indican exteriormente si va en ellos algun «pez gordo» —Klaus tenía razón, pero el hecho de que fuesen alemanes ya era suficiente para la supuesta fuerza clandestina.

Un sonido diferente silenció su comentario. Un FL-282 Kolibri, pasó a poca altura de los dos automóviles y desapareció en la misma dirección hacia la que se dirigían.

—¡Un helicóptero Kolibri! —Stefan se asomaba por la ventanilla mientras el aparato desaparecía en la distancia—. Hacía mucho tiempo que no veía uno. ¿Te acuerdas Klaus de aquella prueba para derribar un Kolibri?

El helicóptero alemán FL-282 Kolibri era obra del ingeniero Anton Flettner. Era un modelo desarrollado tras el autogiro de La Cierva. De hecho, Alemania ya había hecho pruebas con helicópteros y había ido desarrollando modelos muy rapidamente. Heinrich Focke fabricó el modelo Fa-61, parecido al del ingeniero español, que fue pilotado por la legendaria Anna Reitsch en 1938. Este autogiro era un cruce entre un avión y un helicóptero ya que el rotor se situaba por delante del piloto y disponía de alas y timones de cola. La misma Anna Reitsch volvió a pilotarlo durante el verano de ese mismo año desde Bremen a Berlín, algo más de 300 kilómetros, sin ningún problema y demostrando sus cualidades aeronáuticas.

De todas maneras, los helicópteros no lograban despertar el entusiamo entre los militares que los veían más como un divertimento de los ingenieros, que como un arma de guerra de multiples posibilidades. Por ello, a principios de 1941 intentaron demostrar que las posibilidades militares del helicóptero eran mínimas y que podían ser fácilmente derribados. Fueron preparados dos cazas que en vez de armamento llevaban sendas cámaras de cine en su lugar. Durante casi media hora los dos cazas persiguieron al Kolibri que se zafaba sin problemas de sus perseguidores. Sus piruetas imposibles para un caza, le hacían escapar sin demasiadas dificultades. Las cámaras demostraron que los cazas nunca pudieron encañonar al Kolibrí. Sin embargo, la cámara del Kolibrí demostró que éste sí había tenido a tiro a los cazas…

Anton Flettner recibió el encargo de la Luftwaffe de construir 1000 FL-282 Kolibri. Fue el primer helicóptero de la historia construido en serie. Todos los modelos fueron destinados a labores de observación, traslado de

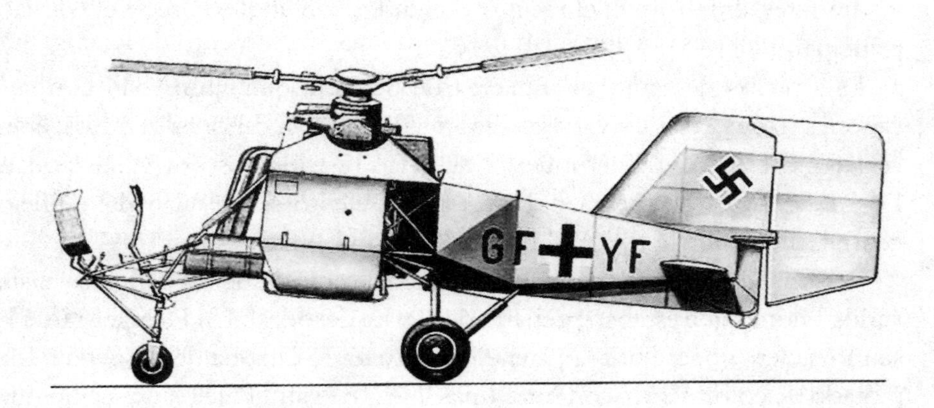

Imágenes del helicóptero alemán Flettner FL 282 «KOLIBRI». Puede verse la cabina geométrica que hoy llevan los modernos helicópteros americanos «Apache». Fue el primer helicóptero fabricado en serie del mundo heridos e incluso se llegaron a usar en barcos y submarinos. Según parece, no participó en combates de forma directa.

La gigantesca fábrica Skoda se veía claramente a su izquierda. Las chimeneas indicaban que la actividad era total. Tanto en Praga como en Pilsen se hallaban las que construían material militar y sobre todo cañones, ya que Bohemia y Moravia destacaba por la extraordinaria calidad de sus productos ópticos, miras de artillería y artilleria ligera, media y pesada. La factoría de Pilsen era la menos importante y sirvió de coartada falsa por parte de los alemanes para despistar a los bombarderos aliados que tenían como objetivo primordial estas fábricas.

La tercera y verdadera fábrica Skoda, donde se preparaban los proyectos más avanzados y de más alta tecnología militar alemana, estaba en Mladá Boleslau, a unos 20 kilómetros al norte de Praga. No estaba lejos del aeródromo de Letov y por ello Stefan pensaba visitarla cuando fuese posible y ver los discos voladores que había comentado el general SS Kammler en la visita a Manfred-Weiss en Hungria.

El aeródromo militar de Letov ya aparecía frente a ellos. Una torre de control y un radar giratorio eran los edificios que demostraban claramente que se trataba de un campo de aviación. Los aviones no se veían, excepto cuando despegaban o aterrizaban. Una valla electrificada de casi cuatro metros de altura, rodeaba todo el complejo así como carteles de aviso para despistados. Los coches llegaron hasta la caseta de control de entrada. Tras los trámites, entraron en el recinto y se dirigieron al que parecía el edificio principal.

Dos piezas de artillería antiaérea de 88 mm, que apuntaban con sus cañones hacia el cielo, y varias piezas de 20 mm con cañones gemelos, eran la defensa estática del aeropuerto. Se veían distribuidos por varias zonas. Los indicadores de fuerza y dirección del viento sobresalían del edificio central, moviéndose con rapidez, indicando viento del sur.

Personal de mantenimiento de tierra iba y venía desde los hangares hasta varios aviones que estaban preparándose para despegar. Un Heinkel-He111, se movía lentamente por la pista e iba encarando la zona de despegue. Iba pintado de color negro, con unas finas líneas de camuflaje blanquecino que rompía la monotonía del color negro base. Pertenecía a una sección de bombardeo nocturno. El piloto saludó con la mano y seguidamente procedió al despegue. El avión se balanceaba sobre la pista, hasta que tomó el impulso suficiente para despegar. Mientras remontaba altura lentamente,

Stefan pensaba en el fácil blanco que representaban en ese momento. Varios cazas despegaron seguidamente, tomando una dirección diferente a la del Heinkel-He111.

Los coches pararon ante la puerta principal y dos oficiales de la Luftwaffe y dos soldados, abrieron las puertas de los vehículos rápidamente. Stefan y Klaus salieron del coche y saludaron a los oficiales que se cuadraron ante ellos.

—Herr Generalmajor Dörner, soy el teniente Müller y este es el sargento Bohmann. Permítame que le muestre los aposentos para usted y su equipo. Seremos sus asistentes.

—Espero que estén bien, ya que hemos de pasar aquí una buena temporada —Stefan le guiño un ojo al teniente Müller.

—Bueno, creo que será del agrado de usted y su equipo, Herr Generalmajor —respondió algo azorado el joven teniente, que se hallaba sobrepasado por la importancia de los recién llegados.

—Bien, ayúdenos a llevar nuestro equipaje y sobre todo al Käpitan Werner, ya ven como tiene su pierna…

—Por supuesto, Herr Generalmajor Dörner.

Solícitos, ambos oficiales y los soldados ayudaron a entrar el equipaje.

—Muy buenos días Generalmajor Dörner —un impecable Staffelkapitän apareció ante ellos—. Soy Wolfgang Stadler, responsable del aeropuerto de Letov —sonrió—, pensaba que llegarían más tarde. ¿Han desayunado? —sin esperar respuesta Stadler continuó—. Permítanme que les acompañe a nuestro comedor y allí podrán tomar algo.

Los coches desaparecieron con dirección a Praga. Realmente ya habían llegado a su punto de destino.

—Tomaremos algo y nos pondremos a trabajar enseguida. Queremos ver el avión y estudiar los cambios necesarios en él —Stefan y los demás, siguieron a Stadler a través de la puerta de acceso al edificio principal.

—Muy bien. No hay problema y ya he dispuesto un equipo de mecánicos y personal de apoyo para realizar las tareas que usted y su equipo consideren necesarias —Stadler se paró delante de una puerta que daba acceso a un comedor-cantina—. Por favor, después de ustedes.

Tras las presentaciones de rigor y frente a varias tazas de café y unos dulces, la conversación fue tomando un giro más espontáneo.

—La situación aquí es más o menos tranquila, la verdad —Stadler se dirigió a un mapa que estaba en la pared de la cantina—. Letov se encarga de la seguridad aérea del sector sur del frente. Damos cobertura defensiva a Bohemia y Moravia y además enviamos aviones contra incursiones aliadas profundas —señaló con la mano las zonas sur de Alemania—. Últimamente, estamos ayudando al sector sur del ejercito en Rusia. Ese Heinkel que han visto despegar pertenece a una flotilla que salió ayer por la noche y que estará acantonada cerca de Zagreb. Ese avión estaba en reparación.

—¿Sufren incursiones de bombardeo? —preguntó Werner, poniendo bien su pierna en una silla que le servía de apoyo.

—Ha habido algún intento por parte de los ingleses y de noche, pero no han tenido éxito por ahora. De todas maneras, estamos al tanto ya que sabemos que nuestras fábricas son objetivo militar —Stadler volvió a sentarse con el grupo.

—No nos conocíamos ¿verdad? ¿Dónde combatió Stadler? —inquirió Stefan a su interlocutor.

—No, no nos conocíamos, pero yo sabía de usted. Su fama le precede Generalmajor Dörner —Stadler sonrió y luego su semblante se endureció—. He estado en el frente del este, todo el tiempo y concretamente en el sector norte, en Leningrado. La verdad es que fue muy duro. Volábamos con temperaturas extremas. Allí perdí muy buenos amigos. Debo reconocer que cuando me trasladaron a Letov, fue un cambio muy bueno para mí. Ya no sabía lo que es vivir…

En aquel momento aterrizó un Kolibri cerca del edificio. Su sonido era inconfundible.

—Tenemos dos Kolibris y la verdad es que dan muy buen servicio, son cómodos y rápidos. Yo los prefiero al Fiseler Stork «cigüeña». El único problema es que no planean como el «cigüeña». Caen como una piedra —Stadler golpeó con la mano la mesa dando a entender la caída de un Kolibrí.

Se oían de fondo los motores de varios cazas que también llegaban en aquel momento a la base. Stadler se acercó a la ventana y los fue contando.

—Faltan dos —dijo pasándose la mano por la barbilla.

Los Focke-Wulf 190 fueron llegando hasta la zona destinada al mantenimiento. Los camiones de reaprovisionamiento fueron llegando, así como los equipos de mecánicos y personal de tierra. Los aviones tenían que estar continuamente preparados para salir en cualquier momento. Los motores fueron parando y un total de 22 cazas quedaron expuestos frente a ellos.

Los pilotos fueron saltando de sus carlingas, sacándose el paracaídas y dirigiéndose exactamente hacia donde estaban ellos.

—Ahora van a hacer el informe con el jefe de escuadrilla y luego me lo pasarán a mí —explicó Stadler

—Es evidente —sonrió Klaus—, es lo que siempre se hace.

—Creo que querrán ver las habitaciones donde se alojarán todo el tiempo que estén con nosotros.

—Es una buena idea y luego queremos ver nuestro avión —terció Stefan, ya impaciente.

—Por supuesto. Síganme, por favor.

Se podía decir que las habitaciones eran sencillas pero confortables como alojamiento. Tampoco pretendían mucho más. Todas estaban en la parte más tranquila del edificio y en la planta baja, cerca de la entrada al refugio antiaéreo.

Tras ver las habitaciones, Stadler les acompañó al hangar donde se hallaba el Heinkel-He177 V-38. Al ser un trecho corto fueron a pie. Mientras iban caminando, pasaron frente a los pilotos que se hallaban junto a los aviones, después de presentar el informe de vuelo. Los pilotos se incorporaron inmediatamente al ver el grupo y saludaron cuadrándose marcialmente. Muchos de ellos reconocían a Stefan.

—Es muy conocido entre los aviadores Generalmajor —indicó Stadler a la vista de sus hombres—. Desconozco cuál es el objetivo de su misión, pero tengo órdenes de que reciban ustedes toda la ayuda necesaria para que puedan desarrollar sin problemas su trabajo—. Dos guardias vigilaban el hangar cubierto donde estaba el Heinkel. Los operarios de tierra estaba en posición de firmes esperando ordenes.

El Heinkel-He177 V-38, estaba bajo una red de camuflaje para evitar las miradas indiscretas.

—¡Saquen la red! —ordenó Stadler. Varios operarios comenzaron a retirar la red y el avión apareció en todo su esplendor. Era imponente.

—Es sensacional —exclamó Georg acariciando una de las cuatro palas de la hélice del motor derecho.

El avión tenía un color oscuro como el del Heinkel-He111 que había despegado hacia un rato. Y también tenía unas líneas de camuflaje sobre su «domo». El identificativo KM + TB aparecía en los laterales del fuselaje y en las alas.

—Bueno, aquí está —se limitó a a decir Stefan.

Todo el grupo fue rodeando el avión, observando los detalles. Algo que llamaba la atención inmediatamente era que las juntas de la carlinga, que era toda transparente, estaban selladas doblemente. Era la carlinga presurizada, para vuelos a mucha altitud. La bodega aparecía también modificada sobre el modelo original. Los dos tercios delanteros tenían una sola compuerta abierta, de la que sobresalía un soporte que a todas luces correspondía a un soporte para bombas, ¿o quizás una sola bomba?

—Me gustaría presentarle al personal de tierra y mecánicos que trabajarán para su equipo —Stadler se colocó frente a una fila de catorce hombres, con monos de trabajo que esperaban en posición de firmes que Stefan pasase revista.

Stadler fue introduciendo a cada uno de ellos: nombre, rango, especialidad, hasta que llegó al que parecía el jefe de mecánicos.

—Le presento a nuestro jefe de mecánicos, especialista en bombarderos, Matthias Gerhard. Todos estos hombres dependen de forma directa de él.

—Bienvenido al proyecto —Stefan le dió un apretón de manos como a todos los demás, añadiendo—, me gustará verle lo antes posible para hablar sobre algunas modificaciones que hemos pensado.

—Estoy a sus órdenes, señor. Será un honor para mí y todo mi equipo trabajar para usted Herr Generalmajor Dörner —Gerhard se cuadró de nuevo ante Stefan.

Stefan se retiró unos pasos y comenzó a hablar al grupo:

—Ante todo quiero agradecer su participación en nuestro proyecto. No estoy autorizado a revelarles el objetivo de esta misión, pero tengan por seguro que lo sabrán cuando se haya realizado. Necesito de todos ustedes la máxima colaboración, entrega y sacrificio. Este avión deberá ser transformado en algunas de sus características como por ejemplo armamento, autonomía de vuelo, capacidad de carga, etc. Todo esto lo iremos perfilando con todos y cada uno de ustedes —Stefan miró a Stadler—. Si bien esta misión tiene prioridad absoluta, busco de ustedes la máxima efectividad es decir, aprovechar al máximo los recursos de que dispondremos, causando los mínimos problemas a la base de Letov.

—Por otro lado y todos aquellos que me conocen lo pueden confirmar, mi forma de trabajar es atípica ya que en el momento en que nos pongamos en marcha no quiero graduaciones ni distinciones. Por lo tanto, olvídense del escalafón de mando en términos de rigidez en el trato. Mientras estemos juntos trabajando en la misión yo me llamo Stefan, ese es Klaus, ese de ahí Georg y el de las muletas, un poco más atrás, es Hans-Joachim Werner —Werner levantó una de las muletas a modo de saludo al grupo.

Puesto de pilotaje de «Berliner Luft»

Zona del copiloto y telecomunicaciones de «Berliner Luft» antes del montaje del sistema de radar

«Berliner Luft» estacionado en el aeródromo de Letov. Verano de 1944. Observese la cabina presurizada

—Los formulismos y el escalafón lo mantendremos de puertas hacia fuera o en el supuesto que recibamos alguna visita importante. ¿Ha quedado claro? ¿Tienen alguna pregunta, caballeros?

No hubo ninguna. El asunto estaba claro.

—Ahora montaremos los equipos de trabajo y sabrán de quién depende cada uno de los equipos y su trabajo específico.

Stefan ordenó romper filas.

Se dirigió hacia la escalerilla que bajaba desde debajo mismo de la carlinga y tras subir, se introdujo en el avión. Klaus también entró con él. Se pusieron a los mandos.

—Es muy cómodo y con una excelente visibilidad. No creo que tengamos problemas en la misión —observó Klaus.

Georg también apareció en aquel momento:

—Mi zona de trabajo es aquí, detrás de vosotros. Parece suficiente, aunque los mapas ocupan espacio.

—¿Qué tal ahí dentro? —la voz de Werner se oía muy lejos.

—Se oye poco desde aquí —indicó Stefan—, es el sistema de sellado para la presurización de la cabina que la hace casi hermética. Nos hará falta ahí arriba.

Desde la cabina vieron como aparecía una motocicleta Zündapp KS600 del servicio de la base aérea y el motorista hablaba con Stadler y le entregaba un documento. Tras despedirse, Stadler se dirigió hacia el avión. Hizo una señal a Stefan, llevando el papel en la mano.

Stefan bajó del avión e indicó a los mecánicos que ayudasen a subir a Werner:

—Ayudadle, tiene que ver el juguete por dentro…

Stadler entregó a Stefan el documento:

—Me informan de que ha llegado a Praga el tren que transporta cinco cañones Rheinmetall-Borsig MK 108 de 30 mm, a su atención en Letov. Todo este material estará esta tarde en la base. También trae munición explosiva e incendiaria. ¡Aquí hay suficiente munición para arrasar Londres, señor!

—No es nuestro objetivo arrasar Londres, sino tener capacidad defensiva en el supuesto que nos ataquen —Stefan miró a los alredededores—. Necesitaré un lugar seguro donde probar el armamento. Primero en tierra para calibrarlo y luego en vuelo sobre dianas.

—No hay problema en ambos casos. Tenemos un campo de tiro no lejos de aquí, donde se prueba la artillería que se fabrica en la planta de Skoda. En el caso de la prueba aérea, tenemos también para nuestros pilotos una zona de tiro a diez minutos de vuelo, donde hay carros soviéticos capturados a los que disparar y probar la efectividad de las armas. Cuando lo necesite no tiene más que decírmelo.

—Gracias Wolfgang —Stefan comenzaba su sistema de aproximación a sus hombres.

Stadler sonrió ante el trato dispensado.

—No se preocupe Stefan, mis hombres harán un buen trabajo.

—No lo dudo y gracias. Ahora me gustaría hablar con el mecánico jefe y con nuestro artillero Klaus. Hemos de ver cómo colocamos esos cañones en el avión —Stefan avisó a Klaus que seguía en la carlinga del Heinkel. No hizo falta con Matthias Gerhard ya que apareció inmediatamente. Mientras tanto, Stadler regresó a su trabajo en la base.

—Me dijo que quería verme, señor —indicó cuadrándose ante Stefan.

—Sí Matthias, pero olvida ahora los formulismos. Hemos de trabajar rápido.

En aquel momento llegó Klaus.

—Dime Stefan.

—Los cañones ya han llegado y estarán esta tarde aquí. Quiero que veais como instalarlos en el avión, aunque previamente los calibraremos bien —Stefan les mostró el documento que indicaba la llegada del material—. Por otro lado Gerhard, necesito que veas cómo instalar unos depósitos de combustible adicionales. Habla con Georg Pritt para ver los kilómetros adicionales de nuestro vuelo, velocidad promedio a una cota de diez mil metros y el cálculo del combustible necesario. También necesito que veas qué podemos quitar en el avión que sea superfluo, que nos ayude a eliminar peso general. Esto es lo más importante en este momento. He preparado una lista preliminar de todo aquello que tu equipo deberá cambiar o adaptar en el avión. Aquí está. No es limitativa, añade lo que veas que falta —Stefan entregó varias hojas mecanografiadas, donde se indicaban los trabajos que habían estudiado en Berlín.

Georg y Werner se unieron al grupo.

—Por último, de todos vosotros necesito un calendario realista de finalización de todo esto, cada uno en su área. Quiero verlo mañana por la mañana a las ocho.

—Eso no es mucho tiempo, Stefan —indicó Klaus—. Además hay trabajos y piezas que no dependen de nosotros directamente —la cara de Stefan a las palabras de Klaus no dejaba lugar a dudas—. Bueno, lo tendrás mañana a las ocho...

Cada uno se dirigió a su puesto e inició su trabajo. Los difererentes equipos comenzaron por indicar a cada uno su parte. Visto desde fuera parecía un hormiguero a todo rendimiento.

XII

Preparando el avión

—¿Quiere decir que el avión ya estaba semipreparado, Herr Dörner? Williams mostraba un cierto asombro por esa circunstancia. Hanks tenía su aparato de grabación en marcha, aunque su cara no demostraba asombro.

—Efectivamente —respondió Stefan—, nuestro avión había sido fabricado en la factoría Arado en Brandenburgo. Le mantuvimos sus letras identificativas KM + TB ya que había sido previamente un avión carguero experimental y el enemigo no podría identificarlas fácilmente, ni llegaba a conocer el destino final del avión. Se fabricó teniendo en cuenta su futuro papel en el ataque atómico. Es decir, medidas, pesos, carlinga, etc., ya estaban preparadas para un posible vuelo «diferente». Recuerdo que nuestro avión sirvió como prototipo para probar técnicamente los nuevos equipos de radar FuG200 y 216. Incluso le habían equipado en aquel momento con dos ametralladoras pesadas MG 131. Hasta que se envió a Letov, estuvo estacionado en la base de pruebas de Werneuchen, donde acabaron de ajustar algunos equipos. Voló poco en aquella época —Stefan se acomodó en su butaca—. El avión tenía una envergadura de 22 metros, casi 35 metros de alas, dos motores del último modelo Daimler-Benz 613s con una potencia cada uno de más de 3.000 caballos, una velocidad de 580/600 kilómetros por hora, subía hasta 9.000 metros y un radio de acción de aproximadamente 5.500 kilómetros. Nuestro avión ya disponía de la nueva pintura anti-radar Schonsteinfeger. El equipo científico de las SS al mando del General Kammler habían hecho un trabajo excelente, aplicando las últimas tecnologías en nuestro avión. Por cierto y como anécdota les diré que el General SS Hans Kammler tenía un miedo terrible a volar ¡Qué paradojas! Me acuerdo perfectamente de todo eso.

—Parece increíble que recuerde esos detalles tan claramente —comentó Williams.

«Berliner Luft» antes de sufrir las adaptaciones necesarias para la Operación Hagen, se hallaba estacionado en la base de pruebas de Werneuchen. Aquí se pueden ver a los mecánicos trabajando sobre uno de los motores. La pintura de camuflaje fue sustituida poco antes de la misión por una tonalidad oscura en su parte superior y clara en la inferior

«Berliner Luft» en una de sus muchas pruebas de vuelo en Letov

«Berliner Luft» antes de haberse realizado los cambios de armamento de a bordo. Puede verse la torreta trasera original, destinada a un artillero y que fue cambiada por dos cañones gemelos MK108Z de 30 mm cada uno

«Berliner Luft» tomando tierra en Letov. Verano de 1944

—No sólo me gustan por mi formación de ingeniero, sino que aquella misión fue la más importante de mi vida. De nuestra vida, quiero decir... ¡Claro que lo recuerdo casi todo! —Stefan se había incorprado en su butaca y volvió a acomodarse—. Nuestro interés era probarlo en vuelo inmediatamente y así lo hicimos —los recuerdos volvían con precisión en las palabras de Stefan.

—Creo que debemos probar el avión Klaus, mientras el equipo de tierra va preparando las herramientas para su trabajo. Llama al resto del grupo. Nos vamos —Stefan se mostraba ansioso por probar el imponente Heinkel He177 V38.

—Recuerda que tengo que presentarte el calendario y me estás quitando tiempo, Stefan —se quejó Klaus.

—Sé que te creces ante las adversidades. Además, seguro que tienes ganas de volar un poco ¿verdad? —Stefan estaba de un humor excelente. Había pasado de ser un duro militar a un compañero más.

Viendo que no tenía alternativa, Klaus fue a buscar a Georg y a Werner. Mientras tanto, Stefan se introdujo en la carlinga y se sentó en el puesto de mando. Al poco, el resto del grupo se incorporó y tras arduos esfuerzos por subir a Werner, cada uno se puso en los puestos que les correspondía.

—Esta primera prueba nos debe servir para ver qué hemos de adaptar en nuestro puesto de vuelo. De momento, internamente este avión es convencional salvo en la cabina y en la bodega de bombas —Stefan fue señalando las diferentes partes.

Werner, como copiloto, solicitó permiso a la torre para el despegue. La torre lo dio indicando la proximidad de una tormenta desde el oeste a unos 80 kilómetros.

La voz de Stadler sonó por los auriculares de la tripulación:

—Generalmajor Dörner, aproveche el vuelo para sobrevolar la zona de tiro que se halla a unos 15 kilómetros al sudoeste. Ya verán los carros soviéticos dispersos en una zona de unos 3 kilómetros cuadrados. ¡Buen vuelo!

Miembros del equipo de tierra acudieron a descalzar el avión, mientra Stefan ponía en marcha los motores. Suavemente el avión fue deslizándose fuera del hangar. Los indicadores marcaban que todo iba bien y con los depósitos de combustible llenos.

El avión enfiló la pista de despegue y con seguridad fue incrementando su velocidad hasta comenzar a elevarse. A medida que fue tomando altura sin problemas, se podía ver con claridad la tormenta anunciada. Werner colocó la foto de su novia en los indicadores frente a él.

—¡Aquí se queda Ortlind! —concluyó—. Siempre me ha acompañado y me ha traído suerte —los demás sonrieron. Todos los soldados tenían sus amuletos, desde fotos de novias hasta los objetos más inverosímiles.

No había duda de que era un avión excepcional y seguramente la mejor elección para la misión.

—Toma tú los mandos Hans —dijo Stefan dirigiéndose a Werner como copiloto.

—¡No lo he pilotado nunca, Stefan! ¡Además estoy de baja…! —exclamó alarmado Werner, mirando la gran cantidad de indicadores, botones y palancas.

—Es como un caza, lo único diferente es que tienes dos motores y la zona de bombas —Stefan sonreía—. ¡Observa, recluta! —Stefan le giñó un ojo a Klaus que contemplaba la escena de espaldas a Werner, riendo.

—¡Y no te olvidas de decir que es un poco más grande que un caza…! —quejándose, Werner observaba atentamente el pilotaje de Stefan y todos los instrumentos que iba utilizando. Stefan le iba explicando qué era cada instrumento, su igualdad con los de un caza y las consecuencias de su uso.

Con gran seguridad el avión describió un giro hacia el sudoeste y fue aumentando la velocidad, dirigiéndose rápidamente hacia el campo de tiro que había dicho Stadler.

—¡Allí están los carros! —exclamó Georg señalando una zona descampada donde se veían cada vez más claramente unos 30 o 40 tanques rusos de diversos tipos y tamaños, desparramados en desorden. Ahora que se veían más claramente, se podían observar en muchos de ellos los desperfectos causados por las reiteradas pruebas que realizaban los aviones cazacarros, con armamento de diferente calibre.

Los T-34, KV I y II, así como los pequeños y desfasados T-26 eran prácticamente los modelos en aquel campo de pruebas.

—Bien, ahora vamos a subir hasta el techo máximo de este avión. Cada uno a su puesto —Klaus se sentó por detrás de la carlinga y asomó la cabeza por su cúpula de tiro y Georg tras los pilotos en el puesto de radio y cartografía.

El Heinkel comenzó a subir. Los motores iban a pleno rendimiento y sin fatiga alguna hacían subir la nave sin problemas

—6.500, 7.000, 7.500 —Werner iba indicando los metros que iban ganando.

Todos llevaban las mascarillas de oxígeno

—8.000, 8.500, 9.000…

El paisaje de Bohemia y Moravia aparecía cada vez más lejano. Praga se podía ver a lo lejos, así como la fábrica Skoda.

—¿Tiempo? —preguntó Stefan.

—Doce minutos, cuarenta y tres segundos, desde que hemos iniciado el ascenso. Doscientos sesenta metros por minuto, Stefan —contestó rápidamente Georg.

—No está mal. Es suficiente por hoy. Ya lo subiremos más cuando hagamos las reformas en su totalidad. Hans baja el pájaro y llevanos a la base —Stefan se giró hacia Georg—. Llama a la torre y dí que vamos. Todo en orden—.

La tormenta parecía seguir al avión. Werner pilotaba con seguridad, llevaba en la sangre su oficio de piloto. Tomaron tierra y al poco una lluvia muy fuerte cayó sobre el aeródromo. El Heinkel ya estaba de nuevo en el hangar.

Los calendarios y material necesario para llevar a cabo las modificaciones en el avión fueron presentados a Stefan que los analizó y aprobó. Durante los siguientes días y con la guía técnica desarrollada por su equipo, la preparación siguió su curso. Estaba muy claro que su proyecto tenía la máxima prioridad ya que recibían sin problemas todo aquello que iban solicitando. Parecía no haber limitaciones en material ni en posibilidades.

Un asunto de la máxima importancia era la instalación del armamento defensivo. Los cinco cañones Rheinmetall-Borsig MK 108 de 30 mm ya estaban en la base. Klaus había preparado la posición óptima de los mismos en el avión y había presentado algunos cambios sobre el plan previo que se hizo en Berlín.

Uno iría por debajo de la carlinga, cubriendo la parte frontal justo bajo los pilotos y con accionamiento por pedal neumático. El segundo, también debajo de la carlinga frontal y dirigido hacia atrás protegiendo la parte inferior del avión hasta un ángulo de 180 grados lateral y 90 grados vertical. En caso de ataque, este sería dirigido por Georg Pritts. El tercero sobre el fuselaje, en una torreta móvil automática detrás de la cúpula transparente de tiro donde Klaus dirigía los cañones traseros. El cuarto y quinto se instalarían como gemelos en la popa, MK 108Z según su denominación técnica, con maniobrabilidad de tiro de 180 grados en horizontal y 90 grados en vertical. Todo el accionamiento de tiro sería por aire comprimido y el movimiento de seguimiento del avión enemigo por sensores automáticos.

El equipo defensivo propuesto por Klaus eliminaba una segunda torreta de tiro ubicada cerca de la cola con una MG131 de 13 mm, por encima del fuselaje y que era dirigida por un artillero. Klaus consideraba que, no sólo era menos peso, sino que con la potencia de fuego ganada había suficiente.

—Es un material excelente —dijo con admiración Matthias Gerhard, el jefe de mecánicos ante los imponentes cañones, que aparecían engrasados en sus cajas de transporte—. Los he visto montados en los Messerschmitt 110 de caza nocturna, pero no había tenido acceso a ellos de esta manera.

—Tendrás tiempo de conocerlos bien Matthias —le contestó Klaus—, tendremos que acomodarlos en el avión tal como he previsto. Los cinco cañones pesan en total 290 kilos más la munición que he calculado en otros 500 kilos. Imaginate Matthias, nuestro avión pesa en vacío casi diez y siete toneladas y con la carga normal de combate treinta y una toneladas. Las hemos de reducir en vacío hasta catorce, para que con las bombas, armamento, tripulación y tanques de combustible adicionales, pese en total veinticinco toneladas…

—Sí, eso es muy importante, pero ahora recordad que los cañones son nuestro trabajo inmediato, y hay que calibrar el tiro. Después ya los probaremos instalados en vuelo sobre blancos terrestres. Los carros rusos, por ejemplo —Stefan no quería dejar detalles olvidados que pudieran ser fatales durante la misión.

Durante los siguientes días, los cañones fueron llevados al campo de pruebas de artillería de la fábrica Skoda, donde bajo la atenta mirada de

Klaus y Stefan fueron probándose uno a uno y calibrándose sin mayores problemas. Era espectacular ver disparar estas armas. Incluso los operarios y calibradores de artillería pesada de la fábrica, todos ellos muy experimentados, venían a ver las pruebas, ya era algo muy diferente a lo habitual. La llamarada que exhalaba el cañón al disparar, medía más de un metro de longitud.

Los cañones fueron situados sobre una plataforma móvil que simulaba su ubicación de tiro en un avión. Klaus y dos técnicos de la Rheinmetall-Borsig venidos al efecto, comprobaban todos los elementos tras proceder a disparar.

—¡Son formidables! —exclamó Klaus tras las primeras pruebas—, casi no se mueven al disparar, no tienen retroceso. Lo absorbe el propio cañón.

El ruido de «martillo neumático» al disparar era inconfundible y la cadencia de tiro no iba a permitir muchas vías de escape al hipotético enemigo que pudieran cruzarse en su camino. El equipo gemelo MK 108Z a instalarse en la popa del avión, fue calibrado junto y probado, a diferencia de los otros, sobre un ligero vehículo blindado soviético T-26. La torreta del carro saltó por los aires ante la avalancha de munición explosiva de 30mm que recibió en unos segundos. No había duda de que sería un sistema defensivo muy potente.

Tras algo más de dos semanas, el interior del avión había sido aligerado, conservando sólo lo esencial. La carlinga también había sido aligerada, quedando únicamente los cuatro asientos de la tripulación, los mandos, cuadro de a bordo y el pequeño cuarto de baño totalmente a la vista en la parte trasera, junto al puesto de Klaus. El equipo había hecho un buen trabajo. El peso había descendido ostensiblemente hasta las quince toneladas. Faltaba acabar de aligerar las alas, timón de cola y alerones. En otra semana el peso había llegado al esperado de catorce toneladas. Empezaba el trabajo de remodelación interior.

Stefan y Klaus decidieron que las compuertas de la zona de bombas serían eliminadas, con lo cual se lograba una reducción notable de peso y la eliminación del sistema hidráulico de apertura y cierre. Stefan había recibido recientemente un plano de la bomba Hagen, con el diseño de la misma y características físicas definitivas.

—¿Puede haber algún problema de aerodinámica por la falta de las compuertas, Stefan? —pregunto Klaus.

—Según el plano de que disponemos, Hagen ocupa casi toda la bodega a lo largo, ancho y alto y hemos de contar con el sistema interno de anclaje y liberación de la bomba. Creo que desde fuera apenas se apreciará. De todas maneras, Klaus, tienes razón y algo de aerodinámica sacrificaremos, pero lo ganamos en todo lo demás. Vale la pena.

—¿Y cuando la soltemos? La bodega de bombas quedará totalmente al aire haciendo que una parte de la estructura pueda quedar debilitada. Eso sin contar con la baja temperatura a diez mil metros de altura al ir y al volver… —Klaus mostraba un semblante de preocupación.

—Vuelves a tener razón, Klaus, no lo había visto de esa manera. De todas maneras, con la medida de la bomba y su colocación en el avión podríamos intentar fabricar unas compuertas de madera a medida, más ligeras y que pueden cumplir su función perfectamente. En la actualidad, muchos de nuestros aviones disponen de una buena parte de sus piezas en madera en alas, timones, cuadernas, etc. —Stefan miraba el plano de Hagen—. Sí…, esa será la solución. Hablemos con Matthias, para trabajar con un carpintero de su equipo.

—Se me ocurre también, que el equipo hidráulico de apertura y cierre de las compuertas sea eliminado igualmente y utilicemos únicamente el sistema manual de emergencia de apertura y cierre. Se acciona por poleas y es muy suave. Ya me encargaré en el vuelo de su uso. ¿Qué te parece Stefan?

—Me parece sensacional, Klaus —pasó la mano por los hombros de Klaus—. Creo que esta misión sin ti no sería posible. Espero que volvamos sin problemas y la podamos celebrar por muchos años —un semblante de preocupación apareció ligeramente en el rostro de Stefan. Klaus le conocía muy bien y lo reconoció enseguida.

—¿Qué piensas en realidad, Stefan?

—Pienso en Claudia. Pienso muy a menudo en ella y nuestros planes de futuro. ¡Cuántas veces hemos hablado de lo que haríamos después de la guerra…! Y creo que una buena parte del futuro de Alemania pasa por nuestra manos. Klaus, tenemos la llave del futuro de nuestra patria y hemos de ser conscientes de ello. Por eso nuestro trabajo aquí ha de ser sin fallos. Nos condenamos nosotros y condenamos a nuestro pueblo si fracasamos. ¡Es una responsabilidad inmensa!

—Para tu tranquilidad, yo también pienso continuamente en Waltraub y en las ganas que tengo de verla. Nosotros también tenemos planes para cuando esto acabe, aunque tenemos dudas y temores. Creo que hemos de pensar en la gran oportunidad que tenemos y la forma de aprovecharla para que la suerte de Alemania no sea adversa.

Georg llegó en aquel momento.

—He calculado los kilómetros y el consumo teórico con el avión a pleno rendimiento y con el peso adecuado. El avión carga de serie ocho mil ochocientos litros con los depósitos pequeños en el fuselaje y los de las alas. He calculado que con el ahorro de peso total, con esa cantidad podemos volar casi ocho mil kilómetros.

—Teniendo en cuenta que nuestro trayecto de ida y vuelta es de doce mil kilómetros, necesitaremos trece mil quinientos litros de combustible. Deberíamos tener dos depósitos deshechables de dos mil quinientos litros de combustible cada uno. Esta cantidad más la de los depósitos normales del avión, nos permiten el vuelo total para completar la misión.

Georg añadió:

—Con ello no cuento la posibilidad de reabastecernos en Turquía, tal como está previsto, sino que contemplo el caso extremo de no poder hacerlo y contar sólo con el combustible del avión. Si repostamos en Turquía, el viaje se puede hacer con los depósitos de serie del Heinkel.

—Excelente Georg. Creo que tu propuesta es correcta. Vamos a considerar el llevar los tanques adicionales y por ello, creo que puede ser bueno en vuelo utilizar primero esos tanques y luego arrojarlos a medida que vayamos cubriendo trayecto. Eso nos dará mejor aerodinámica y menor consumo en el regreso —sugirió Stefan tras la información suministrada por Georg.

—No hay problema Stefan. Se puede hacer perfectamente —Georg entregó una copia de sus cálculos a Stefan y se retiró para hablar con Matthias de la construcción de los tanques adicionales eyectables.

Werner apareció ya sin muletas y sin su pierna enyesada.

—Ya estoy a punto Stefan. El médico de la base me ha dado el alta.

—Bueno, por ahora ten cuidado, ¡no puedes recaer, es una orden! —indicó Stefan—. Por cierto Hans, he solicitado un segundo Heinkel como el nuestro, pero de serie, para practicar mientras nuestro avión está siendo preparado. Mañana llegará aquí. Me interesa que entrenemos con él lo máximo posible hasta que dispongamos del nuestro. Encargate de su recepción y preparación. Quiero volar en él enseguida.

—A sus ordenes Generalmajor Dörner —contestó Werner cuadrándose con una medio sonrisa—, pido permiso para llamar a mi novia Ortlind, señor.

—Permiso concedido —Stefan sonreía con Klaus. Hans-Joachim Werner pertenecía a una nueva hornada de pilotos, no había duda. Pero también sabía que lucharía hasta el final.

—Oye Stefan, hemos de poner un nombre al avión ¿no te parece? —propuso Klaus.

—Me parece bien. Habla con el resto del equipo y pensemos un nombre para el avión —Stefan ojeaba los datos de consumo presentados por Georg.

—Verás Stefan, había pensado uno —Stefan levantó la mirada hacia su compañero—. «Berliner Luft» ¿qué te parece?

—¡Cielo de Berlín! —Stefan reflejó cierta sorpresa—. No suena, mal, pero ¿por qué ese nombre?

—Creo que nuestra ciudad se merece nuestro homenaje —Klaus le entregó un pequeño dibujo de las letras y el oso clásico del escudo de la ciudad tras ellas—. El Proyecto Hagen ha sido desarrollado, presentado y aprobado en Berlín. Creo que junto al nombre debería de ir el oso, símbolo de la ciudad. Lo dibujé ayer noche. Hacía días que pensaba en ello.

—Si te parece Klaus se lo presentamos a los demás y si les gusta, lo pintaremos en ambos laterales de la carlinga, siguiendo tu boceto. No tengo ningún inconveniente —Stefan colocó el dibujo de Klaus y las cifras de Georg en su carpeta de trabajo y extrajó unos papeles que mostró a su compañero—. Por otro lado, me han informado de que llegarán también en ese segundo Heinkel tres técnicos de fábrica, para algunos arreglos mecánicos y asesoramiento. Con ellos vendrá también personal científico de las SS para la protección radiológica y preparación de la bomba. Traen una carcasa vacía de la bomba escala 1:1, para medidas y posterior preparación.

—Eso suena importante y nos ayudará —Klaus miró los papeles con los nombres del personal que llegaría en el avión.

—Sin duda y no sabes lo mejor —Stefan se llevó a un lado a Klaus—. A través de Galland con el que hablé ayer noche por teléfono, he sabido que está prevista una visita del general Dr. Kammler y casi seguro que del Führer también…

—¡Estamos en el punto de mira, Stefan!

—Por eso no podemos fallar. Es lo que hablábamos antes. Hay mucho en juego y nuestra patria debe demostrar su potencial en estos momentos. Los informes de progresión que he enviado a Galland y que él ha presentado al Führer, están siendo aprobados sin problemas. ¡Nos han dado toda la confianza!

El nombre del avión recibió el visto bueno de la tripulación.

—Me recuerda aquella canción tradicional *Das macht die Berliner Luft*. La típica canción de cervecería —dijo riéndose Werner—, pero me parece bien, también es mi ciudad.

—Les va a caer buena cerveza a los rusos con lo que llevaremos a bordo… —remató Georg.

—Veo que estáis muy creativos hoy —terció Stefan—. Bueno, el nombre queda aprobado por unanimidad. Aunque no es urgente, necesitaremos un pintor. Seguro que alguien de la base podrá hacerlo.

—Yo me encargo de eso —se ofreció Klaus. Era su idea y pondría empeño en ello.

En los días siguientes con la llegada del nuevo avión, los técnicos de Heinkel y el personal científico de las SS, la actividad se incrementó notablemente.

Todo el equipo SS montó su propia área de trabajo. Con personal militar propio llegado desde Praga, procedieron a montar tres tiendas de campaña inmensas, mimetizadas y de lona muy dura que permitirían un trabajo discreto y resguardado de miradas. Eran tiendas con todas las comodidades y espacios de trabajo separados. Un momento especialmente emocionante fue poder ver la maqueta de la bomba a escala 1:1, que los científicos habían ensamblado en la tienda principal. La maqueta ayudaría mucho en mediciones, espacio y anclaje en el avión.

Por otro lado y de forma complementaria, un retén de veinticinco soldados de las Waffen SS y dos vehículos blindados de apoyo, custodiaban la zona. Dietzer Trümpler, el responsable de todo el equipo de nueve técnicos, les informó de que allí mismo se ensamblaría la bomba completamente, por lo que había que entender el nivel de seguridad que había.

Los tres ingenieros de Heinkel, se centraron en su trabajo de acondicionamiento interior del avión. El equipo de mecánicos de Matthias Gerhard seguían las instrucciones del personal de Heinkel, con lo que el trabajo se desarrollaba a buen ritmo. De hecho no tenían limitaciones de material o todo aquello necesario para la buena conclusión de la operación.

Los vuelos con el avión de entrenamiento se llevaron a cabo según lo previsto. Algo notorio y que demostraba que la unidad que ellos usarían en la misión había sido mejorada, era el recalentamiento de los motores. Este avión de pruebas lo sufría y los técnicos allí desplazados no podían evitarlo. Era la propia configuración de los motores. Gracias al esfuerzo de los técnicos, el avión siempre estuvo en condiciones de vuelo, siendo revisado y reparado continuamente. Joachim Hesse, el jefe del pequeño grupo de Heinkel, hizo un trabajo sobrehumano para mantener el avión en vuelo. Llegó a quemarse las manos por trabajar con los motores todavía calientes, tras un accidentada prueba en que uno de los motores se paró en vuelo, con Werner a los mandos. La pericia de éste al aterrizar, les salvo a todos de una muerte segura.

El avión de que disponían era la antigua versión con dos motores gemelos Daimler-Benz DB 610, que propulsaban una hélice de cuatro palas sobre un mismo eje. Era la configuración de un cuatrimotor, pero con dos motores. Cada motor disponía de 24 cilindros, 12 por motor, y las camisas, pistones y segmentos de cada uno trabajaban tan próximos que el motor se recalentaba y llegaban a incendiarse. «Berliner Luft» llevaba los nuevos motores Daimler-Benz 613s, que ya no sufrían esta circunstancia.

De todos modos, la unidad de pruebas, sin forzarla en vuelo permitió hacerse «a los mandos» a toda la tripulación. La idea de Stefan era que cualquiera a bordo fuese capaz de pilotar el bombardero en el supuesto de que hubiese alguna baja. Georg Pritts, el cartógrafo, fue el que lo tuvo algo más complicado, sobre todo en operaciones de despegue y aterrizaje. Sin ser un experto, logró dominar bastante bien estas maniobras. Al margen de complicaciones técnicas de esa unidad, era un avión estructuralmente muy bien resuelto y agradable de pilotar.

Se podía decir que era el único fallo de toda la misión. Stefan se había quejado a Galland de esta circunstacia y del peligro que representaba para todo el equipo la posibilidad de morir en un vuelo de pruebas con ese avión. Galland indicó que en aquel momento, junio de 1944, acababan de desembarcar los aliados en Normandía y todos los aviones disponibles eran enviados a ese frente. Era la prioridad. No podía hacer más por ellos en ese sentido.

—Créeme Stefan —decía Galland—, la cosa está seria. Sólo Rommel y Hitler tenían claro que el desembarco sería por Normandía. Todo el Cuartel General opinaba lo contrario y eso nos ha retrasado en el contrataque. Las Waffen SS y la Wehrmacht se baten como demonios y han detenido el avance aliado. Veremos cuánto dura. Sólo oponemos tropas de tierra y no tenemos presencia aérea.

—Piensa que estamos rebañando de otros frentes para cubrir el hueco en Normandía. No tengo más de trescientos aviones, contra cerca de cinco mil de los aliados… es tremendo, Stefan.

Aquel era un asunto muy serio. La voz de Galland no dejaba lugar a dudas. Normalmente era uno de los hombres más optimistas del ejército, incluso en momentos difíciles. Se parecía mucho a Kesselring en su optimismo. Se abría un tercer frente con Rusia e Italia. Stefan se lo comunicó a sus hombres. Si su misión ya era importante antes de esa noticia, ahora adquiría la categoría de indispensable para los intereses de Alemania.

XIII

Visita del General SS Dr. Kammler

—Sin duda estamos descubriendo unos hechos acontecidos en la Segunda Guerra Mundial, totalmente diferentes a los que conocíamos —indicó Williams—. Muchos capítulos de esa contienda y sobre todo del lado alemán se han mantenido en la sombra. Toda el área tecnológica avanzada ha sido silenciada. Este es uno de los proyectos técnicos silenciados y ahora sólo quedo yo como testigo de todo aquello...

Stefan era consciente de su situación. El día que él faltase, se habría acabado la historia directa de uno de los implicados. Por ello, le parecía bien dictar la explicación a sus visitantes, tras tantos años de silencio. Ni siquiera había hablado de la «Operación Hagen» con ex-camaradas suyos en Alemania o España.

—Me imagino que el general Dr. Kammler seguía muy de cerca los trabajos en el protectorado —preguntó Williams.

—Kammler dividía su tiempo entre Berlín, Jonastal IIIC, Manfred-Weiss y Pilsen —sonreía Stefan recordándolo—. Era un profesional dedicado a su trabajo. Además lo hacía muy bien, ya que sus proyectos salían adelante. Era muy duro. No debe sorprenderles, había que ser muy duro para dirigir todo aquello.

—Y seguramente implacable... —añadió Williams, sonriendo maliciosamente.

—Sin ninguna duda, teniente —Stefan miró fijamente a Williams—. ¿Qué hubiera hecho usted en su lugar y en esos momentos históricos, con su patria en peligro?

—La verdad es que no me he visto en semejantes circunstancias, afortunadamente —respondió algo alterado Williams—, pero quizás hubiese sido más humano y consciente del sufrimiento de mucha gente por conseguir los objetivos y prolongar una guerra terrible. Quizás me hubiese rebelado contra ese sistema asesino.

—Lo dudo, teniente. Es muy difícil hablar desde una posición tan cómoda como la que tenemos ahora y que nos permite pontificar sobre lo humano y lo divino fácilmente —Stefan se incorporó hacia Williams—. Estar en guerra cambia cualquier punto de vista, se lo puedo asegurar, teniente. Usted mismo y el sargento Hanks son militares. Su carrera no es la paz en sí misma, sino ganar en combate al enemigo y entiendo que eso lo quieran aplicar en un momento de su vida profesional. De lo contrario puede ser una gran frustración —Stefan se quedó en silencio unos segundos—. ¿Qué necesita un soldado, teniente? —preguntó de repente.

—¿Armamento, preparación, tácticas de combate, ideal…? Supongo que algo así… o todo eso — respondió Williams con ciertas dudas.

—Un enemigo, teniente. Sólo necesita un enemigo —respondió lentamente Stefan—. Sin un enemigo el soldado no tiene razón de ser. Alemania los tenía y eso nos hacía luchar en cualquier frente. Kammler también lo tenía muy claro y su combate estaba centrado en los más avanzados desarrollos técnicos militares, que deberían ayudar a las tropas del frente a ganar a nuestros muchos enemigos de aquellos días.

Un silencio recorrió la sala.

—Por lo que usted explica, Herr Dörner —intervino Hanks, rompiendo el silencio— la zona donde trabajaban en secreto era de las más tranquilas de todo el Reich ¿verdad?

Stefan retomó el hilo explicativo.

—Efectivamente, sargento. Alemania tenía numerosas bases y fábricas en zonas ocupadas, en Wizernes Francia por ejemplo, en el Lago di Garda en Italia, «Der Riese» en la actual Polonia, etc. Pero es verdad que el nivel y tranquilidad que había en el Protectorado de Bohemia y Moravia era muy superior al de cualquier otra área, prácticamente no hubo bombardeos hasta Abril de 1945… —las palabras seguían fluyendo.

Bohemia y Moravia era una zona tranquila para trabajar y desarrollar nuevas armas. Se hallaba alejada de cualquier frente, por lo que las posibilidades de ataque enemigo eran remotas en aquel momento. Había que tener en cuenta que una posible incursión de ataque aliada debería cruzar toda Alemania ya que vendría necesariamente desde Inglaterra y por ello la posibilidad de contrarrestarla era altísima. Se hubiese tratado de una operación de bombardeo en territorio enemigo profundo. Hubiesen sido diezmados antes de llegar al objetivo. En el caso del frente ruso, sucedía exactamente lo mismo.

Por todo ello, la tranquilidad era muy alta. De hecho, el peligro podía venir de comandos o misiones secretas de sabotaje. En ese momento y debido a la presencia del personal técnico de apoyo y las tropas SS presentes, las posibilidades de una acción de sabotaje eran muy difíciles para los aliados. Teóricamente, no sabían lo que en la base de Letov se estaba preparando, por lo que su importancia a ojos del enemigo no era grande.

Cerca de Pilsen, las SS tenían uno de sus centros de investigación técnica y militar más importantes. El general Kammler iba con cierta frecuencia a comprobar los progresos de los diferentes proyectos que estaban en marcha. Su expeditiva y eficaz forma de trabajar, imprimía a sus equipos una velocidad y dedicación increíble. No podía haber lugar para el error o la pérdida de tiempo. Precisamente el tiempo era uno de los factores en los que el Führer y Kammler más insistían. La desesperada defensa del frente, era sobre todo para ir ganando el precioso tiempo necesario para desarrollar las armas que debía de cambiar el curso de la guerra.

El coche paró frente al hangar. La actividad se detuvo de repente y todo el personal se colocó en posición de firmes. El general SS Dr. Kammler acababa de llegar. Stefan bajó de la cabina del avión, donde comprobaba unos cambios efectuados por los técnicos de Heinkel y se dirigió a recibir al visitante. Stadler, responsable de la base, llegó en su vehículo acompañado de dos oficiales.

—¡General Kammler, qué sorpresa! —Stefan se puso firme y se llevó dos dedos a su gorra en señal de saludo—. Bienvenido a nuestra base de operaciones en Letov —Klaus se incorporó también junto a Stefan para recibir al general, y le saludó.

—Buenos días caballeros —contestó el general Kammler—. ¿Dónde está el resto de la tripulación?. Según su solicitud Generalmajor Dörner, su equipo consta de cuatro personas.

En aquel momento se oyó el sonido del bombardero de pruebas, pilotado por Werner y Georg, que se aproximaba por el norte. Con gran precisión el avión enfiló la pista y aterrizó sin más contratiempo.

—Ahí los tiene, general —señaló Stefan.

El avión llegó hasta escasos metros del hangar principal. Los dos tripulantes bajaron y sin sacarse los paracaídas ni el equipo de vuelo, saludaron también al general Kammler. Stefan introdujo a sus compañeros informando de su nombre, graduación y trabajo concreto en la misión.

—Pónganse cómodos caballeros —invitó Kammler a Werner y a Georg—. Necesito hablar con todos ustedes.

También en aquel momento llegaron los científicos SS y en un momento se formó un corro de más de quince personas alrededor del general.

Mientras el equipo Heinkel y los mecánicos de Matthias Gerhard continuaban con su trabajo en el hangar, el resto marchó hacia la tienda principal, donde el equipo científico desarrollaba su trabajo. Había preparada una pequeña sala de conferencias, con una mesa principal, sillas, una pizarra y la maqueta de la bomba puesta en pie junto a dicha pizarra. No había duda de que el equipo SS había sido informado de la llegada de Kammler y lo que éste pretendía.

Stadler y sus oficiales se quedaron asombrados de la bomba que tenían ante ellos y que de alguna forma presidía la reunión. Ellos desconocían el fin último de la misión, pero Kammler consideró que en aquellas circunstancias y ante la magnitud de la situación, tenían que estar al corriente de lo que se trataba. Quería el máximo esfuerzo de todos ellos.

En la pizarra aparecía un mapa de la costa francesa de Normandía, donde en la actualidad se producían los combates para detener la invasión. Multitud de flechas podían verse en diferentes colores, que señalaban las tropas, sus movimientos, ataques, contraataques, etc.

Cuando todo el mundo había tomado asiento y el silencio era total, el general Kammler comenzó a hablar

—El motivo de mi visita, al margen de ver y comprobar personalmente los avances en el desarrollo de esta misión, es comentarles la situación actual, que está provocando un cambio decisivo en el mapa militar europeo. Sé que están al corriente de la enorme batalla que se está librando en Normandía y que abre un tercer frente de combate.

—Todos ustedes, en diferentes áreas, están implicados en llevar la «Operación Hagen» a buen término, y me consta por los informes que recibo regularmente de Adolf Galland y de mi equipo de técnicos y científicos, que efectivamente así se está desarrollando. De todas maneras y tal como he dicho al principio, el nuevo frente abierto en Normandía, nos hace ver su misión de bombardeo decisiva para estabilizar la situación y que nuestros enemigos vean nuestra capacidad y potencia, que sigue siendo estimable y ante la cual, hoy por hoy, no tienen capacidad de respuesta similar. No disponen de una bomba como esta —Kammler señaló el prototipo de la bomba Hagen.

Se dirigió entonces al mapa que estaba tras él.

—Éste es un mapa del frente en Normandía a día de hoy 19 de julio de 1944. El enemigo desembarcó en las playas el pasado 6 de junio y todavía se hallan cerca de las mismas. De hecho han tomado Carentan, Treviers, Bayeux y aún hoy combaten en Caen —señaló con un puntero cada una de estas localidades francesas—. Es decir, no han avanzado ni 100 kilómetros en Francia en un mes y medio. Ayer, según un teletipo que recibí en Pilsen, los aliados habían iniciado la llamada Operación Goodwood al noreste de Caen y este del río Orne —volvió a señalar esa ciudad en el mapa y el rió Orne— que por lo que se adivina trata de romper nuestro frente y penetrar fuertemente hacia el sur.

Kammler levantó la hoja del mapa y aparecieron cifras de unidades en combates. Puestas en dos columnas aparecían las fuerzas aliadas y las alemanas en correlación.

—En esta columna de la izquierda aparecen las tropas que Monty —se refería al Mariscal de Campo británico Montgomery— y a la derecha nuestras unidades, que serán reforzadas muy pronto—. Los ingleses habían puesto en combate la división blindada de La Guardia, bajo el mando del general Adair, la 11 división blindada bajo el mando del general «Pip» Roberts y por último las famosas «Ratas del Desierto», la 7 división blindada al mando del general Erskine. El cálculo era que disponían de unos mil carros de combate.

También el ejercito alemán había dispuesto fuerzas muy potentes, ya que Rommel había reforzado ese frente con dos cuerpos de ejercito: el 86, comandado por el general Obstfelder y que incluía la 346 división de infantería, la 16 de la Luftwaffe y la veterana de Africa, la 21 división blindada. El segundo cuerpo de ejercito denominado 1er cuerpo blindado SS que incluía la 272 división de infantería y la 1ra división blindada de las Waffen SS, la famosa Leibstandarte Adolf Hitler

—Nosotros estábamos preparados para esta ofensiva gracias a los puestos avanzados de observación y particularmente al situado en la fábrica de acero de Colombelles —señaló la ciudad de Colombelles— y si logramos el éxito provocaremos que los ingleses tengan que retirarse hasta las playas otra vez. Allí podremos aplastarlos —Kammler no indicó con qué—. Las últimas noticias de que dispongo y que he recibido esta mañana, es que los ingleses están sufriendo enormes bajas y que nos mantenemos en nuestras posiciones. Pronto llevaremos la iniciativa en la batalla.

—¿Por qué les explico todo esto? —Kammler miró fijamente a todos los presentes tras formular la pregunta—, es muy sencillo, caballeros. Nuestro ejército en tierra, mar y aire está haciendo un esfuerzo inmenso, en el que no voy a negarles las bajas que se producen en nuestras filas y lo que ello supone en nuestros objetivos de victoria. Confidencialmente les diré que sufrimos alrededor de diez mil bajas diarias, entre muertos, heridos y desaparecidos en todos los frentes —un murmullo recorrió la sala—. Por ello, igual que nuestro ejército en todos los frentes mantiene sus posiciones y avanza allá donde sea posible, con sacrificios inimaginables pero haciéndonos ganar tiempo, debo exigirles también a todos ustedes un esfuerzo supremo para avanzar aún más rápido en la consecución victoriosa del Proyecto Hagen.

—Sé que el Proyecto Hagen también depende de otras personas que no están aquí hoy. Son los técnicos y científicos de las SS que trabajan a contrarreloj en nuestra fábricas subterráneas para fabricar los elementos fisionables que la bomba portará hasta su destino.

—Por ello, Generalmajor Dörner —miró a Stefan sentado en primera fila—, como responsable directo del proyecto, con la experiencia que ha adquirido hasta este momento y con datos más fiables, necesito que me facilite un calendario de disponibilidad de su equipo para realizar la misión. Indíqueme también qué necesita de forma crítica para su realización. Lo necesito mañana al mediodía.

—General Dr. Kammler —Stefan contestaba sentado en su silla, mientras Kammler se apoyó en la mesa esperando la respuesta.

—Le puedo adelantar ahora y ampliar luego por escrito que por lo que sé a través de los técnicos de Heinkel y nuestro equipo de mecánicos, nuestro avión quedará preparado para las primeras pruebas con todo el armamento y acondicionamiento interior en la primera semana de agosto. Luego hemos de hacer las pruebas de vuelo y de armamento. Las pruebas de vuelo las he dividido en dos tipos: largo y corto recorrido. El primer tipo contempla el uso del avión por parte de toda la tripulación ya que he considerado que todos han de saber pilotar suficientemente bien el Heinkel He 177. Éste será un vuelo sin aviones de escolta ni avión-guía. Dependemos de nosotros mismos —el general Kammler miraba fijamente a Stefan. Su rostro era glacial. La calavera metálica de su gorra de oficial, perfectamente pulida, brillaba y parecía seguir la conversación.

—También probaremos el armamento de a bordo en estas pruebas de corto recorrido. Serán vuelos por la zona del protectorado de Bohemia y Moravia.

Klaus aprobaba con la cabeza la explicación de Stefan. Éste siguió su exposición.

—El segundo tipo contempla dos vuelos de largo recorrido dentro del área de influencia del Reich, para evitar posibles problemas, pero que nos demuestren que como tripulación y equipo podemos plantearnos un vuelo de más alcance. Nuestro cartógrafo de vuelo, Georg Pritts ha preparado dos vuelos de largo recorrido uno de ellos hasta Kristiansend, Noruega y el otro hasta Madrid, España.

—Si estas fechas las podemos mantener y creo que así será, el adelantar la misión está en manos de los técnicos y científicos de las SS y que nos faciliten la bomba debidamente acabada. Acabaré diciéndole que tanto el personal y el material militar convencional han llegado en tiempo y forma, por lo que nuestro calendario se cumplirá. En este momento no necesitamos nada más.

—De acuerdo —contestó Kammler—, deje la parte técnica en mis manos. Comprendo que es el cuello de botella de la misión.

Kammler se incorporó tras sus palabras.

—Con referencia a los dos vuelos de largo recorrido, les sugiero que hagan únicamente el de Kristiansend en Noruega por un tema de seguridad. España, que ha sido nuestra aliada al principio, está virando hacia los aliados. El general Franco nunca ha sido un socio fiable de Alemania. Además el vuelo actualmente pasaría por zonas donde no se puede garantizar que tuviesen un encuentro con la aviación enemiga. La mitad de Italia está en manos aliadas y el Duce tampoco nos garantizaría la seguridad.

—Lo que usted dice, general Kammler, es cierto —replicó Stefan—, pero nuestros vuelos programados no pretenden aterrizar en esos puntos geográficos, sino simplemente llegar hasta ellos y regresar. También hay que considerar que volaremos a un techo que puede oscilar entre los diez y once mil metros de altura, con lo que la presencia de un solitario avión pasará desapercibida, y además estaremos a salvo de las baterias antiaéreas.

Kammler asintió con la cabeza ante la nueva información.

Stefan continuó.

—De todas maneras, lo comentaré más detalladamente con mi equipo y consideraremos su aportación.

Kammler volvió a asentir las palabras de Stefan. De nuevo se dirigió al grupo.

—¿Tienen alguna duda sobre lo que aquí se ha dicho? —el silencio fue la respuesta—. En ese caso les rogaría que me permitiesen una reunión privada con mi gente del equipo científico de las SS. Por la tarde, quiero que me muestren el avión y sus mejoras para la misión. La reunión ha terminado. Gracias.

Los asistentes fueron saliendo en orden. Stadler se dirigió a Stefan:

— Generalmajor, ¿qué clase de bomba es esa?

—Una que puede cambiar el curso de los acontecimientos a favor de Alemania. Ya la ha visto en maqueta, pero yo no puedo entrar en más detalles. Lo lamento Stadler. De todas maneras y tras las palabras del general Kammler, ya ve la importancia de lo que aquí se está preparando. Le ruego que nos siga dando la misma asistencia en todo momento —Stefan le dio una palmada en la espalda.

—No se preocupe Generalmajor Dörner. Así será —contestó Stadler.

Por la tarde y tras una comida del equipo de Stefan con el general Kammler, éste se mostró interesado por ver el avión y sus cambios. Se dirigieron caminando hacia el hangar. La proa del avión sobresalía de la puerta, ya que los mecánicos estaban realizando cambios en los trenes de aterrizaje bajos las alas y era un día con una luz natural sensacional para trabajar.

El emblema «Berliner Luft» ya había sido pintado en ambos laterales de la carlinga. Realmente quedaba bien.

— «Berliner Luft», me gusta —Kammler le guiñó un ojo a Stefan. Éste sonrió.

Klaus era el que había realizado más cambios al introducir los cañones MK 108 como sistema defensivo del avión. El resto de cambios afectaban al interior en cuanto a aligerar espacio y la zona para la bomba. Las compuertas de madera ya estaban hechas y pintadas. No se apreciaba a simple vista su diferencia con las metálicas y funcionaban manualmente sin problemas.

El general Kammler demostró tener buenos conocimientos técnicos sobre el avión y realizaba preguntas muy concretas que sólo podían hacerse si se conocía ese modelo. Stefan se lo hizo saber.

—No debe sorprenderles —contestó a todos—, desde el momento que éste fue el avión seleccionado, también me he preocupado por conocer la herramienta que llevará la bomba a su destino. Creo que es una excelente selección.

Kammler se interesó por la carlinga y los cambios efectuados para adaptarla a los vuelos de gran altitud. Se mostró complacido por las explicaciones de los técnicos de Heinkel.

Capítulo aparte durante su visita al avión fue el apartado de los cañones MK 108.

— Sensacionales —dijo con convicción—, no hay avión que resista una corta descarga de estos cañones.

Klaus explicó someramente los cambios efectuados en materia defensiva.

—De la primera idea que tuvimos, desestimamos llevar misiles bajo las alas, ya que suponían un peso añadido y nos decantamos por una buena dotación de tiro avión-avión. Es decir, hemos cambiado todas las armas de serie y hemos dado prioridad a la más alta capacidad de tiro posible, con el mayor efecto destructivo y con el mínimo gasto de munición. Sin duda, estos cañones son lo mejor del arsenal alemán y responden a nuestro criterio perfectamente.

—¿Cómo ha solucionado el disparo automático del equipo gemelo en popa? —preguntó Kammler, revisando sobre un plano el complejo sistema de los cañones y sus sistemas de tiro.

—Hemos instalado un sistema de control remoto FDL-131/Z adaptado por el fabricante AEG específicamente para nosotros a partir del existente que ya montan otros bombarderos —contestó Klaus, mostrando el sistema por dentro del avión—. Se activa por servo-motores que yo controlo desde mi puesto de mando con este pedal. Yo voy situado en la cúpula transparente encima del fuselaje y detrás de la carlinga de los pilotos. Tengo una visión de 360 grados. Controlo las dos torretas que cubren esencialmente toda la zona posterior del avión.

Fueron hasta la torreta de cola donde se hallaba el temible equipo gemelo de cañones MK 108Z. Esta torre de tiro había sido completamente cambiada ya que originalmente había una carlinga con un artillero que disparaba manualmente el equipo estándar del avión. Ahora sólo se veían los dos cañones dentro de una cúpula blindada. Aún no estaba totalmente acabado todo el sistema.

—Me hubiese gustado probar el avión en vuelo, pero ahora no es posible. Espero que en mi próxima visita podré hacerlo —Kammler observaba el Heinkel He177 a unos metros para tener una buena perspectiva del mismo. Parecía satisfecho del trabajo efectuado hasta ese momento—. Mañana, después de recibir su informe, volveré a Pilsen y luego a Berlín —dijo dirigiéndose a Stefan.

Todos se cuadraron y despidieron al general. Stefan tenía trabajo por delante para preparar el calendario que le habían solicitado. Los demás le ayudaron en su confección.

El resto del tiempo Kammler estuvo con su equipo de técnicos y científicos. Pasó la noche en una habitación de una de las tiendas y por la mañana siguió con su gente. A las doce del mediodía tal como estaba previsto, Stefan y Kammler se reunieron. Stefan vino acompañado de su equipo para responder a cualquier detalle que el general quisiera saber.

Antes de la una del mediodía, la reunión fue suspendida de forma fulminante. ¡El Führer había sufrido un atentado con bomba en la «Guarida del Lobo» en Prusia Oriental, su cuartel de mando en el frente del este! Todos se quedaron congelados ante la noticia. El general Kammler, uno de los hombres más importantes del III Reich, recibió la noticia a tiempo real a través de conductos internos de las SS. Kammler reaccionó con rapidez:

—Ustedes continúen con su trabajo. Yo debo partir ahora mismo hacia Berlín. Seguiremos en contacto, no se preocupen.

Mientras preparaba apresuradamente su marcha, llegó un segundo teletipo de las SS en el que se confirmaba que el Führer estaba ileso. Tenía una herida en el brazo y sordera temporal por la deflagración. Habían muerto varios de sus asistentes y el número de heridos era considerable.

En la base de Letov se notó que algo había pasado y tras la marcha del general Kammler, Stefan consideró oportuno informar a todo el personal de la noticia para que no hubiese rumores infundados. Así lo hizo y la estupefacción por lo sucedido los dejó a todos mudos. Las horas fueron pasando muy lentamente. La Reichsender Berlín, la radio oficial, dio cuenta de la noticia pero sin ampliar más detalles. Sí que parecía claro por la información suministrada, que se había tratado de una conjura de varios mandos militares

Stefan se puso en contacto con Adolf Galland que estaba en Berlín, pero no le pudo ampliar detalles.

—No puedes imaginarte el lío que hay en Berlín. Incluso ha habido tropas golpistas que han tomado algunos edificios del centro. Las SS se están encargando de todo este asunto y de los responsables. Ya habido oficiales golpistas que se han rendido. Todo va muy rápido.

A última hora Stefan también pudo comunicar con Claudia que se hallaba en Berlín-Dahlem, trabajando en el proyecto.

—Veremos cómo acaba esto Claudia. No sé todavía si el atentado al Führer puede cambiar los planes. Aquí todo está tranquilo. Tengo previsto ir a Berlín antes de finales de agosto, con Klaus, Werner y Georg. Nuestra parte de la preparación de la misión habrá terminado, aunque todavía estaremos en Letov hasta que se haya llevado a cabo la operación. La verdad es que deseo verte después de tres meses aquí. Las cartas que recibo me dan mucho ánimo, pero sólo deseo estar contigo.

Claudia estaba encantada de hablar con Stefan. Compartía con él las ganas de verse el uno al otro.

—Mi dedicación al Proyecto Hagen es absoluta y también es una forma de estar contigo y ayudarte. Pero ante todo quiero verte, quiero saber que estas bien. Tus cartas me dan esperanza, pero no son suficientes para mí y espero que vengas a Berlín lo antes posible. Por mí no te preocupes, dentro de la situación y racionamiento que hay, no me falta de nada. Tampoco nos hemos visto afectados por el atentado y en principio todo sigue igual en el laboratorio. Bueno Stefan, cuídate. Un beso.

El trabajo siguió en la base. El ambiente era de cierto nerviosismo, pero las fechas y las tareas previstas seguían su curso. Las noticias ya hablaban claramente de una rebelión militar que pretendía acabar con la vida del Führer y negociar la paz con el enemigo. Ya se conocía el nombre de quien puso la bomba en la «Guarida del Lobo»: coronel Graf Claus Schenk von Stauffenberg.

Los siguientes días fueron un hervidero de noticias sobre el atentado, la revuelta que fracasó y los numerosos implicados en el asunto fueron detenidos. Todos ellos estaban muy próximos al Führer y a su estado mayor. Hitler aprovechó la circunstancia para presentarse, tras el atentado, como alguien protegido celestialmente para acabar su misión en la tierra y demostrar a todos la conjura militar interna que no había permitido numerosas victorias alemanas y que había costado la vida a miles de soldados. Todo esto iba a cambiar a partir de ese momento.

En los días posteriores al atentado, el juez Roland Freisler se encargó de los juicios sumarísimos que derivaron en condenas de muerte sin paliativos. Incluso el máximo responsable del Abwher, servicio secreto militar, W. Canaris fue detenido e internado en un campo de concentración. Se demostró la tendenciosidad de muchos informes del servicio secreto alemán, que parecían apoyar a los aliados. Uno realmente importante era el fiasco acerca de la Operación Overlord, el desembarco en Normandía, que mantuvo inútilmente a poderosas divisiones alemanas en el paso de Calais. Se demostró que el asesinato de Heydrich tenía que ver con la proximidad que éste tenía en poder descubrir las maniobras de Canaris contra el Führer.

Todo este asunto provocó enseguida que las SS tuviesen una presencia aún mayor en la actividad militar alemana. Hitler desconfiaba fuertemente de los militares de carrera y confiaba en una tropa política como eran las SS. Esta mayor presencia se tradujo en que toda el área técnica y de desarrollos secretos de las WunderWaffen pasasen sin objeción a las SS. El general Dr. Kammler asumió bajo su mando todos los proyectos en marcha para las tropas de tierra, mar y aire. Kammler iba a dar un nuevo impulso a muchos proyectos que estaban en marcha y a otros que sólo estaban en las mesas de dibujo de los técnicos.

XIV
Las naves circulares alemanas

—¿Se cumplió el calendario de pruebas del avión, Generalmajor Dörner? Lo habían programado ustedes para la primera semana de agosto de 1944 —preguntó Williams.

—Sí, seguimos el calendario establecido y pudimos efectuar nuestras primeras pruebas de vuelo y tiro a partir de la primera semana de agosto. Realmente comenzaron el 8 de agosto, por algún retraso en los montajes. Recuerdo muy bien la fecha ya que ese día murió en el frente de Normandía Michael Wittmann, de la Leibstandarte Adolf Hitler, el mejor tanquista alemán de toda la guerra. Después de casi ciento cincuenta tanques enemigos destruidos en todos los frentes, su «Tigre» fue alcanzado por cinco «Shermans» junto a la carretera de Caen a Falaise, en las afueras de un pueblo llamado Gaumesnil. Fue una noticia terrible. Conocí a Wittmann en una de las audiencias de Hitler. Fue un gran soldado. Bueno, era sólo un comentario que venía a cuento con la fecha —Stefan cogió la foto del bombardero que habían traído los dos militares—. Esta foto es del avión acabado y a punto. Deduzco que debe de ser una foto tomada hacia finales de 1944 ¿verdad?

—Las noticias que tengo de todo el material que hemos traído es que es de 1944 y 1945. No puedo asegurarle de qué fecha exacta es esa foto del avión —Williams la miraba con atención—, desde luego es un avión imponente… —añadió.

De fondo se oía el ruido del sargento Hanks, cambiando las cintas de los aparatos que registraban la conversación

—Era el mejor avión posible en aquel momento y así lo consideramos todos. Es cierto que habían otros aviones pero eran prototipos, incluso había desarrollos para principios de 1945, que contemplaban aviones del tipo ala delta con motores a reacción, e incluso con motores propulsados por turbinas nucleares. Todo eso en ese momento no podíamos considerarlo para nuestro proyecto. Hacían falta muchas pruebas de vuelo para aprobar un avión y comenzar su fabricación en serie. Nuestro Heinkel He177 V-38 era la mejor opción y así se demostró.

—Generalmajor, usted nos comentó antes que el general Kammler le habló de unas naves en desarrollo con forma de disco —preguntó sonriendo Williams—. Lo que hoy llamaríamos vulgarmente «platillos volantes». La verdad es que suena a risa y no me malinterprete Generalmajor Dörner. Hoy hemos escuchado de usted muchas explicaciones sorprendentes, pero que tienen visos de realidad. Estos «platillos volantes» superan cualquier idea previa.

—No sólo Kammler nos enseñó las fotos en Manfred-Weiss, tal como les he comentado anteriormente, sino que tuve la oportunidad de verlos y volar en uno de ellos… fueron reales, queridos amigos.

Tras las palabras de Stefan, el silencio volvió a reinar en la sala. Aquello era demasiado fuera de lo corriente para los dos militares.

Williams rompió el silencio.

—Si le parece y puesto que es un tema sorprendente, hagamos un inciso en su explicación Generalmajor y háblenos de esas naves. ¿Cómo eran, donde se fabricaban? Cualquier detalle es interesante para nosotros.

—No hay problema, espero recordar lo que sabía sobre ellas. Piensen que en uno de nuestros vuelos por la zona de Letov con nuestro Heinkel nos cruzamos con dos de esos discos. Era espectacular verlos volar. Eran muy rápidos. De todas maneras, les diré que no los conocí técnicamente. No puedo entrar en grandes detalles, pero sí que puedo explicarles muy someramente como eran y cómo volaban. Hubo varios modelos y muy buenos ingenieros involucrados en su desarrollo.

Stefan comenzó a explicar lo que sabía sobre los discos volantes alemanes.

De hecho, a través de un buen amigo suyo ya desaparecido Georg Klein, también ingeniero y que fue testigo del vuelo de varios de ellos, Stefan obtuvo información de primera mano sobre su desarrollo. A través de Klein, Stefan supo que el proyecto de los discos ya venía de antes de la guerra. Sin embargo, la guerra aceleró repentinamente su estudio, diseño y desarrollo. Ya en 1941, el ingeniero aeronáutico y piloto de pruebas de la Luftwaffe Rudolf Schriever y tres colegas más Habermohl, Miethe y el italiano Belluzzo diseñaron lo que podría ser una nave circular.

El primer prototipo surgido del trabajo de estos cuatro técnicos voló por primera vez en junio de 1942 y modelos más grandes que ese primer prototipo, fueron fabricados en la fábrica BMW cerca de Praga y probados abundantemente en la zona.

Poco después los cuatro ingenieros separaron sus trabajos ya que tenían ideas diferentes sobre la concepción de la nave y su sistema de propulsión. Klein, por su cargo en el Ministerio de Producción Armamentística y bajo las ordenes de Albert Speer, tuvo acceso a los diferentes proyectos que ambos grupos presentaban. Uno estaba formado por Schriever-Habemohl en el aeropuerto de Praga-Gbell, en Praga y el otro por Miethe-Belluzzo en Dresden y Breslau. Curiosamente ambos equipos trabajaron con un mismo consultor técnico externo llamado Joseph Andreas Epp.

El primer proyecto de disco volante llamado Habemohl-Schriever, era un proyecto de la Luftwaffe, que recibía soporte técnico de la fábrica Skoda de Praga. Otros fabricantes que participaban eran Junkers en Oscheben y Bemburg, la fábrica Wilhelm Gustloff en Weimar y la Kieler Leichtbau en Neubrandenburg. Este proyecto comenzó bajo la supervisión directa de Ernst Udet de la Luftwaffe, luego pasó a manos de Albert Speer, Ministro de Producción de Armamentos, donde se hallaba Georg Klein y finalmente durante 1944, el proyecto recayó en las SS y concretamente en el general Dr. Kammler.

Este disco comenzó sus vuelos de prueba entre agosto y septiembre de 1943 sobre Praga. Tenía unos seis metros de diámetro y era tan alto como una persona. Su color era aluminio y descansaba sobre cuatro patas a modo de tren de aterrizaje, ya que despegaba verticalmente. No poseía ruedas. Según el consultor Epp se llegaron a fabricar quince prototipos en total. El ingeniero Rudolf Lusar confirma la existencia de esos modelos ya que trabajaba en la Oficina Alemana de Patentes y cualquier novedad pasaba por sus manos. Estos modelos más desarrollados tenían una cabina central, rodeada de unas palas ajustables, muy juntas y unidas exteriormente a una banda metálica que formaba el circulo exterior de la nave. Las palas podían variar el ángulo de ataque, con lo que el vuelo podía ser ajustado en cualquier dirección.

Este sistema es muy similar al de los rotores de los helicópteros. Las palas giraban por medio de pequeños cohetes en los extremos de las palas y junto a la banda externa de unión de dichas palas. Una vez que la nave se había elevado a la altura deseada, el sistema a reacción convencional dirigía la nave en cualquier dirección y los pequeños cohetes de las palas dejaban de funcionar. Los motores a reacción que movían la nave habían pasado de los JUMO 004 a los JUMO 211/b.

Las prestaciones de los últimos modelos eran enormes. La cota de altura llegó a los doce mil cuatrocientos metros en tres minutos, y la velocidad era de casi dos mil kilómetros por hora (prácticamente Mach 2). En varias ocasiones se oyeron sobre Praga las explosiones de estas naves atravesando la barrera del sonido. Los pilotos que volaban los discos a esas velocidades, indicaron que las vibraciones eran muy altas y hacían muy peligroso el vuelo.

Estas velocidades no eran algo fuera de lo común en las pruebas de ingenios aéreos alemanes. Por ejemplo, el llamado Proyecto 8-346, un avión que recordaba en su diseño a un ala delta, debía alcanzar más de dos mil kilómetros por hora. El motor en dicho proyecto sería el Walter HWK108 a reacción. Curiosamente este motor fue uno de los que se consideró en el futuro para la siguiente generación de discos Schriever-Habemohl.

Schriever continuó trabajando en su proyecto hasta el 15 de abril de 1945. En ese momento, Praga se hallaba amenazada por el ejercito rojo. Los trabajadores checos de Skoda ante el peligro soviético, abandonaron la fábrica y destruyeron muchos de los proyectos que allí había. El último prototipo de disco volante fue sacado del hangar en el aeropuerto de Praga-Gbell y quemado totalmente. El ingeniero Habemohl fue prisionero de los rusos y Schriever guardó los planos del disco volante en el maletero de su coche BMW y junto a su familia condujo hasta el sur de Alemania. Después de la guerra, Schriever trabajó por su cuenta montando un taller en Bremerhaven-Lehe. El cuatro de agosto de 1948, unos desconocidos robaron de su taller los planos de su disco volante. Como anécdota, Schriever dijo que agentes de una «potencia extranjera» contactaron con él acerca de sus conocimientos sobre los discos volantes alemanes y declinó la oferta de colaboración. Parece ser que murió en 1953, aunque hay informes que acreditan su presencia en Baviera en 1964/1965.

El segundo proyecto llamado Miethe-Belluzzo comenzó en 1942 y bajo la autoridad directa del Dr. Richard Miethe uno de los diseñadores de las bombas volantes V-1. Trabajando con el Dr. Miethe estaba el ingeniero italiano Giuseppe Belluzzo. Belluzzo fue Diputado, Senador y Ministro de Economía bajo el mandato de Mussolini. Durante los años veinte había escrito numerosos libros sobre tecnología incluyendo *Cálculos e Instalaciones de Turbinas Hidrólicas en 1922 y Turbinas de Vapor* en 1926. Era un experto en turbinas. No era un científico menor ni era el asistente del Dr. Miethe. Sus conocimientos técnicos y experiencia práctica fueron indispensables en la planificación y desarrollo de los discos volantes.

Este equipo trabajó en instalaciones en Dresde, Breslau y cerca de Praga en conexión con el proyecto Schriever-Habemohl, para sumar esfuerzos técnicos aunque en direcciones diferentes, según el consultor Epp, ya que ambos respondían ante la misma autoridad. Sin embargo este segundo proyecto difería del anterior en la propia concepción de la nave, habiendo llegado a ofrecer tres naves diferentes.

En el primer caso, la diferencia fundamental era que en el disco Miethe-Belluzzo no giraba ningún componente como palas o aspas. Era un diseño rígido. El despegue de este disco no era en vertical, sino como un avión convencional. La propulsión era a través de un motor reacción con doce salidas en la parte posterior del disco. La carlinga iba situada en la parte trasera de la nave y el piloto volaba a través de un ingenioso periscopio que le permitía dirigir el disco sin problemas. Se debe destacar en este proyecto el gran giróscopo montado internamente en el centro de la nave y que le daba la estabilidad necesaria en vuelo. El diámetro era de cuarenta y dos metros.

Hubo un segundo diseño de este equipo de un disco, con cabina en la parte central superior e inferior del mismo. Disponía de cuatro motores a reacción detrás de las cabinas. Este diseño también despegaba como un avión convencional.

El tercero era igual al anterior, pero con carlinga superior únicamente. Sin embargo, este diseño ofrecía un sistema de propulsión móvil en el cual un doble sistema de aspas de diferente diámetro, uno superior y uno inferior sobre el mismo eje, giraba internamente en el disco. Es decir, externamente no se veían las aspas. Todo el sistema quedaba dentro del disco.

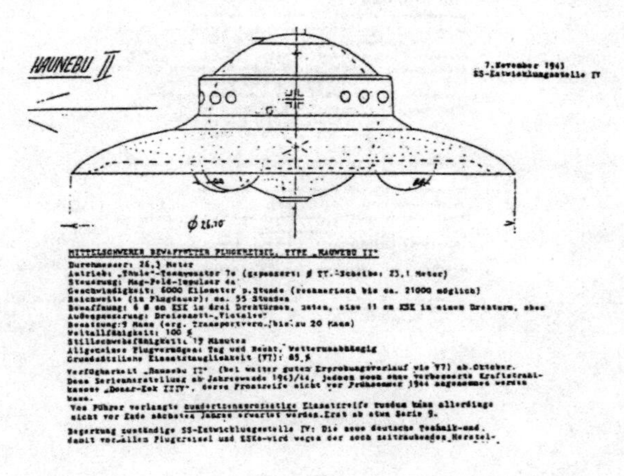

Plano del modelo de disco volador Haunebu II

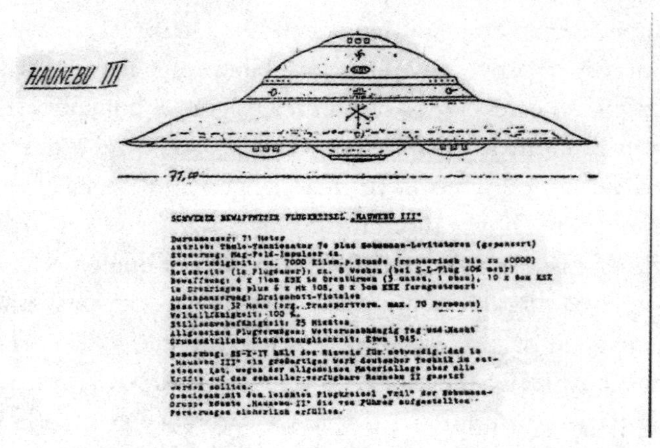

Plano del modelo de disco volador Haunebu III

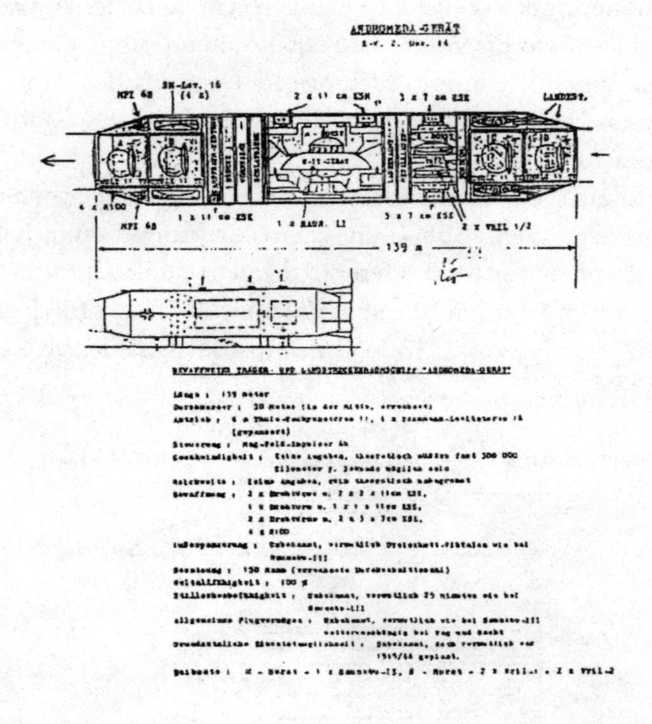

From Reichs-German secret SS archives

Plano de la base espacial-nodriza «Andrómeda»

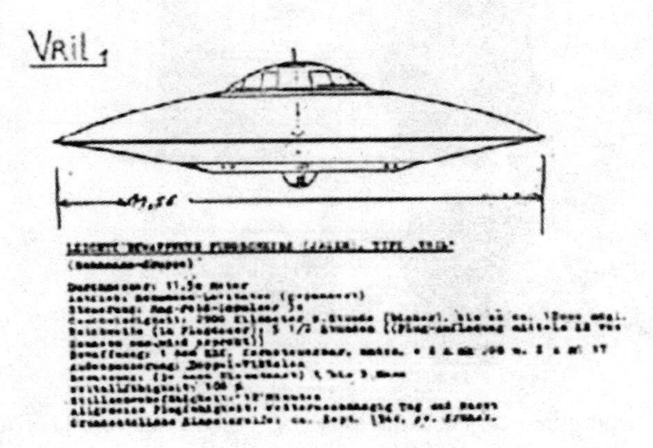

Plano del modelo de disco volador Vril

Foto de un Haunebu experimental, con la torreta de un Panzer IV en la parte inferior

Noticia parecida en la revista LIFE del encuentro entre un caza americano P-51 y un Haunebu alemán ¡dos días después de la rendición del III Reich!

Instrumentos de vuelo de un disco volante alemán Haunebu

En este equipo los diseños fueron variando ya que el vuelo del primer modelo partió de Stettin en el norte de Alemania cerca de Peenemünde, durante el año 1943, y se estrelló en las islas de Spitsbergen, al norte de Noruega. Ya en diciembre de 1944 y bajo la dirección del general Kammler, uno de los últimos modelos voló con el piloto de pruebas Joachim Roehlicke a los mandos.

Sin embargo, de todos los proyectos que hubo de discos voladores el más espectacular y adelantado fue el de las SS, con Kammler al frente, llamado Haunebu en los cuatro modelos I, II, III y IV. La historia de este proyecto está unida a la búsqueda por parte de Alemania de energías alternativas que eliminasen la dependencia externa del petroleo. Poco antes de comenzar la guerra la SS E-IV (Entwicklungstelle 4), fue la encargada de buscar soluciones al futuro problema de Alemania. Ya en ese momento, los técnicos y científicos de las SS tenían un nivel autonomía en su trabajo y desarrollos incomparable.

Este departamento técnico de las SS ya había trabajado con las sociedades ocultas Thule y Vril Gesellschafts para desarrollar los llamados Rundflugzeug o naves circulares. Los prototipos que se investigaron utilizaban levitadores magnéticos descubiertos por el Dr. W.O. Schumann de la Universidad Tecnológica de Munich. En 1939 se utilizó el revolucionario motor de gravedad electro magnética que utilizaba el convertidor de energía libre de Hans Coler. Este motor estaba acoplado a un generador de banda Van der Graaf y a una dínamo de vortex Marconi (un tanque esférico de mercurio). Con todo ello se creaba unos poderosos campos rotatorios electromagnéticos que afectaban a la gravedad. Las fábricas AEG y Siemens fueron las encargadas de desarrollar estos levitadores.

El primer disco que usó este sistema de propulsión fue denominado RFZ-1 a principios de los años treinta. Los responsables de su construcción fueron el profesor Schumann, el capitán Hans Koheler y un ingeniero de vuelo. Fue pilotado por Lothar Waiz. Alrededor de 1935, construyeron un segundo modelo denominado RFZ-2, con un sistema de propulsión muy mejorado, incorporando por primera vez un sistema de dirección por impulsión magnética. El diámetro era cinco metros mayor que el modelo anterior y poseía la peculiaridad de su desaparición óptica de su entorno a causa de su tremenda aceleración. También su color variaba según el nivel de potencia aplicada, pudiendo pasar de rojo, naranja, amarillo, verde, azul, blanco o violeta. A pesar de la sofisticación técnica que ofrecía esta nave revolucionaria, las naves circulares en general llamaron escasa atención de los políticos de aquella época. Lo consideraban un divertimento técnico más que unas naves con amplias posibilidades de todo tipo.

La base de todo este proyecto se hallaba en el noroeste de Alemania y era conocida como Hauneburg. Por ello la SS E-IV denominó a este disco como H-Gërat RFZ-5. Debido a restricciones de seguridad en guerra, en 1939 el nombre final fue Haunebu I. A mediados de la guerra, se abandonó la instalación de Hauneburg por una fábrica subterránea de la firma Arado en Branderburgo. Bajo fuertes medidas de seguridad, este prototipo voló por primera vez en agosto de 1939.

El Haunebu I, del cual se construyeron dos prototipos, tenía 26 metros de diámetro, 9 metros de altura, una tripulación de ocho hombres y podía alcanzar la increíble velocidad de casi cinco mil kilómetros por hora. El problema era que sólo la conseguía a baja altitud. Las mejoras técnicas que se aplicaron sobre el segundo prototipo le permitieron alcanzar los diez y siete mil kilómetros por hora, sin la anterior limitación de altitud. La duración en vuelo era de 18 horas. Para resistir las altísimas temperaturas a esa velocidad, que eran de alrededor de 3.000 grados, los investigadores metalúrgicos de las SS, desarrollaron un nuevo material llamado Viktalen. Este modelo tenía un fuselaje simple de Viktalen y sobre él se probó una nueva instalación defensiva doble llamada KSK (Kraftstrahlkanone) de 60 mm. El problema de este sistema es que desestabilizaba la nave en vuelo, por lo que en estos modelos llevaban MG y cañones MK más ligeros. Los dos prototipos completaron cincuenta y dos vuelos de pruebas.

En 1942 el Haunebu II una nave mayor que la anterior, con un diámetro de 30 metros y un altura de 10, estaba lista para el vuelo de prueba. La tripulación la componían nueve hombres y podía alcanzar una velocidad supersónica entre seis mil y veintiún mil kilómetros por hora, pudiendo permanecer en vuelo por espacio de 55 horas. Su fuselaje tenía doble plancha de Viktalen. Siete de estas naves fueron fabricadas y realizaron ciento seis vuelos de prueba entre 1942 y 1944.

Paralelamente, en el invierno del año 1.942 una nueva nave circular atravesó el campo de pruebas de la sociedad VRIL, se la llamo la «VRIL-1». Con un solo tripulante y once metros de diámetro, estaba equipada con dos cañones MK 108, calibre 30 y dos ametralladoras MG 17. Este segundo proyecto no tuvo el mismo nivel de desarrollo técnico del Haunebu, pero ya disponían de planos muy avanzados para la construcción de una nave mucho más grande la «VRIL-2». El final de la guerra, paralizó todo este trabajo.

A mediados de 1944 un modelo perfeccionado del Haunebu II del tipo DoStra (Dornier Stratospharen Flugzeug), fue probado. Se construyeron dos prototipos. Estas inmensas máquinas eran tripuladas por veinte hombres. Alcanzaban velocidades más allá de los veintiún mil kilómetros por hora. Las SS, ante los buenos resultados trató de construir estas naves a través de concursos públicos con las empresas Junkers y Dornier y en marzo de 1945, Dornier fue la seleccionada. La proximidad del fin de la guerra, impidió a ese fabricante llevar adelante la producción deseada.

Incluso se construyó un Haunebau más grande, el modelo Haunebau III. Sólo se fabricó un prototipo antes del final de la guerra, que tenía un diámetro de 71 metros. La tripulación era de 32 hombres y podía alcanzar velocidades entre siete mil y cuarenta mil kilómetros por hora. Su fuselaje de Viktalen era triple y se decía que su permanencia en vuelo podía ser de siete a ocho semanas. Esta nave realizó 19 vuelos de prueba. Tras la derrota, miembros de las sociedades secretas Thule y Vril, huyeron en ella con destino desconocido.

En 1945 había planes para construir el Haunebu IV, que superaría en mucho el anterior modelo. El final de la contienda no permitió su total desarrollo, aunque los aliados se apropiaron de los planos, detalles de su construcción y material existente.

Al llegar a ese punto de su relato, Stefan se puso de pie y fue ponerle comida a «Otto» su gato. Le estaba esperando junto a la puerta. Le recibió con un sonoro maullido y acariciando su cuerpo contra las piernas de Stefan.

—Es muy buen gato y un gran cazador —depositó el plato de comida y el gato comenzó a comer con voracidad.

Los dos militares veían la escena con curiosidad, aunque no parecían demostrar ningún interés por el animal.

—¿No les gustan los gatos? —preguntó Stefan.

—¡Oh no…! Generalmajor, sí nos gustan —contestó azorado Williams, como volviendo de un sueño—. Lo que sucede es que estamos asombrados ante su explicación sobre los discos volantes. A pesar de los detalles que nos ha dado, nos resulta increíble.

Hanks asentía las palabras del teniente.

—Y lo más sorprendente es los Estados Unidos puedan disponer de esa tecnología de la que se apropiaron al final de la guerra —prosiguió Williams.

Stefan volvió a su asiento y contestó al teniente.

—Fue la Operación Paperclip que desarrolló su país y eran los técnicos que iban tras las tropas de primera línea con el objetivo de ocupar inmediatamente las instalaciones científicas alemanas y llevarse a Estados Unidos el material, planos y personal técnico en ellas.

—Volviendo a los discos que les he citado, al margen de su capacidad técnica y militar evidente, respondían a proyectos mucho más atrevidos y futuristas del equipo científico de las SS al mando del general Dr. Kammler. Por ejemplo, el llamado «Andrómeda Maschine» (Máquina de Andrómeda), era una base espacial para situar en la órbita terrestre. Tenía una forma que recordaba a un zepelín y más de 150 toneladas de peso. Su eslora era de 140 metros y podía alojar un Haunebu II y varios Vril, tripulación, armamento, etc… y permanecer en el espacio por tiempo indefinido, controlando cualquier movimiento en la Tierra.

—Pero, si es cierto lo que dice —intervino el sargento Hanks—, el nivel de tecnología alemán estaba a años luz de los aliados. Esa base de Andrómeda como ha dicho sería la antecesora de un control espacial de la Tierra y el fundamento de la «Guerra de las Galaxias» del presidente Reagan en los años ochenta.

—¡Claro que es cierto lo que les explico! No tengo por qué engañarles. No gano nada con ello —contestó enojado Stefan—. Todo eso es tiempo pasado que ustedes me han solicitado recordar y es lo que estoy haciendo.

—Comprenda que lo que explica rompe la historia que nos han enseñado —intentó suavizar el sargento Hanks.

—Puede haber muchas razones políticas, económicas y culturales para que así sea, pero eso ya no me interesa —Stefan se recostó ya más tranquilo— y contestando a su pregunta sargento, sí nuestra tecnología iba muy por delante de la de ustedes y los aliados conocían una parte de esos desarrollos gracias a los servicios de espionaje y militares traidores del entorno del Führer.

Un avión a reacción tipo ala delta Horten Ho-IX en la primavera de 1944

El piloto Heinz Scheidhauer a los mandos del Horten Ho-IX V1 (WNr 38) el día 1 de marzo de 1944. Puede verse el equipo de presurización del piloto y el casco tipo escafandra para vuelos de gran altitud

Sabían también que no tenían nada para contrarrestarlo, por ello el avance hacia Alemania fue casi una carrera contrarreloj, tanto desde el Este como desde el Oeste. Habían dos objetivos muy claros: por un lado, llegar antes de que esas armas se pudieran usar y por otro apropiarse de esa tecnología para los desarrollos de futuro de las potencias ganadoras de la guerra.

—Y, díganos Generalmajor, ¿en qué disco voló usted? —preguntó Williams de forma directa.

—En un Haunebu II, estacionado en Praga —contestó sin dudar Stefan—. Recuerdo que era martes, atardeciendo. Íbamos los cuatro: Klaus, Georg, Werner y yo y teníamos el permiso por escrito del general Kammler para acceder a la base y a la nave. Nos dirigimos en el coche hasta una pequeña base en las afueras de Pilsen, cerca del complejo técnico de investigación

Fotos de la fabricación de un Gotha 229 V4 en 1945, en la fábrica Gotear Waggonfabrik, Erfurt, basado en el ala delta de los hermanos Horten

Varias fotos del Ho-IX V2 el 2 de febrero de 1945, en Oranienburg con Erwin Ziller a los mandos. El vuelo fue un éxito

avanzada de las SS. Entramos en el recinto sin problemas y desde luego no era un aeropuerto. No veíamos una pista de aterrizaje. Dos oficiales nos acompañaron hasta un almacén, no lejos de la entrada. Permanecimos en la puerta del almacén como esperando algo...

—Todos estábamos muy nerviosos. Klaus y yo habíamos visto las fotos que nos mostró el general Kammler, sin embargo Georg y Werner los habían visto en uno de los vuelos rutinarios con nuestro Heinkel. De repente, sin que nos diésemos cuenta, un disco se aproximó por nuestra izquierda volando a poca altura. Su diámetro de 30 metros acercándose era sobrecogedor. Emitía un leve sonido silbante-siseante. Nos sobrevoló lentamente y se posó sobre un tren de aterrizaje de cuatro patas que se desplegó rápidamente. Fue una visión que ninguno de nosotros pudo olvidar. No habíamos visto algo igual jamás. Nos parecía increíble que pudiese volar. En los alrededores, sólo había algunos edificios sin actividad aparente por lo que la escena tenía algo de surrealista. La extraña aeronave, tras tomar tierra, quedó iluminada por la luz de poniente, tenue pero lo suficientemente intensa como para permitirnos observar con detalle su contorno y las tres cúpulas semiesféricas inferiores. No pudimos distinguir ningún tipo de identificación como cruces, números, letras. La nave, en su conjunto, resulta bastante voluminosa y nos provocó una sensación increíble, extraña y amedrentadora. Daba miedo. Permanecimos en silencio observando cuál iba a ser el siguiente movimiento. Oímos el motor de un vehículo que se aproximaba. Era un camión dotado de una grúa que se paró casi debajo del disco. Realizó algo que no conseguimos distinguir bien. Sólo vimos a dos seres humanos; uno, debajo del aparato, y el otro, en su parte superior. Pronto, este último desapareció de nuestra vista por completo. La nave no tenía ventanas, sino dos pequeños orificios enrejados; aparentemente, sin cristal alguno. El disco volante estaba rodeado de extrañas placas metálicas con forma de palas de turbina, aunque posiblemente debían ser una cosa por completo diferente. Tanto en las cúpulas inferiores como en la parte superior de este aparato había unas estructuras que se asemejaban a tubos salientes y podrían ser toberas o algo similar, porque para ser antenas resultaban extremadamente gruesas. Calculé que este aparato tenía algo más de 30 metros de diámetro y presentaba un aspecto temible. Aparentemente no estaba armado. Una escalerilla metálica fue bajando desde el vientre del disco. Los dos oficiales nos indicaron que nos acercásemos hasta allí. Un piloto enfundado en un mono de vuelo muy diferente a los que nosotros usábamos, bajó por la escalera y se acercó sonriendo hacia nosotros. Las insignias SS en su cuello, delataban su procedencia.

—Bienvenidos a la base, soy el capitán Thomas Gollwitzer, responsable de la nave Haunebu II. ¿qué les parece?.

—Estamos todavía impactados, capitán —contestó Stefan.

Werner intervino.

—Hace poco nos cruzamos con dos discos muy parecidos a este en el sur de Praga, en un vuelo rutinario con nuestro Heinkel. Nos sorprendió.

Stefan procedió a presentar a los integrantes de su equipo.

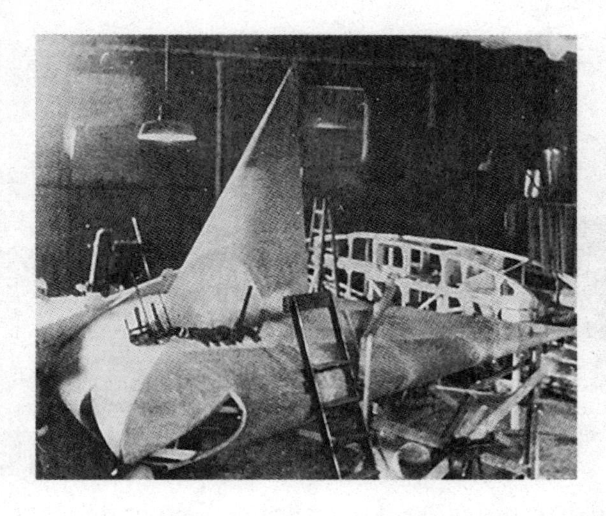

Fotos del Lippisch DM-1 capturado en Prien 1945. Su diseño era extraordinario y avanzado

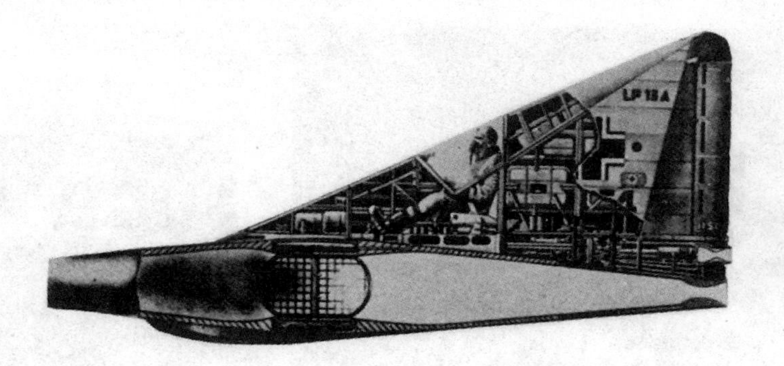

Sección del Lippisch LP-13, donde puede observarse la carlinga y la disposición interna muy simple

Todos tocaban el material de la nave. Era extraordinaria. Werner miraba hacia el interior, desde abajo, a través de la escotilla por donde había descendido el capitán. Una tenue luz se vislumbraba en la carlinga.

—¿Desean volar en ella? —antes de esperar la respuesta, Gollwitzer dio instrucciones a los operarios del camión y regresó con el grupo de Stefan.

—Imagino que sí, ¿verdad Generalmajor Dörner? —indicó el capitán, invitando a subir a todo el grupo a bordo.

De repente el teniente Williams intervino.

—Y ¿cómo eran estas naves interiormente? ¿Se parecían a un avión? —la curiosidad del teniente era evidente.

—Eran espaciosas a diferencia de los aviones en que yo había volado. Todos los pilotos, tres en concreto, iban sentados frente a pantallas de televisión para poder guiar la nave, ya que ofrecían la imagen del exterior. Había dos oficiales de radar y un oficial de telecomunicaciones. El resto de la tripulación eran los artilleros y mecánicos de abordo. También disponía de una amplia bodega de carga y asientos adicionales para llevar pasajeros. Recuerdo que los artilleros dirigían sus armas con localizadores automáticos de aviones enemigos.

Stefan sonrió.

—Un arma sensacional de la que disponía este disco era un sistema electrónico que podía paralizar las fuentes eléctricas y motores de cualquier avión enemigo que se aproximase, con lo cual no hacía falta disparar y el avión se precipitaba el vacío, sin salvación. El disco se activaba por medio del propulsor de Koheler, uno de los técnicos que participó en el proyecto inicial y se dio su nombre al ingenio. Este propulsor necesitaba para ponerse en funcionamiento muy poca energía inicial que en ese caso se la proporcionaba un acumulador eléctrico. Al instante, el conversor ya funcionaba automáticamente con plena autonomía. Se convertía en un generador de energía que actuaba sin consumirse, como un catalizador. En este caso, la energía se producía a partir de nada consumible, con lo que tampoco contaminaba ni dejaba rastro durante el vuelo.

—Este sistema originaba una transformación de las fuerzas electrogravitacionales en energía eléctrica. Un principio de simplicidad genial, cuando se ha logrado dominar y se sabe utilizar correctamente —Stefan miró a sus dos visitantes—. Imagínense lo que sería este sistema hoy. No haría falta petróleo y la contaminación descendería enormemente. Según nuestros científicos de entonces, este principio se podría aplicar a coches, barcos, trenes, etc. con variaciones simples.

—Nos pusimos unos monos similares a los de los demás y una escafandra, que sin duda alguna eran para vuelos de gran altitud. Esa noche alcanzamos los veinticinco mil metros —Stefan se recostó—. ¿Saben a dónde volamos aquella noche, mis queridos amigos? —las caras de Williams y Hanks dejaban claro su total desconocimiento del posible destino del vuelo—. Volamos desde Pilsen hasta Londres en una hora escasa y de regreso llegamos hasta Moscú en apenas dos horas.

—¿Y Nueva York? ¿Por qué no bombardearon Nueva York con esas naves? Podían haberlo hecho sin problemas —dijo Williams.

—Es posible teniente, pero piense que estas naves seguían dentro de un programa de pruebas y su uso se limitaba en aquel momento a tareas de observación. Iban armadas, pero no entablaban combate. Y no olvide teniente, que estas naves pertenecían a las SS no a la Luftwaffe, por ello su futuro estaba más cerca de otro tipo de misiones, que de pelear en los cielos de Europa.

—Pero parecían formidables técnicamente. Podían derribar aviones enemigos fácilmente… —Williams no salía de su asombro.

—Es cierto, pero recuerde también que su número era muy limitado para poder representar una amenaza para el enemigo. No se podían fabricar en aquel momento en grandes series. Era muy costosa y laboriosa su producción. Para acabar les diré que fue una experiencia sensacional, totalmente diferente a cuanto habíamos probado en ingenios aéreos. Mi equipo estaba entusiasmado y ya me propusieron volar en uno de ellos para la Operación Hagen. Estaba fuera de lugar la propuesta. Nuestro trabajo y su preparación se diseñaron para el avión que debíamos pilotar. Los discos quizás vendrían en el futuro si teníamos éxito.

Otto se subió a las piernas de Stefan y se acurrucó en ellas con la esperanza de dormir tras haber comido. Stefan le acarició suavente y el gato le devolvió la caricia con un suave ronroneo. Parecía más tranquilo ante los visitantes.

—Como ya les he dicho, nuestro avión inició sus pruebas el día ocho de agosto de 1944. Estas primeras pruebas se limitaron a vuelos de corto alcance, por la misma zona del protectorado y las pruebas de tiro sobre los carros soviéticos.

—¿El avión había ganado prestaciones con las modificaciones que le habían hecho, Generalmajor? —preguntó Williams observando de nuevo la foto del «Berliner Luft».

—Sí, aunque debido a los depósitos adicionales de combustible, que iban situados juntos debajo del fuselaje y no de las alas, la aerodinámica no era muy buena. Sin embargo, internamente íbamos cómodos y todo funcionaba según lo previsto. Los depósitos adicionales que les he comentado no representaban un gran problema en sí mismos, ya que aunque volaríamos algo más lentos, serían los primeros en ser eyectados a medida que fuesen vaciándose. Al llegar a Tunguska, ya no los llevaríamos por lo que, sin ese peso ni el de la bomba, en nuestra huida volaríamos más rápido y con menor consumo —Stefan señalaba en la foto los diferentes elementos—. Las pruebas de tiro demostraron la capacidad destructiva del armamento que habíamos seleccionado.

—Sí, pero en ese caso era sobre objetivos terrestres, no sobre aviones en vuelo —indicó el sargento Hanks.

—En el campo de pruebas así fue y con mucho éxito, pero en el vuelo de largo alcance hasta España, nos cruzamos con un grupo de bombarderos ingleses Lancaster, sobre Marsella. Allí pudimos probarlas en vuelo —Stefan parecía ver la situación—. Nuestro encuentro con los ingleses fue debido a un error, ya que nos habían informado que nos cruzaríamos con una formación de Dorniers, pero los ingleses aparecieron antes y nosotros estábamos en pleno descenso hacia España.

Stefan viró el avión hacia la formación.

—Son los Dorniers. Vamos a saludarles, pasaremos cerca de ellos. Georg contacta por radio. Werner prepara la cámara, tomaremos unas fotos en vuelo.

Tenían el sol de frente con lo que visualmente sólo podían apreciar las siluetas oscuras de la formación, sin demasiada definición. Se encontraban a unos dos kilómetros de la escuadrilla y acercándose muy rápidamente.

—No puedo conectar. Trabajan en otra frecuencia —Georg manipulaba los botones de la radio—. ¡Son ingleses, Stefan! —gritó de repente Georg. La radio especial de abordo dejó oír las voces de los pilotos ingleses que sí habían localizado el Heinkel alemán.

Prácticamente Stefan ya estaba sobre la formación enemiga. Varias balas trazadoras pasaron a poca distancia del avión. La idea era no entablar combate y evitar cualquier riesgo. Por ello, Stefan se zafó de la escuadrilla de bombarderos y puso rumbo de nuevo hacia España.

Sin embargo en la maniobra de huida, la cola del Heinkel enfocó a uno de los aviones en cabeza de la formación inglesa. Y de repente se oyó el característico sonido de martillo neumático y la carlinga del Lancaster pareció estallar en el aire. Inmediatamente el avión inglés perdió altura envuelto en un mar de llamas, hasta que desapareció de la vista. El doble sistema MK 108Z de cola, había entrado en acción.

—Muy bien Klaus, veo que sabes usar tus juguetes —dijo Stefan a través del micrófono de cuello.

—Ha sido muy fácil… —contestó Klaus.

—Esta vez hemos tenido suerte porque no llevaban escolta de cazas —continuó Stefan.

—Estos tíos se creen que ya no hay Luftwaffe y se pasean como quieren —entró Werner irritado en la conversación—. ¡Me ha gustado que ese inglés mordiese el polvo!

—No he visto saltar a nadie… —dijo Georg pensativo, mirando hacia abajo.

—No han tenido tiempo. Ni se lo esperaban —explicó Klaus por el micrófono.

—Espero que no hayan avisado a los Spitfires. Con los cazas no será tan fácil. No os confiéis —les recordó Stefan, que no quería un exceso de confianza de sus hombres. Los Pirineos aparecían majestuosos hacia el Sur—. Georg, cuando estemos en la vertical de los Pirineos, viramos y regresamos a casa. Indícanos el punto de giro —solicitó Stefan.

—A sus órdenes —contestó Georg, con la vista puesta en la carta de navegación y tratando de captar alguna emisora española.

La nieve destacaba en las cumbres de esta cordillera. El reflejo del sol sobre la nieve era muy intenso y aunque llevaban gafas de protección durante el vuelo, no era suficiente contra estos reflejos tan potentes. El regreso se produjo sin incidentes y el encuentro con los Lancaster ingleses fue anotado en el libro de abordo y en el informe en la base. Stadler lo vio.

—Han tenido un viaje movido ¿verdad Stefan?

—Sí y mucha suerte también. Supongo que por un solitario bombardero alemán, los ingleses no iban a enviar a toda una escuadrilla de caza —Stefan señaló su avión—. No quiero imaginarme que lo perdemos en un vuelo rutinario frente al enemigo.

—Al margen de este incidente Stefan, ¿qué tal va la adaptación de sus hombres al avión? —Stadler mostraba interés por sus «huéspedes».

—No puedo quejarme. Todos se han adaptado a sus puestos específicos y todos son capaces de pilotarlo sin problemas. Klaus se ha convertido en un gran artillero —sonrió Stefan—. Realizaremos la misión —dijo con convicción.

XV

La última reunión con el Führer

El tiempo iba pasando y las pruebas de vuelo y adaptación se habían llevado a cabo sin contratiempos. El avión estaba preparado y descansaba tranquilamente en el hangar, alejado de las miradas indiscretas y bajo fuertes medidas de seguridad. El equipo de científicos SS del general Kammler no había terminado su trabajo de preparación interna de la bomba. Una parte del material no había llegado y las noticias eran de que no llegaría hasta mediados de noviembre. Kammler así se lo comunicó a Stefan.

Mientras tanto los cuatro integrantes de la Operación Hagen acababan de llegar a Berlín. Se había previsto una reunión de todo el equipo con el Führer, el general Kammler y Adolf Galland. Por lo que sabían era una reunión importante, pero de trámite ya que lo efectuado hasta ese momento había sido aprobado y era satisfactorio. Estaba previsto que fuese la última antes de efectuar la misión.

Era finales de septiembre y el tiempo comenzaba a refrescar. La ciudad tenía un aspecto mucho peor que cuando salieron la última vez. Los continuos ataques aéreos estaban transformando Berlín en una ciudad fantasma. La gente eran sólo siluetas grises que caminaban apresuradamente entre cascotes y ruinas hacia sus trabajos. Parecía increíble que pudiera haber oficinas y comercios en esa situación. Pero así era.

El bombardeo de esa mañana había sido terrible. Miembros de las Juventudes Hitlerianas ayudaban en las tareas de desescombro junto a los equipos de bomberos y defensa civil. Era una labor durísima ya que debían sacar de las ruinas los cadáveres, intentar identificarlos y proceder a su apilación para ser quemados. Las posibilidades de expansión de epidemias y las continuas alarmas aéreas no permitían un trabajo más delicado. Todo este trabajo se efectuaba entre escombros con el continuo peligro de derrumbes. Ya le había costado la vida a muchos voluntarios y jóvenes de la HitlerJugend.

Aquellos chicos que pasaban silenciosamente junto al coche de Stefan tenían las facciones endurecidas por la labor. Sus caras sucias y sudorosas mostraban claramente su determinación en aquellas circunstancias tan adversas. Los uniformes polvorientos tenían desgarros y los pantalones cortos enseñaban unas rodillas sangrantes y sucias. Algunos saludaban al ver pasar el coche y esbozaban una sonrisa de conformidad con la situación. No se quejaban, ni demostraban desfallecimiento.

—Esto es tremendo —comentó Stefan pensando en Claudia. Aunque había hablado por teléfono con ella y sabía que él ya estaría en Berlín, una sensación de desasosiego le inundó.

Los demás miraban la escena con desaliento. Un edificio frente a ellos en el cruce de la Leipzigerstarsse con la Friedrichstrasse arrojaba unas llamas violentísimas, que un pequeño grupo de bomberos trataba de apagar a duras penas. Las lenguas de fuego salían furiosamente por las ventanas, formando remolinos que alcanzaban una gran altura. El sonido era estremecedor. De repente, una de las paredes del edificio se vino abajo y aplastó a dos voluntarios. El estruendo fue brutal. Una enorme columna de polvo se levantó cegando a todos los que estaban en su proximidad. Klaus, que conducía, paró el coche. Sencillamente no se veía nada.

—¡Hemos de ayudarles! —ordenó Stefan. La columna de polvo casi había desaparecido y las cuatro puertas del vehículo se abrieron al unísono. En medio de gritos y desconcierto de la gente que huía despavorida, llegaron hasta la zona del derrumbe. El calor era insoportable. Varios chicos de la HitlerJugend ya estaban levantando los escombros de la pared con la intención de hallar supervivientes. Unos bomberos a la izquierda continuaban arrojando agua sobre las voraces llamas que surgían desde cualquier rincón. En algún momento dirigían sus mangueras sobre los chicos, que estaban al borde del colapso por el calor que allí hacía. No había ni un momento de descanso. Las bombas incendiarias habían hecho un buen trabajo.

Stefan y los demás se pusieron manos a la obra y al poco rato pudieron rescatar los cuerpos destrozados de los voluntarios. Uno era el de una mujer. El casco de acero se había chafado sobre su cabeza y ésta había estallado como un huevo. Werner vomitó ante la visión. Sudando y casi sin respiración, Stefan y sus hombres tenían el mismo aspecto que aquellos voluntarios. Sus uniformes estaban sucios. No podían presentarse así ante el Führer.

Llegaron hasta el Luftministerium que seguía prácticamente incólume a pesar de los numerosos bombardeos. La cancillería, que se podía ver desde allí, tampoco tenía mal aspecto aunque acusaba algunos impactos menores en sus paredes. En el vestíbulo del edificio de la Luftwaffe, Adolf Galland les estaba esperando.

—He recibido tu llamada desde Tempelhof, Stefan —mirando el aspecto de grupo añadió—. ¡Menudo espectáculo habréis visto por las calles!

—Hemos ayudado a desenterrar a algunas víctimas. Ya puedes imaginarte.

Unos soldados ayudaron a Stefan y los demás con sus pertenencias

—Arriba podéis cambiaros y prepararos para la reunión. Ya sabéis que está prevista a las 11:30 en la cancillería. Tenéis cuarenta y cinco minutos. Yo estaré en mi despacho y pasaré a veros antes. Iremos todos juntos.

Las instalaciones de los oficiales de alta graduación en el Ministerio del Aire, estaban perfectamente acondicionadas para pasar largas temporadas si era necesario. Ello quería decir despachos, habitaciones privadas, duchas, ropa, etc. Los miembros del Proyecto Hagen disfrutaban de estas ventajas y en poco tiempo ya estaban de nuevo con uniformes limpios y preparados para partir.

De nuevo se hallaban ante la cancillería, donde un grupo de guardia les permitió la entrada y seguidamente cuatro oficiales SS les condujeron hasta la sala de reuniones. El Obersturmbannführer Max Wunsche no estaba allí, ya que había sido capturado el 24 de agosto, cuando trataba de ayudar a escapar a miles de soldados de la bolsa de Falaise durante la batalla de Normandía. La sala era más espaciosa que la última vez en que se vieron con el Führer y el taquígrafo ya estaba allí poniendo a punto su máquina. En aquel momento apareció el general Dr. Kammler, acompañado por los dos oficiales SS que Stefan y Klaus habían conocido en su visita a la fábrica Manfred-Weiss en Hungría. Portaban portafolios que dejaron sobre la mesa y procedieron a sacarse sus gorras y los pesados abrigos de cuero negro.

—¡Tenemos al equipo operativo de la Operación Hagen al completo! —saludó Kammler y procedió a estrechar la mano de los presentes e introdujo a sus dos ayudantes. El general acababa de saltarse una orden muy importante y es que tras el atentado contra Hitler, todos los militares tenían la obligación de saludar con el brazo en alto y un sonoro *¡Heil Hitler!* Parecía no importarle demasiado este detalle. Tampoco los otros lo habían hecho...

El general procedió a tomar asiento e invitar a los presentes a hacer lo mismo. Parecía estar en su casa.

—¿Qué tal el vuelo hasta Berlín, Generalmajor Dörner? —preguntó el general dirigiéndose a Stefan.

—Muy bien y sin incidencias, general Kammler. Ya estamos todos preparados para la reunión y para ponernos en marcha hacia el objetivo —Stefan miró a sus hombres y estos asintieron sus palabras—. Han sido meses de intenso trabajo, pero ya está todo a punto .

Mientras tanto los ayudantes del general procedieron a instalar una pizarra, un soporte de donde colgaron tablas informativas como las de Normandía que habían visto en la base de Letov y una pantalla. Prepararon también el proyector y las transparencias. Todo ello con la máxima rapidez y eficacia. Luego se sentaron con los demás.

Al poco, la puerta principal se abrió y un oficial SS apareció en la misma anunciando la llegada del Führer. Todos se pusieron de pie y esperaron, mirando con atención hacia la puerta. En ese momento apareció Hitler. Era otro hombre desde la última vez que le habían visto. Stefan y Klaus no salían de su asombro. El Führer andaba encorvado y su brazo izquierdo temblaba de forma notoria. Un sonoro *Heil Hitler* retumbó en la estancia. El Führer levantó la palma de la mano respondiendo al saludo. El atentado le había hecho aparentemente más taciturno.

Saludó al general Kammler y a sus ayudantes. Vió seguidamente a Galland, al que se dirigió de forma afectuosa. Parecía sentirse a gusto con todos ellos.

Se alegró al ver a Stefan, al que saludo con cortesía, recordando perfectamente su nombre y graduación.

—¿Qué tal está Generalmajor Dörner? —le estrechó la mano con fuerza, cosa que sorprendió a Stefan.

—Muy bien, mi Führer. Me gustaría presentarle a la tripulación del bombardero, que me acompañará en la misión —tras presentarlos, Stefan añadió—. Conocen a la perfección la operación y puede usted confiar plenamente en mi equipo. Lo conseguiremos, mi Führer.

Una sonrisa apareció en rostro de Hitler y sus ojos brillaron con intensidad.

—Sólo puedo confiar en hombres como ustedes. Los soldados de primera línea. Los soldados que conocen el frente y están dispuestos al mayor de los sacrificios —su voz gutural iba tomando fuerza. Parecía revivir ante la presencia del grupo—. Había dado la mayor confianza a mi estado mayor y miren como me han pagado ¡con la traición! Han recibido lo suyo y tengan por seguro que no me ha temblado el pulso y así será en el futuro con todo aquel que pretenda traicionar a la patria y poner en peligro a nuestros soldados del frente. Hemos de ser despiadados con todos aquellos que ponen por delante sus mezquinos e indecentes intereses personales, frente a la madre patria en estos momentos difíciles. ¡La cultura europea está en peligro ante las hordas asiáticas y el judaísmo internacional!

Con un preciso ademán indicó los asientos:

—Ahora, por favor, tomen asiento y comencemos la reunión —Hitler se sentó, presidiendo la mesa y el general Kammler, de pie, inició su informe. Hablaba con claridad y seguridad.

—Mi Führer, el equipo operativo de la Operación Hagen se halla ante usted y con el trabajo casi terminado. Debo indicarle que el único retraso que estamos sufriendo es el de la obtención del material fisionable para la bomba.

—¿Qué ha sucedido, general Kammler? —preguntó el Führer poniéndose unas gafas de lectura.

—Uno de nuestros ciclotrones, concretamente el de Bremen, ha sido destruido durante un bombardeo aéreo que tuvo lugar a finales de julio y en agosto tuvimos una avería, todavía sin solucionar, en el ciclotrón que tenemos en Ohrdruf, cerca de Stadtlim en Turingia —el general Kammler puso una transparencia en donde se veía un edificio destrozado por un bombardeo—. Éste es el edificio de Bremen. Estamos ya reparándolo, pero necesitamos tres meses todavía para que funcione totalmente.

—Ese bombardeo, general, ¿perseguía ese objetivo? —preguntó Hitler. Stefan había pensado lo mismo.

—Por las noticias que tengo no, mi Führer, ya que el bombardeo cubrió una amplia zona de Bremen. Lamentablemente, creo que ha sido fruto de la casualidad.

Kammler puso una transparencia con plano de la zona bombardeada de Bremen y efectivamente, había sido una zona amplia, que no parecía buscar un objetivo concreto sino aterrorizar a la gente y causar estragos en la ciudad.

—El otro ciclotrón, uno de los más potentes, situado en Ohrdruf sufrió un escape que reventó el sistema de refrigeración y sufrimos una pérdida importante de material radioactivo. Varios técnicos sufrieron la contaminación por radio y están en tratamiento. Estamos trabajando a contrarreloj para repararlo y ponerlo en funcionamiento otra vez.

—Pero… ¿cuándo funcionará, general Kammler? —Hitler iba directo al grano.

—Este último informe de mi equipo técnico asegura que volverá a funcionar en la segunda quincena de octubre, mi Führer —Kammler le entregó a a Hitler el informe de su equipo—. Mi Führer, el resto de ciclotrones e instalaciones que tenemos están trabajando al borde del colapso para obtener el material.

—Pero general, si no recuerdo mal, en esa semana tenemos la prueba nuclear en la isla Rügen en el Báltico. ¿Tendremos la bomba para esa prueba? —Hitler no dejaba nada al azar.

—Sí mi Führer, aunque las fechas han variado ligeramente y se desarrollarán las pruebas el 12 de octubre —Kammler puso una transparencia con la bomba que se pensaba usar en Rügen—. Esta bomba ya está preparada, pero es de menor intensidad que «Hagen». La llamamos «Walkiria» y tiene 15 kilotones —adelantándose a los pensamientos de Hitler, Kammler añadió—. Habíamos pensado usar «Walkiria» en el bombardeo a Tunguska, pero «Hagen» tiene 18 kilotones, que es una diferencia notable en todos los aspectos y la espera vale la pena.

Hitler parecía de acuerdo, pero añadió:

—Con referencia a la prueba de Rügen, me interesa mucho la confirmación de esa fecha ya que le he pedido al Duce que envíe un testigo de su confianza para que observe la explosión de nuestra bomba. Necesito levantar la moral de los italianos. El frente sur no debe caer y Mussolini es nuestra baza. He hablado muchas veces con el Duce sobre las armas maravillosas y al margen de la V1 y V2 y los aviones a reacción, quiero que vean el arma definitiva. Necesitó la colaboración de Italia sin fisuras.

Los pensamientos asaltaron la mente de Stefan. Le parecía increíble la amistad y la confianza hasta el final que Hitler tenía por Mussolini. Puesto sobre una balanza, el esfuerzo militar alemán por Italia había sido infinitamente superior al italiano y de hecho Italia sólo los había metido en problemas, pérdidas de tiempo y desastres. Pero, sorprendentemente, estos hechos no parecían cambiar el compromiso que el Führer tenía por la Italia de Mussolini y que cumpliría hasta el final. Era un hombre de palabra.

Kammler continuó:

—Mi Führer puede usted contar con la fecha del 12 de octubre para la prueba de «Walkiria». Por otro lado y siguiendo con la bomba «Hagen», tengo una parte de mi equipo en el aeropuerto de Letov en el Protectorado de Bohemia y Moravia, junto al avión. Sólo esperan recibir el contenido de la bomba para proceder a su ensamblaje. Permanecerán allí hasta que sea necesario y en orden a no perder tiempo en su disponibilidad.

—¿Y la preparación del avión, general Kammler?

—Realizada en su totalidad, mi Führer —contestó Kammler—, pero creo conveniente que el propio Generalmajor Dörner, le explique en qué han consistido las modificaciones —Hitler asintió con la cabeza la propuesta de Kammler. Éste dio paso a Stefan, que se levantó y se situó junto a la pizarra.

—Confirmando las palabras del general Dr. Kammler, mi Führer, el avión no sólo ha sido preparado en su totalidad, sino que incluso ya ha realizado las pruebas de vuelo de corto y largo recorrido, así como las pruebas de tiro del armamento instalado a bordo —Stefan también hablaba con seguridad del asunto. Era fácil, lo conocía en profundidad.

—El avión Heinkel He 177 V-38, escogido y preparado para la Operación Hagen, ha demostrado su valía hasta este momento y no tenemos dudas que cumplirá la misión sin problemas, mi Führer.

—Generalmajor Dörner ¿cuáles han sido las adaptaciones efectuadas por ustedes? —preguntó Hitler ojeando varios informes de Stefan, que Galland había pasado al Führer mientras Stefan hablaba.

—Las adaptaciones han sido divididas en tres partes y desde luego, sobre el terreno, hemos mejorado algunas de las planificaciones que habíamos hecho previamente en Berlín. Estas partes han sido:

1) Fuselaje y estructura
2) Depósitos de combustible: fijos y eyectables
3) Armamento de abordo

Stefan pasó a enumerar uno a uno cada punto, siendo preguntado en varias ocasiones por Hitler, acerca de algunos detalles técnicos, que parecía conocer bastante bien. Ello daba prueba de que los informes que remitía Adolf Galland a Hitler eran revisados por éste. No se le escapaba nada.

En orden a entrar en detalles concretos y por indicación de Stefan, tanto Klaus, como Georg y Werner tuvieron que presentar sus avances específicos en el área que tenían asignada. El armamento fue uno de los puntos en que Hitler mostró más interés. Le pareció una aportación excelente el uso de los cañones MK-108 y disfrutó con la explicación del encuentro casual con los Lancaster británicos. De todos modos, les recordó la necesidad de evitar innecesarias situaciones de riesgo, que podían paralizar la operación.

A Hitler le pareció una idea brillante que todos los miembros de la misión supiesen pilotar al avión suficientemente, aunque volvió a incidir en el tema de los riesgos innecesarios y que necesitaba que todos volviesen sanos y salvos por imperativo propagandístico, aparte de conseguir con la explosión que el enemigo quisiese negociar con Alemania.

A la vista de la exhaustiva y precisa explicación desarrollada por los presentes, Hitler añadió:

—Por lo que veo ya está todo a punto. Han hecho un buen trabajo. Ahora es el tiempo de nuestros técnicos a las órdenes del general Kammler, para que cumplan la parte que les corresponde. ¿Cuándo tendremos a «Hagen», general?

—Los informes de mi equipo me indican que la disponibilidad de la bomba «Hagen» será en el mes de diciembre y con toda probabilidad dentro de la primera quincena —Kammler expuso una transparencia en la que se veía un PERT (diagrama de trabajo temporalizado), con calendario, personas implicadas, lugares concretos y el presupuesto de la operación de preparación de la bomba. Fue siguiendo el «camino crítico» de esa planificación, explicando la situación y los cuellos de botella del proceso.

Hitler estuvo de acuerdo, aunque indicó con firmeza:

—No le daré más tiempo general Kammler. Diciembre de 1944. Esta operación no puede retrasarse más. Como ya he dicho al principio, lo que está en juego es la continuidad de la patria y nuestra civilización occidental. Debemos detener a las hordas asiáticas en su penetración en nuestra vieja Europa. El judaísmo internacional apátrida e implacable desea nuestra destrucción absoluta. No les daremos esa satisfacción.

—A sus ordenes, mi Führer. Cumpliremos el calendario establecido.

—Por último y esta indicación es para el General der Jagdflieger Galland y para usted Generalmajor Dörner y todo su equipo de bombardeo atómico. Llevo ya tiempo pensando en esta operación y leyendo todos y cada uno de sus informes. Alguna vez ya lo había comentado por encima con usted Galland —Galland asintió, aunque en aquel momento no tenía claro a qué podía referirse el Führer. Habían hablado de cientos de cosas referentes a la operación—. Es evidente que esta es una misión de alto riesgo y que con toda seguridad nos abrirá las puertas a un nuevo escenario mundial.

El silencio absoluto seguía a las palabras de Hitler.

—Por ello y con la idea de evitar riesgos y ampliar las posibilidades en un próximo futuro de la forma más rápida posible, Generalmajor Dörner quiero que en el tiempo de espera hasta la disposición de la bomba «Hagen» y con la ayuda del equipo de técnicos de Heinkel, preparen como mínimo dos aviones más en el aeropuerto de Letov, con las mismas características que su avión actual. Su experiencia nos ayudará en la rapidez para disponer de los mismos. General der Jagdflieger Galland, quiero que dé toda la asistencia necesaria para que el equipo del Generalmajor Dörner pueda preparar esa futura flota atómica.

—A sus ordenes, mi Führer —contestaron Galland y Stefan.

—Hemos de disponer de ellos para futuros ataques atómicos, con lo que será el inicio de toda una flota de bombardeo nuclear. Una fuerza de disuasión. No podemos dormirnos y hemos de demostrar nuestra fuerza las veces necesarias si el enemigo se muestra reticente a negociar con nosotros.

—También quiero que las especificaciones técnicas de este modelo de Heinkel con las modificaciones efectuadas por ustedes, sean aplicadas cuando se realice una serie más numerosa de estos bombarderos en la fábrica de Heinkel. Es decir, ustedes están creando un avión especializado para ataques nucleares, que quiero que sea fabricado en grandes series.

Galland intervino en este punto.

—Mi Führer, estoy de acuerdo con su orden y así lo haremos, sobre todo en las dos unidades que podemos adaptar en Letov de forma inmediata. Pero la experiencia que tengo y lo que se vislumbra, es que la aviación con propulsión a hélice en el campo militar, tiene los días contados. Evidentemente, en misiones de corto alcance la hélice sigue siendo un sistema a considerar y que podemos seguir usando, pero cuando hablamos de una flota estratégica hemos de considerar aviones de características revolucionarias en todos los aspectos —Galland paró unos segundos su explicación ante el silencio del Führer.

—Continúe Galland —indicó Hitler. El general Kammler y sus hombres también seguían con interés la explicación de Galland.

—Quiero que sepa también, mi Führer, que estamos muy orgullosos de que piense en nosotros y particularmente en el Generalmajor Dörner ya que siempre ha sido un ferviente defensor de una futura ala de bombarderos estratégicos —Stefan se sintió favorablemente sorprendido por las palabras de su superior y amigo.

Galland seguía:

—Todos sabemos que nuestros grandes fabricantes de aviones están involucrados en proyectos aeronáuticos muy avanzados, incluso futuristas. Algunos desarrollos están todavía en las mesas de dibujo de ingenieros y diseñadores, pero otros ya son reales. Creo que nuestro esfuerzo militar en el futuro próximo está más en la línea de esta nueva generación de aviones para misiones de largo alcance, que en tratar de mejorar un modelo que ha dado sus frutos, pero que puede ser obsoleto en los nuevos escenarios militares. Un esfuerzo que no sea en la dirección que indico aprovechando nuestra capacidad técnica y de desarrollo sería, a mi entender, una lamentable pérdida de tiempo.

Galland habló con firmeza, volviendo a incidir en los motores de hélice:

—Estos motores ya han sido llevados al extremo técnicamente en el campo militar y dudo que puedan dar la respuesta adecuada en esos escenarios. Por lo menos la respuesta que nosotros necesitamos hoy, mi Führer.

Hitler seguía en silencio y miraba los documentos que había sobre la mesa. Levantó la mirada hacia Galland:

—Agradezco su sinceridad en la exposición General der Jagdflieger Galland y agradezco también que su ímpetu vaya en la dirección de la victoria total. Es verdad lo que dice. Tenemos desarrollos muy avanzados en todas las áreas, y sobre todo en aviones. Conozco la información y sigo muy de cerca cualquier innovación. Creame que comparto sus palabras, pero esos desarrollos son todavía en número muy limitado para poder afectar seriamente al caudal de material que los aliados ponen en juego —Hitler, sorprendentemente, hablaba de forma sosegada de un tema que normalmente le enfurecía y era la apabullante superioridad numérica aliada. Sabía que quien hablaba se batía con sus aviadores cada día en la defensa del Reich. Y muchos caían en la batalla—. Soy consciente de la situación y necesitamos armas nuevas y devastadoras de forma urgente. En el caso del Heinkel He177 V-38, es un avión de hélice con una tecnología muy avanzada y que puede darnos todavía algunas ventajas mientras las nuevas armas están en camino. General der Jagdflieger Galland hoy es más barato y rápido construir estos Heinkel que los nuevos bombarderos a reacción, como el Horten Ho XVIII IB, el Blohm & Voss P.188.01-04 o el Arado 555. Incluso los discos voladores Haunebu y turbinas nucleares para aviones y submarinos. Estoy al corriente de todos estos modelos revolucionarios, pero hemos de centrarnos en lo que de verdad podemos usar inmediatamente.

»Recuerde otro punto importante Galland y es que todos esos desarrollos todavía están en la fase de pruebas, son prototipos que no han sido aprobados y que sufren mejoras continuamente gracias a esas pruebas. Estará usted de acuerdo en que no podemos poner en combate armas que no han sido probadas suficientemente. No sólo pone en peligro la vida de nuestros soldados, sino que pueden caer en manos del enemigo ¿qué cree usted Galland?

—Sigo creyendo lo mismo, mi Führer, pero entiendo también la situación. Hoy no podemos pedir otra cosa y lo lamento, mientras mis hombres se baten en los cielos de Alemania y en todos los frentes en Europa. De todas maneras, el avión está listo para llevar a cabo la misión. Se ha hecho un gran trabajo y ahora mi labor está en proporcionar dos Heinkels más del mismo último modelo para su preparación.

—Conténgase Galland —le sonrió Hitler—, me gusta su disposición y su fuerza en este tema, pero ya llegará el día de la venganza definitiva, que cada vez está más cerca. No se preocupe por ello. Ahora siga mis instrucciones.

Los ojos del Führer brillaban como en los viejos tiempos.

—Por último, les emplazo para la observación de la prueba nuclear de la bomba «Walkiria» que tendrá lugar en la isla de Rügen en el mar Báltico el 12 de octubre —miró a Kammler—. Quiero que sean conscientes del tipo de bomba que arrojarán en Rusia —Stefan y sus hombres asintieron a las palabras de Hitler.

La reunión se dió por finalizada tras este comentario. El Führer se despidió personalmente de todos deseándoles la mejor suerte a partir de ese momento. Desapareció con los oficiales que le acompañaban al entrar. Al quedarse solos el general Kammler se dirigió a sus oficiales SS que le acompañaban:

—Ya han oído al Führer, nuestra velocidad de trabajo ha de ser superior en todas nuestras instalaciones relacionadas con la fabricación de los elementos necesarios para Hagen —los dos oficiales asintieron y comenzaron a recoger los datos que habían traido. Sólo habían usado una pequeña parte de todo el material, pero era necesario llevarlo todo ya que Hitler podía preguntar cualquier cosa y no era cuestión de no tener la información.

Stefan miró a Galland:

—Agradezco tus palabras sobre mí y sobre todo lo claro que has hablado.

Galland estaba bastante decaido.

—Stefan, conozco las nuevas armas, soy consciente de sus posibilidades superiores en el combate y sufro las limitaciones de nuestros aviones y nuestros pilotos frente a la avalancha aliada. ¡Cada día pierdo cientos de pilotos en todos los frentes, no puedo más. Estoy agotado!

—General der Flieger Galland —Kammler intervino— comprendo su angustia con las pérdidas diarias en todos los frentes. Ahora mismo hemos de mantener esa situación con el objetivo de ganar tiempo. Es duro, pero necesitamos hombres dispuestos a morir y mantener los frentes lo más alejados posibles de la patria y de las fábricas subterráneas —la calavera SS de la gorra de Kammler brillaba amenazadoramente.

—Comprendo la situación general Kammler. Ver como van a morir mis pilotos no es muy agradable. Son «carne de cañón» en la actualidad.

Stefan miraba a Galland mientras éste hablaba. Desde luego había cambiado mucho su actitud en los últimos meses.

—No he querido ahora hablar delante del Führer, pero él sabe bien que he rechazado siempre la idea de pilotos suicidas y pérdidas de hombres sin sentido. He podido detener en última instancia el proyecto Leónidas con los cohetes Reichenberg —Galland estaba realmente dolido. Todos recordaban el proyecto Leonidas de pilotos suicidas a bordo de cohetes V1 con carlinga—. Puedo entender un piloto con valentía suicida, pero no el suicidio como una necesidad ni creo que cambie las cosas.

Kammler se detuvo.

—Nuestras Waffen SS se baten como diablos, frente a enemigos muy superiores en número y material. Perdimos más de cien mil hombres en Normandía, pero ese sacrificio nos hizo ganar más de tres meses de tiempo para nuestros desarrollos técnicos. En Rusia luchamos 2 contra 10, y sin embargo sólo tenemos un 25% de bajas frente al 75% soviético. Claro que es duro general Galland. Personalmente he perdido a dos familiares directos, sé de lo que hablo —los ojos del general Kammler parecían de acero tras esta última confesión—. También sé que este sacrificio no será en vano y permitirá a Alemania una nueva fuerza frente a sus enemigos que cambiará el tablero de juego a nuestro favor. Ahora es el momento de lograr sin demora los desarrollos técnicos para que sean una realidad. Nuestro próximo encuentro será en la isla de Rügen en Octubre. Tendrán noticias mías —concluyó el general Kammler.

Tras estas palabras el grupo abandonó la estancia y salió de la cancillería. El día era gris y lloviznaba suavemente. Aún se veían grandes columnas de humo al oeste de la ciudad, en la zona de Charlottenburg. El general Kammler y sus oficiales fueron recogidos por un vehículo oficial de las SS y desaparecieron tras las despedidas de rigor.

—Bueno Stefan —Galland se giró hacia él—, hoy no es un buen día para mí. Vuestro avión ya está listo y me encargaré de que en los próximos días lleguen dos unidades más a Letov, para iniciar la conversión a bombarderos atómicos. Daré las órdenes oportunas a mi gente y al personal de la base, no te preocupes. Ahora debéis disfrutar todos de unos días de descanso hasta que vayamos a Rügen. Seguiremos en contacto aunque yo estaré en Schipol y también en la «Guarida del Lobo» con Hitler, por un tema normal de la Luftwaffe. También irá «el gordo», con lo cual tenemos garantizada la bronca del jefe...

Stefan y sus hombres se despidieron de Galland. Galland inició con paso firme su paseo hasta el Luftministerium. Se giró.

—Saluda a Claudia, ¡es más guapa que tú! —guiñó un ojo, se ajustó el abrigo sobre su guerrera, ladeó su gorra de oficial y continuó su camino.

—Ya veis la situación, hemos llegado hasta donde podemos llegar en nuestra tarea —Stefan formó un corro con sus hombres—. Ahora intentad disfrutar con los vuestros y relajaros. Han sido meses de mucho trabajo. Si os parece en pocos días podemos hacer una cena de despedida con nuestras mujeres, antes de ir a la isla de Rügen. Vamos estar un tiempo fuera de casa. Acepto propuestas para la cena.

Werner entró en el tema.

—Stefan, he sido el último en incorporarme al equipo y me siento honrado por ello. Aunque me habéis machacado en la preparación —sonrió—. Quiero que vengáis a mi casa y allí podemos celebrar la cena todos juntos. Mi padre estará de permiso en estos días. Vivimos en Wannsee. Mis padres estarán encantados de conoceros —Werner añadió con orgullo—, también quiero presentaros a mi novia Ortlind.

Todos sonrieron ante esta última noticia. Stefan miró a los demás y todos asintieron ante la propuesta.

—Muy bien, lo haremos en tu casa. Cada uno deberá aportar algo para la cena. Ya sabéis donde localizarme y yo a vosotros. No vayáis lejos de Berlín ya que puedo necesitaros en cualquier momento, aunque espero que no sea así.

—Muy bien jefe —Georg se llevó dos dedos a su gorra—, yo permaneceré aquí con mi mujer, que ha venido desde Hamburgo. Si te parece, puedo llamarte cada tarde a tu casa y así estamos en contacto.

Stefan estaba de acuerdo.

—Si os parece, me llamáis por la tarde sobre las cuatro y así estamos al corriente. Por mi lado, en cuanto tenga fechas y horarios de la prueba en Rügen os lo comunicaré.

Todos estaban de acuerdo.

—Si te parece Hans, podemos hacer la cena en tu casa en la primera semana de octubre, por ejemplo el día 6. ¿Va bien?

—No veo problema, aunque lo confirmaré —también Werner se despidió.

Klaus y Stefan se quedaron a solas en medio de la Wilhelmstrasse. Los guardias de la cancillería los observaban con curiosidad. Comenzaron a caminar hacia Kreutzberg, donde se encontraba la casa de Stefan y Claudia. Dos camiones de bomberos pasaron a toda velocidad, sorteando cascotes y con la sirena a plena potencia.

—Creo que hemos hecho un buen trabajo y tenemos al mejor equipo —Klaus sonreía.

—También lo creo, Klaus —Stefan parecía más pensativo—. ¿Has visto a Hitler?, parecía otro.

—La presión de la guerra y del pasado atentado pueden machacar a cualquiera —pareció disculparle Klaus.

—No hay duda —Stefan movía la cabeza—, luchar en tantos y tan variados frentes, contra enemigos tan diferentes no es fácil. Desde luego no tenemos la iniciativa desde hace tiempo. Sólo luchamos a la defensiva y hasta donde podemos resistir es solamente una cuestión de tiempo…

Siguieron caminando.

XVI

La prueba atómica de Rügen - Mar Báltico

—Por lo tanto, realmente hubo una prueba nuclear en la isla de Rügen ¿verdad Generalmajor? —Williams ya no parecía tan sorprendido como con otras explicaciones. Seguramente lo que había escuchado hasta ese momento había superado con creces su capacidad para la sorpresa y por ello una «simple» explosión atómica no era nada fuera de lo común.

—Sí, aunque en aquella época la llamábamos bomba disgregadora y estaba prohibido hablar de bomba atómica fuera de círculos muy restringidos, por posible espionaje. Realmente fue espectacular. Incluso vino un periodista italiano muy acreditado y famoso enviado por el Duce, se llamaba Luigi Romersa —Stefan sonreía—. Era un tipo muy simpático, que después de la guerra escribió artículos en revistas militares. Nos carteamos en varias ocasiones, aunque murió hace tiempo. Guardo sus cartas en algún cajón.

—¿Mussolini conocía la existencia de la bomba atómica alemana? —inquirió Hanks.

—El Duce sabía que Hitler trabajaba sobre armas muy futuristas y necesitaba acreditar su existencia para ganar tiempo en Italia y mantenerla dentro del eje. El Führer le había hablado de ellas, pero ahora necesitaba las pruebas.

—¿Y cómo se llevó a cabo la demostración, Generalmajor Dörner? —la cara de Williams mostraba interés.

—La demostración en la isla de Rügen hay que entenderla en el contexto de aquella época. Por un lado, el aspecto científico y necesario de prueba de la bomba y por otro el aspecto propagandístico a pequeña escala para uno de los socios principales de Alemania y en un momento muy difícil también para él: la Italia de Mussolini. Señores, tienen que pensar que sobre la existencia o no de nuevas armas e ingenios con los cuales el III Reich se aprestaba a revolucionar la guerra conocida hasta entonces, se hablaba mucho, pero sin datos precisos. Alemania, por motivos obvios, no daba mucha información y ésta era restringida a ciertos círculos. Incluso con sus aliados y en particular con los italianos no se traspasaba información sobre esta materia hasta que no había la absoluta seguridad de su uso, tal como sucedió con los aviones de caza a reacción y las bombas V1 y V2. Mussolini estaba ansioso de saber pero cada vez que afrontaba el argumento se le respondía con un muro de silencio o excusas. Aunque había habido comentarios muy superficiales entre ellos en otras ocasiones, sobre las armas secretas Hitler y Mussolini hablaron oficialmente por vez primera durante un encuentro que celebraron en abril de 1944 en las cercanías de Salzburgo. La reunión se celebró concretamente en el castillo de Klessheim, construido por Hildebrand, padre del barroco austriaco, que había pertenecido al hermano del emperador Francisco José y que fue residencia estival de los obispos salzburgueses. El encuentro duró tres días. Con Mussolini se encontraba el mariscal Rodolfo Graziani, mientras que a Hitler le acompañaba Von Ribbentrop, Keitel, Dollman y el embajador Rhan.

»Mussolini llegó de Italia en tren y el mariscal Graziani en automóvil. El convoy especial que llevaba al Duce llegó puntualmente a su cita. El Führer esperaba a su huésped en la estación. En la flota de vehículos oficiales del cuartel general del Führer, el grupo de personalidades alcanzó el castillo en el que se hospedaron sólo Mussolini y Graziani, mientras que los demás ocuparon un palacete adyacente en el parque, que fue residencia del archiduque Pedro Fernando. El primer coloquio, de alrededor de una hora, sirvió a Hitler para trazar un panorama de la situación general, política y militar, algo que a él le gustaba mucho. Evidentemente, la cuestión geopolítica que, repito, tanto gustaba al Führer, fue el eje central del encuentro. Pueden imaginar fácilmente que fue un soliloquio en el curso del cual el jefe del III Reich vertió sobre los presentes un torrente de impresiones y de declaraciones, tocadas de un ligero optimismo. En aquella época, Hitler se encontraba fatigado, decíase que perdía la vista rápidamente y, desde luego, se notó que caminaba inseguro, seguido de continuo por su médico personal, el Dr. Morell. Durante las discusiones estuvo, sin embargo, vivacísimo y agresivo. Afirmó que la conclusión de la guerra sería sin duda victoriosa porque el inmediato empleo de nuevas armas desharía los planes enemigos.

»Paseando por la estancia y mientras Mussolini, sentado en un sillón lo miraba intensamente, ansioso de saber la verdad, dijo: «Tenemos aeroplanos a reacción, tenemos submarinos no interceptables, artillería y carros colosales, sistemas de visión nocturna, cohetes de potencia excepcional y una bomba cuyo efecto asombrara al mundo. Todo esto se acumula en nuestros talleres subterráneos con rapidez sorprendente. El enemigo lo sabe, nos golpea e intenta destruirnos. Pero frente a sus intentos de destrucción, responderemos con el huracán y sin necesidad de recurrir a la guerra bacteriológica para la cual también nos encontramos igualmente a punto». Con las manos a la espalda, la cabeza baja, medía en largo y ancho la sala que resonaba a sus pasos. En un momento dado se detuvo y, dirigiendo sus ojos enrojecidos sobre sus huéspedes, añadió: «No hay una sola de mis palabras que no tenga el sufragio de la verdad. ¡Veréis!».

»Mussolini regresó a Gargnaro, sobre el lago de Garda, donde tenía su residencia algo más tranquilizado, pero con evidentes deseos de saber más. En aquel otoño de 1944 Luigi Romersa fue llamado a la villa de Orsoline. En dicha villa, que se encontraba poco distante de la villa Feltrinelli, en la cual el jefe de la República Social habitaba con su familia, el Duce le encargó viajar a Alemania, como representante directo suyo y de la Italia fascista, para obtener la máxima información de cuanto se le había dicho en Klessheim, donde sólo obtuvo informaciones genéricas y sin concreción exacta. El Duce podía comprender las reservas de Hitler pero al menos él creía, como aliado de Alemania, que debería de disponer de informaciones más precisas. Necesitaba urgentemente levantar la moral del pueblo italiano y la confianza absoluta de lo que quedaba de su ejército. Le confió, pues, un encargo muy delicado al periodista y le entregó dos cartas credenciales de presentación. A su regreso, Luigi Romersa debería darle la información pormenorizada al Duce. Las cartas eran para el Führer y para Goebbels, Ministro de Propaganda. En nuestro caso, mi tripulación y yo seguíamos en Berlín disfrutando de unas merecidas vacaciones y preguntándonos que sucedería en nuestra misión. Lo que íbamos a hacer estaba íntimamente relacionado con la prueba de Rügen.

Stefan fue hilvanando la explicación hasta volver a Berlín.

Los días pasaron de forma agradable. Era casi una vida normal. Claudia iba a su trabajo cada día y podía estar con Stefan al atardecer. Se la veía contenta de su presencia en Berlín, aunque ello no ocultaba su preocupación por los avatares cada vez más lúgubres sobre el futuro de Alemania. Estaba al corriente de la evolución del proyecto Hagen por su trabajo y eso le hacía estar más cerca de Stefan. De todas maneras, Claudia estaba preocupada por su padre ya que había sido alcanzado durante un bombardeo y estaba herido en las piernas. Se hallaba en el hospital militar del Bunker del Zoo. Allí fueron a verlo en varias ocasiones y parecía recuperarse sin problemas. Era uno de los sitios más seguros de Berlín.

Mientras tanto y haciendo caso a su superior Adolf Galland, Stefan se dedicó a desconectar de los temas que le habían ocupado tanto tiempo desde principios de primavera. De todas maneras, había encontrado un libro sobre la campaña de Rusia de Napoleón y su Grand Armee muy interesante y que explicaba cómo había ido la desastrosa expedición. Estaba escrito por el general Lemmonier.

Sus hombres le llamaban con regularidad, tal como habían concertado y en principio estaban de muy buen humor y en forma para los próximos servicios. Les había ido bien algo de descanso. Se notaba su curiosidad por ver la prueba en Rügen y aunque habían intentado imaginarse la potencia de la bomba, no tenían una idea exacta de lo que era.

Klaus y su mujer Waltraub estaban de enhorabuena ya que ella estaba embarazada de cuatro meses. Todos lo sabían pero también deseaban, por fin, celebrarlo juntos. Claudia había acompañado a Waltraub al ginecólogo en varias ocasiones y le ayudaba, en sus ratos libres, a preparar la ropa y todos los complementos para la llegada del bebé. Aunque el racionamiento era severo, el gobierno era esplendido dentro de las circunstancias, con las futuras madres. Era el premio del Führer a uno de sus objetivos más importantes: el objetivo demográfico.

— No sé si es la mejor época para un bebé, pero estoy muy ilusionada y haré todo lo que esté en mi mano para que se desarrolle bien y no le falte de nada exclamó —sonriendo Waltraub caminando junto a los demás.

Klaus sonreía, pero un cruce de miradas con Stefan delató su preocupación ante un acontecimiento que en otras circunstancias sería de absoluta felicidad.

—Es verdad que son días difíciles para Alemania, pero para ti lo primero ha de ser el bebé y darle lo mejor. Nuestra posición puede darnos algunas ventajas —aunque era cierto, Stefan intentaba quitar preocupaciones a la pareja.

Claudia intervino.

—Ya lo hemos hablado tú y yo en alguna ocasión Waltraub. Creo que puedes beneficiarte, a través de «Kraft durch Freude», de la posibilidad de viajar lejos de Berlín, a zonas rurales del sur, lejos de bombardeos y posibles combates.

—Sí, pero tengo que solicitarlo a mis superiores, aunque no tiene que haber problemas en mi situación —Waltraub trabajaba en la defensa aérea como miles de mujeres en toda Alemania. Ella estaba en conexión con los puestos avanzados de la costa, que informaban de la llegada de oleadas de bombarderos que se dirigían hacia el interior del país. Con esa información, ella trazaba la dirección y el tiempo estimado de llegada del enemigo a Berlín. La información también era enviada a las unidades de caza para su inmediato despegue e interceptación. Su puesto estaba en el enorme bunker antiaéreo del Volkspark Friedrichshain, en el noreste de Berlín, no lejos de su casa en el barrio de Prenzlauerberg. Dentro de las dificultades, era un trabajo cómodo y con ventajas.

—Eso puedo arreglarlo sin problemas con Galland desde el Luftministerium —de nuevo Stefan se brindó como ayuda para solucionar el traslado—. La defensa aérea depende de la Luftwaffe. Ya me dirás cuándo pretendes el traslado.

—Habíamos pensado que el mes que viene, noviembre, puede ser la mejor época. El sur es algo más cálido y la zona de Heidelberg puede ser ideal —Klaus contestó en nombre de los dos. Stefan se sorprendió.

—No me habías dicho nada de esta posibilidad y veo que ya lo tenéis muy pensado —a pesar de la sorpresa sonrió con comprensión.

—Aunque todos sabíamos que Waltraub estaba embarazada, ella y yo habíamos hablado de la posibilidad de trasladarse de Berlín a una zona mejor y allí esperar el desenlace de esta guerra —Waltraub sonreía con cierta complicidad a las palabras de su marido—. No os habíamos dicho nada y lo íbamos a hacer en uno de estos días ya que todos hemos estado muy ocupados con nuestro trabajo diario y no queríamos una preocupación añadida.

—Pero eso no es una preocupación Klaus ¡es una alegría! —intervino Claudia.

—Bueno, no tiene importancia. Puedo comprender la situación. Era vuestro secreto y también lo hemos de respetar —dijo Stefan—. Por mi parte moveré lo necesario para que puedas trasladarte a Heidelberg sin problemas y lo antes posible.

Ya habían llegado al domicilio de Klaus y Waltraub en Prenzlauerberg. Era un edificio muy bonito que, aunque mostraba los efectos de la guerra en su fachada, daba a entender su pasado glorioso en uno de los mejores barrios de Berlín. Los padres de Waltraub eran los propietarios del edificio y le habían regalado uno de los pisos a su hija al casarse con Klaus. En el resto del edificio vivían otros componentes de la familia.

—Mañana es la cena en casa de Werner —comentó Klaus mientras abría la puerta.

—Sí y ya tenemos algunas ideas para llevar. Yo haré un Rösti y Waltraub ha conseguido codillo de cerdo y sauerkraut —dijo sonriendo Claudia.

El piso se veía muy ordenado.

—Hacía mucho tiempo que no venía por aquí —exclamó Stefan cruzando el umbral—. Todo se ve muy bien.

—En esto días he ayudado a Waltraub con algunas tareas de casa. Eso siempre y cuando lo han permitido los ingleses y americanos —Klaus señaló unos cubos de pintura en el suelo—. Ahora ya está acabado.

El grupo llegó al salón principal de la casa. Aparte de unas maderas por la parte externa de la ventana, la estancia tenía buen aspecto. Era un segundo piso y se podía ver la calle perfectamente. En un aparte de las mujeres, Klaus se dirigió a Stefan:

—Créeme que necesito que Waltraub esté lejos de Berlín. No puedo soportar la idea de perderles a los dos. Llevo tiempo pensando en eso…

—Claro y así será. Lo entiendo perfectamente —Stefan paso su mano por el hombro de Klaus—. Lamento no haber sabido antes vuestra preocupación. Hubiésemos ganado tiempo y quizás ahora ya estaría en Heidelberg.

—Sí, lo siento Stefan, tenía que habértelo dicho antes. Y no ha sido por falta de confianza, sino por no abusar de la situación, preocuparte y menos con todo el proyecto en marcha —la voz de Klaus era casi un susurro—. Ya sabes cómo está el frente. El enemigo está muy cerca de las fronteras con Alemania. Paris cayó en agosto y Varsovia está siendo rodeada por el Ejército Rojo. Italia no está mejor —la mirada de Klaus, siempre viva y alegre, era vidriosa y denotaba mucho cansancio.

—Te necesito en plena forma, Klaus. Entiendo tu preocupación, pero en estas condiciones no me ayudas. No quiero que estés así mañana en la cena e intenta pensar que lo que haremos con nuestro avión será el cambio definitivo a nuestro favor en esta contienda. Waltraub y tu futuro hijo se beneficiarán de ello, no tengas dudas —a Stefan no le gustaba ver así a su amigo y las consecuencias de un bajón de estas características también podía afectar al resto del equipo. Eso no podía tolerarlo.

Las mujeres aparecieron en aquel momento.

—¿Qué sucede, qué son esas caras? —preguntó sonriendo Claudia.

—Nada, todo va bien… —Stefan estaba respondiendo a su mujer cuando las sirenas de alerta por bombardeo comenzaron a aullar sin descanso. Tenían diez minutos para alcanzar el bunker más próximo. Con rapidez y cogiendo lo imprescindible, bajaron hacia el refugio que se encontraba dos calles por encima. Una gran cantidad de gente ya se agolpaba en las puertas e iban entrando ordenadamente. Ya se podían oír los motores de los aviones acercándose desde el oeste. Era un sonido aterrador y en aumento. Mientras entraban de los últimos, las primeras explosiones se oían a lo lejos, en la zona del zoo. También las baterias antiaéreas mezclaban su sonido con el de las bombas que iban cayendo.

La gente se apretujaba en aquel refugio. Habría unas dos mil personas y un centenar de auxiliares para ayudar a la gente. Un olor penetrante e indescriptible llenaba todo el refugio. Comenzaron a repartir una sopa. El suelo temblaba. Parecía que las explosiones eran muy cerca. La gente comía en silencio y con resignación su plato. Algunos aportaban tocino, pan y cualquier otro alimento para añadir a la sopa y darle consistencia. Era curioso ver una cierta camaradería ante la adversidad y como se repartían los mendrugos a cualquiera hasta que se agotaba.

Era una tragedia, pero sobre todo para los niños. Ellos lo sufrían más que nadie. Parecía mentira, pero aún quedaban niños en Berlín. Se oían los llantos de numerosos bebés en el bunker. Eran gritos que desquiciaban. Klaus miró a Waltraub. No hacían falta palabras. Ahora se sentían más tranquilos ante la posibilidad de abandonar la ciudad. Durante mucho tiempo Berlín sería una ciudad inhabitable.

Las miradas de las demás personas hacia Klaus y Stefan eran de rencor. Sus uniformes de la Luftwaffe no era la mejor propuesta allí dentro. La población seguía creyendo que sufrían aquellos bombardeos por culpa de los pilotos. Estos no hacían nada y vivían a cuerpo de rey. Los dos amigos permanecían en silencio tratando de alejarse mentalmente de aquella circunstancia impopular, de la que eran plenamente conscientes. Klaus tuvo la fortuna de dormirse.

Al cabo de un rato, que parecía una eternidad, de nuevo las sirenas aullaron indicando el fin del bombardeo. Las pesadas puertas de acero se abrieron y las dos parejas fueron de las primeras personas en salir. El espectáculo era terrible. Junto a las pesadas puertas había varios cadáveres carbonizados de personas que no habían podido entrar. La orden era terminante y así murió mucha gente a las puertas de los refugios. Uno de los cadáveres, de una mujer, aún mantenía agarrado su bebé contra su pecho. Todos ellos habían muerto del calor que habían desprendido las bombas y los incendios provocados por ellas.

Las dos parejas caminaron en silencio. Waltraub apenas podía contener las lágrimas. Su casa estaba en bastantes buenas condiciones. Algunas de las protecciones de madera de las ventanas ardían. Pero ese era un daño menor. Pronto fue apagado y la vida volvió. Hasta el siguiente bombardeo y así cada día.

El coche conducido por Stefan fue atravesando Berlín. Comenzaban de nuevo a aullar las sirenas de bombardeo aéreo. De todas maneras, ya estaban en las afueras de la ciudad y el pase oficial le permitía desplazarse sin problemas por cualquier lugar del Reich. Wannsee apareció al poco ante ellos. Los lagos, el pueblo y las preciosas casas de veraneo, estaban intactos. Parecía que la guerra no iba con ellos. Incluso se veían varios barcos a vela que surcaban despreocupadamente la superficie azulada de los numerosos lagos que allí había. Era la playa de Berlín.

—Creo que es por aquí. La dirección es 16-18 Am Grossen Wannsee —Klaus hacía de guía con un pequeño mapa dibujado en un papel, desde el asiento del copiloto. Las dos mujeres les observaban con curiosidad desde el asiento trasero—. Werner me explicó cómo llegar y vamos bien, no te preocupes.

Tras atravesar el pueblo propiamente dicho, el coche encaró una pequeña carretera que conducía hacia el lago principal. Jalonaban la carretera preciosas casas de veraneo, que se veían impolutas. El efecto era surrealista viniendo de una ciudad como Berlín a escasos 40 kilómetros de allí. La guerra no iba con todo aquello. Se podían ver las coladas en algunos jardines traseros e incluso personal de servicio realizando sus labores. Los jardines se veían en perfecto estado y los árboles se mecían suavemente.

—¡Qué bonito es todo esto! —exclamó Klaus—. Recuerdo que venía con mis padres a bañarme por aquí, pero no lo veía como hoy.

—Ya hemos llegado. 16-18 Am Grossen Wansee —Stefan detuvo el coche—. Los demás ya han llegado —los coches de sus compañeros estaban aparcados en la cuneta.

La casa, de tipo colonial, destacaba claramente sobre las demás de un estilo más alemán.

—¡Es preciosa! —las dos amigas estaban encantadas con la casa. Tras tocar el timbre, un mayordomo apareció y abrió la puerta principal del jardín. Tras un corto camino llegaron a la entrada de la casa, donde les esperaba Werner y una chica muy guapa a su lado. Era Ortlind. El Horch descapotable que usaba Werner, estaba resguardado en uno de los aparcamientos cubiertos de la casa. Sus imponentes faros destacaban notablemente. Era la casa de una familia bien situada económicamente.

—¡Bienvenido jefe y los demás! —Werner sonreía y se le veía feliz de recibir a todos en su casa. Desde luego no había rangos en aquel momento—. Quiero presentaros a Ortlind, mi novia.

Tras los saludos iniciales, todos entraron en la casa. Los padres de Hans-Joachim llegaron hasta el recibidor para dar la bienvenida a los invitados. El uniforme negro del padre dejaba claro su pertenencia a las tropas blindadas. Una cicatriz cruzaba su mejilla izquierda desde la oreja hasta la comisura de los labios. Sonrió y extendió su mano para saludar al grupo.

—Mi nombre es Wilhelm, bienvenidos a nuestra casa. Es un honor para nosotros recibir a pilotos tan famosos —la madre era bajita, pero de carácter. Se llamaba Anna. Les hizo pasar a todos—. Por favor, dejémonos de cumplidos y celebremos que estamos todos juntos. Eso es lo más importante y por lo que hemos de luchar.

—Te hemos traído platos que hemos preparado en casa, Anna —Waltraub y Claudia dejaron las fuentes sobre la mesa donde se celebraría la cena. El servicio de la casa no había dejado ningún detalle al azar. La mesa tenía un aspecto sensacional.

—Huele muy bien, pero no teníais que haberos molestado. Sé lo difícil que es conseguir comida en la actualidad —Anna se disculpaba—. Lo que pasa es que a Hansi se le metió en la cabeza que teníais que traer cosas.

—Qué curiosa está casa tan colonial en Wannsee —preguntó Klaus a Wilhelm, a lo que Stefan asintió también.

—No es raro amigos míos, nuestra familia hizo fortuna en las colonias alemanas en África durante más de cuarenta años. Importábamos caucho y cacao —Wilhelm les mostró fotos antiguas—. Éste es mi abuelo y éste es mi padre en África. Aquí podéis ver la casa, los cultivos y algunos de nuestros trabajadores negros —movió la cabeza con resignación—. Cuando se perdieron nuestras colonias, perdimos todo eso, pero conseguimos continuar los negocios familiares en Alemania y con varios países europeos a los cuales exportábamos productos alimenticios. Mi padre reorientó el negocio hacia los embutidos y derivados del cerdo. Nuestra fábrica está en Leverkusen cerca de Bonn. Mi padre ya murió y mi hermano continúa con el negocio. Yo lo haré al terminar la guerra.

Georg Pritts apareció con su mujer desde otro salón de la casa, un invernadero para tomar café. Llevaban sendas copas de vino.

—¿Cómo estáis? Quiero presentaros a mi mujer Inge —Georg introdujo a su mujer a los demás. El acento de Inge delataba claramente su origen hanseático.

—¿Cómo está la situación en Hamburgo? —preguntó Stefan tras los saludos de rigor.

—Estamos teniendo una avalancha de refugiados alemanes que vienen desde Prusia y Dantzig —todos escuchaban las palabras de Inge—. Parece que va a ir a más. La Kriegsmarine está haciendo un esfuerzo enorme utilizando incluso barcos de pasajeros para trasladarlos al interior del Reich. Una mayoría pasa por el puerto de Hamburgo. Han solicitado a la población el acoger temporalmente a los refugiados, mientras se buscan soluciones.

—Es cierto —añadió Wilhelm— mi división se halla al noroeste de Varsovia cerrando el paso a los rusos en su camino hacia la costa. La situación es muy comprometida.

Anna apareció con una bandeja de aperitivos y una botella de vino del Rin.

—Supongo Hansi que tus compañeros querrán tomar un aperitivo antes de la cena.

Dejó la bandeja, el vino y los vasos ante Stefan. Éste cogió el sacacorchos y abrió la botella, sirviendo seguidamente a cada uno de ellos. Wilhelm indicó el brindis.

—Por la Gran Alemania. Por el Führer.

Todos bebieron al unísono. Pronto se inició una animada charla sobre los temas más variados.

—No nos habías dicho que te llamaban Hansi... Sabes que ese será tu nombre a partir de ahora —Pritts sonreía maliciosamente ante este descubrimiento. Los demás reían.

Anna intervino

—Sí, desde muy pequeño así le hemos llamado —Wilhelm también reía, comprendiendo la situación de su hijo y sus camaradas.

—Mamá ya has metido la pata. ¡No sabes como son! —la queja de Hans-Joachim no era realmente una queja. Su novia Ortlind le miraba con admiración. No había duda de que era un chico con personalidad y que fácilmente volvía locas a las chicas.

Las mujeres fueron a dar una vuelta por la casa, algo que hacía rato que deseaban. Los hombres continuaron con su charla en la mesa junto al salón.

—Los rusos están mejorando sus tanques —indicó Wilhelm—, tienen cañones autopropulsados de 150 mm que pueden perforar a nuestros Tigres sin dificultad. Yo ya he escapado en dos ocasiones de mi carro ardiendo y puedo garantizaros que no es muy agradable. Tenemos suerte de que siguen siendo muy desordenados en sus ataques, son indisciplinados y ¡beben más que nosotros! —Wilhelm sonrió—. Pero su capacidad inagotable de soldados es inmensa y su desprecio a la vida es increíble. ¡Se meten debajo de nuestras cadenas! ¡Se dejan aplastar antes de rendirse!

—Sus comisarios políticos son implacables —aportó Stefan—. Sólo en Stalingrado más de 10.000 soldados rusos fueron fusilados por rendirse o desertar. Eso quiere decir más de una división....

—Hemos capturado a muchos de esos comisarios —dijo Wilhelm—. La mayoría son judios bolcheviques y son ajusticiados tal como se les captura. Así lo ordenó el Führer en Junio de 1941, cuando entramos en Rusia. La famosa «orden de los comisarios». No hay piedad con ellos. No son soldados y muchos van de paisano. Tendríais que ver como claman piedad, ellos que no la conocen. ¡Y cómo torturan a los prisioneros!

El padre de Hans-Joachim estaba realmente en contra de los comisarios soviéticos. Parecía conocerles bien.

—De todas maneras, las cosas están muy difíciles para Alemania ahora —Wilhelm observaba su copa con detenimiento—, estamos en medio de una tenaza que se va cerrando. Tiene que ocurrir algo fuera de serie que nos permita detener el cierre de esa tenaza —hizo un símil de sus palabras con sus manos—. Y volver a llevar la iniciativa.

Wilhelm tenía razón. A pesar de ello ninguno de los presentes expresó el más mínimo comentario sobre su misión aérea y la posibilidad de ser la fuerza que detuviese a la supuesta tenaza que decía.

—El Führer tiene esperanzas de que la unión entre los aliados se rompa en cualquier momento. Los rusos empiezan a ser un socio poco fiable —Georg aportó su conocimiento del proceder ruso. Era un secreto a voces la desconfianza manifiesta entre las tropas y los mandos comunistas y aliados. Incluso entre Montgomery y Eisenhower había serias diferencias de criterio de cómo conducir la guerra.

—Cierto Georg, pero el Führer nunca ha diferenciado entre capitalismo y comunismo ya que el origen es el mismo: el judaísmo internacional, el enemigo mundial —Hans-Joachim intervino en algo de lo que todos ellos habían oído hablar—. Ha demostrado claramente que Rusia es un experimento sionista, con dinero de los millonarios judíos americanos y con todos los jerifaltes comunistas de origen judío. En el fondo no les interesa que la Rusia comunista sucumba. Es su avanzadilla en Europa para emponzoñar a todos los países con su veneno —miró a su padre—. Tú sabes papá, que sin la ayuda americana, nuestras tropas hubiesen acabado con Rusia hace tiempo, ¿verdad?

—Siempre he creído eso y además lo he vivido en el frente. El alución de material y soporte que ha recibido Rusia de América nunca será suficientemente pagado, pero les ha permitido detener nuestro avance. Con sus propios medios únicamente, en 1941 hubiésemos tomado Moscú sin lugar a dudas —Wilhelm se puso de pie ante la llegada de las mujeres.

—¡Es una casa preciosa Anna! —exclamó Claudia dirigiéndose a la anfitriona.

—Es increíble poder ver algo así en estos tiempos —añadió Waltraub—. ¿Qué te parece Klaus? —Waltraub tenía en la cabeza la posibilidad de tener una casa en Heidelberg y disfrutar de una situación de paz similar a la que estaban viviendo en aquellos momentos en Wannsee.

—Lo que he visto hasta ahora me ha gustado mucho —contestó moviendo la cabeza alrededor y levantando su copa.

—Esto es como un oasis. Ya veremos cuanto dura —Anna era realista.

—Desde luego las flotas de bombarderos americanos e ingleses pasan por encima de nosotros sin hacernos caso. Es una suerte. Si os parece vamos a la mesa —Wilhelm les invitó a pasar al salón, profusamente iluminado, aunque con las cortinas cerradas.

Al terminar la cena, Hans-Joachim se sentó frente al piano de cola interpretando a Beethoven. Por un momento, todos olvidaron la realidad y la música les trasladó a mucho antes de la guerra, cuando Alemania era un país puntero en cualquier actividad y modelo social europeo. Todo parecía derrumbarse ahora.

Stefan miró a Claudia. Las notas sonaban con fuerza en la estancia. Hans-Joachim continuó con Mozart y ante la sorpresa de los invitados, Ortlind se situó junto al piano y comenzó a cantar la estrofa de Don Giovanni que su novio interpretaba con brío. Su voz y su modulación era una maravilla.

Los aplausos de todos los presentes estallaron al terminar el canto. Ortlind se abrazó a su novio que se había puesto en pie. Los padres de Hans-Joachim no podían disimular su orgullo. Stefan también estaba contento ya que había sido una velada sin tener que explicar sus «hazañas de guerra», lo que le resultaba muy cómodo. Realmente había estado como en casa. Una foto de grupo marcó el final de la velada.

Tras los agradecimientos de rigor por la invitación, el grupo partió de la casa de Werner. La llegada a Berlín les devolvió a la realidad cruda y dura. El castigo aéreo de esa noche les obligó a dar un amplio rodeo hasta llegar a sus respectivas casas. Sólo Pritts se hallaba alojado en el Luftministerium, ya que era el único que no disponía de vivienda en Berlín.

Los días de descanso fueron pasando y Galland les notificó que para la prueba de Rügen deberían encontrarse todos en el Luftministerium, para luego recoger en el Hotel Adlon al periodista italiano Luigi Romersa. Este periodista llevaba ya varios días en Alemania como representante del Duce en todo lo que afectara a los planes de armas nuevas que pudieran cambiar el curso de la guerra y que justificasen la continuidad del régimen fascista italiano en la guerra.

Tras presentarse en Rastenburg, después de un agotador viaje en coche desde el Lago di Garda, sede veraniega de Mussolini, Hitler le autorizó a visitar las fábricas subterráneas de armamento secreto situadas en Baviera y la Alta Silesia. Incluso tuvo oportunidad de asistir a varias pruebas secretas. Le llamó mucho la atención el sistema de guía por televisión del misil He-293. Se quedó asombrado de las proporciones de las fábricas subterráneas que definió como «ciudades en pequeño».

En Kiel, uno de los puertos más importantes del norte de Alemania en Schleswig-Holstein, tuvo ocasión de ver los nuevos sumergibles del tipo XXI y XXIII, con los mayores adelantos técnicos de la época y muy superiores a cualquier otro ingenio del enemigo. Se le mostró el torpedo acústico, que buscaba a su blanco por el sonido de las hélices y que navegaba mucho más rápido que cualquier torpedo del momento.

Era una noche de perros con una lluvia insistente, con lo cual y con un poco de suerte ya no aparecería la RAF. Tras recoger al grupo en el Luftministerium, los tres vehículos militares de las SS al mando del general Kammler partieron hacia el Hotel Adlon con el objetivo de recoger al Luigi Romersa. Eran las dos de la madrugada y el periodista ya se hallaba en el hall del hotel. A pesar de ser latino era puntual. Eso agradó a todos. Uno de los oficiales conductores de las SS bajó rápidamente y tras saludar al periodista le acompañó hasta el coche de Stefan y Klaus que iba inmediatamente después del coche del general. En el tercero viajaban Georg y Hans-Joachim.

Romersa entró en el coche.

—¡Vaya noche, señores! —exclamó en correcto alemán—. Mi nombre es Luigi Romersa y agradezco que me hayan venido a buscar.

Tras unos apretones de manos, Romersa se sacó el sombrero y el abrigo que llevaba. Se puso cómodo.

—¿Vamos muy lejos? —preguntó mientras los coches arrancaban.

—No estamos autorizados a decírselo. No se preocupe, Herr Romersa —el conductor, un oficial de las SS contestó mirando al italiano a través del espejo retrovisor.

Stefan intervino inmediatamente.

—Sí que podemos decirle amigo Romersa, que a nuestro regreso será Vd. recibido por el ministro Goebbels, ya que así está programado.

Romersa no discutió y aceptó la situación con una sonrisa.

—Habla usted muy bien alemán. ¿Dónde lo aprendió? —preguntó Klaus con curiosidad.

—En Italia el alemán es el segundo idioma y se imparte en todos los colegios. En mi caso y cuando yo era un niño, mis padres me enviaron al colegio alemán de Roma, donde me eduqué y aprendí su idioma. Estuve en ese colegio once años antes de ir al Universidad. Fue una gran experiencia…

Llovía con mucha insistencia y salvo algunas señales de tráfico, todo estaba muy oscuro y era difícil vislumbrar algo del paisaje. Los pueblos que iban cruzando en su camino hacia el mar Báltico tenían todas sus luces apagadas, lo que les daba una imagen fantasmagórica e irreal. El cielo parecía estar totalmente cubierto, con lo que no podían esperar que dejase de llover enseguida. Iban viendo los carteles de las ciudades y pueblos que iban pasando a toda velocidad Eberswale, Neustrelitz, Neubranderburg, Greifswald y Stralsund a donde llegaron sobre las 10 de la mañana. Klaus y Romersa habían conseguido dormir varias horas y Stefan, salvo alguna pequeña cabezada, permaneció despierto.

Hacía una hora que ya no llovía y el sol aparecía tímidamente entre nubes muy oscuras. Al bajar del coche, Romersa tuvo oportunidad de saludar al general Kammler que demostró una simpatía inusual hacia el periodista italiano.

—General Kammler, estamos en el Mar Báltico ¿verdad? —preguntó Romersa mirando el inmenso mar que había delante de todos ellos y donde la isla de Rügen cubría buena parte de la vista.

—Así es Herr Romersa, y ahora nos dirigimos a la isla de Rügen donde será usted testigo de la explosión de nuestra bomba disgregadora.

Los coches quedaron aparcados en un puesto militar de observación y todo el grupo se montó en una lancha que cubría el corto trayecto entre la costa y la isla propiamente dicha. Toda esa parte de la costa era zona militar, por lo que no tenía acceso ningún civil, sino personal militar.

Kammler continuó su somera explicación a Luigi Romersa sobre la embarcación.

—Ahora nos dirigimos a nuestro centro de experimentación de armamento, donde probamos nuestras armas más modernas y por supuesto secretas. Tiene usted acceso a una zona prohibida a cualquier otra persona. Aquí sólo hay científicos, soldados y mano de obra alemana.

La isla de Rügen ante ellos parecía un lugar solitario. No se podía calcular su tamaño, pero desde luego no era una isla pequeña. De hecho era una isla desde un tiempo geológico corto, ya que estaba separada por una estrecha franja de mar llamada Strelasund. Tras cruzar el estrecho, otros vehículos les esperaban que, sin entretenerse, recogieron al grupo. Cruzaron los pueblos de Glewitz, Zudar, Garz, Bergen, Ralswiek, Lietzow, Sagard, Glowe y tras pasar por una manga de tierra muy larga llegaron a su destino en el Kap Arkona, al norte de la isla en la zona llamada Wittow.

Durante el trayecto volvió a llover. Al llegar al punto de la prueba, la lluvia era más ligera, pero el frío era muy intenso y el viento de la zona más al norte de Alemania se notaba. Los capotes militares se movían con fuerza, los cuellos iban ajustados al máximo. Stefan miró a sus hombres, éstos le miraron con resignación e impaciencia. Luigi Romersa parecía sufrir el frío más que ellos. Tampoco parecía ir muy bien equipado. Uno de los SS que acompañaban al general Kammler, le pasó un capote de cuero que el italiano se puso sin dudar.

A la izquierda aparecía una zona de árboles que daban protección adicional a unas edificaciones de hormigón con mirillas alargadas y que parecían ser los puestos de observación de la prueba. Dos técnicos con monos de trabajo de un material no identificable pero muy flexibles se acercaron a todo el grupo, invitándoles a seguirles hasta una especie de torreón que quedaba oculto por el bunker y donde se hallaba una pesada puerta de acero, que daba acceso al interior de la fortificación. Tras entrar, los dos técnicos cerraron la puerta con rapidez.

La sala de observación, o así se lo pareció a Stefan, era amplia y las mirillas disponían de unos gruesos vidrios tintados de oscuro. De hecho, apenas se veía el exterior a pesar de que era de día. Al fondo había una mesa con víveres y lo que parecía un cuarto de baño a la derecha. El general Kammler observaba su reloj y lo cotejaba con el del interior del bunker. Aunque reinaba el silencio, la expectación en cada uno de los presentes era clara. Ni Stefan ni sus hombres podían imaginarse el tipo de explosivo que iba a probarse.

—La explosión se llevará a cabo a unos 5 kilómetros de aquí. Es la distancia que nuestros científicos consideran de mínima seguridad —Kammler levantó uno de los pesados cristales de protección y pudieron observar el exterior. El bunker estaba orientado hacia el oeste, hacia una zona desértica de la isla. El mar se veía de fondo, la lluvia ya había parado, pero el viento soplaba con intensidad hacia el mar. Kammler cerró el cristal y lo aseguró con los cierres de seguridad.

Mientras preparaba su cámara Voigtländer, Hans-Joachim cuchicheó:

—¡5 kilómetros, Stefan! Apenas veremos la explosión. Es mucha distancia —eso parecían pensar los demás que miraban a Stefan con cara incrédula. Luigi Romersa iba tomando notas de lo que iba sucediendo. Su conocimiento del idioma alemán le permitía seguir sin problemas cualquier incidencia.

Kammler hablaba por un teléfono interno con lo que parecían ser los controladores de la prueba, situados en otro edificio, algo más al sur. Sin colgar, se dirigió al grupo.

—Nuestros científicos habían programado la prueba para las 12 horas, pero lo adelantarán a las 11.45, por prioridades internas. Prepárense —colgó el auricular—. Lo que van a ver a continuación supera sus ideas más descabelladas. Es la bomba disgregadora. El más potente explosivo descubierto hasta ahora. Puedo garantizarles que nada se resiste a su potencia destructora.

—¿No es mucha distancia, general Kammler? —preguntó Stefan, haciéndose eco de la duda de sus hombres.

—Les parecerá a todos ustedes que estamos sobre la bomba... —Kammler sonrió— y les añado que habrá que permanecer dentro del bunker hasta el anochecer ya que la bomba, tras la explosión, emite radiaciones que son potencialmente peligrosas si se hallan cerca de la zona cero o se acercan allí inmediatamente después de la explosión.

El reloj del bunker marcaba las 11:45 y nada sucedía. Stefan se giró hacia Klaus para indicarle que le acercase los prismáticos que había sobre una mesa a su lado. No pudo hacerlo. Un rugido descomunal sacudió el bunker como si fuese de papel. Un resplandor brutal entró a través de las mirillas de cristal ahumado, iluminando el interior del bunker como si fuese de día. Los hombres se apartaron instintivamente de las mirillas. Era insoportable.

De repente, pareció hacerse de noche y todos se acercaron rápidamente para ver el exterior. Una especie de columna brillante de humo, de un diámetro descomunal, coronada por una nube inmensa se elevaba rápidamente hacia el cielo que, inexplicablemente era de color negro. Al mismo

Entrada a uno de los antiguos bunkers atómicos de la isla de Rügen, Mar Báltico

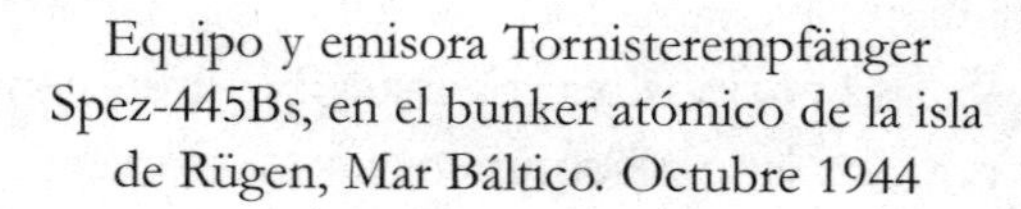

Equipo y emisora Tornisterempfänger Spez-445Bs, en el bunker atómico de la isla de Rügen, Mar Báltico. Octubre 1944

El ultramoderno radar alemán Mamut, Kap Arkona, isla de Rügen, mar Báltico. Octubre 1944

tiempo una cortina de humo avanzaba a gran velocidad hacia ellos. Con los ojos pegados a las mirillas, observaban con temor como la nube de humo les alcanzaba y les engullía por momentos. Ya estaban dentro de la nube de humo y el ruido era ensordecedor. El temblor de la explosión les hacía agarrarse a unas asas que sobresalían de las paredes de hormigón.

El general Kammler se giró y sonriendo miró a Stefan, cuya cara reflejaba la ansiedad ante aquel espectáculo dantesco. Klaus, Georg y Hans-Joachim estaban fuera de sí. Lo que acababan de ver no podía ser humano. Los hombres de las SS no parecían perturbados ante aquella demostración de fuerza bruta desatada. Luigi Romersa estaba sentado en una de las esquinas del bunker. Había decidido no mirar más. Había dejado su libreta en el suelo.

El bramido se fue alejando, dejando paso a una tranquilidad irreal. La nube de la explosión tenía unas dimensiones nunca vistas y se iba elevando. Stefan calculó una altura mínima de tres a cinco kilómetros. Su cabeza empezó a dar vueltas. La bomba Hagen que llevarían en su misión era aún más potente que la que habían visto aquí. Klaus miraba absorto la enorme nube radioactiva.

—¡Dios mío! No podía haber imaginado nunca que el ser humano pudiera desarrollar una bomba semejante —Klaus miró a Stefan y luego miró al general Kammler, que parecía muy satisfecho por la prueba.

Romersa se incorporó.

—¡Es el arma definitiva! No me lo puedo creer. ¿Cómo lo han conseguido, general Kammler?

Con satisfacción manifiesta el general Kammler se giró de su ventanilla de observación y se dirigió a todos los presentes:

—Llegar hasta aquí no ha sido fácil caballeros —señaló hacia el exterior—. Lo que han visto es la culminación de años de investigación y sacrificio, pero la bomba disgregadora ya es nuestra y es operativa. Hemos sufrido la persecución implacable de agentes del enemigo, e incluso de traidores entre nuestras filas. Hemos sufrido también atentados como el de nuestra fábrica de agua pesada en Vermork, Noruega por comandos ingleses. No sólo no han podido detener nuestra investigación, sino que además hemos trabajado más rápido y con éxito.

Se detuvo un instante y golpeándose en la palma de su mano añadió con entusiasmo.

—¡Imaginen cuando podamos lanzar la bomba! Nuestros enemigos no tendrán más remedio que solicitarnos la negociación urgente antes de ver sus ciudades arrasadas e inhabitables durante años.

Con olfato periodístico, Romersa intervino en este punto:

—¿Dónde piensan lanzar la bomba, general Kammler? Por sus palabras deduzco que no será sobre una ciudad enemiga. Creo que es una información vital para el Duce.

—No puedo informarle de la zona seleccionada donde se lanzará la bomba —Kammler fue tajante y añadió—. Sí puedo decirle que se sabrá. El mundo temblará ante la noticia… Piense señor Romersa que si lanzamos esta bomba, los aliados se verán obligados a plantearse si es necesario continuar la guerra, el precio que deberán pagar o bien, como opina el Führer, concluirla de forma razonable. Ello quiere decir escuchar a Alemania y aceptar sus condiciones. El tablero de juego geopolítico cambiará a nuestro favor, no lo dude señor Romersa.

Kammler continuó.

—Disponemos de varios ingenios más en su última fase de construcción, con lo que la facilidad de liderar el ataque volverá a nuestro lado. Y los usaremos sin dudar.

Romersa no se daba por vencido.

—Pero general Kammler, el uso de esta bomba disgregadora puede tener fatales consecuencias durante años. Acaba de informarnos de la radiación letal que provoca. ¿Alguien perdonará a Alemania y a sus aliados como Italia, el uso de un arma de estas características?

—Le puedo decir que hay personas en este proyecto que tienen dudas como la que usted expone. Es un riesgo que hemos de asumir. Como dice el Führer, ésta no es una guerra convencional, es una guerra de aniquilación contra Europa y la cultura que representa. Los judios Roosevelt, Baruch, Mortenghau y sus ayudantes como Churchill, pretenden imponer una Europa que no prevalezca en el panorama mundial. Una Europa castrada y sin historia. Alemania y su Führer han sido la roca en el mar que han detenido esa maniobra terrible del sionismo mundial, el enemigo mundial.

—Pero general Kammler, ¿Europa entenderá el uso de esta arma descomunal? —Romersa no se daba por vencido y por lo que apreciaba Stefan y sin quererlo Kammler, el periodista le estaba entrevistando.

Kammler zanjó la discusión.

—Señor Romersa, la situación extraordinaria que vivimos exige soluciones extraordinarias. No son tiempos para los débiles, los pusilánimes, ni para las dudas. Exige hombres que sepan lo que tienen que hacer sin dudar ni un instante. La historia nos juzgará y créame, nos absolverá de nuestras decisiones ya que habrán sido las correctas.

Romersa recordó el lema de las SS: «Nuestro honor es nuestra fidelidad». El general Kammler personificaba perfectamente esta leyenda escrita en las hebillas del cinturón del uniforme de todos los miembros de la «orden negra» de Himmler. El general Kammler llegaría hasta el final sin que le temblase el pulso. Romersa, no lo ocultaba, veía a Italia implicada en el uso de un arma devastadora que podía tener consecuencias terribles para el pueblo italiano por su apoyo explicito al Führer.

—Bueno señores, creo que el éxito de la prueba merece un brindis y degustar algo de lo que nos han preparado. Como les he dicho antes, saldremos al anochecer cuando no haya riesgo de contaminación —Kammler señaló la mesa al fondo, preparada al efecto—. Por favor, acompáñenme.

Stefan miraba a sus compañeros mientras se dirigían a la mesa. Evidentemente, no habían intervenido en la discusión entre el periodista y el general Kammler, pero su nivel de involucración en el uso del ingenio nuclear era absoluto. Notaba la preocupación en el rostro de sus hombres por el peso histórico que iba a recaer sobre sus espaldas. Pero eran soldados y no estaban allí para discutir las ordenes, por lejos de sus convicciones que pudieran estar.

El brindis dio paso a la comida en la que los comentarios sobre lo que acababan de ver fueron inevitables.

—¡Es el golpe definitivo de Alemania! —dijo con entusiasmo uno de los ayudantes del general Kammler, llamado Matthias Held—. ¿No lo cree así, Herr Generalmajor Dörner? —se dirigió a Stefan, mientras daba buena cuenta de uno de los bocadillos.

—No hay duda de que hace la diferencia entre nosotros y nuestros enemigos —Stefan sonrió. Held también sonrió.

Romersa, en un aparte, se dirigió a Stefan.

—Perdone Generalmajor Dörner pero, ¿cuál es el papel de la Luftwaffe en todo esto? ¿Tansportarán ustedes la bomba hasta el lugar elegido?

—Somos simples observadores invitados por las SS científicas —Stefan tenía claro qué explicar al periodista italiano—. Que la bomba pueda ser usada desde un avión es una posibilidad a contemplar. Esa es nuestra misión en Rügen.

—Ya, pero no veo a representantes de las otras armas, marina, infantería… —insistió Romersa.

—Nosotros informaremos a nuestros compañeros de las otras armas. Supongo que la bomba disgregadora puede ser usada desde un cañón, un barco, un submarino. No soy experto, pero es posible... —Stefan decidió estar con sus hombres—, permítame que vaya con mis hombres, gracias señor Romersa.

—Gracias, Generalmajor Dörner —Romersa no parecía muy convencido de la lógica en la explicación de Stefan, pero no insistió. Los militares eran muy especiales en su terreno y había que parar las preguntas en el momento adecuado.

Stefan y sus hombres en un aparte hacían sus propios comentarios, lejos de los demás.

—Ahora ya sabemos lo que es... —introdujo Stefan.

—Espero que todo salga bien y la misión cumpla su objetivo geopolítico. De lo contrario no nos lo podremos perdonar, ni nos lo perdonarán —siguió Klaus.

—Claro que saldrá bien ¡Yo no tengo dudas! —Hans-Joachim parecía recobrar el ánimo tras la explosión—. Tenemos el mejor avión, la mejor tripulación y las ideas claras ¿qué puede fallar?

— Estoy de acuerdo, pero ahora soy realmente consciente de donde estamos metidos —Stefan hablaba claro—. Hablábamos de la bomba, pero no imaginábamos cual era su potencia. ¿Recuerdas Klaus aquel plano de Manhattan que vimos en Berlín-Dahlem, con el profesor Von Ardenne, que mostraba unos círculos concéntricos de calor y radiación?

—Sí lo recuerdo, pero reconozco que aquellos círculos concéntricos de calor no los entendía con claridad. Ahora lo entiendo. Esa bomba en Nueva York no hubiese dejado demasiados edificios en pie —Klaus admitió la situación.

Tras un silencio, Klaus volvió a intervenir.

—He de reconocer Stefan, que el objetivo en Tunguska es menos comprometido que Nueva York. Agradezco que tuvieses la idea de proponerlo y de convencerles para su selección. Me siento más tranquilo, la verdad.

—¿Cómo lo ves Georg? —inquirió Stefan a Georg que permanecía callado.

—Reconozco que la bomba es espectacular y rompe mis esquemas —los miró a todos—. Pero ante todo soy un soldado y quiero realizar la misión lo antes posible y volver rápido. No me planteo cosas más profundas. También creo que si los aliados la tuviesen, nos la lanzarían sin miramientos. Ya habéis visto como bombardean Alemania, sin ningún tipo de miramiento, ni consideración. Llámalo como quieras, pero es mi pequeña venganza. Quiero lanzarla.

Stefan se mostró sorprendido con esta respuesta, aunque entendió el por qué de la misma.

—¡Acompáñenos con sus hombres generalmajor Dörner! —Kammler les invitaba a unirse a ellos ante la mesa—. ¿No tienen más hambre?

El tiempo fue pasando lentamente en el bunker, hasta que sobre las 18:00 y con la noche ya entrada, pudieron observar unas figuras que se dirigían a paso ligero hacía el bunker donde se encontraban. Estos personajes iban vestidos con escafandra y trajes diferentes a lo que habían visto. Los dos técnicos en el interior abrieron la pesada puerta blindada y los visitantes entraron apresuradamente, cerrando la puerta tras de sí. Llevaban unas bolsas en sus manos.

—*Alles fertig, Herr General! Der weg ist frei* —dijo uno de ellos, tras liberarse de la escafandra y dirigiéndose al general Kammler. Pudieron observar que era un soldado de las SS. Ya podían salir.

Antes de salir y tras abrir las bolsas que portaban, entregaron a cada uno de ellos unos capotes que se ceñían al cuerpo, de un color blanquecino y rugoso. Ninguno podía adivinar de qué estaba hecho, pero era confortable y ligero.

—Debe de ser amianto —dijo Klaus tocándolo suavemente.

El capote se remataba con una especie de capucha que cubría a cabeza por completo y con dos orificios con cristales para los ojos. Las botas y los guantes eran los últimos complementos del capote. Tras vestirse de esa manera, estaban preparados para salir.

Los cuatro soldados SS precedían a todo el grupo que, en fila india, iba saliendo ordenadamente del bunker. Todos llevaban unas potentes linternas de mano que les ayudaban a guiarse campo a través. Stefan observó que a medida que iban avanzando hacia el epicentro de la explosión, la tierra aparecía como más revuelta. Era como si hubiesen pasado una azada gigantesca. Era muy curioso porque lejos de hacer calor como efecto de la explosión, el frío y la humedad calaban hasta los huesos. Los árboles que protegían el bunker, aparecían con las ramas peladas y algunos de ellos arrancados de cuajo. Sus raíces se elevaban hacía el cielo como manos suplicantes. La naturaleza y la vida habían desaparecido.

Kammler señaló lo que había sido un pueblo construido al efecto para ver las consecuencias de la explosión. Se podía adivinar lo que quedaba de alguna pared, pero poco más. También se veían restos de animales que habían sido atados con cadenas a postes metálicos y comprobar el efecto de la explosión y la consiguiente radiación. Klaus pisó los restos de lo que había sido una vaca y que se hallaban totalmente carbonizados. Cuando el grupo llegó al epicentro de la explosión, la tierra tenía un color blanquecino y curiosamente no parecía tan removida como la tierra de más lejos del centro.

Todo era irreal. Uno de los soldados portaba un contador Geiger para la medición de la radioactividad. El aparato crepitaba cuando se aproximaba a piedras y restos de animales. Otro de los soldados tomaba nota de las lecturas y depositaba en una bolsa que parecía de goma, algunas muestras de piedras. Romersa también tomaba sus notas. Stefan trató de imaginarse cuál podría ser el informe que le pasaría al Duce a su regreso. Se adivinaba su temor a la implicación de Italia con las nuevas armas y en particular de la bomba atómica.

Poco después todo el grupo se dirigió al bunker de control desde donde los técnicos habían hecho explotar la bomba. En las paredes se adivinaban los efectos de la explosión. La capa de pintura gris de la pared se veía quemada en muchas partes e incluso había desaparecido en otras. Sin embargo, algo les hizo horrorizarse. En un lateral de la pared de hormigón había estampado un mulo de las pruebas con animales. Enormes regueros de sangre coagulada aparecían desde el desdichado animal al suelo. Evidentemente la cadena de sujeción del mulo se había roto por la fuerza de la explosión y éste había salido catapultado a más de 500 kilómetros por hora, hasta detenerse brutalmente contra la pared de hormigón. Romersa tuvo que sentarse ante la visión dantesca que se ofrecía ante sus ojos.

—¡Rápido, entremos! —el general Kammler era expeditivo y con rápidos gestos indicó a todos de entrar por una puerta blindada lateral. Romersa se incorporó con dificultad y entró seguidamente en la fortificación.

Una vez dentro del bunker y dentro de una cámara aislada, se les ordenó por un megáfono que se quitasen el capote. Las capotes y sus complementos fueron depositados en unos cubos metálicos. A continuación la misma voz por megafonía les ordenó que debían de entrar en unas duchas para una correcta descontaminación. Cada uno pasó individualmente a las duchas. Los uniformes fueron sometidos a un tratamiento de aire, pero que Stefan no fue capaz de adivinar su funcionamiento ni su principio científico.

Tras todo este protocolo radioactivo se les permitió entrar en la sala de control de la explosión. Unas veinte personas se hallaban en el lugar, frente a diferentes aparatos y tres de ellos delante de un cristal en vertical, donde aparecían los círculos concéntricos que ya habían visto en Berlín-Dahlem. Apuntaban datos que habían recogido los sensores en la zona. Todo el personal se cuadró al entrar el general Kammler y los demás.

—Continúen con su trabajo, pero necesito un informe de la explosión en veinte minutos. Ahora les voy a mostrar a mis invitados las instalaciones —un sonoro taconazo general de los técnicos, acompañó a las palabras de Kammler.

En poco tiempo habían visitado el edificio que contaba con unos sótanos a más de treinta metros de profundidad y donde se guardaban muestras de las diferentes pruebas que se habían hecho hasta ese momento. Era un subterráneo aislado por amplias paredes de plomo.

Al regresar a la sala, Kammler conferenció en privado con sus técnicos. Parecía satisfecho. Estos le entregaron un dossier con documentación sobre la prueba. Mientras tanto, los demás deambulaban por la sala observando los aparatos de seguimiento y medición. Un aparato llamó la atención de todos y era un visor de infrarrojos para la visión nocturna. Lo fueron probando, mientras un técnico les iba explicando su funcionamiento. Estaba conectado a un periscopio y permitía observar el exterior durante la noche sin problemas. Romersa tomó nota de este aparato, mostrando su entusiasmo mientras lo probaba. Otro técnico les fue explicando someramente los aparatos que allí había y su función específica. De nuevo, la tecnología alemana parecía muy superior a la de sus enemigos, pero ¿llegaría a tiempo? ¿Ganaría la calidad alemana frente a la cantidad aliada?.

Poco después, Kammler les anunciaba la llegada de unos coches que les llevarían hasta el puerto y de allí al continente, con parada final en Berlín.

Antes de salir del bunker de control y aprovechando un momento en el que Kammler estaba a solas, Romersa se dirigió a él.

—He de decirle general Kammler, que estoy favorablemente impresionado por sus avances técnicos y por la bomba disgregadora —Romersa parecía sincero—. Informaré al Duce de las armas y sus instalaciones. Reconozco que la bomba me ha superado y en un primer momento no he creído en ella como arma de disuasión con los aliados. Ahora lo veo claro y creo que será una herramienta excelente para devolver la potencia al eje. Le felicito sinceramente por su trabajo y el de todo su equipo.

—Gracias señor Romersa. Piense que creemos en lo que hacemos y esperamos que la Italia fascista acompañe a la Alemania nacionalsocialista hasta la victoria final —Kammler se llevó dos dedos a su gorra agradeciendo las palabras del periodista italiano.

XVII

El fracaso del proyecto Manhattan

—¿Y a su regreso a Berlín visitaron a Goebbels? —preguntó Williams.

—La visita estaba programada para Luigi Romersa ya que había un fuerte componente propagandístico y se desarrolló sin problemas. La visita del periodista provocó que el 16 de diciembre, un entusiasta Mussolini pronunciase su último discurso público ante miles de fascistas en el Teatro Lírico de Milán. Se denominó el «Discorso della Riscossa» en donde habló del inminente ataque alemán contra las principales ciudades aliadas. Un ataque definitivo con bombas capaces de destruir ciudades enteras en un instante. Un ataque sin defensa posible.

Stefan se sirvió café.

—Les he puesto unas tazas señores, ¿les apetece?

—Gracias Generalmajor. La verdad es que llevamos ya varias horas y nos apetece.

Williams se mostraba amable. El sargento Hanks, algo más distante, también aceptó el café. Parecía más preocupado por sus camaras y cintas de grabación.

—Mussolini volvió a hablar de las bombas atómicas alemanas el 20 de abril de 1945, fecha del cumpleaños de Hitler, con su amigo y también periodista G.G. Cabella, director del periódico «Il Popolo d'Alessandria», dictándole lo que se consideraría el testamento político del Duce. Mussolini afirmó con rotundidad que los alemanes tenían ya tres bombas atómicas terminadas y que su uso podía suponer un cambio inmediato en el frente de batalla. Stefan se levantó y dirigiéndose a una habitación contigua, trajo una fotocopia a color de un número extra de la revista «SIGNAL» correspondiente a 1945, titulado «Signal Extra-Beilage 1945». Aparecía en sus páginas interiores un dibujo realista hecho por los conocidos dibujantes de la época Hans Liska y Richard Hennis, del impacto de una bomba sobre una gran ciudad. Este dibujo que mostraba claramente los círculos concéntricos de la explosión nuclear, encabezaba un artículo titulado *Una escena como una pesadilla...* No meritaba ningún comentario, se explicaba por sí mismo. Los dos oficiales americanos lo miraron con interés

—¿Por qué SIGNAL expuso un artículo tan realista como éste si no disponíamos de la bomba? —Stefan dejó caer la pregunta, aunque no esperaba ninguna respuesta.

—Increíble. Este dibujo y el artículo son sensacionales —Williams se quedó unos segundos absorto en la contemplación de la revista. Hanks lo filmó en detalle. Pronto recobró el hilo de lo que comentaban anteriormente—. Y mientras tanto, ¿qué hicieron ustedes al regresar a Berlín?

De nuevo el ligero sonido de las máquinas que registraban la entrevista volvió a sonar, mientras Stefan contestaba a las preguntas de sus huéspedes.

—A nuestro regreso debíamos presentar el informe de la prueba atómica a Galland y éste al Führer. También sabíamos que a esas alturas del proyecto, Göring ya estaba al corriente y molestó mucho a Galland para saber detalles.

—Hemos de reconocer Generalmajor que la prueba atómica en la isla de Rügen que nos ha explicado fue extraordinaria y sobre todo teniendo en cuenta la época. No me extraña que Göring mostrase interés por una misión que podía cambiar la historia y que a él se le escapaba de su control. Supongo que necesitaba mejorar su imagen frente a Hitler.

—Es cierto —contestó Stefan— pero a esas alturas ya estaba muy desprestigiado. Hitler no contó con él para nada. Confiaba en Galland casi ciegamente y con buen criterio. No era tonto.

—Parece mentira lo adelantada que estaba la tecnología alemana —dijo incrédulo Williams—. Me imagino que la distancia con nuestros compatriotas, los estadounidenses debía ser elevada.

—No sólo eso teniente —sonrió Stefan— puedo garantizarle que en mayo de 1945 el Proyecto Manhattan no había desarrollado la bomba...

—¡Eso no puede ser Generalmajor Dörner! —se sorprendió Williams—. Todos conocemos la historia del Proyecto Manhattan y sus resultados. Las bombas fueron probadas en Alamogordo con éxito, antes de su lanzamiento sobre Japón.

—Mire teniente —comenzó Stefan—, comprenderá que ese es un asunto que me ha interesado mucho y por lo tanto lo he seguido no desde la historia oficial, sino desde la óptica realista. No olviden ustedes que yo pertenezco a la historia no oficial. Yo no existo en la historia oficial. Nunca sucedió lo que mi equipo y yo hicimos.

—Técnicamente, así es —confirmó el teniente Williams—. Pero explíquenos que supo usted sobre el Proyecto Manhattan que no se ajusta a la historia oficial.

—El 3 de marzo de 1945, el senador James F. Byrnes por el estado de Carolina del Sur de 1939 a 1945 y Director de la Oficina de Movilización y Reconversión de 1944 a 1945, redactó una memoria al presidente de los Estados Unidos en la que detallaba los resultados hasta ese momento del Proyecto Manhattan. Lo que quedaba muy claro en la memoria presentada por James F. Byrnes era el desmesurado coste de más de dos billones de dólares hasta ese momento invertidos en el proyecto y más de 150.000 personas involucradas directa e indirectamente en él. También recomendaba exhaustivamente la paralización de la investigación atómica con fines militares, ya que el rumbo de la guerra y el éxito de los bombardeos convencionales estaban decantando la balanza de la guerra a favor de los aliados. Japón estaba al borde del colapso y Alemania también.

»En mayo de 1945, no cuesta trabajo imaginarse la total desesperanza en los equipos de trabajo del Proyecto Manhattan. La razón era muy simple: hacía ya meses que habían renunciado a la construcción de una bomba operativa de uranio 235. Por otro lado, y aunque habían fabricado unos 15 kilos de plutonio 239 que era una cantidad suficiente para la bomba de ese material, no habían encontrado la forma de hacer detonar la bomba de plutonio. El resultado de esa situación también es fácil de imaginar. En junio de 1945, tras la rendición de Alemania en mayo, muchos políticos americanos, que conocen la memoria de James F. Byrnes, exigían la finalización inmediata de los enormes gastos de la investigación nuclear. La razón era que la guerra estaba prácticamente ganada y que la presión de los bombardeos sobre Japón eran presión suficiente para acabar la guerra en muy poco tiempo. A pesar de estas quejas, el problema o la prioridad para el presidente Truman era otro: la bomba atómica también era un arma diplomática para dicho presidente. Su uso impune forzaría a una rendición instantánea del Japón y serviría de aviso al creciente peligro soviético y su terrible expansionismo. Era una forma de marcar distancias con el futuro enemigo.

—¿Cómo sus compatriotas lograron solucionar el problema en Alamogordo? —Stefan sonreía—. Alemania y su ciencia también tuvieron un lugar destacado en ello. Y buena parte fue fruto de la casualidad. Les explico:

un inmenso submarino nodriza alemán, el U-234, fue capturado cerca de las costas americanas en su viaje a Japón al terminar la guerra el 14 de mayo de 1945. En su interior llevaba una carga de más de 240 toneladas de lo más variado y misterioso: un avión completo y desmontado Messerschmitt 262, 560 kilos de óxido de uranio enriquecido U-235, 1.200 fusibles infrarrojos inventados por Von Ardenne, oficiales alemanes de alta graduación y dos militares japoneses, el coronel e ingeniero aeronáutico Genzo Shosi y el capitán de marina Hideo Tamoaga, que se suicidaron al ser capturados.

»En el submarino U-234 viajaba un experto alemán en sistemas de detonación por infrarrojos, el Dr. Heinz Schlike, que era uno de los científicos punteros que trabajó en el equipo del barón Von Ardenne. Un militar americano, un tal comandante Álvarez, ordenó que los fusibles infrarrojos y Schlike fuesen trasladados rápidamente al laboratorio de Alamogordo, en Nuevo México, donde los científicos americanos seguían con el problema de la detonación de la bomba de plutonio. Los americanos necesitaban que una pequeña esfera formada por 32 porciones de explosivos unidas de forma similar a una pelota, explotasen simultáneamente en una fracción de segundo. Esa era la manera de provocar la llamada implosión de una bola de plutonio, forzándola a alcanzar la densidad y masa crítica necesarias para provocar la explosión atómica. Pueden imaginarse que durante mucho tiempo sus científicos estuvieron ensayando métodos mecánicos y electrónicos de detonación, pero leves diferencias de velocidad en la activación de los fusibles detonantes hacían que los explosivos no explotasen simultáneamente y por ello la implosión del plutonio no sucedía. El Dr. Schlike les dió la solución. Usando los fusibles infrarrojos inventados por Von Ardenne, se conseguía que los 64 fusibles que envolvían a los 32 segmentos de explosivo convencional detonasen a la velocidad de la luz, provocando la implosión necesaria del plutonio. ¡Y lo que es la historia! Fue el propio Dr. Schlike quien instaló los fusibles de la bomba que se probó en Trinity, Nuevo México el 16 de julio de 1945. Según la versión oficial de los vencedores, fue la primera explosión nuclear de la historia.

»Cuando la bomba estalló sin problemas, todos los observadores y científicos se sorprendieron de la potencia de la explosión. Todos menos el Dr. Heinz Schlike, para el cual no era ninguna sorpresa la prueba atómica. Ya las había presenciado en Rügen. Tras la guerra, el Dr. Schlike siguió trabajando en el proyecto nuclear americano y se benefició del programa *Paperclip* de reclutamiento masivo de científicos e ingenieros alemanes capturados.

La bomba Little Boy lanzada sobre Hiroshima pesaba 4.500 Kgs y medía 71 cm de diámetro por 3 mts de largo. Era del tipo «cañón» en la cual una pieza de uranio-235 era disparada contra otra pieza en forma de taza produciendo la reacción en cadena. Esta bomba jamás fue probada previamente por los americanos, que simplemente la lanzaron sobre Hiroshima. No es la forma de actuar de un equipo científico serio o quizás ¿ya la habían probado los alemanes?

Fat Man, la bomba lanzada sobre Nagasaki pesaba 5 toneladas, medía 3,2 metros de largo por 1,5 metros de diámetro. Utilizaba el método de implosión producida por la reacción en cadena generada por el bombardeo de 64 detonadores que disparaban simultáneamente plutonio hacia un punto central dentro de la estructura de la bomba. Los detonadores de infrarrojos de Von Ardenne capturados en el submarino U-234, fueron cruciales para hacer estallar la bomba

»El misterio, queridos amigos —Stefan sonrió ante la cara de incredulidad de sus huéspedes— era saber quién era el tal comandante Álvarez. La verdad es que no existió nunca un comandante Álvarez en la marina de los Estados Unidos. El responsable del sistema de detonación del plutonio del Proyecto Manhattan era el Dr. Luis Walter Álvarez. Se disfrazó de militar naval americano para no despertar sospechas entre los marineros alemanes y en particular del Dr. Schlike.

»No debe sorprenderles que un científico se disfrazase para pasar desapercibido entre tropas enemigas capturadas. También se disfrazaron en aquella ocasión los científicos americanos Robert Furman y James Nolan para escoltar sin sospechas el uranio enriquecido capturado en el submarino alemán, a bordo del USS Indianápolis y con destino a Tinian, la inmensa base en el Pacífico

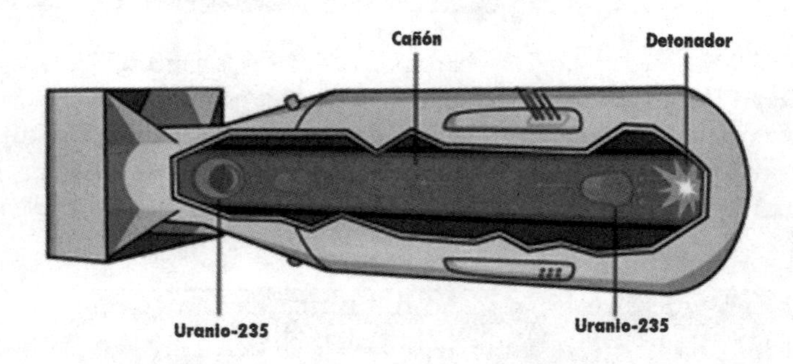

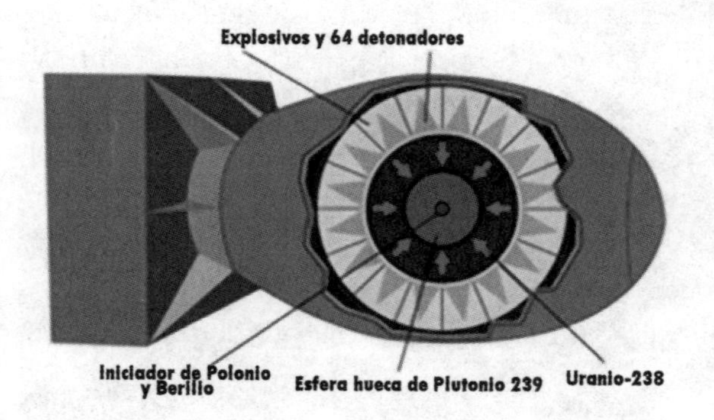

Croquis del sistema interno de funcionamiento de las dos bombas lanzadas sobre Hiroshima y Nagasaki. Como información adicional, falta añadir una tercera bomba atómica como la de Hiroshima lanzada sobre la refinería de petróleo japonesa de Tsuchizaki, cerca de Akita el 14/8/45. Fue una misión de bombardeo realizada por 134 aviones B-29 del ala de bombardeo 315, estacionados en la isla de Guam. La bomba fue llevada por el B-29 «For the Luvva Mike»

desde donde salieron las bombas que se lanzaron sobre Japón y desde donde se controlaron muchas de las pruebas nucleares posteriores a la guerra.

»De todas formas, el caso del Dr. Luis W. Álvarez es muy curioso ya que pasó a la historia como el científico que desarrolló los detonadores que se fijaron en la bomba de plutonio, voló como observador científico en la explosión de Hiroshima y obtuvo el Premio Nobel de Física en 1968, por sus descubrimientos en el campo de la tecnología de infrarojos. También se hizo famoso por su teoría de la desaparición de los dinosaurios a consecuencia del impacto de un meteorito. Para Von Ardenne, el Dr. Heinz Schlike y muchos otros técnicos alemanes el olvido absoluto.

»De todas maneras la historia tampoco acabó ahí. Los misterios del desarrollo americano no están resueltos, aunque yo tengo mis propias ideas…

—Qué quiere decir con eso Generalmajor? —indicó Williams—. ¿Qué más cree saber usted de todo este asunto? Me parece que ya hemos oído cosas increíbles hasta ahora.

—Les daré una fecha, 16 de julio de 1945 —Stefan se quedó mirando a sus interlocutores.

—Es la fecha de la prueba de la bomba de plutonio en Alamogordo —contestó el sargento Hanks sin dudarlo.

—Así es sargento Hanks, y ya no hubo más pruebas ya que la bomba funcionaba. Sin embargo, estarán ustedes de acuerdo conmigo en que la bomba que explotó en Hiroshima el 6 de agosto de 1945, no fue una segunda bomba de plutonio. Era una bomba de uranio y eso hace una gran diferencia. Portaba 60 kilos de uranio enriquecido 235. ¿No ven algo curioso en esta bomba? No solamente es el mismo tipo de uranio que portaba el submarino U-234, sino que la primera bomba atómica de la historia fue lanzada sin una prueba previa. ¿No era un riesgo muy elevado para su país? ¿Cómo pudo suceder?

Hanks y Williams se miraron y no pudieron menos que estar de acuerdo con lo que decia Stefan. Era de una lógica aplastante.

—Jamás había sido probada y se desconocían oficialmente sus efectos. Más tarde, ante las sospechas en la opinión pública que provocó la falta de pruebas previas realizadas con la bomba de uranio, los científicos y técnicos del Proyecto Manhattan alegaron que se trataba de una bomba estructuralmente mucho más simple que la de plutonio y que su detonación no representaba ningún problema. Estaban tan seguros de lo que decían que consideraron innecesaria prueba previa alguna. La verdad es que se desconocía si la bomba de 60 kilos de uranio era más potente que la de 15 kilos de plutonio probada el 16 de julio anterior. Tampoco se sabía si podría producir la temida reacción en cadena atmosférica, con posibles consecuencias en todo el planeta. Las dudas eran enormes y las respuestas fuera de toda lógica científica ¿no lo creen así ustedes? —los dos interlocutores afirmaron con la cabeza la pregunta de Stefan.

»Pues a pesar de estas tremendas preguntas sin respuesta, la bomba de uranio fue la primera bomba atómica en ser usada en guerra. Y se sumaba otro riesgo muy importante: para provocar la máxima destrucción, el sistema de detonación debía activarse a unos 600 metros del suelo, provocando el «efecto paraguas» en la zona de impacto. Por esa razón, la bomba llevaba un sistema muy delicado y que funcionaba según la presión atmosférica durante la caída y controlado por un circuito electrónico muy sensible.

»Imagínense, la bomba debía ser montada en vuelo al aproximarse al objetivo, para que la radiación emitida por el ultra-activo uranio 235, no dañara los circuitos de detonación y provocara que la bomba no estallase en el momento adecuado, o lo que es peor que pudiera explotar en pleno vuelo. También existía el riesgo estadístico ya que un 10% de las bombas aliadas convencionales lanzadas sobre el enemigo en la Segunda Guerra Mundial no estallaron. Si caía intacta podía ser capturada por los japoneses y quizás reutilizada contra Estados Unidos. La bomba de Hiroshima también portaba un pequeño paracaídas, que frenaba su descenso para evitar una variación muy rápida de presión y que pudiera explotar a una altura errónea. Y por último, todas las fotos de la bomba de Hiroshima, llamada por su ejercito «Little Boy», pertenecen a maquetas hechas después de la guerra. No hay fotos de la bomba auténtica lanzada ese 6 de agosto, o quizás han sido debidamente ocultadas al público y a los medios de comunicación. De la segunda, la de plutonio que se lanzó sobre Nagasaki tres días después, es decir el 9 de agosto, sí que hay fotos. Incluso se puede apreciar cerca de la cola de la bomba una «G» que viene del alemán *Gefahr* o *Peligro* y una flecha por debajo de la letra. La bomba se pintó posteriormente sobre el color verde oscuro original alemán. Recuerden que ambas bombas tenían unos colores muy curiosos que enmascaraban su color de fondo original alemán. La de Hiroshima se pintó en un color azul eléctrico brillante y la de Nagasaki amarilla con bandas marrones.

»La bomba de uranio «Little Boy» que cayó sobre Hiroshima había sido fabricada en Ohrduf por el Dr. Seuffert y su equipo, y la de plutonio «Fat Man» que cayó sobre Nagasaki, había sido fabricada en Innsbruck por el Dr. Stetter y su equipo. Ambas bombas fueron capturadas por sus tropas en su desesperado y rápido avance sobre Alemania, antes de que los soviéticos las pudiesen capturar y conocer sus secretos. Nosotros habíamos bautizado a «Little Boy» como «Wotan» y a «Fat Man» como «Sigfrido». También fueron capturadas como botín de guerra, varias bombas nucleares «pequeñas» de 250 kilos y transportables por un caza, como la que se utilizó el 14/8/1945 sobre la refinería japonesa de Tsuchizaki, cerca de Akita.

—¿Pero qué está diciendo Generalmajor Dörner? El proyecto Manhattan y los científicos que allí trabajaron están fuera de toda duda —Williams parecía molesto—. Sus trabajos fueron perfectamente conocidos en la época y posteriormente. No puedo entender sus palabras.

—Puedo comprender su enojo e incluso su sorpresa, pero le estoy explicando la verdad —Stefan se mostraba tranquilo—. Incluso Churchill y el teniente general Donald Leander Putt, jefe de las USAF en Europa desde octubre de 1944 a agosto de 1945 declararon públicamente sin ambigüedades tras la rendición de Japón, que Alemania disponía de dos bombas atómicas totalmente operativas al acabar la guerra en Europa y gran cantidad de armas nuevas a punto de ser utilizadas en combate. La verdad no siempre gusta señores, pero es la verdad y les puedo añadir que la bomba de uranio no hizo falta que sus científicos la probasen en Alamogordo, ya que conocían perfectamente su uso y sus efectos. Nosotros ya la habíamos probado en la Operación Hagen el 23 de febrero de 1945, sobre la región siberiana de Tunguska.

—Suena increíble, pero ¿qué me dice del uranio enriquecido 235 del submarino alemán? —añadió con satisfacción Williams—. ¿Si no se utilizó entonces en «Little Boy», que se hizo con ese material?

—No es increíble. Incluso Julius Robert Oppenheimer, oficialmente el padre de la bomba y responsable del proyecto Manhattan, afirmó inocentemente en una entrevista televisada sobre la bomba de Hiroshima que «era una bomba que los alemanes ya habían probado, no había nada que investigar, sólo usarla» así de claro. Y con referencia al uranio del submarino, la respuesta es muy sencilla teniente —sonrió Stefan—. El uranio enriquecido se utilizó en las dos bombas que fueron lanzadas en el Atolón de Bikini en julio de 1946, en la llamada Operación Crossroads, sobre 77 barcos de guerra capturados a japoneses y alemanes. Los casi 600 kilos de uranio permitían construir unas 7 u 8 bombas. Recordarán que esa operación pretendía medir los efectos de la explosión atómica sobre una flota enemiga. Una se lanzó desde un B-29 y la segunda, 15 días más tarde, y desde el fondo del mar. La prueba fue satisfactoria, pero el grado de contaminación radioactiva que sufrieron los marineros americanos participantes, fue horroroso.

—Si lo que usted dice es verdad Generalmajor, ¿por qué no se ha dicho públicamente, por qué no se ha explicado la historia como fue? —Williams no salía de su asombro—. Qué puede perder Estados Unidos por revelar esa historia, si resulta cierta…

—Bueno, vuelve a ser muy sencillo, teniente. Partiendo de la exigencia aliada de la rendición incondicional de Alemania sin ningún tipo de negociación, millones de documentos oficiales y civiles sobre la Alemania de Hitler permanecen aún hoy retenidos y sin desclasificar al público, en los archivos secretos de Estados Unidos, Inglaterra, Francia y Rusia. También hay varios millones de patentes industriales, médicas y tecnológicas que fueron incautadas o robadas como botín de guerra por los vencedores, sin posibilidad de reclamación. Más de medio siglo de desarrollo humano se ha construido sobre esos desarrollos alemanes —Stefan seguía muy tranquilo su demoledora exposición—. ¿Cuánto dinero vale todo eso y cuánto dinero ha generado ese expolio para las arcas de los vencedores? ¿Cuántos premios Nobel lo han sido por desarrollos que ellos no crearon? La lista de preguntas sin respuesta se hace interminable, teniente. Esa es la historia que nos han hurtado a todos. Según la historia oficial, el régimen de Hitler no pudo crear nada de valor y eso es imposible. Se ha demonizado hasta la exasperación y el ridículo.

—¡Pero no puede usted estar de acuerdo con lo que fue el régimen de Hitler, Generalmajor! La historia nos ha demostrado quién fue el Führer —Williams estaba irritado.

—No he dicho que lo esté, teniente Williams, aunque puedo reconocer las cosas buenas y malas que tuvo —respondió con energía Stefan—. No me parece lógico que los gobiernos de la autoproclamada libertad, con Estados Unidos e Inglaterra a la cabeza, escondan datos históricos a sus electores. ¿Sería posible entonces que el pueblo viese la historia bajo otra perspectiva y reclamasen la realidad de lo que pasó? ¿Pedirían cuentas a los que provocaron la mentira? y ¿quiénes fueron en realidad y por qué?

—Como americanos, esto lo saben ustedes muy bien: según el *Acta Americana de Libertad de Información*, cualquier documento secreto debe ser hecho público al transcurrir treinta años desde su clasificación como tal. No sé si lo saben, pero el 16 de febrero de 1999, el departamento de Defensa americano declaró en carta pública, en su sección 13-A2, que la desclasificación de todos los documentos alemanes todavía en poder del gobierno americano y considerados altamente confidenciales, causarían un grave daño a la seguridad y prestigio nacional.

Stefan se quedó mirando a sus interlocutores, como esperando su respuesta. A los pocos segundos y sin obtener respuesta de los mismos, continuó:

—Con casi 60 años desde el final de la guerra mundial, me pregunto ¿cuál es el contenido tan secreto, peligroso o dañino que los documentos relativos a la Alemania de Hitler pueden tener en la actualidad? ¿Por qué siguen clasificados y negados a la opinión pública, a los medios de comunicación y sobre todo a la historia de la humanidad? Su gobierno ha dicho que deberán pasar 100 años, es decir en el año 2039 para desclasificarlos totalmente. Ya no viviremos para verlo…

XVIII

Un vuelo para la historia

—No quiero aburrirles más con el Proyecto Manhattan ni con asuntos de su gobierno. Creo que ya saben lo más importante. Por otro lado, lamento haberles cambiado algunas de las ideas que ustedes tenían sobre la guerra mundial —Stefan se sirvió otra taza de café, tras haber servido de nuevo a los dos militares americanos, que la aceptaron de buen grado.

—Desde luego estamos conociendo otra perspectiva de la historia, que pone en crisis lo que nosotros creíamos que había pasado. No creo que sea información para la que el mundo que conocemos esté preparado —Williams observaba como el sargento Hanks, cambiaba una de las cintas de grabación.

Stefan trajo unas galletas que dejó sobre la mesilla, al lado de los documentos y fotos.

—Cuando todo se sepa, yo ya no estaré aquí. Yo sé lo que viví en aquellos tiempos de agitación y conservo una buena memoria —Stefan tomó asiento de nuevo y se dispuso a continuar su relato.

Después de la prueba de la isla de Rügen y tras haber llegado a Berlín sin incidencias, Stefan contactó con Adolf Galland para la presentación de los resultados de la prueba atómica. Galland llegaría a Berlín por la noche, ya que se encontraba en Hamburgo.

Prácticamente no pudieron ver a sus mujeres ya que tal como llegó a Berlín, Galland les citó en el Luftministerium. Estaba muy excitado y parecía tener noticias de última hora.

—¿Qué tal? —empezó Galland invitándoles a entrar en su despacho—. Tenéis buen aspecto. Sentaros, por favor.

Stefan y sus hombres tomaron asiento alrededor de la mesa de reuniones del despacho de Galland.

—Y bien ¿cómo fue la prueba atómica?

Stefan sacó de su portafolios varias fotos de la explosión, desde diferentes ángulos, y algunas notas técnicas de la misma.

—La prueba ha ido muy bien, Adolf. El general Kammler y sus hombres fueron muy amables en todo momento con nosotros y nos brindaron toda su ayuda y explicaciones técnicas cuando lo requerimos. También el periodista italiano Luigi Romersa asistió a la prueba y creo que quedó impresionado. Ahora falta ver si convencerá al Duce.

—Verás que te incluyo, para tu informe al Führer todos los datos, horario y personas implicadas en la prueba a la que hemos asistido. Están todos los detalles incluso los aspectos técnicos que nos han facilitado las SS. Piensa Adolf que se detectó en Estocolmo la detonación e incluso toda la zona del Báltico y la franja norte de Alemania se vio afectada por un corte de luz que duró varias horas —Stefan se tomó un respiro en su explicación mientras sus hombres permanecían en silencio—. Por otro lado, he de decirte que la bomba que hemos visto estallar en Rügen es un arma devastadora. Y la nuestra, Hagen, es más potente. Lo he hablado con todos ellos —Stefan miró a sus camaradas— y hubiese sido un cargo de conciencia haberla lanzado sobre Nueva York o cualquier otra capital aliada. Esa bomba no es de este mundo. Alemania no habría podido ser perdonada por el uso de esa bomba sobre una ciudad indefensa, por muchas razones que tuviese para usarla.

Acercó a Galland algunas de las fotografías. Se podía seguir la frecuencia del crecimiento de la nube atómica. Era fotos espectaculares y que no dejaban lugar a dudas

—Por ello, estamos todos de acuerdo en llevar a cabo la misión y creemos que Tunguska es un objetivo con más sentido y menos comprometido en vidas humanas —Stefan le mostró las fotos de animales achicharrados e irreconocibles a consecuencia de los efectos del calor y la radiación. La cara de Galland al verlas no necesitaba explicación.

—Bien, en ese caso estamos todos de acuerdo en que se confirma la potencia de la bomba y el buen objetivo de la misma en la estepa siberiana. Ahora queda en vuestras manos que la bomba llegue a su destino y cumpla con su papel disuasorio —se sirvió una copa y ofreció a los demás alguno de los licores de su pequeño mueble-bar—. Leeré lo que me has traído Stefan, pero confío plenamente en ti y en tus hombres. También quiero deciros que se está preparando una gran ofensiva para diciembre en el frente del oeste, contra los americanos. Es la operación «Wacht am Rhein» y será un ataque relámpago que deberá cortar en dos el frente aliado en las Ardenas. Estamos concentrando mucho material en la frontera con Bélgica y la Luftwaffe apoyará el ataque en tierra con la destrucción de aeródromos del enemigo a finales de diciembre o principios de enero. Está por decidir y será en función del éxito en tierra. Le llamamos Operación Bodenplatte. Se está poniendo en juego nuestra última reserva en tanques, aviones y hombres con el objetivo de ganar tiempo ¡Tiene que funcionar!

Stefan observó que Galland estaba algo fuera de sí.

—¿Qué te pasa Adolf? Te veo diferente y no me gusta —Stefan sabía que podía hablar de esa manera con su superior directo. No le gustaba la posibilidad de que Galland estuviese en baja forma.

—No puedo engañaros. No estoy en un buen momento con el «gordo». Tengo confrontaciones constantemente con Göring. Me acusa de no poder detener los bombardeos sobre Alemania. El número de ataques aliados aumenta. El enemigo utiliza diariamente entre 800 y 1.200 bombarderos, día y noche, continuamente. Están haciendo picadillo nuestras ciudades y fábricas. Miles de civiles mueren cada día. Es un goteo imparable.

Pareció meditar algo. Luego continuó.

—Esto que os voy a decir no lo sabéis, ni he querido que lo supieseis para no entorpecer nuestro trabajo, pero mientras estabais en Letov preparando el avión tuve un altercado con Göring que llegué a pensar que me iban a fusilar —todos mostraron caras de asombro—. Antes de verano, en una reunión aquí en el ministerio Göring volvió a reclamar airadamente que protegiésemos a la patria de los ataques aéreos. Estaba muy excitado y yo también. Con nosotros estaban los jefes de escuadrilla de toda Alemania. Podéis imaginaros la tensión que allí había. La gota que colmó mi paciencia fue cuando nos llamó cobardes e incluso dijo que nos inventábamos el número de derribos para conseguir condecoraciones. En aquel momento me levanté de la mesa, me arranqué la cruz de caballero de mi cuello y la arrojé sobre la mesa delante de Göring. Le miré a los ojos fijamente esperando cualquier reacción del Mariscal del Reich y sin embargo no sucedió nada. Un profundo y tenso silencio invadió la sala de reuniones. Todos los presentes nos miraban a uno y a otro. Göring terminó pausadamente la reunión y se retiró a su despacho. Han pasado más de 6 meses hasta que la he vuelto a lucir. Ahora hay una calma tensa ya que como os he dicho los bombardeos siguen y parece imparable que por ahora que podamos cambiar rápidamente la situación.

No me sorprendería que pronto Göring tome algún tipo de represalia contra mí.

—Supongo que nuestra operación continúa, ¿verdad Adolf? —preguntó inquieto Klaus.

—Sí, y además es una operación bajo el mando directo de Hitler. Göring no puede hacer nada a pesar de que ya sabe de qué va, pero no conoce algunos detalles y eso le enfurece.

—¿Ha habido novedades en Letov en este tiempo que hemos estado fuera? —quiso saber Stefan centrando la cuestión en la operación.

—Después de la reunión con Hitler en la cancillería, me encargué de que llegasen dos unidades más del mismo modelo He-177 V-38 a Letov. Las noticias que tengo es que la adaptación se está efectuando sin problemas y pronto serán iguales a vuestro «Berliner Luft». También tengo a dos tripulaciones de la máxima confianza siguiendo su instrucción para esos aviones —Galland sonrió—. También quiero que sepáis que el grupo técnico de las SS, ha hecho construir de forma muy rápida un pequeño complejo subterráneo para acabar la bomba Hagen sin problemas y lejos de miradas indiscretas. La primera instalación era provisional ya que parecía que podrían montar la bomba en poco tiempo, pero las cosas se habían complicado y no podían seguir en aquellas condiciones. Por lo que veis ha habido cambios. Nosotros tenemos previsto, tal como te indiqué en el último informe que te envié, que partiremos hacia Letov en esta misma semana. Nuestro trabajo está en función de lo rápido que las SS científicas dispongan del material para la bomba. ¿No os dió Kammler alguna fecha? Recuerdo que en la reunión con Hitler, habló de la primera quincena de diciembre. ¿Habéis sabido algo más? ¿Se confirma ese calendario? —Galland se recostó en su silla.

—No hemos tenido más noticias sobre ese calendario. Kammler no nos amplió, ni nos confirmó si se cumpliría el calendario de diciembre. No hizo ningún comentario al respecto. Personalmente opino que no se cumplirá —Stefan parecía seguro de sus palabras.

—¿Por qué lo intuyes, Stefan? Eso nos puede traer problemas de tiempo —Galland parecía preocupado ante la suposición de Stefan.

—La obtención del material fisionable a través de los ciclotrones es más laboriosa de lo que creemos. Al mismo tiempo, y tú fuiste testigo en la reunión, los bombardeos enemigos han puesto fuera de circulación temporal a alguno de ellos. No es una reparación fácil. Mis ligeros conocimientos sobre la radioactividad y el material nuclear me dicen que no tendremos la bomba lista hasta principios de 1945. No puedo decirte la fecha, pero creo que es más realista y ojalá me equivoque.

—Eso es muy grave y retrasa todo —Galland puso cara de circunstancias—. La ofensiva de las Ardenas también tiene que ver con la bomba Hagen. No quiero imaginarme al Führer cuando sepa esa noticia.

—Por ahora es un presentimiento, Adolf —Stefan trató de quitar importancia a su comentario—, no tengo más elementos de juicio para confirmar lo que he dicho, pero creo que no puedo ocultarte mi opinión. No hagamos nada por ahora. Esperemos.

—Me parece bien. El general Kammler ya sabrá apretar a su gente y no permitirá un atraso —Galland parecía más tranquilo—. Con la información que me has dado, prepararé el informe para Hitler. De momento, no diré nada de lo que sospechas Stefan. La Luftwaffe hará su trabajo. Por nuestra parte, no tiene que haber más problemas por ahora. Os deseo un buen viaje hasta Letov y seguimos en contacto. Yo estaré un par de semanas en la zona del Eiffel, en la Selva Negra. Estamos preparando toda la fuerza de ataque para la ofensiva de las Ardenas —Galland se puso de pie.

—Seguimos en contacto, Adolf —respondió Stefan—, te informaré de cualquier incidencia—. Los demás también se pusieron en pie y se despidieron de Galland.

La despedida de sus familiares y esposas comenzaba a ser muy difícil para Stefan y sus hombres. La situación para Alemania no presentaba un futuro esperanzador y los familiares, lógicamente, creían que podía ser la despedida definitiva con sus seres queridos.

Claudia, al participar en el proyecto atómico desde Berlín, tenía una idea más clara de lo que estaba pasando entre bastidores y tenía cierta comprensión hacia la labor militar de Stefan. Sí que creía que era una misión que debía realizarse cuanto antes, para que todo volviese a la normalidad en Alemania. Los demás y por alto secreto militar, no podían explicar en qué consistía su misión. Algo tranquilizaba a las familias y es que en Letov, se hallaban lejos de primera línea de combate y por ello con más posibilidades de supervivencia.

Waltraub ya había conseguido el traslado a Heidelberg, en el sur. Estaba muy contenta y mucho más tranquila. Partiría en la misma fecha que todo el grupo hacia Letov, el 27 de octubre de 1944.

Galland llamó por línea telefónica de alta seguridad a Stefan, para indicarle que la reunión con Hitler había ido muy bien y que éste se mostraba muy esperanzado con la misión que iban a realizar. Estaba seguro del cambio que provocaría en el escenario mundial. Por descontado que no le explicó los temores de Stefan.

—El Führer espera que con el ataque de las Ardenas y la explosión nuclear en Tunguska, el frente aliado en el este y en el oeste se vea frenado ante la escala del ataque alemán —Galland les fue dando detalles de la idea de Hitler—. La ofensiva de las Ardenas está prevista dentro de la primera quincena de diciembre, aunque hará falta que el mal tiempo acompañe a nuestro ataque terrestre y evite a la aviación americana. Es decir, la fecha final se sabrá casi en el momento de la ofensiva. Por otro lado y según el calendario del general Kammler, si se dispone del material fisionable para la bomba también en la primera quincena de diciembre, la bomba estará montada y lista para su uso sobre el 20 de diciembre. La Operación Hagen se llevará a cabo sobre el 21 ó 22 de diciembre.

—Por nuestra parte no hay problema, Adolf. Si se cumple el calendario de disponibilidad del material, así será. Gracias por la información y seguiremos en contacto. Nosotros partimos a Letov mañana. Klaus me dice que te agradece tu esfuerzo por el nuevo destino de su mujer en Heidelberg.

Tras las despedidas, Stefan colgó. El plan parecía técnicamente bien montado y con serias posibilidades de éxito. Se lo comunicó a sus camaradas con notable optimismo. Ahora sólo faltaba que nadie fallase.

Letov aparecía entre la bruma de ese día de niebla y frío típico de Checoeslovaquia. Algunos campos se veían cubiertos por una fina capa de nieve.

—Qué bonito se ve el paisaje desde aquí, ¿verdad Stefan? —dijo Werner siguiendo el paisaje con la vista. Stefan afirmó con la cabeza mientras observaba la magnífica visión invernal. Los demás, Klaus y Georg también estuvieron de acuerdo con Werner.

El Junkers Ju-52 aterrizó sin problemas. En aquel momento despegaba una escuadrilla de Fw-190, con un ruido ensordecedor, ya que pasaron junto al veterano trimotor. El hangar del avión del equipo de Stefan se hallaba cerrado y dentro debía estar el equipo de técnicos y mecánicos trabajando sobre las dos nuevas unidades. Stefan tenía ganas de conocer a las nuevas tripulaciones que había dicho Galland.

Tal como el avión se detuvo, el coche de Stadler paró junto a la escalerilla que acababa de ser colocada para los pasajeros y la tripulación. Bajó rápidamente del coche y esperó al grupo.

—Generalmajor Dörner, bienvenido de nuevo a Letov —alargó su mano para estrecharla con la de Stefan y el resto de los miembros de la Operación Hagen. Así lo hicieron todos y seguidamente montaron en el coche de Stadler y se dirigieron al hangar. Dos soldados de las Waffen SS vigilaban la entrada. Al acercarse el vehículo y bajar sus ocupantes, abrieron raudamente la puerta y permitieron el acceso al grupo.

La actividad en el interior era notable. Su avión se hallaba tapado por una red de camuflaje y se encontraba en uno de los extremos del hangar. En el centro del mismo, había dos aviones idénticos al suyo sobre los que trabajaban el equipo de mecánicos y técnicos de Heinkel. El grupo avanzó hacia los dos aviones. El ruido era elevado ya que estaban puliendo con un disco una pieza. Un chorro de chispas subía en vertical hasta una altura considerable. Pronto los mecánicos y técnicos dejaron su labor al ver llegar a Stefan y a todos los demás. Había más de veinte personas trabajando en los aviones, ya que fueron apareciendo de los diferentes rincones en donde se hallaban realizando su labor. Uno de los mecánicos se adelantó a la fila que habían formado para recibir los visitantes. Era Matthias Gerhard, el jefe de mecánicos.

—Bienvenido señor —saludó Gerhard, llevándose dos dedos a su gorra. Tenía las manos sucias y prefirió no dar la mano a Stefan y a sus hombres. Todos rieron ante la situación.

—No se preocupe Matthias. Me alegro de verle de nuevo ¿Cómo está todo? ¿Cómo está la preparación de los dos nuevos aviones?

—Ante todo, Generalmajor, debo agradecerle que haya facilitado la disposición de ocho hombres más en mi equipo de mecánicos. Heinkel también ha aportado dos técnicos más —Gerhard hablaba frente a la fila de sus hombres, en posición de firmes—. Hemos tenido mucho trabajo ya que hemos tenido que ayudar en varias ocasiones al personal de mantenimiento del aeródromo reparando cazas que debían de volar de forma inmediata.

—¿Les ha retrasado mucho esa labor? —indagó Stefan.

—No se preocupe señor, lo hemos combinado bien y estamos dentro del calendario fijado de preparación de los aviones. Ya sabe que la fecha de disponibilidad está fijada para la última semana de noviembre. Me gustaría presentarle a los nuevos, señor.

Stefan asintió ante la propuesta de Gerhard y pasó revista a todos los hombres en formación. Mientras tanto Klaus, Georg y Werner curioseaban los nuevos bombarderos. Stadler observaba la escena con satisfacción. No quería problemas en su base y aquella misión le traía de cabeza. Cualquier fallo le llevaría directamente al frente del este. Y ese era un futuro que no quería contemplar.

Según los que veía Stefan, la planificación seguía su curso. Luego se dirigió a Stadler.

—Stadler, me gustaría ver la instalación que los científicos SS han hecho en la base.

—No hay problema, Generalmajor. Vamos en mi automóvil —respondió solícito Stadler.

Stefan avisó a sus compañeros para que le acompañasen en al visita. Rapidamente todos se subieron al coche y se dirigieron al nuevo bunker.

El bunker estaba situado junto a sus aposentos y cerca de las defensas antiaéreas de la base. En la entrada había un nido de ametralladoras del cual sobresalían amenazantes las bocas de dos MG42. En la entrada de nuevo dos guardias de las Waffen SS controlaban el acceso al interior. Ellos no fueron una excepción y tras presentar sus credenciales pudieron entrar.

Desde luego habían hecho un buen trabajo. Los pasillos con paredes de hormigón armado conducían a varias salas donde el equipo científico se hallaba trabajando.

—Han traído trabajadores desde Praga y del campo de concentración de Theresientsadt —precisó Stadler, imaginando la incredulidad ante la rapidez del trabajo de construcción y acabado de las instalaciones subterráneas.

Uno de los científicos, llamado Dr. Uwe Kroth, les acompañó en la visita y les indicó el estado de preparación de la bomba Hagen.

—Como ya sabe Generalmajor Dörner, estamos pendientes del material fisionable. Todo lo demás ya está preparado.

La bomba estaba frente a ellos, con su perfil amenazante, pero sin su letal carga radioactiva.

—Y dígame —preguntó Stefan— cuando dispongan del material fisionable, ¿en qué tiempo calculan que pueden acabar la bomba totalmente?

—Dos días generalmajor Dörner —contestó sin dudar Kroth.

—¿Tiene más noticias de la disponibilidad del material radioactivo? El general Dr. Kammler nos indicó en Berlín que en la primera quincena de Diciembre ya se dispondría de él ¿Es así Dr. Kroth? —Stefan miraba la bomba, acompañado de los demás.

—No le puedo indicar más acerca de la fecha de disponibilidad Generalmajor Dörner. Usted tiene más información que yo en este momento —la cara del Dr. Kroth refelejaba desconocimiento ante la información de Stefan.

Stadler miraba con asombro la bomba. Era inmensa en comparación con las bombas convencionales. El color verde oliva oscuro y matizado le daba un aspecto intimidatorio. Llevaba sobre su estructura varios textos y flechas de aviso indicando, por ejemplo, por donde asirla para su manejo, zonas frágiles, etc.

Werner pasó su mano sobre la bomba.

—¡Parece que no hayas visto una bomba, Hansi! —bromeó Georg.

—¡Cómo está, seguro que no! ¡Es magnífica! —al igual que Stadler, Werner mostraba su admiración ante el ingenio atómico.

—Por nuestra parte Generalmajor Dörner —continuó el Dr. Kroth— estamos trabajando sobre otros proyectos también urgentes. No perdemos el tiempo.

—Ese ya no asunto mío Dr. Kroth —contestó Stefan— me imagino que cuando llegue el material se pondrán manos a la obra. Ahora nosotros nos marchamos. También tenemos trabajo.

—No lo dude y será informado inmediatamente. Gracias por su visita —Kroth se despidió amablemente de todos y se incorporó al laboratorio con otros técnicos.

—Vamos a probar el «Berliner Luft» ahora mismo —dijo Stefan mientras salían del bunker subterráneo.

—Me parece magnífico Stefan —contestó Klaus— necesito volar un poco por mí mismo.

—Generalmajor Dörner —intervino Stadler— antes de que hagan las pruebas con su avión, me gustaría presentarle a las dos nuevas tripulaciones. Cuando han llegado ustedes estaban en el comedor de la base y me han informado de que ya se encuentran listos. Están algo nerviosos por conocerle. Son todos prácticamente nuevos.

—Muy bien, Stadler —contestó Stefan—, ya me había olvidado de ellos con tantos cambios. ¿Dónde están ahora?

—En la sala de pilotos, señor —indicó Stadler.

Todo el grupo se dirigió hacia el edificio central del aeródromo. Entraron en la sala de vuelo. Los ocho pilotos se incorporaron de sus asientos al unísono y se pusieron en posición de firmes a la espera de órdenes.

—¡Descansen! —ordenó Stefan. Realmente eran jóvenes y seguramente sin experiencia. Dos de ellos se adelantaron a los demás y se presentaron como responsables de cada uno de los aviones y las tripulaciones correspondientes. Uno se llamaba Knud Weitzel y el otro Reiner Schumacher. De forma mecánica procedieron a presentar a cada uno de los miembros de sus respectivas tripulaciones, indicando de cada uno de ellos su experiencia militar. Efectivamente, ninguno de ellos tenía apenas experiencia en combate real, aunque sus calificaciones en la formación recibida era excelentes.

—Es un material a moldear. Creo que tienen madera —indicó Klaus a Stefan en un aparte.

—Espero que tengas razón. No me parecen malos, pero hay trabajo por hacer.

—Tenemos experiencia en formación ¿verdad? —sonrió Klaus—. Vamos a recordar viejos tiempos en Berlín-Tempelhof.

—Esto no son cazas, Klaus —aclaró Stefan—. Es un tipo de vuelo y misión muy diferente. Por ahora sólo les podemos enseñar a volar bien, buscar objetivos, zafarse de los enemigos y poco más. No podemos decirles que tipo de bomba quizás llevarán en el futuro.

—Creo que debemos empezar enseguida con la pruebas con ellos —indicó Klaus.

—Me parece bien. Todos tuyos, Klaus —Stefan le guiñó un ojo.

Los pilotos parecían nerviosos a la vista de Stefan y Klaus hablando en privado. Klaus se giró hacia ellos.

—Muy bien señores, soy Klaus Grabinger y seré vuestro entrenador de vuelo. Hemos de empezar a la mayor brevedad. ¡Seguidme! —Klaus volvía a ser el duro profesor de vuelo en Berlín.

Noviembre fue pasando de forma lenta y en algunos casos exasperante. El trabajo de preparación de los dos aviones ya había terminado y el «Berliner Luft» había sido probado hasta la saciedad. El avión era magnífico y totalmente fiable. Los otros dos aviones y sus novatas tripulaciones también habían sido entrenadas por Stefan y sus camaradas durante ese tiempo. Se habían adaptado bien a sus aviones y no parecía que pudiese haber más problemas. De momento y por las órdenes recibidas, estos aviones permanecerían en Letov.

Sólo quedaba esperar. El general Kammler no estuvo en Letov en todo ese tiempo. Su equipo de científicos y técnicos seguía allí esperando noticias del material fisionable. Pero el material no llegaba. Stefan seguía el asunto a través del Dr. Kroth, pero éste no podía dar más datos. Seguramente no sabía más.

—Me lo tomo como unas vacaciones. Creo que es lo mejor —Georg apuraba su cigarrillo mientras parecía meditar en voz alta.

—Creo que nunca había dormido tanto —añadió Werner, recién levantado de la siesta tras la comida —. Por mí la guerra puede durar para siempre.

El grupo se hallaba sentado junto a la torre de control a resguardo del ligero viento que soplaba. A pesar de ser la primera semana de diciembre, el sol del atardecer trataba de abrirse paso entre las nubes y provocaba un día no del todo malo.

La actividad en Letov era continua. Los cazas despegaban de forma imparable hacia nuevas misiones.

—Hoy no han regresado seis de los que despegaron esta mañana —contabilizó Georg.

—La cosa está que arde —Stefan intervino—, acabo de hablar con Galland y la situación en los frentes está muy mal. Ya os podéis imaginar la situación contra los bombarderos sobre Alemania. Las bajas son tremendas aunque asestamos pérdidas muy fuertes a los bombarderos. Podemos darnos por satisfechos de estar aquí.

Un grupo de pilotos se aprestaba a despegar en aquel momento.

—Tengo ganas de volar en un caza… —suspiró Klaus.

—Olvídate de eso Klaus. Está prohibido para nosotros. Somos material muy delicado y propagandístico —sentenció Stefan.

Así era. Ellos y las otras dos tripulaciones no podían participar en misiones de combate hasta que su misión hubiese terminado. Su preparación no les permitía morir en aquel momento. El sonido de una motocicleta que se acercaba, les sacó de sus ensoñaciones. La pesada Zundapp KS600, paró junto a ellos. El motorista entregó un sobre a Stefan y partió rápidamente.

Stefan lo abrió y su rostro cambió totalmente. Eran malas noticias. Klaus y Georg se acercaron a la indicación de Stefan.

—Es para Werner. Su padre ha muerto en Polonia, cerca de Varsovia. He de decírselo. No quiero que se hunda, tenéis que ayudarme.

Se quedaron mudos por la sorpresa. En aquel momento volvía Hans-Joachim del cuarto de baño.

—¡Me he quedado descansado chicos! Me daba pereza ir, pero ahora estoy fantástico —vio, por la expresión de las caras de sus amigos, que algo no iba bien—. ¿Qué sucede? ¿Qué os pasa?

—Lo que tengo que decirte es terrible, Hans —no era la primera vez que Stefan daba noticias de ese tipo. Sabía que tenía que ir al grano—. Es sobre tu padre. Ha caído en Polonia. Estamos desolados.

Le entregó el sobre a Hans-Joachim. Éste se sentó en el suelo tras leer la escueta misiva oficial. Se tomó la cabeza entre las manos y sollozó en silencio. Klaus le rodeó con sus brazos.

—Vamos chico. Es terrible para todos. Tu padre era un gran hombre. Todos le conocimos y estamos destrozados. Tienes a tu madre y nos tienes a nosotros. Seguro que tu padre querrá que hagas bien tu labor por la patria. Él lo ha hecho hasta el final.

Stefan se acercó hasta Werner y le pasó la mano por su pelo rubio.

—Vamos Hansi —le dijo cariñosamente—, quiero que llames a tu madre ahora mismo y hables con ella. Quiero que esté tranquila y que sepa que estás bien. Todos estaremos mejor si llamas.

Werner pareció recobrarse por un instante y con los ojos llorosos se abrazó a Stefan.

—¿Qué haré sin mi padre? Estábamos muy unidos. Estaba tan ilusionado conmigo y con mi carrera militar… El quería que yo fuese de caballería como él, pero no le hice caso y se enfadó mucho cuando me enrolé en la Luftwaffe sin su permiso.

—Quizás te lo pareció, pero seguro que no se enfadó contigo Hansi. Wilhelm no era de ese tipo de padres —le dijo—. A los padres también les gusta que sus hijos tomen sus decisiones y tú la tomaste y con éxito. Ahora estás involucrado en una misión para la historia de Alemania y eso le llenaría de orgullo.

—He de decirte algo Stefan —miró fijamente a Stefan con sus ojos llorosos—. Le expliqué la misión a mi padre. Fue una idea mía. Él no tuvo nada que ver. Estaba orgulloso.

—No te preocupes Hansi. Sé que tu padre tenía principios militares profundos y se ha llevado el secreto con él. Olvídalo. Ahora, llama a tu madre y tranquilízala. Llama también a tu novia y díselo.

Georg se acercó y abrazó a Hans-Joachim. No hacían falta más palabras. Secándose los ojos con un pañuelo, se dirigió a la torre para hacer uso del teléfono.

—Hansi espera —le dijo Stefan—. Quiero decirte también que ahora no puedo autorizarte a visitar a tu madre. La misión exige que estemos juntos en fechas tan próximas a nuestro vuelo. Si surge la posibilidad, serás el primero en ir a Berlín, te lo prometo.

—Gracias, Stefan —Hans-Joachim se encaminó de nuevo hacia la torre.

Los días siguientes fueron terribles para Hans-Joachim. Deseaba lanzar la bomba sin excusas de ningún tipo. Incluso de forma despiadada. Nueva York era para él el mejor objetivo posible, nada de zonas desérticas. Poco a poco, todo el grupo le fue calmando y reorientando para la misión a Tunguska. También recibió una llamada y un telegrama de Adolf Galland que le daba ánimos en esos momentos difíciles.

Por otro lado, tampoco llegaba el material fisionable con lo cual Stefan seguía sin saber si la misión se iba a realizar. Todo eran dudas y rumores. El 16 de diciembre de 1944 dio comienzo la ofensiva de las Ardenas y con éxito inicial ya que sorprendió a las tropas americanas totalmente. Al día siguiente Galland llamó por teléfono a Stefan.

— Hola Stefan, te llamo porque tengo un encargo de Hitler para ti —Stefan estaba sorprendido, aunque esperaba que algo pasase en aquellos días. La tranquilidad en Letov era inusual y la fecha de recepción del material que faltaba para las bombas había sido sobrepasada—. Me ordena que mandes inmediatamente los dos aviones gemelos al tuyo con sus tripulaciones, al aeródromo militar que tenemos junto a Oslo, en Noruega.

—Pero, ¿qué sucede? ¿Cuáles son los planes ahora? —preguntó Stefan sorprendido ante los cambios.

—Parece que el material fisionable ya está listo. El Führer no quiere correr riesgos, ni fracasos. Tú serás el primero en lanzar la bomba, pero si fracasas en la misión y en orden a no perder la oportunidad de las Ardenas, los otros dos bombarderos partirán en un vuelo de bombardeo atómico sobre Nueva York. No habrá otra opción. Es la única oportunidad para Alemania.

—Pero, ¿qué bomba llevarán ellos? Hagen es la que está casi acabada... —preguntó Stefan escéptico.

—Wotan y Sigfrido también están casi acabadas. Están pendientes del material fisionable. Kammler está provocando un ritmo infernal de trabajo a su gente. De todas formas, Stefan, te recuerdo que sólo volarán desde Noruega si tú fracasas en la misión a Tunguska. Procura conseguirlo y nos ahorraremos problemas. Ya sabes de qué hablo...

—Sí claro, Adolf —Stefan estaba sorprendido de este plan B que había preparado Hitler. Necesitaba entenderlo y digerirlo.

—Kammler ya se pondrá en contacto con vosotros para la bomba. Saludos y seguimos en contacto —Galland colgó. Stefan se reunió con sus compañeros y les informó de la novedad. A pesar de la sorpresa por la noticia, se pusieron a trabajar en la preparación del vuelo urgente de los dos aviones. No tenían otra opción.

En poco tiempo, las dos tripulaciones ya estaban listas para partir. No tenía que ser un vuelo complicado, ya que casi era en línea recta desde Letov hasta Oslo, volando sobre Alemania. De todas maneras y para no correr riesgos, Stefan les recomendó el vuelo a cota máxima para evitar cruzarse con aviones enemigos. Debían de informarle a su llegada a Oslo y también a Galland para que éste informase al Führer. Todo debía de estar preparado ante la contingencia de que el vuelo de Stefan no pudiese realizar su misión y fuese abatido. El protocolo militar era muy claro.

Los dos aviones despegaron sin contratiempos y con las tripulaciones formadas en su uso. No podían fallar. Fueron alejándose de la vista y en poco tiempo ya habían desaparecido en el horizonte. Ya anochecía. Fueron todos hasta el hangar y allí junto al avión decidieron fumarse el último cigarrillo del día. El fuselaje del «Berliner Luft» brillaba bajo la luz del hangar.

—No sé como acabará todo esto —se confesó Stefan—, pero quiero deciros que estoy muy contento de trabajar con vosotros y que no podía haber tenido un equipo mejor.

—Te lo agradecemos Stefan —Klaus miró a los demás, que asintieron a sus palabras—. Pero no es el momento de discursitos. Todos estamos contentos contigo, con la misión que se nos ha encomendado y que tú hayas contado con nosotros. Esos chicos en Noruega no tendrán que salir con sus aviones. Nosotros llevaremos a cabo la misión sin problemas. Fumemos nuestros cigarrillos y disfrutemos del momento.

—¡Así me gusta, Klaus! Eres todo un soldado —le felicitó Hans-Joachim con entusiasmo.

—Bueno, ya veo que mi gente es muy pragmática y con la moral alta. Me gusta y eso nos ayudará en nuestro vuelo. Buenas noches a todos. Nos vemos mañana —Stefan apuró su cigarrillo y se encaminó hacia el edificio central. Los demás le siguieron.

Por la mañana ya sabían que los dos aviones habían llegado sin problemas al gran aeródromo militar alemán junto a Oslo. Así lo reportaron en el momento de su llegada. También llegó la noticia del general Kammler de que no se podría disponer del material fisionable hasta enero de 1945. Un raid aliado había destruido una parte considerable de este material preparado para su transporte, aunque por fortuna sin destruir ningún ciclotrón. La producción podía continuar. La noticia fue una auténtica bomba para el grupo. Sólo quedaba esperar que la ofensiva de las Ardenas consiguiese su objetivo o como mínimo se mantuviesen en una nueva línea de frente, alejada de las fronteras de Alemania.

Los científicos también estaban preocupados por este nuevo retraso y aunque había trabajo técnico en otros proyectos, no podían caer en el tedio. Stefan también tuvo claro que su gente no podía caer en la rutina y por ello preparó ejercicios que se llevarían a cabo en los próximos días. Aunque Hans-Joachim estaba aparentemente mejor, Stefan sufría ante la imposibilidad de enviarle a Berlín. Seguía sin poder desprenderse de ninguno de ellos y menos ahora, que en cualquier momento podía aparecer todo el material, cargar la bomba y llevar a cabo la misión.

Con todo ello la Navidad y el fin de año estaban siendo difíciles, pero no se debía perder el espíritu de esas fiestas y en la base se había montado, dentro del hangar, un árbol de navidad decorado con objetos hechos por los propios soldados, pilotos, mecánicos y técnicos. Pudieron reunir bebidas y comida para celebrar el nuevo año de 1945. De todas maneras flotaba una cierta ansiedad por saber cómo sería aquel año que, sin duda alguna, sería decisivo para Alemania y el desarrollo de la guerra.

El 4 de enero, el general Kammler decidió presentarse en la base e intentar levantar la moral de todos ellos. Fue una sorpresa que agradecieron todos los que allí estaban. Llegó como era habitual en él: como un torbellino.

—Es cuestión de poco tiempo, Generalmajor Dörner, créame —respondió ante la pregunta de Stefan sobre la disponibilidad de la bomba—. Hemos sufrido bombardeos terroristas que han afectado al material que teníamos dispuesto para su envío. El Führer está al corriente de la situación. Ha ordenado que las fuerzas terrestres de la ofensiva de las Ardenas sigan mantengan sus posiciones y avancen hasta el objetivo en Amberes.

—Sólo podemos esperar, general Kammler —dijo resignado Stefan.

—No son las mejores noticias que podía traer Generalmajor Dörner, pero entiendo que debía venir en persona a comunicárselo a todos ustedes —Kammler se sacó su gorra y se sentó—. Piense que se trata de un retraso inesperado, pero que tendremos pronto otra vez el material para la bomba Hagen y las demás. Aunque la suya tiene prioridad absoluta.

—Todos agradecemos su presencia en Letov, general. Sin duda nos ayuda a comprender mejor la situación y ha adaptarnos a lo que disponemos —dijo Stefan—. Y ayuda a la moral en general...

—En estos momentos, Generalmajor Dörner —contestó rápidamente Kammler—, el derrotismo o cualquier otro punto de flaqueza o traición, se paga con la vida. Nadie puede olvidarlo.

—Y nadie lo olvida, general Kammler —contestó Stefan, notando una cierta tensión en el ambiente—. Los soldados que están aquí, en cualquiera de las ramas militares, están dando todo para que la operación se lleve a cabo sin contratiempos y con el éxito final. Se lo garantizo.

El anguloso rostro de Kammler, esbozó una sonrisa dando a entender que aprobaba las palabras de Stefan. En el fondo, no tenía dudas de que así era.

Los científicos de Kammler seguían la situación con interés y, con ánimo conciliador, mostraron su diponibilidad al montaje rápido de la bomba.

—Como ya sabe a través de los numerosos informes semanales que le he enviado, general Kammler —intervino Kroth—, hemos mejorado mucho nuestra capacidad y medios de trabajo en la manipulación del material atómico. Podemos montar la bomba en poco más de 24 horas. Habremos ganado un día.

El resto del personal técnico afirmó las palabras de Kroth.

—Es una excelente noticia, Dr. Kroth —Kammler parecía más tranquilo—. Lo comunicaré inmediatamente al Führer —se giró hacia Stefan—. Me gustaría hablar con usted a solas Generalmajor.

—Por supuesto general.

Kammler condujo a Stefan hasta un pequeño despacho, dentro del bunker. Ambos tomaron asiento, tras cerrar la puerta.

—Usted dirá, general —empezó Stefan

—Lo que le voy a explicar es confidencial. He considerado que tiene que saberlo, ya que usted es uno de los principales implicados Stefan —era todo oídos, aunque no podía imaginarse de qué se trataba.

Kammler continuó.

—Estamos a 4 de enero y ya le puedo decir que la ofensiva de las Ardenas es un fracaso. Ha habido varios factores que lo están demostrando. Por un lado la falta de combustible. Los tanques se paran por falta de carburante y son abandonados sobre el terreno. El grupo de combate Peiper de las SS, bajo el mando de Jochen Peiper, es el que ha llegado más lejos y ha tenido que paralizar su ofensiva por falta de gasolina. Por otro lado, ha mejorado mucho la climatología, que era una de las bases de nuestro ataque. El mal tiempo no permitía el poder aéreo aliado y por lo tanto nuestras fuerzas de tierra podían avanzar ayudadas por ese mal tiempo y el factor sorpresa. Se acabó. Los aviones americanos sobrevuelan sin problemas las Ardenas, atacando a nuestras fuerzas terrestres.

—Pero general —intervino Stefan—, me consta que la Luftwaffe tenía un plan de ataque a los aeródromos aliados, que ayudaría a las fuerzas de tierra.

—Sí, la Operación Bodenplatte, que se inició el 1 de enero y que ya ha sido cancelada. Ese es el último factor del fracaso de nuestra ofensiva —respondió Kammler, siempre bien informado—. Estaba bien pensada, pero ha sido mal desarrollada. De los aproximadamente 900 aviones utilizados, hemos perdido más de trescientos. Nuestros pilotos apenas han afectado a unas pocas bases aliadas en Francia, Bélgica y Holanda, muchos no encontraban los objetivos y otros fueron derribados por nuestras propias defensas aéreas: un desastre Generalmajor Dörner.

Stefan pensaba en Galland y en los efectos que tendrían los resultados en su posición en el Luftministerium. De hecho, en ese mismo enero, Galland fue relevado de su puesto como General der Jagdflieger. Göring, no tenía reparos para descargar toda la culpa del desastre del bombardeo aliado sobre el Cuerpo de Cazas, y por lo tanto sobre su comandante, cargo que Galland ocupaba desde 1941. Galland había propuesto varias estrategias para detener a la aviación aliada como, por ejemplo, construcción exclusiva de cazas en todas las industrias, ocupar el nuevo jet Me 262 exclusivamente como caza y no como bombardero, etc. Göring nunca lo escuchó, y finalmente en enero de 1945 Galland fue expulsado de su cargo y relegado de funciones.

Galland se había ganado la simpatía de muchos oficiales y comandantes de escuadrones de la Luftwaffe durante su comandancia del Cuerpo de Cazas, y al saberse la noticia de su expulsión hubo un gran revuelo. Este episodio fue conocido como la «Revuelta de los Cazas». Los Kommodoren de diversos escuadrones pidieron inmediatamente la vuelta del General Galland, hasta que finalmente todo el asunto llegó a oídos del mismísimo Adolf Hitler, quien presionó personalmente a Göring para que le restituyera el cargo.

Esto ya no era posible ya que otro General había sido nombrado para el cargo, por lo que Göring optó por lo siguiente: puso al General Galland al comando de una unidad de combate. Es posible que Göring pensase que a estas alturas de la guerra esto fuera una probable sentencia de muerte para

Galland. La nueva ala de combate estaría absolutamente fuera de la jurisdicción de la Luftwaffe ya que sería autónoma y Galland podría reclutar a los oficiales que quisiese para su unidad, incluidos los oficiales «insubordinados» que produjeron la revuelta. Por último, su unidad de caza estaría compuesta por los jet Me 262 construidos como cazas, para satisfacer lo que Galland había pedido con tanta insistencia.

El nuevo escuadrón de caza se denominó JV 44 (Jagdverband 44), y comenzó sus actividades en marzo de 1945. Lo que Göring nunca imaginó es que esta unidad se transformaría en la unidad de elite más extraordinaria jamás formada en la historia de la aviación hasta hoy en día.

Durante febrero de 1945, Galland se dedicó a reclutar a sus pilotos para JV 44. Casi todos los grandes ases alemanes sobrevivientes hasta ese punto de la guerra llegaron a formar parte de esta unidad. Algunos de ellos estaban en hospitales aquejados por el estrés de la guerra e imposibilitados de volar, y al saber de la nueva unidad de Galland muchos de ellos quisieron enrolarse; otros literalmente se «escaparon» de sus escuadrones respectivos, y sin ninguna orden de transferencia llegaron al cuartel de JV 44 para enrolarse.

Así, pilotos como Gerhard Barkhorn (con 302 derribos), Günter Rall (con 275 derribos), Heinz Bär (con 220 derribos), Walter Krupinski (196 derribos) y Johannes Steinhoff (176 derribos) fueron los que finalmente conformaron el nuevo escuadrón de caza. Todos pilotos expertos, con cientos de misiones y miles de horas de combate, y muchos de ellos poseedores de las más altas condecoraciones militares alemanas; incluso Galland, años después en una entrevista, declaró: «La Cruz de Caballero era, por decirlo de alguna manera, el parche de la unidad». Lo interesante de todo el asunto es que, después de 4 años y con el grado de General, Adolf Galland volvió al servicio activo al mando de su jet de combate Me 262.

Como era de esperar, la unidad comenzó a anotarse rápidamente derribos. El comentario generalizado de los pilotos aliados de la época era el siguiente: «La guerra en Alemania está prácticamente terminada y ya no tienen con que combatir, excepto por esta ala de combate jet en donde tienen a todos los ases...». Para el final de la guerra, la unidad se había anotado más de 50 derribos en solo dos meses. El propio Galland aumentó su record hasta llegar a la cifra de 104 derribos, y el «jet as» de la guerra (es decir, el piloto que obtuvo más derribos en un jet) fue Heinz Bär, con 16 victorias en su Me 262.

El 26 de abril de 1945, mientras atacaba una formación de bombarderos aliados, Galland fue derribado por un P-47 y herido gravemente en una rodilla. A pesar de ello, consiguió aterrizar con su avión dañado. Un par de días después, con los rusos ocupando Berlín y los aliados a un paso de la base en donde estaba JV 44, Galland mandó quemar todos los cazas a reacción Me 262 que aún estaban operativos. Cuando el ejército aliado ocupó la base, observaron el triste espectáculo: los últimos Me 262 ardiendo sobre la pista de aterrizaje. La guerra había terminado para el grupo de caza y para Alemania.

Adolf Galland sobrevivió a la guerra y siguió su carrera como General hasta los años 70 en la Luftwaffe de nueva formación tras el conflicto. Falleció en febrero de 1996, y es considerado hoy en día el as alemán más famoso de la II Guerra Mundial.

Al poco tiempo, la noticia del fracaso de la ofensiva de las Ardenas ya era oficial aunque debidamente enmascarada bajo el título propagandístico de «reorientación estrategica». El repliegue de las tropas que quedaban hacia las fronteras alemanas, dejaba claro a los habitantes de la zona lo que en realidad había pasado. El esfuerzo alemán había sido muy importante y la pérdida de tropas y material ya era prácticamente irrecuperable, con lo que no quedaban fuerzas adicionales para detener ordenadamente a los aliados. Los rusos ya estaban penetrando por la antigua frontera polaco-alemana de forma imparable y brutal. La Operación Hagen se convertía, por derecho propio, en la última posibilidad para Alemania.

Enero ya estaba finalizando y con él había llegado uno de los inviernos más fríos en Europa. Eso era una tortura adicional para miles de refugiados alemanes que huían de las hordas soviéticas y que venían desde Prusia, Polonia y el norte de Alemania. Checoeslovaquia aparecía bajo una densa capa de nieve y escaseaba casi todo como alimentos, combustible, etc. Se notaba que todo cambiaba a peor rápidamente. La situación de espera en la base de Letov era angustiosa, ya que la inactividad de la misión prevista, contrastaba con la salida continuada de cazas hacia el combate. Tener que ver como los pilotos partían y ellos, también pilotos, no podían participar era terrible. El sentido de la caza se apoderaba de ellos, pero tenían que reprimirse. No era fácil.

Claudia, en una de sus llamadas telefónicas Stefan, le informó de forma no oficial que el material fisionable iba a buen ritmo y que se dispondría de el a primeros de febrero. Se habían aumentado las medidas de protección y se iría llevando por partes hasta Letov. Efectivamente, al día siguiente llegó a la base una tercera parte del material necesario. Llegó en un tren especial al efecto.

—Parece que esto empieza por fin —exclamó Stadler, al recepcionar el camión con la carga que venía desde la estación.

Los científicos SS se afanaban con varios soldados en llevar el material al interior del bunker. El Dr. Kroth estaba muy animado.

—Nos pondremos a trabajar inmediatamente. No hay problema en cargar la bomba por partes. Según un teletipo que hemos recibido esta mañana, la segunda parte llegará en una semana.

Stefan observaba la descarga acompañado de su grupo.

—Menos mal, ya necesitaba algo de acción para nosotros —exclamó Klaus.

—Ahora vamos en serio —corroboró Werner.

—Sí, pero falta recibir dos envíos más para montar la bomba totalmente. Espero que la suerte esté con nosotros esta vez —aunque estaba contento, Stefan no dejaba de ser realista con la situación.

La suerte parecía acompañar a la misión ya que sin contratiempos el resto del material llegó en las partes que faltaban. El 20 de febrero de 1945, todo el material necesario estaba en manos de los científicos SS, que se aprestaban a montar la bomba Hagen.

El día 21 al mediodía, el Cuartel General del Führer fue informado del proceso y la disponibilidad de la bomba y Stefan sólo esperaba la orden de vuelo. La orden llegó por teletipo esa misma tarde, al anochecer. El vuelo saldría el día 22 por la noche ya que el equipo había considerado que podría ser una ventaja añadida en el vuelo de ida. Era un trabajo adicional para Georg el poder guiar de noche el avión hasta Tunguska. El compás de vuelo y los sistemas telemétricos de guía, serían sus ojos en la noche.

Tras una cena frugal con Stadler y sus más directos allegados, se retiraron a sus habitaciones. Era una noche diferente, en la que no fue fácil conciliar el sueño. Stefan estaba tranquilo aunque pensaba en Claudia y su futuro, Klaus en Waltraub y su encuentro más adelante en Heidelberg. Incluso podría ser un lugar para vivir ya que ella estaba feliz allí. Los pensamientos de Werner pasaban desde la venganza por la muerte de su padre a manos de los rusos, hasta el nerviosismo por su madre al estar junto a Berlín, que sin lugar a dudas sería el lugar de la última batalla si ellos fracasaban. Georg era el más comedido de todos, pero la idea de que su mujer estuviese en Hamburgo en medio de refugiados y bombardeos no le tranquilizaba. Aquella misión podría detener al ejército rojo.

La mañana y el resto del día 22 fueron de preparación de últimos detalles en el avión, equipo personal de vuelo, comida, armamento personal, raciones de supervivencia si eran abatidos y todo aquello necesario de última hora. También eran conscientes de que si les derribaban tenían muy pocas posibilidades de salir con vida. Los rusos no tendrían piedad de ellos. Y si no eran los rusos, sería el clima implacable de Siberia lo que acabaría con ellos en poco tiempo. La única posibilidad era ir y volver sin problemas.

Teniendo en cuenta un tiempo calculado aproximado total de 21 horas de vuelo entre ida y vuelta, se fijó como hora de despegue las 21:00. Eso quería decir que llegarían a su destino en Tunguska sobre las 7:00 del día 23, con lo que si todo iba según lo previsto y volando sobre Turquía, podrían estar de nuevo en Praga sobre las 18:00. Si tenían que repostar en Turquía podrían retrasarse unas dos horas sobre ese horario. De hecho, no estaba previsto aterrizar en ese país ya que el combustible permitía el vuelo sin escalas, aunque llegarían con los depósitos casi vacíos.

Klaus revisó todo el armamento y munición que estaba a su cargo, Georg y Werner comprobaron los sistemas de radio y comunicación que les mantendrían unidos con la base y podrían informar del éxito o no de la misión enseguida. En este caso, se había creado una banda especial de radio sólo para ellos, con lo que en teoría nadie podía interceptar sus conversaciones con la base.

La bomba fue izada hasta que fue colocada perfectamente en la bahía del avión. Fue una operación delicada realizada por los mecánicos, bajo la dirección del Dr. Kroth. Era impresionante lo grande que era una vez situada en su sitio. La ignición de la bomba sería realizada por Klaus manualmente y en su falta por Georg, por ello el Dr. Kroth volvió a insistir ante los dos de cómo debía llevarse a cabo unos veinte minutos antes del lanzamiento sobre Tunguska. Los dos parecían seguir sin problemas las explicaciones del doctor. Era rematar una explicación que en varias ocasiones ya habían recibido en el bunker.

Tomaron una cena fría y sin más preámbulos se dirigieron al avión acompañados por Stadler, sus ayudantes y los científicos SS. Era un momento emocionante. Los ojos de los presentes mostraban claramente que no se podía fallar. Apenas hubo palabras. No había nada que añadir. Ahora todo estaba en sus manos. Con agilidad entraron en el avión y cada uno se colocó en su puesto de abordo. Desde se fuera se veía como iban accionando mandos, botones y luces testigo que parpadeaban. Las dos hélices comenzaron a girar bajo el potente sonido de los motores. Un vehículo de arrastre llevó el avión hasta la pista de despegue. Los pesados tanques auxiliares le daban un aspecto curioso al fuselaje del Heinkel. Son los que comenzarían a suministrar el combustible en toda la primera parte del vuelo. Luego serían eyectados a medida que se vaciasen.

El vehículo de arrastre soltó la barra que le conectaba al avión. El avión ya estaba solo. Las potentes luces de las alas iluminaban la pista como un tubo de luz. Stefan se giró desde su puesto de mando y pudo ver a todo el personal en tierra a la luz del hangar. Levantó la mano despidiéndose. El grupo también levantó sus manos al unísono como despedida. El avión comenzó a ganar velocidad en la pista. Debido al sobrepeso necesito unos doscientos metros más hasta despegar. Una vez en el aire y de forma ágil, fue ganado altura. Los focos del avión se apagaron. El avión se hizo invisible a la vista. Sólo se oía el sonido de los motores, que se alejaban.

—¿Cómo está todo, Hansi? —preguntó Stefan.

—Todo en orden y subiendo rápido Stefan —contestó maniobrando las palancas de estabilización.

—¿Y ahí detrás, Georg, Klaus?

—Todo en orden, Stefan —casi contestaron al unísono.

La negrura de la noche, no les impidió ver algunas débiles luces de la ciudad de Praga

—Tempestad desde el norte a 150 kilómetros. ¿Cómo va el vuelo Generalmajor? —informó y preguntó la base.

—Vamos ganando altura sin dificultades. Todo bien a bordo. Pasamos sobre Praga en este momento —contestó Stefan.

—Les iremos informando de cualquier incidencia y estamos en contacto continuo.

—Gracias, torre —contestó Werner.

El sonido dentro de la carlinga presurizada era muy leve. Stefan miró a Werner.

—Hansi, quiero que descanses ahora, nos iremos turnando ya que tenemos mucho tiempo por delante —alzó la cabeza hacia la parte donde estaba situado Georg—. Ahora es tu turno. Necesito tu guía continuada de vuelo y que vayas apuntando las incidencias.

—Muy bien —contestó Georg—. Vamos en la dirección adecuada. Conecto el Flensburg para detectar ondas de radar del enemigo —Stefan le contestó afirmativamente y Georg continuó—. Mantente en esta posición. En 35 minutos tendremos que ver Cracovia en Polonia, aunque ya estaremos en cota máxima de vuelo. No te preocupes yo voy haciendo mis cálculos.

En la mesa de Georg un mapa estaba extendido y pintado sobre él una línea roja que marcaba la ruta. Un compás de aguja, una regla de cálculo y un compás eran las herramientas de trabajo. Stefan pensó que era un espectáculo ver trabajar con esas herramientas a Georg.

El avión seguía subiendo sin problemas.

—Estamos a 4.000, Stefan, y subiendo —indicó Werner informando de la cota de altura en ese momento. No parecía querer descansar.

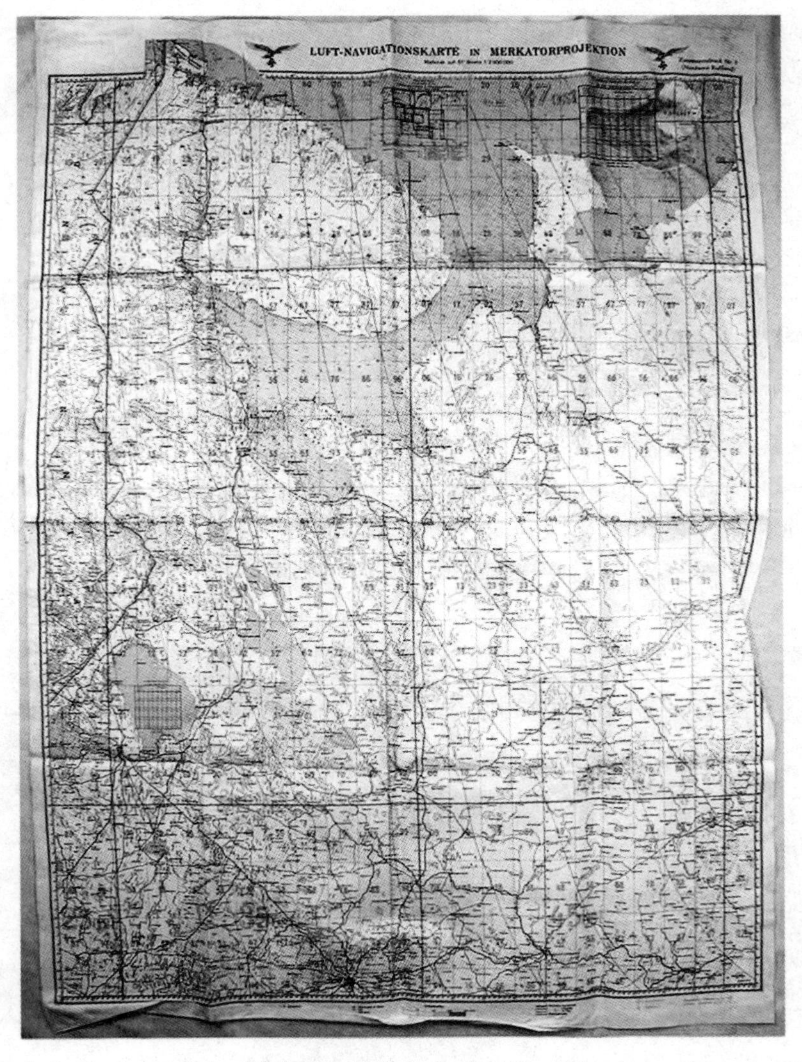

Uno de los mapas originales de vuelo de la Luftwaffe utilizados en la operación, que cubre el noroeste de Rusia

—Preparad las máscaras de oxígeno —ordenó Stefan—. ¿Cómo está la bomba, Klaus?

—Muy bonita y sin problemas. Aún falta un rato para que hable… —bromeó Klaus.

—6.000 y subiendo —volvió a informar Werner.

—Poneos las máscaras de oxígeno —ordenó Stefan ajustándose la suya.

El sonido de los motores demostraba la potencia y el buen funcionamiento de los mismos. Stefan estaba tranquilo. No tenía dudas de que llegarían y volverían sin problemas. La temperatura en la carlinga era de unos 22 grados, cuando el termómetro exterior indicaba 25 grados bajo cero. Pensó que si se lanzasen en paracaídas en ese momento la temperatura les mataría por hipotermia en pocos minutos.

—8.000 y subiendo —dijo monótonamente Werner.

—Tengo algo de hielo en la torre de popa, Stefan —indicó Klaus—. Espero que no atasque los cañones.

—Ahora no hay problema —respondió Stefan—. Más adelante podrás disparar una ráfaga para sacar el hielo.

—10.000 Cota máxima, Stefan —interrumpió Werner.

—Nos mantendremos aquí. Intentad descansar los que podáis. Después vendrá el trabajo.

—Han pasado ya la tormenta, Generalmajor Dörner que quedaba a su izquierda —la torre les iba siguiendo por radar hasta donde fuese posible. La conexión por radio no se vería interrumpida en todo el viaje.

Detalle de otro de los mapas del interior de Rusia, con una mancha de café en su extremo superior izquierdo

—Gracias, torre. Ni la hemos visto y ya hemos llegado a la cota de vuelo. Todo va bien —respondió mecánicamente Stefan.

Werner y Klaus obedecieron la orden de Stefan y se dispusieron a descansar.

—No quería dejarte sólo hasta llegar a la altura —se disculpó Werner sonriendo.

—Estamos llegando a Cracovia Stefan, aunque no veremos nada por las nubes. Estamos en la vertical y sobre territorio enemigo en este momento —Georg movía con destreza su compás—. La siguiente ciudad será Kiev en Ucrania. Calculo que llegaremos en una hora y media. Sigue el rumbo.

—De acuerdo, gracias. Ahora intenta descansar, Georg —sugirió Stefan.

—Gracias, pero ahora estoy bien.

—Serás el que casi no descansará. Tu presencia es necesaria en todo momento del vuelo —le indicó Stefan.

—Bueno, hay momentos del vuelo entre ciudad y ciudad, que son largos y ya dormiré.

Stefan ya no insistió. Por lo menos tendría compañía. La temperatura exterior era de 53 grados bajo cero. Era una prueba de fuego para el avión. De todas maneras, estaban previstas estas temperaturas tan bajas y ello se traducía en aceites de motor menos densos y sistema de refrigeración de los mismos, con un anticongelante especial. No parecía que fuese un problema, ya que todos los indicadores de abordo mostraban lecturas normales. Los cañones de Klaus y el de Georg sonaron en algún momento. Incluso Stefan activó el de proa. No había problema, funcionaban bien a pesar de la extremadamente baja temperatura exterior.

El cielo se veía limpio de nubes que quedaban mucho más abajo. Las estrellas se veían a la perfección. La atmósfera era limpia y con mucha luz lunar. Las alas brillaban bajo la luz de nuestro satélite. Comenzaba la etapa monótona del viaje, donde si no se producían incidencias remarcables, no sucedería nada hasta llegar a Tunguska.

Las ciudades marcadas en el trayecto fueron pasando por debajo de ellos Jarkov, Samara y Pern y Ufa que quedaban a babor y estribor respectivamente. Por un momento, Stefan pensó que si caían en las zonas por las que pasaban, no tendrían ninguna posibilidad. Más tarde también sobrevolaron el pasillo geográfico entre Jakaterinburg y Cheliabinsk, dejaron a estribor Oms y Novosibirsk. Tras estas ciudades comenzaba un amplio viraje hacia el norte, dejando a estribor la ciudad de Tomsk y el río Yenissei, que tuvieron ocasión de ver desde su extraordinaria atalaya aérea. Parecía una lengua de plata a la luz de la luna. Comenzaba a amanecer débilmente.

Stefan encendió una luz roja interior y despertó a los que en aquel momento descansaban.

—Estamos a 300 kilómetros del objetivo. Klaus, prepara la bomba. Georg atento por si hay algún problema para Klaus.

—¡A sus órdenes! —contestó Klaus dirigiéndose a la bahía de bombas.

Mientras preparaba la activación de la bomba, el avión iba directo a su objetivo infatigable y dispuesto a abrir una página en la historia. Eran momentos muy tensos. Un fallo y la bomba explotaría en pleno vuelo. Con mano segura, Klaus manejaba los relés y contactos para activar el artefacto atómico. Unas luces parpadearon y la bomba entró en activación. Ahora ya nada pararía su explosión. La suerte estaba echada.

—¡Bomba preparada, Stefan! —gritó Klaus por el micrófono.

—Vamos bajando. Estamos en la cota de los 6.000 metros. Cota objetivo a 5.500 metros —informó Werner.

Georg regresó rápidamente a su puesto.

—Todo en orden. Estamos a 50 kilómetros de la zona de impacto —la luz del sol aparecía tímidamente en el horizonte y permitía ver las enormes extensiones de bosque hacia donde se dirigían. No se veían signos de vida humana como ciudades, pueblos o carreteras. Era una zona inhóspita y alejada de cualquier signo de civilización. Era una zona perdida entre la inmensidad soviética—. Abre compuertas, Klaus —ordenó Stefan.

Manualmente Klaus comenzó a abrir las compuertas de la bahía del avión. Un frío terrible empezó a entrar a raudales a la zona donde Klaus activaba la palanca con dificultades.

—¡Ayúdale Hansi! Yo tomo los mandos —ordenó Stefan. Werner ayudó a Klaus y la compuerta se abrió sin problemas. La bomba ya colgaba totalmente, sujeta únicamente por los ganchos metálicos.

—¡Estamos sobre el objetivo, Stefan! —indicó Georg observando el telémetro.

—Bomba fuera —ordenó Stefan.

Werner oprimió el botón y la bomba se descolgó inmediatamente. El avión ganó altura al instante ya que acababa de soltar un lastre de casi 5 toneladas. Stefan hizo que el avión virase y tomase la dirección de regreso sin perder tiempo. Klaus cerró las compuertas ayudado de nuevo por Georg. Un enorme resplandor se coló por la rendija de las compuertas que se iban cerrando. A pesar de la presurización de la carlinga, el sonido de la explosión se oyó perfectamente a bordo. El resplandor era brutal, cegador. Todos miraban y se apartaron de las ventanillas al momento. No se podía soportar.

Pronto el enorme hongo nuclear comenzó a formarse claramente. Hagen era bastante más potente que la bomba de Rügen. Había explotado a unos 600 metros del suelo, ayudada en su caída por un paracaídas ubicado en las aletas de cola, que amortiguó su bajada. Werner sacó su cámara fotográfica Voigtländer y tomó varias instantáneas de la explosión.

—Para la historia —dijo, guardando la cámara en su estuche.

La columna de humo rematada por la nube radioactiva y que le daba la imagen característica a la explosión nuclear, subía a una velocidad endiablada. Se podía ver desde el avión como una pared de humo avanzaba desde el epicentro de la explosión, devastando miles de árboles y cualquier signo de vida en varios kilómetros a la redonda. En aquel momento y mientras el avión enfilaba su vía de escape, Stefan llamó a Letov informando del éxito de la misión.

—Atención base, aquí «Berliner Luft», ¿me copian? La voz del operador de Letov se oyó con claridad.

—Aquí base, le copio bien «Berliner Luft». ¿Cuál es la situación?

Stefan dio la noticia histórica.

—Hagen sobre el objetivo, repito, Hagen sobre el objetivo. Misión cumplida. Regresamos.

Letov contestó:

—Excelente «Berliner Luft». Les esperamos y seguimos en contacto.

Georg anotó en el libro de vuelo: 8:56 de la mañana del 23 de febrero de 1945. Explosión atómica sobre Tunguska.

—Felicidades a todos Generalmajor Dörner —la voz de Stadler suplió a la del operador de la torre. La recepción también era clara y nítida—. Informamos inmediatamente al General Kammler y al Cuartel General del Führer. Buen regreso.

El avión se fue alejando rápidamente de la zona tomando la dirección sur. Durante mucho rato y a mucha distancia pudieron observar el tremendo hongo atómico. Hansi hizo varias fotos más desde la distancia. Era algo espectacular, que les dejó sin palabras. Volvieron a pasar entre Omsk y Novosibirsk. A partir de este punto y bajo indicación de Georg, tomaron la ruta que iba de sur-oeste hacia Turquía. Poco antes de llegar a Tunguska, ya habían eyectado los dos tanques adicionales. Por ello, y sin la bomba a bordo, la aerodinámica y el menor peso le permitían al avión una mejor maniobrabilidad y rapidez. Todo ello, con un consumo menor de combustible. Volvían a estar en cota de vuelo de los 10.000 metros.

El vuelo seguía sin mayores complicaciones. Parecía que se habían sacado un peso de encima. Llevaban más de un año trabajando en este proyecto y ya estaba realizado. Ahora sólo quedaba esperar las reacciones de los aliados y sobre todo de los rusos. Había una cierta relajación en el grupo, lógica tras la tensión del momento. Incluso hacían planes para el final de la guerra. Había un buen ambiente general y todos veían el fin de la guerra próximo, con una Alemania fuerte.

Pronto el Mar Caspio quedaba a estribor y desde la altura al poco tiempo pudieron apreciar el contorno del Mar Negro frente a ellos.

—Tenemos combustible para llegar a Letov, Stefan —indicó Georg tras unos cálculos—. No necesitamos parar en Turquía y recargar.

—Excelente. No bajaremos hasta Turquía. Nos lo ahorramos. Sobrevolaremos el Mar Negro y entraremos en Europa por Rumania. Iremos en línea recta. Ganaremos tiempo y combustible —sugirió Stefan.

—Muy bien. Cambio de ruta —dijo Georg retomando sus cálculos sobre su mapa de vuelo. Levantó la mirada ante un leve sonido del radar—. Atención, el Flensburg detecta actividad enemiga. Un radar nos ha captado, aunque a mucha distancia todavía.

Klaus bajó de su torre de observación de artillería y repartió unos bocadillos y café de un termo.

—Sacaros las máscaras y tomad algo. Nos va a hacer falta a todos — Stefan pensó que no era lo más ortodoxo, pero todo aquello se salía de lo normal y sus hombres se merecían una cierta relajación. Podían pasar unos minutos sin máscara.

El vuelo seguía y el reflejo del Mar Negro se veía claramente en ese frío pero claro día de invierno. Georg intervino de nuevo.

—El radar detecta actividad enemiga a menos de tres kilómetros. Son aviones y vienen en nuestra derrota —al poco, una escuadrilla de cuatro aviones rusos IL-10 apareció por debajo de ellos.

—A vuestros puestos, rápido —gritó Stefan tomando los mandos con decisión. El termo de café cayó al suelo, pero eso no era importante en ese momento. Klaus preparó sus cañones. Con un bocadillo en la boca Georg se puso su cinturón de seguridad.

Uno de los aviones rusos describió un arco hacia el avión de Stefan, pero «Berliner Luft» volaba muy alto para el techo de los cazas. El ruso regresó a su formación. Parecía que no le podrían dar caza en ese momento, aunque se mantuvieron por debajo en la vertical del avión alemán.

—Son Ilyushin IL-10. Su techo es de 8.000 metros. Estamos fuera de su alcance —explicó Werner, siempre conocedor de los modelos del enemigo.

—Sí, pero están debajo de nosotros y creo que nos seguirán hasta que bajemos —Stefan miraba hacia abajo, viendo las siluetas de los cuatro aviones que parecían esperar a su presa.

—Necesitamos ayuda, Stefan —dijo Werner—. Hemos de avisar a la torre para que despeguen varios cazas que protejan nuestro regreso y aterrizaje. Podemos ser un blanco fácil.

—De acuerdo —respondió Stefan—. Voy a llamar a Letov —Stadler les indicó que cuando estuviesen sobre Viena, les enviaría varios cazas de protección. Stefan estuvo de acuerdo con la propuesta.

Iban dejando atrás el Mar Negro y las costas de Rumanía ya aparecían nítidamente. El mal tiempo vino en su ayuda ya que una tormenta enorme se veía hacia el este y cubría la ciudad de Bucarest, prácticamente en manos del ejército rojo. La tierra desapareció de su vista ya que todo eran espesas nubes que cubrían todo el campo de visión. Al mismo tiempo, los aviones rusos tampoco estaban a la vista.

—El radar indica que siguen debajo de nosotros, pero se están tragando la tormenta —Georg miraba la pantalla de radar

—No podrán seguirnos, Stefan —volvió a intervenir Werner—. Esos aviones sólo tienen autonomía para casi 1.000 kilómetros y ya los hemos superado.

Casi al mismo tiempo, Georg confirmó las palabras de Werner.

—El radar indica que ya no están debajo. Habrán aterrizado en Bucarest —el vuelo seguía tras este incidente sin más importancia—. De todas formas, solicitaré la ayuda de los cazas cuando estemos cerca de Viena. Necesitamos escolta —dijo con convicción Stefan.

Llamó a la base e indicó la nueva situación, aunque demandó los cazas por si acaso. Letov le indicó que había 6 Focke-Wulf 190 preparados para salir a su encuentro y protección. Esto tranquilizó a todo el grupo. En el fondo sería una lástima perder la oportunidad de disfrutar del éxito de la misión, tras todos los avatares que habían pasado.

El avión ya encaraba Budapest. El final estaba cerca y los nervios y la excitación empezaban a aflorar. Les parecía increíble lo que habían hecho. Eran unos soldados destinados a la historia que habían cumplido con su obligación y desde luego les tranquilizaba enormemente que hubiese sido Tunguska y no Nueva York el objetivo. Quizás los ánimos no hubiesen sido los mismos tras el lanzamiento de la bomba. Pasaron sobre Budapest, que aún se mantenía junto al Reich. De hecho era el último aliado de Alemania. Era territorio amigo. Eso también les tranquilizó. En poco menos de una hora ya estarían llegando a Viena, penúltima etapa de su largo viaje.

Aunque excitados, también estaban agotados. Ya eran muchas horas de vuelo con momentos de mucha tensión. De nuevo el mal tiempo les impidió ver Viena aunque fuese desde mucha altitud. En algunos tramos libres de nubes podían ver el Danubio. Stefan decidió contactar de nuevo con Letov para el envió de los cazas. Stadler se puso en marcha y los cazas ya estaban en camino. Pronto comenzaron la maniobra de aproximación. Fueron bajando cota de altitud hasta situarse a unos 6.000 metros.

—Torre, aquí Berliner Luft estamos a media hora de ustedes. Preparen pista de aterrizaje. Todo en orden. Informen de recepción —comunicó Werner.

—Torre de Letov. No hay problema. Les esperamos. Los cazas van hacia ustedes.

—Atención Stefan, el radar muestra una flota de aviones que viene hacia nosotros desde el este. No me gusta —dijo Georg mirando la pantalla de radar. Varios puntitos aparecían en la misma.

—¡Stefan tenemos visita! —gritó Klaus desde su torreta de artillería—. ¡Son rusos!

Unos diez aviones rusos IL-10 se acercaban rápidamente por la cola. Eran puntos que iban haciéndose grandes por momentos. Klaus encaró sus cañones y Georg preparó el cañón debajo de la carlinga. Se estiró y activó el mecanismo de tiro. Ya estaba preparado.

—Estamos muy cerca de Letov. No tenemos tiempo de subir. ¡Debemos seguir hacia allí! —dijo Stefan.

Varias ráfagas trazadoras pasaron por encima del avión alemán. Los cañones gemelos de popa comenzaron a disparar. Un caza ruso se desintegró inmediatamente. También Georg abrió fuego hacia tres cazas que pasaban por debajo. Uno fue tocado en un ala y fue perdiendo altura hasta desaparecer de la vista. Los rusos nunca fueron grandes pilotos y eso era una ventaja para ellos. De repente, los Focke-Wulf 190 pasaron a alta velocidad cruzándose con los aviones y comenzando un combate aéreo terrible. Pronto sólo quedaban tres aviones enemigos y un Focke-Wulf había sido derribado. Stefan pilotaba firmemente el avión hacia la base.

Uno de los aviones rusos les perseguía implacablemente y había logrado zafarse de los cazas alemanes, que le seguían implacablemente. Disparaba sin descanso hacia el Heinkel de Stefan. Desde luego su vuelo no era académico, era suicida. Por el momento, también lograba evitar los letales cañones de Klaus que disparaban sin descanso. De repente el avión ruso desapareció de la vista del bombardero.

—¿Dónde está ese cabrón? —preguntó Klaus mirando en todas direcciones.

—Yo tampoco lo veo, Klaus —respondió Georg.

—Ya estamos llegando. No os preocupéis —dijo Stefan—. Ahí está Praga.

De repente, el avión ruso, perseguido por los cazas alemanes, apareció en la vertical del Heinkel haciendo un picado con la intención aparente de chocar contra el bombardero, mientras disparaba con todas sus armas. La situación era muy grave y Stefan hizo virar rápidamente el avión hacia su izquierda. Las balas enemigas impactaron sobre las alas y uno de los motores comenzó a incendiarse. Klaus disparaba con el cañón sobre el fuselaje y de repente dejó de disparar. Casi al mismo tiempo, varias balas impactaron en la carlinga. Werner cayó hacia un lado, con el cuello y parte del pecho destrozado. Su cinturón de seguridad le mantenía en su asiento de copiloto. Un chorro de sangre salpicó a Stefan.

—¡¿Klaus, qué sucede?! —gritó Stefan—. ¡Dispara, nos está machacando!

Klaus no podía disparar, había caído muerto por la ráfaga del avión ruso que pasó rozando al bombardero alemán. Los Focke-Wulf lograron derribar al caza soviético, tras una corta persecución.

—¡¿Georg, Klaus, cómo estáis?! —gritó Stefan por el micrófono—. ¡Hansi está muerto!

—Yo estoy bien, pero tengo una mano herida por una esquirla. Ahora subo a la carlinga. Quiero ver a Klaus —respondió Georg.

Mientras el avión, con un motor incendiado se iba acercando a la pista de aterrizaje, Georg fue al puesto de artillería de Klaus. Estaba todo salpicado de sangre. El rostro estaba destrozado por la bala explosiva que le había alcanzado de lleno. Georg no pudo reprimir el llanto ante la visión dantesca de lo que quedaba de su compañero. Bajó hasta la carlinga.

—¡Klaus está muerto, Stefan! —también vio el cadáver de Werner—. ¡Hansi, tú también! —Georg parecía fuera de sí.

—No puedo creer que Klaus haya muerto. No es posible… —se volvió hacia el cadáver de Werner—. Hansi ha muerto también. Es horrible.

Stefan tenía la mirada perdida mientras pilotaba. La sangre de Werner le cubría su chaqueta de vuelo y tenía salpicaduras en la cara. Tenía un aspecto demencial. Georg pareció recobrar la calma e indicó a Stefan que debían aterrizar sin problemas. Stefan fue recuperando el pulso y a pesar del motor incendiado el avión tomó tierra sin mayores complicaciones. Al instante, un camión de bomberos del aeródromo apareció junto al avión y también una ambulancia. Los Focke-Wulf 190 aterrizaron seguidamente.

El Heinkel se detuvo en la pista. Stefan se incorporó de su puesto de piloto y liberó el cuerpo de Werner del cinturón. Mientras Georg había abierto la escotilla inferior y había sacado la escalerilla. Bajó hasta tierra y espero que Stefan le pasase el cuerpo de Werner. Así lo hizo y los camilleros se hicieron cargo de su compañero. Todavía dentro del avión, Stefan se dirigió al puesto de artillero donde reposaba el cuerpo sin vida de Klaus. Con lágrimas en los ojos ante la terrible escena, le desató de su cinturón de seguridad y cargó el cuerpo de su camarada hasta la escalerilla de salida. Georg, ayudado por los sanitarios, lo depositó sobre otra camilla y fue colocado en la ambulancia junto a Werner.

Stadler llegó en aquel momento. Estaba mudo ante el aspecto de los supervivientes, el avión y los cadáveres de los compañeros caídos.

—Tiene la bota destrozada y el pie sangrando, Generalmajor Dörner —balbuceó.

Stefan no se había dado cuenta de que él también estaba herido en un pie. No se había dado cuenta hasta ese momento. Se abrazó a Georg.

XIX

Consecuencias del bombardeo atómico

—Es una historia increíble, Generalmajor —dijo Williams de forma sincera.

Los ojos de Stefan tenían un brillo que denotaba la emoción de recordar esos momentos dramáticos. Estuvo en silencio un rato. Se incorporó de su butaca y salió al jardín a respirar algo de aire fresco. Cortó una pequeña ramita que sobresalía de una de las plantas en la puerta y volvió a entrar.

—No me ha resultado fácil explicarles toda esta historia. Ha sido incluso doloroso para mí. Hacía mucho tiempo que no entraba en los detalles en los que he entrado hoy con ustedes. Quizás también tenga un efecto terapéutico en mí.

—Agradecemos su colaboración y entendemos como se siente —contestó Williams—. De todas maneras y si le parece bien, continuemos y veamos cuáles fueron las consecuencias de su misión en lo que quedaba de guerra.

—Muy sencillo. No hubo consecuencias —dijo Stefan—. No pasó absolutamente nada ¿qué les parece?

—Pero, ¿los rusos no llevaron a cabo ninguna acción específica por la explosión? —indagaba Williams.

—Sí, tomar Berlín a toda velocidad. Ya no se detuvieron.

—Pero, ¿cómo pudo ser así? ¿No tuvieron intención de parlamentar con su gobierno y negociar una cierta paz? ¿Nuestro gobierno tampoco hizo nada al respecto?

—Nadie hizo nada, aparte de la entrada a sangre y fuego en Alemania por el norte y el sur y la batalla de Berlín. Créanme —Stefan reafirmaba sus palabras—. La historia se ha escrito así. Nadie ha oído hablar de nuestra misión y la historia oficial no ha hablado de los adelantos técnicos alemanes ni nuestra disposición, mucho antes que ustedes, de la bomba atómica. La historia oficial tampoco podía admitir que un régimen como el de Hitler, no hubiese lanzado la bomba sobre una ciudad aliada. Era algo que demostraba escrúpulos y teóricamente, el Führer no los tenía.

—Y díganos Generalmajor, ¿qué pasó inmediatamente después de su regreso? —Williams volvió a buscar el hilo conductor del relato de Stefan.

—Nosotros, Georg y yo, fuimos curados en la propia base de Letov, ya que nuestras heridas no revestían gravedad, aunque su aspecto era muy aparatoso. Estábamos destrozados por la pérdida de nuestros camaradas. Era algo horrible. Y pensábamos sobretodo en Waltraub y en la madre de Hansi ¿Cómo decir algo así?

—Me imagino que fue usted quien informó a los familiares de sus compañeros —preguntó Williams.

—Sí y le puedo garantizar que fue el peor trago de mi vida. Y también fue horroroso decírselo a Claudia. Waltraub estaba embarazada… Hansi era hijo único y su padre había caído hacía poco… Sinceramente prefiero no recordar ese punto. Se aparta del aspecto militar de mi explicación, señores.

Williams aceptó esta solicitud de Stefan. Éste añadió

—Una duda que siempre he tenido y que no he conseguido aclarar es si los dos ataques aéreos que sufrimos durante nuestro regreso, fueron consecuencia de que nos perseguían por la explosión de Hagen o bien fue fruto de la casualidad en ambos casos. La verdad es que no lo sé.

—No creo que ya sea relevante hoy en día. De todas maneras, Generalmajor, ¿qué hizo Hitler tras el éxito de la misión? —preguntó Williams.

—Como ya les he dicho en algún momento de mi explicación —Stefan parecía algo más tranquilo tras retomar la explicación militar—, el objetivo de Hitler y la bomba era otro. No era la destrucción en sí misma, sino el aviso de su disponibilidad y capacidad de uso. Era un medio de persuasión para llegar a firmar un acuerdo de paz bien negociado para Alemania o de lo contrario se podría bombardear Nueva York, Moscú, Londres o Washington sin problemas. Hitler creyó que Stalin le explicaría de inmediato a los americanos la explosión de Tunguska. Pensó también que para los aliados sería fácil medir las distancias entre Tunguska y la costa este de los Estados Unidos y que por lo tanto, sacarían sus conclusiones rápidamente de un posible ataque nuclear a cualquier ciudad aliada.

»Hay un hecho histórico que avala que se llevó a cabo nuestra misión y es que el mismo 23 de febrero de 1945, en palabras del Führer en un discurso radiado y leído por Goebbels con dramatismo, pide perdón a Dios por hacer uso de un arma demoledora y definitiva. Hitler había sido informado puntualmente de nuestra misión y sabía que habíamos tenido éxito.

Por ello, preparó ese discurso leído por Goebbels en esa misma mañana para no perder tiempo y levantar la moral. El Führer estaba tan optimista por el éxito logrado en la misión que visitó de forma inesperada a sus tropas en el frente del Oder. Piensen que hacía muchos meses que no visitaba a sus soldados. El efecto que produjo en las tropas fue muy positivo. También avisó al gobierno de Franco, en España y en aquel momento neutral pero que había sido de carácter germanófilo, del peligro que podían correr, sin intención por parte alemana, algunas ciudades españolas fronterizas con Francia como consecuencia del uso de una nueva generación de bombas de gran poder destructor. Piensen que en aquellas fechas de 1945, los puertos franceses de Marsella, Toulon, Niza y Burdeos, muchos de ellos cercanos a España, estaban siendo usados profusamente por los aliados, desembarcado continuamente tropas y material bélico. Evidentemente, eso los hacía blanco militar preferente para nosotros usando nuestro armamento atómico. Pero nuestra misión en Tunguska y la explosión que provocamos fue silenciada por Stalin, que no podía demostrar a los americanos su debilidad por haber sido atacado por una bomba atómica alemana sin más. Los rusos ya estaban cerca de Berlín y Stalin sabía que aunque se produjese un ataque generalizado alemán contra su país, eso tendría poco efecto sobre su maquinaria militar. De hecho, sus principales ciudades ya habían sido destruidas, habían muerto más de veinte millones de rusos y sus grandes factorías bélicas estaban más allá de los Urales. Vio claramente que los alemanes no podíamos llevar a cabo un ataque concentrado con las bombas atómicas por la alta dispersión soviética en su inmenso país y que seguramente no disponíamos de cientos de bombas.

»Fue una guerra de nervios que duró varios días. Nuestras expectativas fueron muy altas ya que observamos que había un cierto parón en la ofensiva soviética. Algo pasaba, creímos. Sin embargo, Stalin, tras comprobar que no realizábamos un ataque atómico a gran escala ordenó el asalto final a Berlín, con el objetivo principal de capturar el máximo número de científicos alemanes, material atómico, planos y armas secretas que estaban en desarrollo o terminadas. El 20 de marzo cayó finalmente Budapest. Hungría fue el último aliado de Alemania. Con esta caída son capturadas también las gigantescas factorías industriales Manfred-Weiss que, como ya hemos hablado antes, pertenecían a las SS Industriales y donde se hacía una gran parte del material atómico alemán y otras armas secretas, junto a la IG Farben en Alemania. Para que vean la importancia de Manfred-Weiss, las

SS mandaron desde Austria y el sur de Alemania a sus cinco mejores divisiones, casi 80.000 soldados, a defender esa fábrica, en un momento que esas tropas hubiesen hecho falta en otros sectores del frente. De la ferocidad de la defensa que hicieron piensen que poco más de 1.000 soldados sobrevivieron a la batalla. Cuando Hitler fue informado de que los rusos habían capturado las instalaciones a pesar de la enconada defensa de las Waffen SS, les ordenó quitarse la banda identificativa de su división en su uniforme, por el honor perdido. También desautorizó a Heinrich Himmler como responsable de las Waffen SS. El general Kammler fue de hecho, el nuevo jefe de las tropas SS.

—Me imagino que se preguntarán que pasó con los dos aviones preparados para el bombardeo sobre America y que estaban en Noruega —cuestionó Stefan.

—Sí, la verdad es que es una buena cuestión, ya que esos aviones siguieron en Oslo ¿verdad? —indicó Williams, mientras el sargento Hanks de nuevo manipulaba sus máquinas.

—La historia es la siguiente: el 3 de abril de 1945 las tropas americanas y rusas entraron en Turingia con lo cual cayeron en sus manos las fábricas secretas alemanas. El Führer se reunió con la máxima urgencia con el general Kammler y le dio nuevas ordenes. Le indicó que aún quedaba la posibilidad de un ataque aéreo con las nuevas bombas desde la base en Noruega. Las bombas serán enviadas inmediatamente desde Ohrduf «Wotan», y desde Innsbruck «Sigfrido», mientras los equipos científicos seguían desarrollando más bombas. Mientras tanto sucedió un hecho que Hitler tuvo muy en cuenta como presagio de un gran cambio en el escenario de la guerra y fue la muerte de Roosevelt. Y como Federico el Grande, creía en un milagro de última hora, en el cual los aliados se enfrentasen entre sí y todo cambiase bruscamente a favor de Alemania. El 15 de abril, Hitler comprobó que el nuevo presidente americano Harry Truman continuaba con los ataques y temió una brutal represalia aliada. Hitler decidió no llevar a cabo el ataque nuclear sobre Nueva York. Algo que el Führer no sabía es que las dos bombas atómicas no pudieron salir de sus ciudades en Alemania y en Austria respectivamente. Nadie podía dar un paso por Alemania sin el riesgo de ser bombardeado por las omnipresentes fuerzas aliadas. Nadie se atrevió a decírselo en su Estado Mayor. La decisión de Hitler provocó una grave situación y la consiguiente desbanda en altos mandos de las SS y Luftwaffe partidarios del uso del ingenio atómico, como única opción para lograr un pacto in extremis con los aliados. Fue el 23 de abril cuando Göring inició contactos de paz con los americanos y que provocó la orden de detención por parte del Führer de su Mariscal del Reich. También Himmler inició contactos de paz con el conde Bernardote, pero sin informar ni contar con Hitler. A principios de mayo y tras el suicidio de Hitler en el Bunker de la Cancillería en Berlín, el conde Schwerin Von Krosigk, nuevo ministro de exteriores del efímero gobierno del almirante Doenitz, comunicó a la agencia de noticias Reuters que «Hitler no había utilizado la última arma devastadora que el Reich tenía a su disposición». El 10 de mayo, Doenitz firmó la rendición incondicional de Alemania. La guerra había terminado en Europa.

Stefan aún añadió algo.

—Sí quisiera decirles algo señores. Aún le quedaba a Hitler tras su muerte una última baza de imagen que quería jugar contra sus enemigos en la remota guerra del Pacífico. La personalidad de Hitler daba mucha importancia a los gestos, a la estética política y a la visión geopolítica. Nunca tuvo dudas de que los aliados usarían la bomba atómica sin temblarles el pulso. Por ello, el Führer eligió pasar a la historia sin ser el causante del primer ataque atómico. Dejó la responsabilidad de ese crimen en manos aliadas. En agosto de 1945, los norteamericanos en nombre de la libertad y de la democracia, se mancharían las manos con las bombas alemanas que Hitler no quiso usar, provocando la muerte instantánea a más de 150.000 personas en un segundo. Un record de velocidad en la eliminación de seres humanos, aún no igualado.

—Entiendo lo que dice Generalmajor —intervino Williams—, pero es injusto su comentario ya que las bombas sobre Japón acortaron enormemente la contienda y evitaron un mayor derramamiento de sangre.

—La guerra estaba ganada en muy poco tiempo y eso lo sabía su gobierno perfectamente —dijo Stefan—. La bomba no solucionó el conflicto con Japón, ni hizo ninguna diferencia con el resultado final. Se lanzó para avisar a los rusos del poder americano pero muriendo los japoneses. El presidente Truman lo tuvo claro y a partir de ese momento empezó la llamada «Guerra Fría» que ha durado más de cincuenta años, hasta el derrumbe del comunismo por podredumbre interna del propio sistema.

—Todo lo que explica suena lógico —Williams puso cara de triunfo ante la pregunta que se avecinaba a poner sobre la mesa—. Pero una bomba atómica deja huellas, ¿dónde están las de la bomba Hagen?

—Teniente Williams —respondió rápidamente Stefan—, ¿está usted de acuerdo conmigo en que los comunistas han sido unos artistas en desfigurar y cambiar la historia a su antojo y conveniencia?

—Es verdad, y hay numerosas pruebas de ello —contestó Williams—. Incluso de forma grosera. Recuerdo una foto, entre otras, de un mitín de Lenin en la que en la foto original se ve a Leon Trosky junto a él en una escalera, en los años 20. Más tarde, esa misma foto fue retocada y Leon Trosky había sido convenientemente borrado de la misma. Hay otras más, pero esa la recuerdo perfectamente ya que la usaban en nuestra instrucción militar como ejemplo de manipulación política e histórica.

—Si está de acuerdo con esa idea básica de manipulación, entonces entenderá la manipulación sobre nuestra bomba.

—Pero Generalmajor, una cosa es una foto trucada, por grosera que sea la manipulación y otra es manipular ¡una bomba atómica! —intervino el sargento Hanks, que seguía con mucho interés la explicación de Stefan.

—Vámonos a la historia de donde viene la manipulación de Stalin —comenzó Stefan—. El 30 de junio de 1908, se dice que un gran meterorito, aunque no sabe a ciencia cierta qué era, cruzó los cielos de la región central de Siberia e impactó en tierra en el valle del río Tunguska. Ese impacto fue visible a muchos kilómetros a la redonda y parece que sus efectos provocaron extraños sucesos luminosos en todos los cielos del mundo. El suceso también quedó registrado en los sismógrafos de Londres en aquella época. Los investigadores que han seguido este asunto asignan el fenómeno de la luminosidad a la explosión de un volcán en Colima, México que tuvo lugar en ese mismo año de 1908. Fue un año activo, con numerosos fenómenos volcánicos y grandes terremotos como el de Messina en el estrecho del mismo nombre, junto a Sicilia, en Italia. Se añade un problema importante de datación de todos estos fenómenos ya que no tienen en cuenta la diferencia de varias semanas entre el calendario gregoriano occidental y el usado entonces por la Rusia zarista. De todas maneras, la explosión de Tunguska apenas tuvo incidencia en la prensa rusa de la época que consideró que era un hecho sin importancia en un lugar remoto del imperio ruso. Casi veinte años después de la misteriosa explosión, un original, peculiar y misterioso explorador ruso llamado Leonid Kulik que estaba interesado en este asunto y organizó en 1927 una expedición en busca del meteorito que había caído en la tundra siberiana veinte años antes. El lugar de impacto nadie lo había visto ni localizado hasta entonces. Les recuerdo, señores, que en ese mismo año de 1927 es cuando Stalin accede al poder en Rusia. Sin duda era una mala época para realizar cualquier investigación científica. La Unión Soviética había sufrido una larga y cruel guerra civil y ello hacía casi imposible moverse libremente por el inmenso país. Pero increíblemente, Leonid Kulik a bordo de su trineo y atravesando la impracticable, helada, densa y peligrosa tundra siberiana, encontró de forma milagrosa un remoto valle, junto al río Tunguska, arrasado por el efecto de una gigantesca explosión desconocida. Lo remoto de la zona se explica incluso hoy, ya que para acceder a esas zonas hace falta ir en helicóptero. De hecho parece ser el primer ser humano que vio aquella devastación espectacular. Curiosamente no había cráter por el impacto del supuesto meteorito, pero en un radio de varios kilómetros sólo había restos de miles de árboles derribados por una fuerza brutal. El físico e ingeniero ruso, y escritor a tiempo libre, Alexander Kazantsev escribió un libro en 1946, donde explicaba por primera vez la historia del explorador Leonid Kulik, atribuyendo entonces la causa del fenómeno a la explosión de una nave extraterrestre. No existe documentación publicada anterior a 1946 sobre este asunto ni dentro ni fuera de Rusia. Sólo algunas notas de los diarios de 1904 a 1910 indicando una actividad por encima de lo habitual de meteoritos y estrellas errantes por encima de aquella remota zona de Rusia. Sólo hubo un estudio que data de 1930 y que se debe al astrónomo inglés FJW Whipple, miembro de la *Royal Meteorological Society* de Londres que hace referencia a grandes meteoritos caídos en Siberia a principios del siglo XX, pero que nada tienen que ver con la explosión del río Tunguska.

Williams y Hanks seguían con interés la explicación de Stefan que se detuvo para beber un vaso de agua. Parecía conocer la historia en todos sus detalles, pero no tenían ni idea de adonde pretendía llegar en su explicación. El ligero zumbido de las máquinas se oía a la perfección en esos momentos de silencio.

Leonid Kulik, el supuesto explorador que llegó a Tunguska en 1927, según la propaganda bolchevique

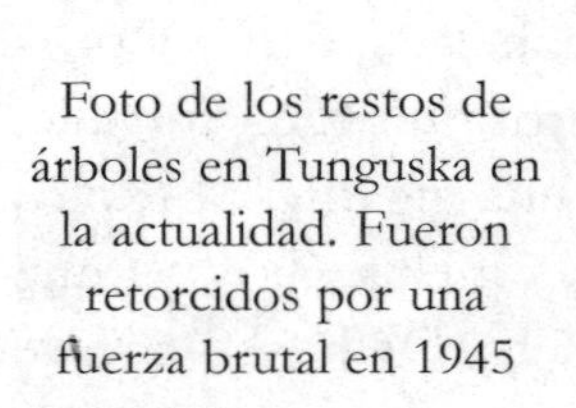

Foto de los restos de árboles en Tunguska en la actualidad. Fueron retorcidos por una fuerza brutal en 1945

—Hasta aquí, mis queridos amigos, la historia oficial de la Rusia comunista y que durante muchos años ha traído en jaque a astrónomos, geólogos y un enorme ejercito de ufólogos, parapsicólogos y gente dedicada a las ciencias paranormales que han pretendido explicar lo que parecía inexplicable. Todas las investigaciones realizadas por numerosos equipos de mayor o menor calidad científica, apuntan a una hipótesis imposible en 1908: una explosión atómica. La realidad fue otra. Stalin en 1946 se encontraba en su apogeo dictatorial: acababa de ganar la guerra, había eliminado a todos sus contrincantes políticos, su imagen pública era venerada hasta la exasperación y 1945/1946 es también la época en que los americanos empiezan a enviar sus aviones espias detrás del incipiente «Telón de Acero» comunista. A los americanos les preocupa la deriva que pueda tomar el antiguo aliado y ahora más que posible amenaza. En 1945 Stalin no quiere que los americanos descubran una imagen de debilidad de su imperio: la huella del ataque atómico alemán del 23 de febrero de 1945. Stalin aplica una solución ingeniosa a su problema de imagen y que ya había pensado en varias ocasiones: todos saben que en 1908 no había ingenios nucleares, aunque todos saben que en 1908 hubo una más que notable actividad de meteoritos, con impactos sobre la tierra, algunos de ellos muy importantes y registrados en varios lugares del planeta. Esa será la base de la excusa y a partir de ahí habrá que inventar toda una historia que aproveche la circunstancia de 1908.

Epicentro de la explosión fotografiado a finales de los noventa. La localización es 60º 55' Norte 101º 57 Este

Restos de árboles que aún pueden verse hoy en Tunguska

»Todas las fotografías existentes de la explosión de Tunguska son similares ya que muestran la devastación espectacular de una gran masa de árboles. Según las fuentes oficiales soviéticas, las fotos son a partir de 1927 hechas por la expedición de Leonid Kulik, que descubrió la zona tras su increíble viaje hasta allí. Las fotos aéreas son, según esas mismas fuentes de finales de los años 30. Curiosamente ofrecen el mismo espectáculo: una total devastación, ninguna recuperación forestal a pesar de que en ese momento ya habían transcurrido más de treinta años de la explosión. Veo que ponen cara de incredulidad… —Stefan se levantó y se dirigió a un pequeño escritorio. Abrió un cajón y extrajo varias fotografías que estaban dentro de una carpeta bajo el nombre de TUNGUSKA. Las mostró a sus visitantes. Cada foto indicaba la fecha. También había fotos del supuesto Leonid Kulik, que realmente parecía todo un personaje de ficción—. Increíblemente, a partir de 1946 la recuperación del bosque en Tunguska es casi instantánea, milagrosa —Stefan les pasó unas fotos muy diferentes a las anteriores—. Eso también ocurrió y así está registrado en Hiroshima y es debido al efecto de la radiación que acelera la recuperación de la flora. Ese mismo fenómeno se dio en el Atolón de Bikini y con las numerosas pruebas atómicas llevadas a cabo por su país. La vegetación vuelve al poco tiempo. Está perfectamente estudiado.

Se detuvo un instante con cara pensativa

—Tengo otro ejemplo más próximo en el tiempo, 1980 y en su país. Allí se produjo la explosión volcánica del monte St. Helen, situado en el estado de Washington, al noroeste de los Estados Unidos. Se calcula que fue un millón de veces más potente que la de Tunguska. Hizo desaparecer media montaña y arrasó millones de árboles en un radio de más de cincuenta kilómetros. Aquí les muestro fotos al poco de la explosión. Observen la devastación. Es brutal.

Los dos militares asintieron las palabras de Stefan ante las imágenes que veían.

—Aquí tienen fotos de esa misma perspectiva realizadas entre diez y quince años más tarde. La diferencia es asombrosa. La vegetación es abundante. Sin embargo en 1946, casi cuarenta años después de la explosión de Tunguska el aspecto sigue siendo de devastación y eso es imposible. La naturaleza siempre sale adelante ante cualquier circunstancia. De ser cierta la historia oficial soviética de la expedición de Kulik, en 1927 la recuperación de los bosques en Tunguska tendría que haber sido casi total. Todo indica que la explosión de Tunguska no pudo ocurrir en 1908. Verán que se trata de una ingeniosa y sofisticada falsificación histórica y cronológica de la NKVD de Stalin, bajo el ferreo mando de Beria y Kaganovich. Se inicia con la historia de una supuesta expedición a Tunguska y que se realiza justo cuando empieza el estalinismo y que termina con la muerte de Leonid

Kulik en 1942 a los sesenta años de edad en el frente del este. Imagínense a ese hombre luchando contra los invasores alemanes, siendo capturado por estos, sufriendo un tifus y finalmente desaparecido en un campo de concentración enemigo. Es interesante destacar, ya que yo lo he conocido de primera mano, que los rusos nunca enviaron al frente a nadie que no supiese más que leer o escribir. Es decir, con un alfabetización básica o sin ella. Todos aquellos que tenían formación superior, universitaria o de alta especialización, fueron exentos de ser enviados al frente desde el primer día. Su lugar eran la industria y los laboratorios soviéticos en retaguardia. Desde luego y suena cómico todo este embuste, ya que era imposible que fuese enviado al frente ¡un científico de más de sesenta años!

Stefan también tuvo palabras para los americanos.

—En el fondo ustedes los americanos tampoco le dieron más vueltas al tema ya que les iba bien la historia de los extraterrestres y los platillos volantes en Tunguska. Era una forma de distraer al gran público y de no admitir la alta capacidad científica y de desarrollo de Alemania en aquella época demonizada. Admitiría la fragilidad de los desarrollos aliados y la historia de nuestro supuesto debacle científico tras la salida de los científicos judíos de Alemania y que ha sido manipulada desde entonces.

Williams no entró en esta cuestión.

Mapa soviético señalando el punto de impacto de la bomba atómica en Tunguska

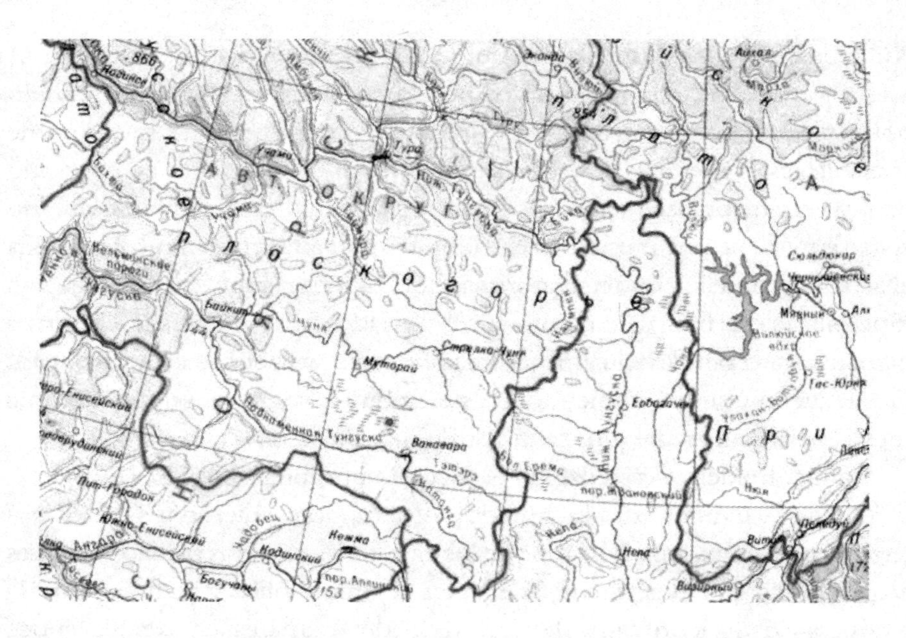

Mapa con la ubicación ampliada del lugar de la explosión

—Es una historia fuera de serie. Realmente revoluciona lo que conocemos y le da una nueva dimensión a lo que sabíamos —por sus palabras parecía agradecido—. Nos ha ayudado a conectar elementos que estaban sueltos para nosotros y que ahora cobran sentido. Por cierto, Generalmajor ¿Qué fue de «Berliner Luft»?

—Nuestro avión permaneció hasta el final de la guerra en Letov y no fue reparado a la espera de mostrarlo propagandísticamente en el futuro con todas sus «heridas de guerra» tras el vuelo. Otros aviones, creo recordar que cuatro o cinco unidades, estaban siendo transformados también como bombarderos atómicos en Letov. Pero no se acabaron ya que la guerra terminó antes. Los dos que estaban en Noruega allí permanecieron con sus tripulaciones hasta el final de la guerra a la espera de órdenes que no llegaron y entregados como botín. Por mi parte, solicité el regreso a una unidad de combate ya que la situación era desesperada y Georg se incorporó al Luftministerium. Después tuve el accidente en Pomerania, que todavía me provoca una ligera cojera. Nada importante —sonrió, luego su rostro cambió—. Georg murió en 1987 en un accidente de circulación.

Stefan se levantó de su butaca y fue a servirse una bebida. Mientras se la servía y sin girarse, preguntó a sus visitantes.

—Ustedes no son americanos, ni son militares ¿verdad?

Sin perder la calma, Williams respondió con una pregunta.

—¿Cómo dice, Generalmajor? Claro que somos americanos ¿Por qué lo duda?

—Hay algo en ustedes que no veo claro —remató Stefan volviendo a su butaca—. Llevamos muchas horas juntos y su comportamiento no me ha parecido el de los militares americanos. Conozco a muchos. Ustedes son diferentes y además usted, teniente Williams, lleva sus galones de forma incorrecta y la perilla del sargento Hanks tampoco es habitual en un militar norteamericano.

Hubo un tenso silencio.

—¿De dónde son ustedes? Creo que sus nombres son falsos. ¿Ustedes son judíos, verdad?

Mientras Williams mostraba una cara de cierta sorpresa ante las palabras de Stefan, Hanks paró las máquinas de grabación y filmación y extrajo de una de las cajas una pistola con silenciador con la que apuntó a Stefan. Williams le calmó. Stefan continuó.

—Seguro que no me equivoco si digo que son agentes israelíes. Han venido hasta aquí para tomarme declaración de primera mano sobre un

«Berliner Luft» destrozado tras un raid aéreo sobre Letov, el 25/4/1945 (foto Griehl)

La enorme bahía de bombas especial para contener a Hagen. Foto realizada tras el final de la guerra en letov, 1945 (foto Griehl)

hecho que puede cambiar la historia oficial y dejar en evidencia la capacidad alemana de investigación, que siempre ha sido denostada por los aliados —movía su cabeza afirmando sus palabras—. Soy el único testigo vivo que queda y que podría demostrar la veracidad de lo sucedido. La historia oficial debe continuar, ¿verdad?

Se puso en pie.

—Exacto, Generalmajor —el rostro de Williams se endureció, mientras miraba fijamente a Stefan. Ya no hacía falta ocultar la situación—. Nosotros pertenecemos a la orden «Hijos de la Alianza» y a su comité antidifamación que defiende los intereses de Israel y que actúa en cualquier lugar del mundo secretamente. Mi nombre es Nathan Katzenberg y mi compañero se llama Salomón Rubin. Sólo quedaba usted como testigo de excepción y nos interesaba la historia de forma directa, para cerrarla definitivamente a los ojos de la historia y de la gente.

Rubin sonreía a las palabras de Katzenberg e intervino:

—Localizarle ha sido más difícil de lo que imaginábamos a pesar de su vida normal y discreta, pero lo hemos conseguido. A veces es la mejor coartada para no despertar sospechas. La señora Köllmann ha sido de gran ayuda, debo decirle que su nombre es Sarah Goldberg. Usted es un hombre de costumbres rutinarias y las hemos conocido en profundidad.

Stefan se quedó por un momento perplejo ante la noticia de su asistenta. Ahora comprendía las facilidades que le dio para su contratación hacía escasamente dos meses. Apenas discutió el salario y los horarios que él exigía. Creyó haber tenido suerte. Pensó en cómo habían llegado hasta allí sus visitantes.

—Me imagino que no hay casualidades en su trabajo. La carta de la embajada americana, la agregaduría militar, quien me atendió cuando llamé, etc. —se detuvo un momento y añadió—. Siempre tuve claro que en la muerte de Georg había algo raro. Aquel atropello se salía de lo normal y el coche causante desapareció… No hubo más indagación.

—Sí y parece mentira la ayuda que recibimos en su momento de la policía de Hamburgo, para borrar las pistas y archivar el caso. Los jueces también fueron muy magnánimos. ¡Para qué meterse en líos! Puede costarles la carrera en Alemania no ayudar a Israel. Está mal visto popularmente. Además no era más que un nazi jubilado y no nos interesaba —Katzenberg sonreía al explicar la historia de lo sucedido.

—Todo ha sido preparado para ganarnos su confianza y reconozco que hemos ido más allá de lo que imaginábamos en lo que hemos obtenido. Es un documento excepcional. Ha sido muy interesante hablar con usted. Hasta parece buena persona… —sonrió Katzenberg—, pero esa información no puede caer en manos no adecuadas a nuestros intereses. Usted era el último eslabón que quedaba de la cadena que podía afectar a nuestra credibilidad y a la historia escrita por nosotros, los auténticos vencedores de la II Guerra Mundial.

Katzenberg también se puso de pie junto a Rubin.

—Sólo nos queda una duda, ¿por qué no ha hablado públicamente de toda esta historia en todo este tiempo? Nos ha ayudado mucho con su silencio.

Stefan asintió con la cabeza las palabras de Katzenberg.

—Fue cosa de Claudia. Ella nunca quiso que nos metiéramos en líos y sobre todo que no fuésemos capturados y llevados a Rusia. Tenía horror a esa posibilidad. Creo que tenía razón y hemos llevado una vida muy discreta y con algunos amigos de aquella época. No nos ha ido mal. Nada más.

—Su mujer era muy inteligente, ¿verdad Generalmajor? —intervino Rubin.

—Bastante más que todos nosotros —respondió Stefan.

Katzenberg y Rubin se miraron con cierta sorpresa ante la enigmática respuesta de Stefan, pero ya no tenía más importancia en aquel momento.

—Muy bien. Y ¿ahora qué? —preguntó Stefan, aunque conocía perfectamente la respuesta.

—Ahora le toca morir, Generalmajor Dörner. Un nazi no puede seguir con vida… —contestó Rubin friamente, apretando el gatillo.

Un seco disparo atravesó el pecho de Stefan, que cayó sin vida sobre su butaca.

Rápidamente y hablando en yiddish entre ellos, los dos agentes recogieron todo el material confidencial que había en la habitación, registraron la casa y se llevaron más documentos de Stefan de la guerra, aunque todo eran fotocopias de alta calidad. No encontraron originales y el tiempo apremiaba. El móvil debía parecer un robo, aunque no habría investigación y se archivaría el caso. Ya había anochecido y con gran discreción, cargaron el coche, subieron rápidamente y desaparecieron en la oscuridad con todo el material.

El cadáver de Stefan mostraba una leve sonrisa en su rostro. Ahora lo enterrarían junto a Claudia, en el panteón familiar, tal como siempre habían deseado. Allí descubrirían varias cajas conteniendo toda la información de la Operación Hagen a la muerte de ambos, tal como ella quería. No antes. Recordaba que Claudia se había obstinado mucho. Creía que era lo mejor para los dos. Ya habían vivido demasiadas vicisitudes, era suficiente.

Siempre tuvo presente la carta que había entregado cuando murió Claudia al notario amigo suyo Otto Hessler de Berlín y que citaba también a otros dos buenos amigos de toda confianza Reinhard Lapp y Hans Mohnhaupt, los acreditados periodistas de investigación que siempre buscaban la noticia veraz y sensacional. La carta incluía a su hermana Merlind Dörner, que había vivido siempre en Munich con su familia y que en muchas ocasiones le había rogado que explicase su misión públicamente. Stefan solicitaba en la carta que los cuatro estuviesen personalmente en su entierro y en la apertura del panteón y tuviesen la potestad sobre las cajas y su contenido que allí había para su difusión pública. La carta sería abierta a su muerte. Podrían disfrutar todos ellos de los derechos de la documentación y de la historia.

En esas cajas entre mucha información militar, había documentos originales del máximo interés, miles de fichas que él había guardado, gran cantidad de material secreto inédito sobre la farsa estalinista de Tunguska y material confidencial sobre armas secretas alemanas. Y sobre todo, las excelentes fotos en color que había hecho Hansi en Rügen, de los discos volantes y su interior, durante toda la operación Hagen como la preparación del avión, de la bomba, durante el vuelo, de la explosión y del regreso hasta su muerte. Más de trescientas fotos sorprendentes y nunca vistas. Una documentación extraordinaria. Había sido su gran afición y la cámara Voigtländer y las fotos las guardó Stefan tras la misión. Ahora todo aparecería, por fin. Gracias Claudia.

Berlín-Sitges 1/1/2005

APÉNDICES

Organización de combate de la Luftwaffe

«Jagdgeschwader» unidad operacional de 140 cazas divididos en 3 «Gruppen»

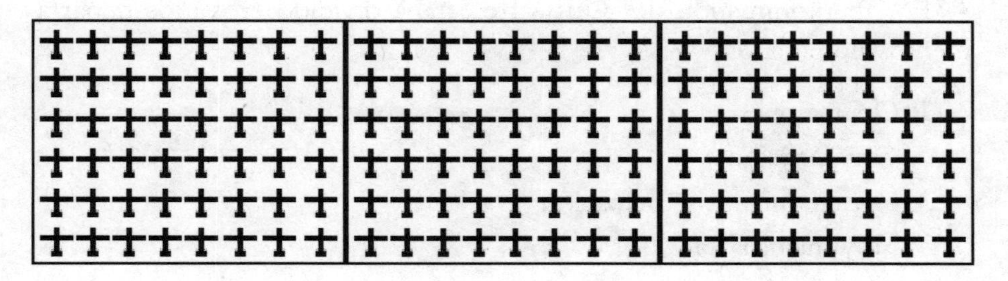

«Gruppe» la unidad típica de caza dividida en «Staffeln» o escuadrillas de 12 aviones

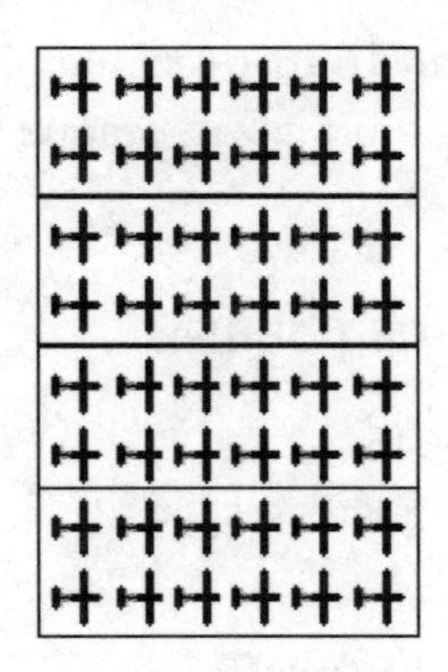

«Staffeln» o escuadrilla, dividida en 3 alas de 4 cazas

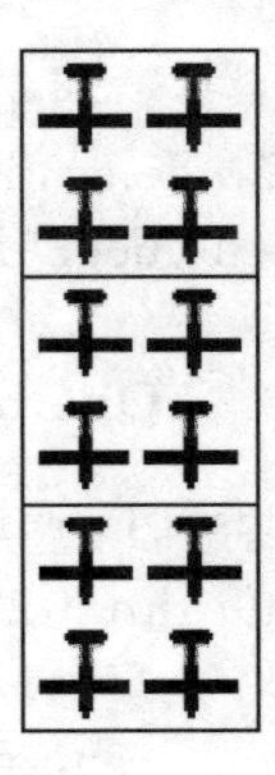

«Schwärme» o ala de caza, dividida en 2 secciones de 2 cazas

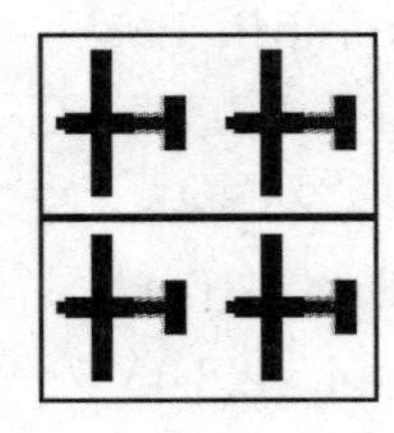

ALTO MANDO DE LA LUFTWAFFE I

A pesar de ser un arma independiente, el Oberkommando de la Luftwaffe estaba subordinado al Oberkommando de la Wehrmacht, que respondía ante el Führer del Ejército de Tierra, la Marina y la Fuerza Aérea.

El Oberkommando der Luftwaffe estaba dividido en varios departamentos numerados:

1. Operaciones
2. Organización
3. Entrenamiento y formación
4. Movimientos
5. Inteligencia
6. Equipos
7. Histórico
8. Personal

Además de los departamentos citados, habían 16 Inspecciones que estaban al cargo de asuntos específicos de vuelo como cazas, ataque a tierra, seguridad en vuelo, etc.

Oberbefehlshaber der Luftwaffe (ObdL):

- Reichsm Hermann Göring, 1.3.35 - 23.4.45
- GenFeldm Robert Ritter von Greim, 25.4.45 - 8.5.45

Chef der Generalstabes der Luftwaffe:

- Gen Walther Wever, 1.3.35 - 3.6.36
- Feldm. Albert Kesselring, 5.6.36 - 31.5.37
- GenOb Hans-Jürgen Stumpff, 1.6.37 - 31.1.39
- GenOb Hans Jeschonnek, 1.2.39 - 19.8.43
- GenOb Günther Korten, 25.8.43 - 22.7.44
- Gen Werner Kreipe, 1.8.44 - 10.44
- Gen Karl Koller, 12.11.44 - 8.5.45

Alto Mando de la Luftwaffe II

Chef der Luftwaffenführungsstabes:

- Gen Bernhard Kühl, 1934 - Primavera 1936
- Gen Wilhelm Mayer, Primavera 1936 - 4.37
- Gen Paul Deichmann (temporalmente), 4.37 - 9.37
- Gen Bernhard Kühl, 9.37 - 28.2.39
- Gen Otto Hoffmann von Waldau, 1.3.39 - 10.4.42
- GenOb Hans Jeschonnek, 10.4.42 - mid.3.43
- Gen Rudolf Meister, mid.3.43 - mid.10.43
- Gen Karl Koller, mid.10.43 - mid.8.44
- Gen Eckhardt Christian, mid.8.44 - 12.4.45
- Gen Karl Heinz Schulz, 12.4.45 - 8.5.45

Reichsminister der Luftfahrt:

- Reichsm Hermann Göring, 30.1.33 - 4.45

Der Staatssekretär der Luftfahrt (disuelto 6.44):

- GenFeldm Erhard Milch, 22.2.33 - 20.6.44

Der Generalinspekteur der Luftwaffe (disuelto 1.45):

- GenFeldm Erhard Milch, 24.10.38 - 7.1.45

Der Generalluftzeugmeister (disuelto 6.44):

- GenOb Ernst Udet, 4.2.38 - 17.11.41
- GenFeldm Erhard Milch, 19.11.41 - 20.6.44

Der Chef der Luftwehr (en Berlín):

- GenOb Otto Rüdel, 1.1.40 - 11.42

Escalafón militar de las SS y su equivalencia

RANGO	EQUIVALENCIA
SS-Bewerber	Candidato
SS-Anwärter	Cadete
SS-Schütze	Soldado
SS-Oberschütze	Soldado con seis meses de servicio
SS-Sturmann	Cabo I
SS-Rottenführer	Cabo
SS-Unterstarmfuhrer	Alférez
SS-Unterscharführer	Sargento I
SS-Oberscharführer	Sargento de Staff
SS-Ruttenfuhrer	Sargento
SS-Hauptscharführer	Sargento Mayor
SS-Sturmscharfhührer	Oficial con quince años de servicio
SS-Untersturmführer	Teniente II
SS-Obersturmführer	Teniente
SS-Hauptsturmführer	Capitán
SS-Sturmbannführer	Mayor
SS-Oberbannsturmführer	Teniente Coronel
SS-Standartenführer	Coronel
SS-Oberführer	Teniente Coronel
SS-Brigadeführer und Generalmajor der Waffen SS	General de Brigada
SS-Grupenführer und Generalleutnat der Waffen SS	General de División
SS-Obergruppenführer und General der Waffen Ss	Teniente General
SS-Oberstgruppenführer und Generaloberst der Waffen SS	Capitan General
SS-Reichsführer SS	JEFE de las SS

Escalafón militar Wehrmacht-Ejército inglés-Ejército americano

Wehrmacht	GB	USA
Mariscal General de campo	Mariscal de Campo	General del Ejército
Mayor General	General	General
General	Teniente General	Teniente General
Teniente General	Mayor General	Mayor General
Mayor General	Brigadier	General Brigadier
Oberst	Coronel	Coronel
Teniente Mayor	Teniente Coronel	Teniente Coronel
Mayor	Mayor	Mayor
Hauptmann	Capitán	Capitán
Primer Teniente	Teniente	Primer Teniente
Teniente	Teniente Segundo	Teniente Segundo
Oficial	Primer Oficial	Oficial en jefe
Sargento Mayor	Sargento Mayor	Sargento Mayor
Sargento I	Sargento de grupo	Sargento en jefe
Sargento	Sargento	Sargento
Cabo	Cabo	Cabo
Soldado raso	Soldado raso	Soldado raso

Organigrama del Alto Mando de lLa Wehrmacht a 10/5/1945

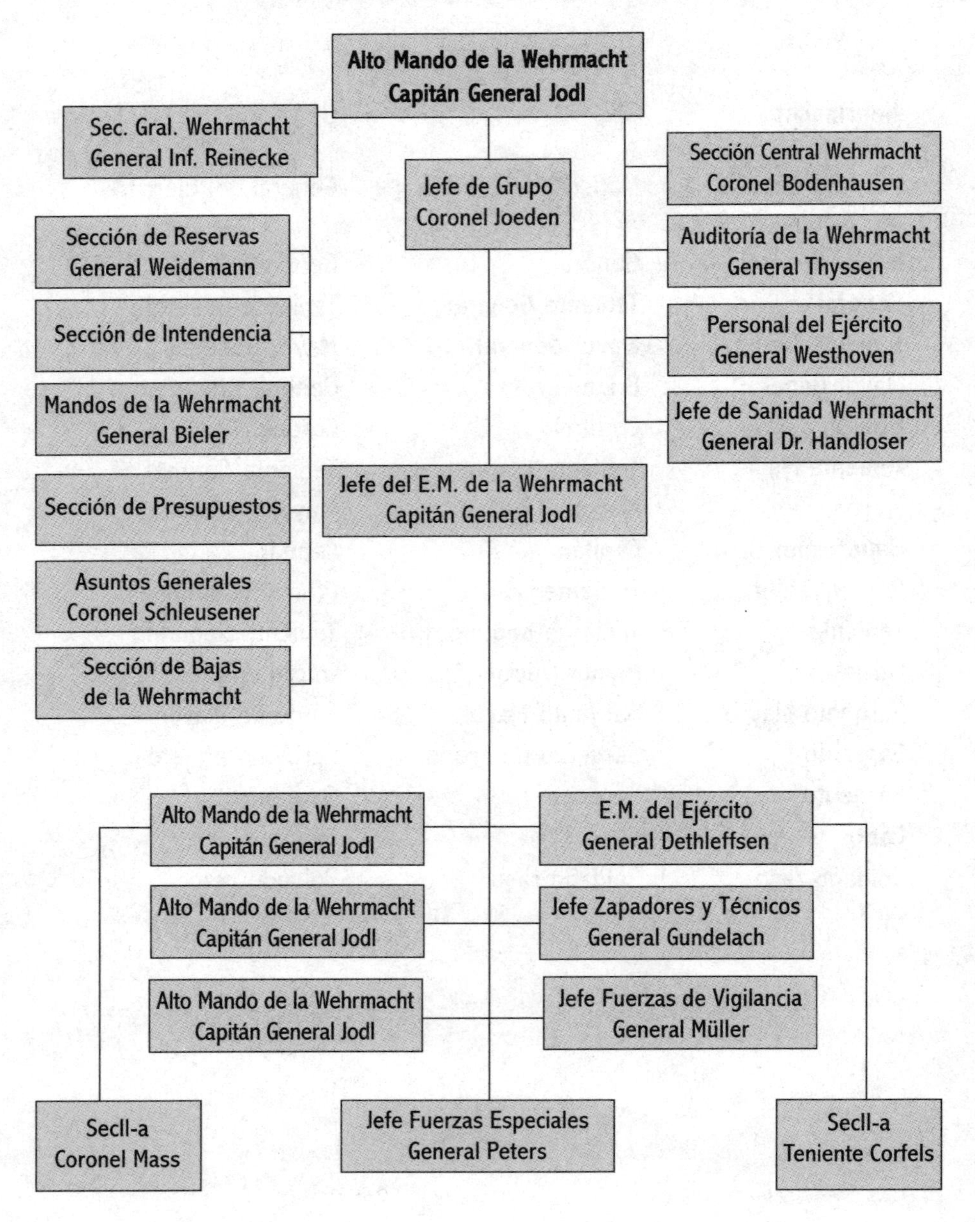

Bibliografía

Cook, Nick,*The Hunt For Zero Point*, Broadway Books.

Ford, Roger, *Germany's Secret Weapons In WWII*, Roger Ford, MBI.

Vesco, Renato y Watcher David, *Man-made Ufos, 1944-1994*, , AUP Publishers.

Walker, Mark, *Nazi Science, Myth, Truth And The German Atomic Bomb*, Perseus Publishing.

Jungk, Robert, *Brighter Than A Thousand Suns*, Harcourt.

Cornwell, John, *Los científicos de Hitler*, , Paidos Historia Contemporánea.

Gary Hyland y Anton Gill, *Last Talons Of The Eagle*, Headline.

Valone, Thomas, *Electrogravity Systems*, Integrity Research Inst. Publishers.

Griehl, Manfred, *Luftwaffe Over America*, Greenhill Books.

Griehl, Manfred, *Jet Planes Of The III Reich*, Monogram.

Griehl, Manfred, *Luftwaffe X-planes*, Greenhill Books.

Swartz, Tim, *Lost Journals Of Nikola Tesla*, Global Communication.

The Omega Files, Compiled by Branton, Global Communication.

Georg, Friedrich, *Hitler Miracle Weapons 1 & 2*, Hellow.

Herwig, Dieter y Rode, Heintz, *Luftwaffe Secret Projects*, Midland.

Irving, David, *Virus House*, Simon & Schuster.

Karlsch, Reiner, *Hitlers Bombe*, Deutsche Verlags-Anstalt.

Garlinsky, Josef, *Hitler's Last Weapons: The Underground War Against The V1 & V2*, Julian Friedmann Publishing.

Benecke, T. y Quick, A.W., *History Of The German Guided Missile Development,* Brunswick: Verlag E. Applehans

Sänger, E., *Raketon-flugtechnik,* Oldenburg-München.

Harris, Brad, *Die Dunkel Seite Des Mondes*, Pandora Verlag.

Hoettl, Wilhelm , *Die Geheime Front*, , Linz Verlag.

Lusar, Major Rudolf, *Die Deutschen Waffen Und Geheimwaffen Des Zweites*, *Weltkrieges*, J.F. Lehmans Verlag, München.

Stevens, Henry, *Hitler's Flying Saucers*, AUP Publishers.

Nomura, Ted, *Luftwaffe 1946-tech Manual*, Antarctic Press.

Hogg, Ian V., *German Secret Weapons Of The II World War*, Greenhill Books.